2021
中国
年选系列

★★★★★

2021年中国
报告文学
精选

中国作协创研部 选编

長江出版傳媒 | 长江文艺出版社

图书在版编目（C I P）数据

2021年中国报告文学精选 / 中国作协创研部选编. -- 武汉 : 长江文艺出版社，2022.1
（2021中国年选系列）
ISBN 978-7-5702-2241-4

Ⅰ. ①2… Ⅱ. ①中… Ⅲ. ①报告文学－作品集－中国－当代 Ⅳ. ①I25

中国版本图书馆CIP数据核字(2021)第239507号

2021年中国报告文学精选
2021 NIAN ZHONGGUO BAOGAO WENXUE JINGXUAN

责任编辑：梅若冰　王雯雯　　责任校对：毛　娟
封面设计：徐慧芳　　责任印制：邱　莉　王光兴

出版：长江出版传媒　长江文艺出版社
地址：武汉市雄楚大街268号　　邮编：430070
发行：长江文艺出版社
http://www.cjlap.com
印刷：武汉中科兴业印务有限公司

开本：700毫米×1000毫米　1/16　印张：20　插页：2页
版次：2022年1月第1版　　2022年1月第1次印刷
字数：330千字

定价：36.00元

版权所有，盗版必究（举报电话：027—87679308　87679310）
（图书出现印装问题，本社负责调换）

编选说明

每个年度，文坛上都有数以千万计的各类体裁的新作涌现，云蒸霞蔚，气象万千。它们之中不乏熠熠生辉的精品，然而，时间的波涛不息，倘若不能及时筛选，并通过书籍的形式将其固定下来，这些作品是很容易被新的创作所覆盖和湮没的。观诸现今的出版界，除了长篇小说热之外，专题性的、流派性的选本倒也不少，但这种年度性的关于某一文体的庄重的选本，则甚为罕见。也许这与它的市场效益不太丰厚有关。长江文艺出版社出于繁荣和发展文学事业的目的，不计经济上一时之得失，与我部合作，由我部负责编选，由他们负责出版，向社会、向广大读者隆重推出这一套选本，此举实属难能可贵。

这套丛书的选本包括：中篇小说选、短篇小说选、报告文学选、散文选、诗歌选和随笔选六种。每年一套，准备长期坚持下去。

我们的编辑方针是，力求选出该年度最有代表性的作品，力求选出精品和力作，力求能够反映该年度某个文体领域最主要的创作流派、题材热点、艺术形式上的微妙变化。同时，我们坚持风格、手法、形式、语言的充分多样化，注重作品的创新价值，注重满足广大读者的阅读期待，多选雅俗共赏的佳作。

我们认为，优良的文学选本对创作的示范、引导、推动作用是非常重要的，对读者的潜移默化作用也是十分突出的。除了示范、引导价值，它还具有文学史价值、资料文献价值、培育新人的价值，等等。我们不会忘记许多著名选本对文学发展所起到的巨大作用，我们也希望这套选本能够发挥它应有的作用。

这套书由中国作家协会创作研究部编选，具体的分工是：

中篇小说卷由牛玉秋同志负责；

短篇小说卷由胡平同志负责；

报告文学卷由李朝全同志负责；

散文卷由韩小蕙同志负责；

诗歌卷由李壮同志负责；

随笔卷由纳杨同志负责。

中国作协创研部

主动把握历史，与时代和人民同行

——2021 年中国报告文学创作概述

李朝全

2021 年是个特殊的年份，是中国共产党成立 100 周年，是“两个百年”的交汇点，也是“十四五”规划开局之年。在这个特殊的时间节点，报告文学积极响应历史和时代的感召，一面将笔墨伸向历史深处，一面将文字聚焦现实，集体发力，创作推出了一批社会反响较好的作品。

党史主题创作大受关注

党和政府组织了一系列庆祝建党百年的活动，在全党开展了党史学习教育。为了适应现实之需，呼应时代的召唤，报告文学涌现了一批回望历史、昭示未来的革命历史题材的优秀之作。有些作品直接聚焦重大的历史时间节点或历史转折点，描写在特定的历史年代发生的重大红色事件，以文学笔法书写年份“断代史”。譬如，丁晓平的《红船启航》以 1921 年 7 月中国共产党第一次代表大会召开作为描写对象，讲述了如今拥有 9000 多万党员的世界第一大党，如何从浙江嘉兴的一艘小小的红船开启其伟大的起点，并且从此不断走向胜利的伟大征程。作品回溯了党的建党历程，同时梳理了百年来人们对嘉兴红船和建党历史的关注、学习、弘扬，以及嘉兴如何传承红船精神、艰苦奋斗，实现全面小康的历程。他的《人民的胜利》则聚焦中华人民共和国成立前夕，为了共襄建国大业，党和国家如何进行全面运筹，着重描写了共和国创立诞生的历程，刻画了以毛泽东同志为代表的一批党和国家领导人的光辉形象。再如，海江、凌翼撰写的《孕育》则聚焦北京、北大红楼与中国共产党的诞生密不可分的关系展开叙述，以北大红楼为中心，以新文化运动和五四运动为历史背景，刻画了以李大钊为代表的一批共产党早期领导人的鲜明形象。

还有一些作品则聚焦百年党史所积淀下来的宝贵的历史经验和历史成就，围绕描摹与弘扬中国共产党的精神谱系展开创作。铁流的《靠山》凸显人民就是江山、江山就是人民的主题，表现中国共产党从创立伊始便以人民作为自己最大的靠山和根据地，依靠人民不断取得革命的胜利；从创建井冈山革命根据地、建立苏维埃政权到长征，再到陕北延安岁月，直至西柏坡进京赶考，从抗日战争全民同仇敌忾、全力支持抗战，到解放战争老百姓推着独轮车将百万大军推过长江去，广大人民群众踊跃支前，确保了这场人民战争最终的胜利。唐明华的《乳娘》讲述的是抗战时期沂蒙山区妇女无私地为200多个八路军子女提供母乳哺育长大，并为此不惜付出巨大牺牲的动人故事，讲述了党和人民、军队与人民的鱼水深情。

其他如胡启明的《信仰——韶山中共特别支部百年历程》、谢友义以农民运动领袖彭湃为主角的《赤魂》，以及钟兆云以解放后福建东山县委书记谷文昌为主角的《谷文昌之歌》，何建明以牺牲在上海街头上的中国共产党早期党员和建国前牺牲的一批烈士为主角的《革命者》等，旨在于赓续建党初心，重温历史担当，刻画党员英雄形象，彰显信仰伟力，都是献给建党百年的应时之作，同时也都是对历史往事的深情回眸，留下了富于教育意义的革命历史读本。

百年党史、革命历史题材资源丰厚，还有诸多领域有待深入开掘，同时，这类创作在思想性及艺术性上还有待极大提高。电影《长津湖》的热映，让人们触摸到了红色历史题材的温度与热度，也让人看到了革命历史书写是能够获得脍炙人口的效果的。随着越来越多历史档案及文献资料的日益披露，历史真实越来越如冰山出水、水落石出，相信必将会不断涌现出更多更厚重、更真切可感，同时也更能启人思考、育人心灵的大作和力作，甚至出现堪称革命史诗性的作品。

脱贫攻坚新乡村书写方兴未艾

今年是我国全面小康胜利完成之年，从去年至今年，集中涌现了一大批直接记录全面小康的优秀之作，形成了蔚为壮观的创作热潮。可以说，从全国十四个特别贫困集中连片地区到凡是有脱贫攻坚任务的地区，都有报告文学作家采访的身影，都创作发表了相应题材的纪实作品。这，是共和国历史上少有的事情，也是当代文学史上相当罕见的一个创作现象。

何建明的《诗在远方》，聚焦闽宁协作，讲述宁夏脱贫攻坚艰苦卓绝的历程，特别是“苦瘠甲天下”的西海固，通过采用“吊庄”——整个村落集体搬迁重建这种特殊的方式来实现整体脱贫，堪称国家的非凡魄力之举。作品同时描写了闽宁对口支援、东西协作过程中产生的许多独特的经验和启示，体现了社会主义制度的优越性，与电视剧《山海情》具有异曲同工之妙。欧阳黔森的《江山如此多娇》，以自己随机选取的采访村落作为描写对象，以自己的所见所闻、所思所感作为谋篇布局的线索，聚焦贵州铜仁万山区、遵义花茂村等几个颇具典型的村落的脱贫故事，写得情真意切，富有温度。王宏甲的《走向乡村振兴》，则分别采用贵州毕节和山东烟台等地的脱贫攻坚及乡村振兴的典型案例，来阐述广大乡村如何在党的领导下依靠、凝聚集体的力量，党和人民同心携手实现乡村振兴的故事，提出了许多富于现实意义的思考，特别是指出，在乡村振兴中应该加强党的领导，加强基层党组织建设，紧紧把人民团结凝聚起来，依靠合作和集体的力量实现共同富裕共同发展。这是一部立足现实、立意深远的作品。卢一平的《扶贫志》聚焦十八洞村的脱贫故事，进行解剖麻雀式的书写。蒋巍一头扎进贵州的大山里，继《国家的温度》之后，再次创作了反映脱贫攻坚的作品《主战场：中国扶贫——贵州战法》。潘灵、段爱华的《独龙江春风》，徐剑、李玉梅《百万大搬迁》，杨文学、杨牧原《百年沂蒙》，马步升《滚石上山：散点透视陇上脱贫攻坚》等，分别着眼不同的老少边穷地区采用各自不同的方式实现摆脱贫困、走向小康的艰辛历程，为时代铿锵前行的脚步留下了文学的印记。

记录脱贫攻坚和全面小康历程，反映乡村新变化、新气象，刻画农村新人，这实际上是一种新乡村书写，是新乡土文学的重要组成。作家笔下的农村、农业、农民都是新的，农村的文明水准、农民的精神气质比过去都有了明显的提升，都站到了一个新的历史起点上。此类作品的创作必须克服同质化、类型化、概念化缺陷，还有待更深入、更用功的开掘和提炼。深潜生活、甘坐冷板凳的报告文学作家是有望写出新时代的《山乡巨变》和《创业史》来的。

现实热点焦点题材作品引人注目

社会的热点焦点疑点难点重点话题，通常都是报告文学创作的重要对象，也是容易引起读者共鸣的创作主题。鳏寡孤独残等社会弱势群体是容易被人们忽略的角落，但却是文学之光应该烛照的领域。彭名燕《用爱吻你的痛》聚焦社会救助事业，关注那些因病、因贫、因灾等陷入困境的群体，彰显传递社会大爱。杨辉素《给流浪儿童一个家》以石家庄儿童救护中心为描写对象，讲述如何帮助流浪儿童重寻家的温暖。还有如张一涵《天下无孤》等作品，也都聚焦孤儿等类似主题，呼唤社会慈善和志愿救助精神，对于爱和善的传承都具有积极的社会意义。

精神性疾病是当下社会一个相当普遍而且严重的课题。李兰妮的《野地灵光》以个人住在精神病院的经历，走近并聚焦那些患上精神疾病人士的生存窘境，希望为这群遇到精神困扰的人们寻找"旷野无人"中的一盏明灯，呼唤人们倾听他们的声音，更多地关心关爱他们，帮助他们走出精神的泥淖。李兰妮以自己的例子告诉人们，即便是重度抑郁症患者，也是可以带病生存并努力提升生命质量的。这部作品充满了人文关怀和人间温暖，传递给那些陷入疾病漩涡的人们以希望、光明和力量。故乡的《走出心灵的地狱》是一部抑郁症调查实录，也是一份真实有据的抑郁症患者报告。

还有如龚玉的《当你老了——我陪老伴的求医经历》关注社会老龄化、关注老人特殊的生存需要。李燕燕的《我的声音，唤你回头》关注中国女性所遭遇的各种违法侵犯行为，以及如何为捍卫自己的权益而抗争。丁一鹤的《绝对控制》聚焦网络诈骗问题，杨丽萍的《舌尖下的中国外卖小哥》关注“困在网里”的快递员的生存，陈启文《中国饭碗》叩问中国粮食安全，等等，这些都是重要的乃至重大的社会课题。作者们的真实反映与描写，定会引起公众的关切和思考，有助于推动相关问题的正视与解决。

抗击新冠肺炎疫情主题的报告文学创作成果陆续推出，为这一划时代的历史大事件留下了一份份珍贵的文学证词。纪红建的《大战“疫”》，普玄的《生命卡点》，曾散的《青春逆行者》，李朝全的《武汉保卫战》《隔离记》，侯国龙的《疫线突击——2020年武汉公安抗疫纪实》，朱金平的《英雄之城》，韩生学的《生命大决战》，田家村的《无法阻挡的春天》等，分别从全局或局部出发，进行全景式反映或者散点透视，或者聚焦重点地域的疫情防控战，并对疫情大灾进行反思，提出警示。新冠疫情还在进行时，因此对此的描写和思考尚未有穷期，报告文学还可以进行更深入更全面的挖掘与思索，留下更多的“信史”，同时也为人们提供更多有价值的启示。

生态报告依旧成绩突出。对于珍稀动植物的保护主题的书写，如余艳关于丹顶鹤保护的《春天的芭蕾》、连忠诚关于国宝级珍禽的保护的《大别山：一家人的朱鹮保卫战》，还有李青松《相信自然》对于山水林田湖草沙等自然环境及生态保护、人与自然和谐相处情景的美丽描述，都很生动可读。何建明的《德清清地流》描绘浙江德清县在落实“绿水青山就是金山银山”理论的生动实践，探讨要在保护生态的前提下实现经济和生态建设的双赢。古岳的《源启中国》聚焦三江源的生态和水土保持，任林举的《净土之净》、冯小军的《八步沙的故事》关注甘肃的生态保护，都是今年在生态报告文学创作方面取得的新成绩。

对于时代英雄的赞歌更加入脑入心

英雄是时代最闪亮的坐标，镌刻着一个民族精神的高度。时代楷模、最美人物、道德模范、改革先锋、七一勋章、国家荣誉称号、共和国勋章获得者等，纷纷成为报告文学作家创作的热门主题及对象。今年，这方面的书写在有关主流报刊的助推下继续兴盛繁荣。紫金的《大地如歌》聚焦北京恩济庄派出所已故普通民警高宝来的生平故事，讲述了一个把人民放在心中最高位置的雷锋式新时代警察的故事，高宝来像一盏灯照亮了居民，照亮了人心。阮梅的《一个女孩朝前走》、李春雷的《秀儿》刻画青春陨落的扶贫干部黄文秀，感人至深。通过倾心办教育把上千名贫困地区的女孩送出大山的张桂梅的故事，传遍了大江南北。木祥的《张桂梅，用生命点燃希望之光》和李朝德发表在《人民日报》上的《寻找坚守的答案》等都是对张桂梅及时的刻画和塑造。袁隆平今年不幸去世，陈启文发表了《中国海水稻背后的故事》《永远的袁隆平》等作品，都是在向这位“杂交水稻之父”致敬。黄传会的《仰望苍穹》塑造了共和国勋章获得者孙家栋的鲜明形象。宋明珠《端水打井的人》还原了铁人王进喜这个共和国历史上的英雄模范，生动传神。长江的《97颗星，我送你们去太空》《咬定青山》，分别以中国卫星燃料加注师白崑顺和世界著名麻风病防治专家李恒英为主角，刻画的都是优秀党员的典型代表。为了向先进党员致敬，《人民日报》专门开辟了“逐梦·致敬功勋党员”报告文学专栏，逐一发表关于中央首次表彰的29位“七一勋章”获得者的生动事迹，《光明日报》开辟了“中国故事”专栏，接连发表多篇关于时代楷模的报告文学短章，《人民文学》开设了“最美奋斗者”专栏，刊发了如记述可可西里藏羚羊守护者索南达杰故事的《太阳湖》，和高鸿关于最美奋斗者窦铁成故事的《匠心筑梦》。《中国作家·纪实版》持续不断地设立“时代楷模”专栏，发表了李金山的《桃李不言：时代楷模段江华的故事》、欧阳伟的《火焰蓝　再出发：时代楷模望城区消防救援大队纪实》、胥得意的《心与心没有距离》等。啄木鸟刊发了张宝中的《人民的保护神：漳州110纪事》。这批作品对于时代楷模、英雄人物的描画、讴歌与赞美，有利于在全社会大力弘扬英雄主义精神，张扬刚健、朴实、有为的时代新风，打造坚韧顽强、积极主动、勇于担当的民族精神。

深入开掘往事为历史留下存照

历史题材大有可为。譬如，赵韦的《国家至上》描写陕西火箭固体燃料研究所的历史，讲述了那些为航天提供动力的幕后工作者们默默无闻的牺牲与奉献，其中不乏如电影《我和我的父辈》里所演的火箭药面加工师的悲壮的故事。电影人物的原型就是固体燃料所的时代楷模徐立平。鹤蜚的《热血在燃烧：大三线峥嵘岁月》聚焦当年“大三线”建设者在贵州六盘水山区度过的艰难岁月，表现他们所做出的“三献”牺牲。历史题材的文学书写具有提醒和昭示功能，一是提醒我们勿忘过去，牢记历史；二是可以以史为鉴，启发现在，昭告未来，让人们从历史中不断地汲取营养和力量。

2021年报告文学创作的基本经验是，我们的作家已深切地认识到，自己正身处一个前所未有的历史性变革的时代，中国共产党带领中国人民所进行的艰苦卓绝的不懈奋斗，旨在全面建成现代化国家的宏伟愿景，实现中华民族伟大复兴的伟大梦想，这一切都是顺应历史发展大势、自觉把握历史主动的担当与作为。它体现和顺应了历史发展的规律，回应了人民的召唤、期待与渴盼，我们的国家正处在一个朝气勃勃、欣欣向上持续稳定的发展态势之中。作家要和时代站在一起，要和历史正确的一方站在一起。作为时代书记员和历史记录官的报告文学作家更应如此，要主动深入时代，深入生活，去发现和捕捉历史发展的契机、历史变革中那些动人的人物和故事，为时代留信史，为历史留下生动的文学印记，自觉担当，积极践行自己的文学使命，用作品记录时代，刻画英雄，书写人民，表达历史大势，传递人民心声，锻造文学经典，对世道人心起到助益作用，同时为民族国家社会的未来发展昭示方向与道路；在表现党领导人民顽强奋斗的同时，彰显英雄主义、爱国主义精神，传递理想信念的力量，凝聚鼓劲，慰藉温暖，以文学的方式抚慰心灵，激发斗志，汇聚精神力量。正因为党、国家和人民是紧密统一的整体，利益高度一致，完全顺应了历史正确的发展方向与潮流，故此，作家们都自愿自觉地投身到百年变革的历史与现实的书写之中，投身到改革开放伟大实践的现场，无论是在抗疫一线，还是在脱贫攻坚、乡村振兴的主战场，处处都活跃着报告文学作家，他们在生活中挖到了无比丰富的创作矿产和深井，发现了无数值得用文字留存的人物和故事。这，已然成为新时代报告文学创作的主流与趋势。

问题和不足在于：一些历史题材的纪实书写局限于二手资料，止步于历史文献，口述实录、回忆录、档案等，缺乏实地的踏勘、现场的资料采集，作品的在场性和现实性都有欠缺。其次是邀约写作有时止步于浅尝辄止、走马观花，未能深入开掘题材掘深井找出真正典型感人的人物和故事，不少作品存在同质化、模式化和概念化倾向，感染力、感召力不足。有些作品还有粗制滥造或璞玉未凿的缺憾。这些作品均可被称为文学粗坯或半成品，不仅不能为报告文学赢得荣光，反而可能败坏报告文学的声名。这是在今后的文学创作中应该特别注意并予以抵制和克服的。

2021 年 11 月 于北京东土城路

目录

以史为鉴

记录小康

聚焦热点

时代风流

以史为鉴

靠　山（节选）

铁　流

一、假夫妻

（一）

1929年的3月，惊蛰过后没几天，民间俗称的二月二龙抬头就到了。这天早上，李淑秀和傅玉真就迎着温暖的朝阳登上了开往青岛的火车。小脚的李淑秀怀抱孩子，同样是小脚的玉真提着点心盒子。火车开动了，先是慢吞吞的，出站后打着响，跑得越来越快。玉真探出头看了看，火车像条长龙一样行驶在原野上，窗外的树木一晃而过。田野上的麦苗也已经返青了，春天的脚步也像眼前的火车一样，在人们不经意间加快了步子。这是姑嫂二人第一次坐火车，惊奇中又感到新鲜，她们一路说说笑笑，偶尔玉真那双美丽的眼睛还向身旁和过道瞟几眼。

路途并不遥远，目的地在人们春困中到了，都是约定的车次和时间，当傅玉真和李淑秀走出车站的时候，徐子兴就笑吟吟地迎了上来，嘴里喊道：弟妹，玉真！大家握了握手，徐子兴若无其事地接过了玉真手里的点心盒子。玉真低声问：大哥，咱们去什么地方？徐子兴指了指不远处的几辆人力车说：车都等着咱们了，坐车过去。

人力车拉上三人，一前一后飞奔而去，行至四川路一小院，车子停下来，徐子兴先下了车，伸手把钱递给车夫，又向为首的那个车夫示了一下眼色，就带着姑嫂二人走到一处房子前，他打开门，大家走了进去。徐子兴道：这是刘子久同志让我给你们租的这个房子，生活用品都准备好了，从今以后你们就住在这里吧，特务已经盯上了你们的家。玉真点点头，打开点心盒子，两把匣子枪露了出来。

夜晚，月明星稀，处在城市边缘的四川路，寂静一片，远处偶尔传来几声零散的鞭炮声，这可能是那些调皮的孩子过年攒下来的鞭炮，如今又拿出来放了。这时，几个男子来到了四川路玉真的住处，前边的人轻轻敲了三下门，声音一长两短，门开了，大家闪身而进。

来人是中共青岛市委书记王景瑞，还有张英，大家还没说几句话，门又响起了，玉真急忙打开门，徐子兴和一个年轻人跨了进来，玉真觉得他有些面熟，正看着，这位年轻人笑着说：老乡，怎么忘了？中午的时候你可是坐过我的车呀！是你呀！玉真噗嗤笑了。徐子兴也笑笑，说：他叫田泗，是高密人，还是你的老乡呢！玉真点点头，急忙给大家倒水。徐子兴坐下后就对王景瑞道：刚刚得到的消息，王昭功被敌人抓住了，还有一位是省里的同志，最近王复元很猖狂。张英闻言，从凳子上一下子站了起来：没想到王昭功同志这么快就被他抓住了，看来王复元真不是吃干饭的呀，他一时不来，我们就上门去找他，必须尽快除掉这个大叛徒！

王景瑞听了徐子兴的话，抽了口烟，看着张英道：看来你得尽快赶到济南去了，王复元这对兄弟一日不除，我们随时都有损失。说完，王景瑞转身对淑秀、玉真说：张英同志马上就要到济南去了，现在那边查得很紧，只有夫妻才能租房住上客栈，为了能够顺利除掉叛徒，得找一位女同志和张英扮上夫妻一起去完成这个任务。王景瑞说着，目光落在了玉真的脸上。玉真看看王景瑞，脸一红，道：王书记，要是你们觉得我合适，我就去，绝不含糊！王景瑞摇摇头：本来是有这个打算的，可你站在张英面前更像个小妹妹。说着，他看了张英一眼。张英点点头：是这样！玉真一听急了：那可怎么办？李淑秀突然道：对了，俺们家的桂兰合适，让桂兰去吧，她个头高，身子也比玉真粗，肯定和张同志般配！玉真拍拍手，连声说道：对，对，她还真行，我怎么一时没想到呢，明天我就回去把她叫过来。

王景瑞看了张英一眼，笑笑，说：这样就太好了！

张英对玉真说：那就辛苦你跑一趟了，你姐姐会同意吗？玉真道：她肯定同意，我们虽然不是党员，可也是革命的积极分子呢！

玉真回到高密叫姐姐傅桂兰的时候，并没有告诉她给张英当妻子的事，玉真知道，姐姐面皮薄，害羞，有时候被男人看一眼，脸就能红上半天，要是知道让她去干这事，也许说什么都不会跟着自己走了。

在这天晚上，当这个叫傅桂兰的姑娘被几个男人上下打量的时候，竟然窘得一时不知该怎么办才好了，她先是两手交织在一起揉搓着，后又把背上那条黑油油的大辫子拽到胸前扯来扯去的。王景瑞见她这样，笑笑说：桂兰同志，你不要紧张，也不要害羞，玉真都和你说了吧？桂兰一时没明白王景瑞说的是什么，就摇摇头。玉真噗嗤一声笑了，说：让你给张英同志当老婆呢。桂兰脸色一下子变了，瞪着玉真道：在人家面前，你这是胡说什么呢？王景瑞见是这种情形，知道桂兰还不知就里，就对她说：桂兰同志，张英同志是中央派来执行锄奸任务的，王复元叛变后，出卖了我们很多的同志，这里面就包括你的哥哥，如果不把他尽快除掉，会有更多的同志受到伤害的。说到这里王景瑞停顿了一下，又接着道：刚才玉真同志说得不准确，可不是让你去当张英的妻子，是假扮他的妻子，当然了，要一定装得像，越像越有利于完成任务。你还有你的嫂子、妹妹，虽然都不是党员，可这些年一直都在帮着我们做事，我代表党组织感谢你们！

桂兰看了张英一眼，欲言又止，脸一下子变得绯红了，她低着头一时没有说话，玉真急了，说：姐，平日里干革命你可是很积极的，怎么这回就这么不干脆了？可真有你的，让你是去当假老婆，又不是真的！桂兰照着玉真的胳膊拧了一把，疼得玉真直吸气。

张英见状说：我看也不要难为桂兰同志了，我们再想想别的办法吧。

桂兰听了，一下子抬起头，含着眼泪说：我去！

（二）

1929 年 4 月的一天，张英和化名单娟的桂兰到了济南，人力车拉着这对年轻人一路向前赶着。春风已经绿了马路两边的杨柳，张英身着长衫，戴着礼帽，桂兰搭在背上的那条粗黑的辫子不见了，脑后绾了一个大大的发髻，一看就是个出阁不久的新媳妇。人力车拐进一条街后，又跑了没多远，就在悦来客栈停下了，二人下了车，走进客栈里。孤男寡女独处一起，桂兰既紧张又害羞，一时不知该怎么办才好，张英显得也有些局促，但很快就平静了一下，他倒了一杯水放在桂兰手上，轻轻说：桂兰，你不要紧张，你就是我的妹妹。桂兰看看张英，眼前这个粗壮的男人朴实亲切，眉眼中还带着笑，就像自己的哥哥傅书堂一样。在张英转身忙着开箱子的时候，这个还待字闺中的少女不禁偷偷打量了他几眼。

清晨，窗外的鸟叫声越来越多，也越来越响亮，桂兰一觉醒来，发现躺在地板上的张英已经不在房里了。这个时候，张英已经早早地来到了济南剪子巷铁匠铺，正和一位粗壮的汉子说着话，那汉子叫赵大锤，是张英村里的，赤着个上身，脖子上还挂着件厚厚的围裙。他一边抽着张英给他的烟，一面伸出铁钳从炉火夹出一截烧红的铁块放在铁砧上，旁边的徒弟扬起大锤就砸了起来，那声音在寂静的早上格外刺耳。

赵大锤敲着小锤，就像是给徒弟伴奏一样，手在忙活，可嘴也没闲着，他说：兄弟，听说我来济南没几年你就当兵走了，算算时间也不短了，你爹你娘肯定也天天念叨你呢，弟媳一个人在家操持着日子不会容易的，这兵就不当了？回家看看了没？过了这些年，我老家也没什么人了，也就没再回去，多年没见老家的人了。张英沉默了片刻说：铁打的营盘流水的兵，不当了，我这刚从外边回到咱山东，还没回去呢，有时候想一想，真对不起他们。赵大锤放下锤子，又说：该回去看看了，这日子一晃就过去了，可别留下什么遗憾。张英说了声是，又递给赵大锤一支烟，赵大锤用火钳点了，美美吸了一口说：我在济南待了好多年了，也多多少少认识几个人，有啥让大哥帮忙的，你就开口！张英笑笑说：大哥，这些年我在外面漂泊够了，还是觉得咱们山东好，以后就在济南落脚了，你弟媳也从老家来了，我琢磨着得抓紧寻条生计，现在还没地方住，就打算租个房子，可到处盘查得紧，没有担保的不行。赵大锤向掌心吐了口唾沫，又抡起了锤子，嘴里说：兄弟，你别为难，大哥给你担这个保，这点事我要是办不了，就白在济南城混了这些年了。说完，他扯起围裙擦了把汗，徒弟则夹起那截被锤打过的铁块伸进水桶里，只听呲的一声，一股白烟蹿了上来。

赵大锤给张英写好了保书后，张英就离开了剪子巷，接着又去了几个地方，下午才回到了悦来客栈，他敲了敲门，门开了，他刚走进去，一张大网就把他突然罩住了，接着上来几个大汉把他扑倒在地上。张英面对猝不及防的袭击，一时有些蒙了，他挣扎着抬起头，周围站着数个便衣和军警，桂兰也被绑了，嘴里塞着枕巾，双眼含着泪，脸都憋红了。张英立刻明白了什么，只是他想不到自己这么快就被捕了，这才是到济南的第二天呀！领头的特务松了一口气，笑着说：王队长说你是一个会飞檐走壁的人物，没想到一张渔网就把你擒了！为了拿你，费了我们多少心机呀！

张英自然不知道，在昨天下午，王复元带着捕共队的队员直奔纬七纬八路间的八卦楼省委秘书处，省委秘书张子英正在急急忙忙地焚烧文件，门被撞开了，特务一头闯了进来，他们见地板上正燃烧着一堆纸，立刻明白了什么，急忙冲上前去三脚两脚就把火踩灭了，特务伸手拿来一根棍子在火堆里翻腾了几下，从里面找到了一张纸条，上面是张英来济南的时间和悦来酒店的房间号。特务在房间里又翻腾了一阵，见再没有什么有价值的东西，就押着张子英走了。王复元看到这张纸条时，不禁仰头笑了，笑得淋漓尽致。

看来，张英就是被王复元按图索骥找到的。

张英和傅桂兰被五花大绑地押出了悦来客栈，周围都是很多看热闹的人。桂兰的发髻在挣扎时散了，长发披在了肩上，被迎面而来的春风缭乱了。警车把他们一路送到了济南三元宫看守所，国民党济南党部主任黄僖棠闻风赶来，马上提审了张英，张英被上了手镣脚镣，站在那里冷眼看着，一言不发。

黄僖棠笑了笑，让身旁的女秘书给张英端来了一杯茶水，张英也不客气，接过来一饮而尽。黄僖棠慢悠悠地说：你是周恩来身边的人，我们不会为难你的，只要一五一十地好好交代，今晚你就自由了，往后就留在我们济南党部，要什么有什么，绝对不会亏待你的。张英大笑，大声说：你真是狗眼看人低呀！我马宗显是个一口唾沫砸一个坑的汉子，岂能受你蛊惑！黄僖棠阴下脸来，跷起二郎腿说：马老弟，你还年轻，来日方长，千万不要感情用事！

黄僖棠命人把张英又关进了牢，接着又来到了另一间屋子，一个看守正朝桂兰吼着：还不快招，是不是又想吃鞭子了？黄僖棠看了一眼桂兰，马上道：胡闹，这么漂亮的一个女人你们也下得去手？警察局长郭大鹏走到黄僖棠身边，悄声对他说，刚刚才抽了几鞭子，就疼得不行了，估计再来几下就招了。黄僖棠听了，喜上眉梢，慢悠悠地走到桂兰身边说：这就对了，一个女人家怎么能跟着共产党起哄呢？说着他和善地问桂兰：你叫什么名字呀？桂兰道：单娟！黄僖棠又问：这个共党分子是你什么人？单娟说：他是俺男人！黄僖棠干笑几声说：你没有说实话，还有，只要你交代出共产党的重要分子，马上就放了你，我也看出来了，你只是受共产党一时蛊惑才被他们摆布的，对你们这样的人，特别又是女人，本党是区别对待的。单娟带着哭音说：他就是俺男人，他不是共产党，俺也不知道你说的重要分子是什么。黄僖棠生气了，说了声嘴还很硬呀，接着用力一挥手，一旁的看守心领神会，他把鞭子伸进水桶里泡了又泡，接着又抽出来在空中甩了几下，一声声噼里啪啦的闷响从桂兰头顶上滚过，鞭子上的水被抖落下来，纷纷落到桂兰的头上、脸上和身上，桂兰捂着脸，惊恐地大叫着，一股液体从桂兰的裤腿里流了出来，黄僖棠看在眼里，喜在心里，他不温不火地说：小姑娘，看你细皮嫩肉的，怎经得起这沾了盐水的鞭子抽呀，早交代了早就免于皮肉之苦呀，否则连命都没有了。旁边的一个叫宋子文的看守，一直冷脸看着桂兰。桂兰低下头沉默一会，又抬起头来说：俺都说了，他就是俺的男人，他不是共产党，俺也不是，其余的俺什么都不知道。黄僖棠眼一瞪，大着嗓门说了声打，那看守早就按捺不住了，一鞭就抽在了桂兰的背上，桂兰发出一声尖利的惨叫。一下、两下，鞭子像密集的雨点一样落在桂兰的身上，一会工夫，桂兰已是皮开肉绽，鲜血染红了她的衣裳，她慢慢晕了过去。宋子文揉了揉眼睛，转过身去。

一盆凉水又浇醒了桂兰。

黄僖棠又让她说，桂兰一声不吭，她头垂在胸前，头发散乱在脸上。

给我继续打！黄僖棠狠狠说完这话，先抬脚走了。宋子文看了一眼黄僖棠的背影，低声对郭局长说：我看这女人胆子很小，刚才尿都吓出来了，这么打都不开口，看来她确实什么都不知道，要不早就招了！郭局长抬眼看看桂兰，点点头道：我看也是，共产党是拿着这个女人打掩护罢了。说完他摆摆手，又吩咐道：先关起来再说！

三元宫看守所终于在夜色中慢慢平静了下来，张英坐起身来，摸着伤痕累累的胳膊，抬头看着窗外，外面月色皎洁明亮。看守来给他送饭了，张英复又躺在地上，故意发出一声声痛苦的呻吟，看守把碗放在牢门前，看了张英一眼说：起来吃饭了，你要是早招了，还能受这份罪?！张英不说话，还是大声哎呀着。到了半夜，张英说肚子疼，喊着要出去大便，看守走过来哼了几下鼻子，眼也不睁地说：怎么这么多事?！张英道：你再不开门我就拉到里面了！说着，就要去解裤腰带。狱警听了，睡意全无，几步就赶到了门前，说：你真是个活宝，快去快回！

门开了，张英扶着墙壁一步步向外挪着，嘴里说道：兄弟，我被你们打得走不动了，你就不能扶我一把吗？看守眼一瞪：啥？你怎么不说让我找顶轿子抬着你去呢？张英叹口气：再慢了就拉到裤子里去了。说着，步子就快了。张英走进院子，回头看看，那看守正站在远处抽烟，嘴里还哼着小曲。

张英虽受了一些刑，可凭着他深厚的内功，并没有伤着筋骨。他到了墙角，没有解腰带就蹲在了地上，接着伸手从鞋底摸出一根铁丝，几下就捅开了脚镣，转眼间又打开了手镣。他深吸了一口气，一个旱地拔葱，飞身跃上了院墙，眨眼工夫就落到了墙外。

等张英跑出了很远，三元宫看守所内才传出一阵尖利的哨声。

他仰首看看天空，月明星稀，他松了一口气，又大步向前赶去。

据当年参加审讯张英和傅桂兰的地下党宋子文回忆：张英是条响当当的硬汉子，怎么打也宁死不开口。我好像记得光用杠子就压了他三次，还灌了不少辣椒水。他是个练家子，要不后来就枪毙他了。尤其让我敬佩的是那个叫单娟的同志，开始她很害怕，都吓哭了，疼得也不停地叫，我担心她撑不住会招的，可没想到她最后还是经受住了考验。后来听说她叫傅桂兰，傅书堂的妹妹，还不是一名党员。

张英当夜就赶到了赵家铁匠铺，赵大锤见他衣服破了，上面还有血迹，不禁吃了一惊，急急地问他：兄弟，你这是咋了？张英说：大哥，我落难了，今晚得在你这地方住一夜，明天我就离开。赵大锤道：看你这一身伤，怎么会是这个样子？张英说：和一帮人谈生意没谈拢，就动手了，没关系，都是些皮肉伤。赵大锤道：我这里还有点治皮外伤的药，先抹上点，明天咱们再想办法。第二天上午，赵大锤找来了郎中，给张英处理了一下伤口，重的地方又给他做了包扎。等郎中走后，张英道：大哥，我得尽快离开济南，来日咱们再见。赵大锤赶忙让老伴给张英找了身衣服换上，又塞给他几张票子，送张英走了。

二、姑嫂锄奸

（一）

1929年的4月末，刚刚返回青岛没几天的张英，在李村路得胜里见到了王景瑞，张英面色苍白，还没说几句话，就从凳子上歪倒在地上。王景瑞急忙把他扶到床上，问：张英同志，你这是怎么了？除掉王复元了吗？张英叹口气道：说来惭愧呀，我和桂兰刚到济南的第二天就被捕了，最后我从他们的看守所里逃了出来，也不知桂兰现在怎么样了。因为我的大意，没能及时除掉王复元，还连累了桂兰同志，请组织上处分我吧。王景瑞说：张英同志，你先不要自责，我看你身体很虚弱，得先抓紧找个地方给你养伤，听子兴同志说，你逃出来后，济南、青岛两地的特务和军警都在搜查你，医院是不能去的了。

王景瑞沉思片刻道：另外，不知桂兰姑娘能不能过了这一关呀？你被打得这样，她恐怕也轻不了呀！王景瑞皱起了眉头，看了一眼张英说：我们不能不做最坏的打算，万一傅桂兰顶不住，我们还会有损失的。这样，先把她的嫂子和妹妹转移了，其他同志也都要注意些。

两人正说着话，外面传来了敲门声，响了三下，接着又是猫叫声，一长两短。王景瑞一下子站起来，高兴地说：是王科仁同志来了！王景瑞说着，急忙打开屋门，两位老朋友的手紧紧握在了一起。

王科仁是青岛浮山后村人，与王进仁是同村，王进仁还是王科仁的入党介绍人，后来王科仁被调到中共山东省委担任交通员。看来他有急事，跑得满头大汗的，还没坐下他就急急忙忙地说：景瑞同志，我是来传达省委指示的。他咕咚咕咚喝了几口水，又对王景瑞道：组织决定让你到淄博工作，要尽快动身，你走后，先由曹克明代理书记。再就是根据情报，王复元近期就要来青岛了。王景瑞说：科仁同志，我会尽快赶到淄博的。国民党马上就接管青岛了，这个叛徒无缝不钻，他也该来了。躺在床上的张英高兴地道：兔子敲门，送肉来了，太好了！王景瑞说：你先抓紧把身体养好了再说，说到这里，他扭头对王科仁道：张英同志受伤了，我们正打算给他找个地方养伤。王科仁笑了：他受伤的事省委也知道了，我这次过来，也是说这事的。我有个姐夫，在金指一郎家做饭，把你送到他家养伤如何？这日本人也喜欢中国武术，他肯定会同意的！张英有些疑惑：金指一郎？王景瑞道：他是邮政局局长，这太好了，藏在他家也安全！王科仁道：省委书记刘谦初同志让我给张英同志当助手，争取早点除掉这个叛徒！说到这里，王科仁面色沉重下来：听打入敌人内部的同志说，傅桂兰同志最后还是撑住了，什么都没有说，最后竟被警察局的局长送到了他的老家诸城，说是给他的瘸腿儿子当媳妇，这小子太缺德了！张英听了连声说：我对不起她！对不起她！说完一阵哽咽。房里静了，大家再没有说一句话，只是都感到有一股说不出的滋味涌上心头。

王景瑞到淄博还没几个月，就遭到国民党特务的逮捕，之后在济南被关押了5年，后因病重被家人保释出狱。这时他已经与党组织失去了联系，身体刚见好后，他就拖着病体四处寻找党组织，他对家人说：傅桂兰不是党员都能挺住，何况我还是个男子汉大丈夫呢！要是我叛变了，找个地方躲起来了，将来傅桂兰知道后会怎么想?!

王景瑞不知，就在他1933年初寻找到党组织并恢复了党籍的时候，那个远在诸城的女子傅桂兰，已经化作了田野上的一座芳冢。

中华人民共和国成立后，已经担任轻工业部办公厅副主任的王景瑞，对家乡党史办的来人说：我这一辈子最对不起的就是傅桂兰同志，她太可惜了！说完这话，王景瑞已是泪流满面。

金指一郎就住在青岛八大关一处独门小院里，这天中午，身着日本和服的金指一郎对张英的到来有些疑惑，他觉得眼前这位英气逼人的年轻人背后应该不简单，一时有些犹豫，王科仁的姐夫曲学尧见状急忙指着旁边的王科仁说：局长，这位兄弟是我小舅子介绍来的，自己人，错不了。另外，他也是个练家子，你不是让我找一个这样的人吗？我正四处打听着，人就上门了，这就是来得早不如来得巧。前些日子他跑生意受了点伤，等他养好伤你们切磋一下。金指一郎闻听，很高兴。一边说着幸会，右手突然伸了过来，张英明白他的用意，胳膊一挡，用指头弹了一下他的手腕，金指一郎疼得嘴角都歪了，张英又顺势握住他的手道：还请局长多多关照。金指一郎这一探，知道张英的功夫绝不是皮毛，立刻眉开眼笑，说：您就安心住下来吧，以后咱们好好切磋一番。就这样，张英留在了这位日本人家中。王科仁也时常相伴左右，跟着张英学到了一些功夫，手里的双枪也能百发百中。张英对他说：你很有悟性，锄奸的时候就能派上用场了。王科仁听了，双手一抱道：谢谢师傅！两人相视一眼，哈哈大笑起来。

绵绵的细雨已经连续下了三天，这个季节青岛本来就潮湿，现在变得就像刚从大海里捞出来的一样，到处都湿漉漉的，那些用石板铺就的旧街道，泛着青色，好似长出了青苔一样，王景瑞就是踩着这样滑溜溜的街道走上大马路的，随后他很快离开了雨中的青岛，向着他新的工作岗位而去了。王景瑞刚走没几日，王复元就带着随从来到了青岛。

王复元还没出站口，右手就贴在腰间，他知道，对这座复杂的城市，自己还不能掉以轻心，共产党随时随地都会要自己命的。他瞪着那双小眼睛，正四面看着，突然发现了人群中的徐子兴，王复元从腰里拔出手枪，对几个随从说，盯着前边那个小子！话音未落，令王复元没有想到的是，徐子兴竟然冲着他一笑，径直走了过来。王复元大惊，枪口一下子对准了他。徐子兴道：王部长，我是徐子兴呀，你不认识我了？王复元看他一眼道：不要再叫我部长，你可是共党重要分子呀，怎么？自投罗网来了？徐子兴握着王复元的手说：我称你部长，是没忘了你对我的栽培呀。老话说得好，识时务者为俊杰，以后我还是跟着你干。今天，我就是专门来接你的。王复元听了，枪口一下子顶在徐子兴的胸口上，他警觉地说：你是给我来灌迷魂汤的吧？共产党这两下子我还能不知道？徐子兴亲热地道：王部长，你可是我的入党介绍人呀，现在这种局势，我能不给自己找条好路吗？什么时候我都跟定你！王复元笑了，他收起手枪说：共产党现在就是秋天的蚂蚱，蹦跶不了几天了，你这是聪明之举，跟着我绝对没错。

丁惟尊的到来让玉真感到一阵喜悦，她已经很久没有看到丁惟尊了。在这个春日的夜晚，丁惟尊的突然出现，让这位早就对他心生好感的年轻的姑娘心里，漾起一阵阵甜蜜。丁惟尊放下手中的水果，迎着玉真的目光，热辣辣地看着她。玉真莞尔一笑，双颊泛起了淡淡的红晕。

傅玉堂走后没有多少日子，丁惟尊也离开了高密，到了青岛铁路局印刷厂当了一名排字工人。来厂里没多久，他就从王景瑞那里知道了傅玉真的住处。这天一下班，他就赶了过来。这个夜晚，这对情投意合的年轻人，在李淑秀的撮合下，定下了终身。

丁惟尊非常高兴，很快在青岛云南路汇兴西里找到了一处房子，房子一门两间，一间作为新房，另一间李淑秀居住。不久，丁惟尊就和傅玉真举行了婚礼。

王复元初到青岛，徐子兴就投在了他的门下，这让王复元高兴万分，他突然想到，丁惟尊也是自己介绍入党的，为何不把丁惟尊拉到身边来呢？在一个阴沉的黄昏，他让手下把丁惟尊请到了中山路的一家酒馆。丁惟尊见到王复元时，一阵心惊肉跳。王复元笑笑，给他倒上了一杯酒，说：小丁呀，我们应该很久没见面了吧？当年我是很看重你的。来，喝了！丁惟尊端着酒杯急忙站起身来，恭恭敬敬地说：部长，是有些日子没见面了，感谢你当年对我的提携，我敬你。说着碰了一下王复元的酒杯，一饮而尽。

王复元放下酒杯，招招手让他坐下，手下给王复元斟了酒，又给丁惟尊倒上。故作神秘地说：知道吧？徐子兴也跟着我干了，他是聪明人，能看出个眉眼高低来。王复元点了点头，身旁的随从把一个钱袋子放在了丁惟尊面前。王复元道：这是100块大洋，以后随时都会有的。丁惟尊听说徐子兴叛变了，不禁吃了一惊，王复元看在眼里，他又端起酒杯直视着丁惟尊说：小丁，我听说你找了傅大杠子的妹妹做老婆，那娘们我见过，俊着呢！有这样的好媳妇，再有个好日子，你就全了，来祝贺你。说着用力碰了一下丁惟尊手中的杯。丁惟尊见状，急忙说：我一切都听大哥的！从今以后就跟着大哥奔前程了！王复元摇了摇头：不行，你还得耐心地留在他们身边，随时向我提供他们的情报。丁惟尊把酒干了，头就像鸡啄米一样点着，说：我听你的吩咐，听你的吩咐！

1929年7月15日，调到山东没几个月的中共山东省委书记刘谦初被捕，山东省委再次遭到破坏，由于济南形势严峻，为了避其锋芒，共青团山东省委和青岛市委紧急商定，在青岛市组成了临时山东省委，成员有曹克明、党维蓉、徐宝铎。

这天夜里，省委交通员王科仁参加了在青岛的中共临时省委第一次会议。曹克明问王科仁：张英同志的身体怎么样了？王复元已经在青岛了，咱们要想办法尽快铲掉他。王科仁说：他的身体已经恢复得很好了，昨天我们还商量了一下行动方案，就等着下手的机会了！曹克明道：抓紧想办法弄清王复元的行踪，这次不能让他活着离开青岛了。王科仁说：这小子猴精，外出都前呼后拥，一直还没找着机会！

（二）

丁惟尊回到家里后，把徐子兴骂了一顿，说他叛变了革命，不得好死。玉真也很愤怒：真没想到徐子兴这个样子，听我哥哥说，徐子兴干革命很积极。他在邮政局上班，一个月就能拿几十块钱，日子应该过得不错，可家里还经常揭不开锅，原来是把一部分钱都交给组织当活动经费了。有一次，家里断顿了，他把一件平时不舍得穿的衣服送到当铺换了点钱，最后才有了米下锅。他做事也很勇敢，怎么骨头一下子就变得这么软了？！丁惟尊叹了口气：刀架在脖子上，有几个不眨眼的？玉真瞪了他一眼：你可千万别学他这样子，往后不知会有多少人戳他脊梁骨呢！丁惟尊连忙说：你小看我了，我可是个响当当的男子汉，要不你怎么会看上我！玉真柔情地看了丁惟尊一眼，脸上泛出了幸福的笑容。

傅玉真没有想到，自己深爱着的丈夫，一边花言巧语，信誓旦旦，可背后把自己知道的党组织的秘密，都源源不断地提供给了王复元。1929年的盛夏，蝉鸣如潮，正在路边行走的中共青岛市委军事特派员田泗，突然被两个路人拦住了去路，为首的竟是自己的同学李庆霖。田泗狠狠瞪了他一眼，冷冷一笑，说：李庆霖，你这个叛徒，你今天终于盯住我了！面对田泗愤怒的目光，李庆霖有些慌张，他说：连徐子兴都投靠他们了，咱们还硬撑啥？

这一幕，恰恰让人群中的李淑秀看在了眼里。

田泗本来也是配合张英锄奸的，早上丁惟尊谎称让他到四川路五号与一个人接头，最后中了李庆霖和特务于兰亭的埋伏。二人把田泗押到青岛市警察局，局长朱斌训大喜，田泗指着李庆霖和于兰亭道：局长大人，这俩人想立功邀赏想疯了，我不叫田泗，也不认识他们，我姓张，叫张丰收。李庆霖气得直瞪眼，嘴里说道：局长，我们是同学，扒了他的皮我也认识他。说着他踹了一脚田泗，指着他道：你连我都不认识了，真会装！你是不见棺材不落泪，你等着吧！说着他凑到朱斌训面前耳语了几句，快步走了出去。

田泗没有想到，李庆霖最后竟把丁惟尊带来了，朱斌训道：丁惟尊，这人你认识吗？丁惟尊笑笑：他？就是把化成灰我也能认出来。朱局长，他叫田泗，参加过什么广州起义，在黄埔军校读过书，是共产党的铁杆分子！他左腿有块伤疤，是他参加起义时被枪打的！朱斌训听了一挥手，一旁的警察上来就脱去了田泗的裤子，果然有处伤疤。朱斌训见了，放声大笑，对丁惟尊说：你也算是立了一功。正当丁惟尊洋洋得意时，田泗一口浓痰吐在了他的脸上：你这个叛徒，真没想到让你给算计了，你不会有好下场的！

丁惟尊回到家时，已是深夜，见玉真和李淑秀坐在那里等自己，姑嫂二人看到他，都板着脸，丁惟尊有些愕然，随后生气地说道：田泗这小子也叛变了，你们可能没想到，是直接到警察局自首的。玉真白了一眼丁惟尊说：你早上刚去找过他，怎么这么快就叛变了？李淑秀说：他自首？好像是被特务抓走的吧？丁惟尊见面前这两个女人话里带刺，不禁脱口说道：你们是在怀疑我吧？玉真说：没做亏心事，不怕鬼敲门！说着两眼紧紧盯着丁惟尊，丁惟尊笑笑道：我是没做亏心事，怕什么？说完，一下子躺在了床上。

在丁惟尊回来之前，玉真姑嫂议论着，二人回忆起这段时间以来丁惟尊的一些举止，都觉得有些不正常。田泗明明是在大街上被捕的，丁惟尊为什么睁着眼说瞎话呢？玉真听着丈夫的一阵阵呼噜声，辗转难以入眠，难道他对共产党三心二意了？是他听别人说的，还是有意在撒谎？聪明的玉真越想越不安。想起丈夫平日里对自己的好，玉真心里一阵绞痛。

1929 年 8 月初的一天傍晚，青岛市委书记党维蓉来到大康纱厂找到了傅玉真。王景瑞调离青岛后，由曹克明代理市委书记，不久中共中央就派了党维蓉来青岛担任市委书记。党维蓉是陕西人，身材高大，时年才 21 岁。他见玉真从厂子里走出来，这位陕西汉子朝她挥了挥手，几步就走到了马路旁的一棵大树下，玉真也紧跟着也赶了过来。党维蓉看看玉真，欲言又止，最后还是很快就开口了：玉真同志，据我们的同志讲，丁惟尊叛变了，你得有个思想准备。玉真连日的猜测最后竟是真的，她只觉得一阵头晕目眩。玉真低下头咬着嘴唇一时没有说话，最后她带着哭音说：党书记，这是真的吗？党维蓉点点头：是真的！党维蓉本来还要说什么，可他见玉真眼里裹着泪珠，就沉默了。玉真道：党书记，有啥事您就说吧，我是坚决不会和这个叛徒站在一起的。党维蓉道：玉真同志，我们已经对丁惟尊做出决定了。玉真睁着一双泪眼看着他，党维蓉说不下去了，他的家乡口音竟一时变得越来越浓，甚至有点拿腔捏调了。党维蓉平静了一会，终于说道：我们决定马上除掉丁惟尊这个叛徒，希望你和你的嫂子配合好，我知道这样做对你来说太残酷了。我们党是绝对不允许一个党员背叛人民，并与人民为敌的！玉真听了，如五雷轰顶，两腿一软倒了下去，党维蓉见了，急忙扶住她。玉真放声大哭，她突然意识到了什么，一下子收住了哭声，抬头看看周围，捂住嘴哽咽起来，两个肩头剧烈地抽搐着。

党维蓉眼里也闪着泪光，他咳嗽了几声说：最近，丁惟尊出卖了我们很多同志，有些同志已经牺牲了。对他一日不除，就会后患无穷。过几天张英同志会来联系你的，你一定要配合好的。另外，一定要保密，有什么事我会和你单线联系的。玉真平静了下来，她擦了擦眼泪，说：党书记，放心吧，丁惟尊叛变了革命，就不是我的丈夫了。党维蓉点点头，说：你这样说我就放心了，你和你嫂子一定注意安全，要保护好自己。要是哪天我有事了，跟你接头的人会说，明天出海吗？你说，海上风大，不出了。党维蓉说完，抬头看了看周围，快步离去了。

大雨终于从阴沉的天空落了下来，密集的雷声好像就响在头顶上。站在树下的玉真，浑身上下很快就被浇透了，她仰着头，目光呆滞，任由雨水和泪水在脸上流淌着。连玉真自己都不知道是怎么走回家的，看到她这个样子，嫂子李淑秀不禁大吃一惊，刚要开口问她，玉真却扑通一声倒在了地上，李淑秀急忙把她扶在床上，又给她换上衣服。

躺在床上的玉真醒了过来，她怔怔地看着李淑秀，突然大声哭道：嫂子，丁惟尊这个狗东西果真叛变了！说着一下子扑进了李淑秀怀里。李淑秀轻轻地拍着玉真的后背，难过地说：我就知道会有这一天，没想到还真是来了，这个狗东西，可把俺玉真害苦了。

姑嫂二人相拥大哭。

丁惟尊回家了，见傅玉真躺在床上，就从口袋里掏出了一个发卡，他温情地说：老婆，你看我给你带回了一个什么？你肯定会喜欢的！玉真一时无语，可心里恨恨的，她想起了党维蓉临走时嘱咐自己的话：在丁惟尊面前一定要装出无事的样子，不要打草惊蛇。玉真转过身来，强颜欢笑地看着丁惟尊，问他：你能给我买什么好东西？丁惟尊晃了晃手道：你看，发卡，我看着很漂亮，就给你买回来了。你脸色怎么这样难看？怎么了？病了？丁惟尊说着，伸手试试玉真的额头，又给玉真倒了一杯水。接着又说：好像有点低烧，喝了这杯水，再睡一觉就好了。李淑秀敲了敲门走进来，手里端着一碗姜汤，她说：喝了这碗姜汤，出出汗就好了。说完，她看了丁惟尊一眼，扭头走了。丁惟尊道：还是嫂子细心呀。玉真喝了姜汤，转过身去，泪水夺眶而出，她想对丁惟尊破口大骂一番，可又忍住了，双唇被牙齿咬出了一个个深印。

玉真第二天上班走的时候，站在门口犹豫了一下，回头对李淑秀道：嫂子，这几天让他吃得好一些。玉真说不下去了，站在那里一时没动。好——好——，李淑秀带着哭音答应着。一连几日，玉真的心都交织在理不清的矛盾中，她盼着张英的到来，可又希望他来得晚一些。每一个夜晚，对玉真来说都是痛苦而又漫长的。她曾经一次又一次地憧憬着未来，想着在不久的日子，很快就会有宝宝的，一个、两个甚至是多个，每想到将来一个个美好的日子，玉真对丈夫就充满了浓浓的爱意，可如今，她面对着丈夫睡梦中的那张原本可爱的脸，感到既憎恶又气愤，可她还是忍不住地看了一遍又一遍。

从《中共青岛地方史》中知道：丁惟尊是在 8 月 10 日夜被处死的。

这天中午，玉真正在车间里来回忙碌着，一个姐妹过来告诉她，说有人找你。本来一句很平常的话，可在玉真听来不啻于一声炸雷，她知道是什么人，也知道对方是为什么事而来。玉真觉得脑子里一片空白，又感到很茫然。后来玉真回忆：我知道这一天肯定会来的，当时，我只觉得自己的两腿都不听使唤了，很久才走出车间，又一步步挪到大门口的。

来人果然就是党维蓉提到的张英，他低声对玉真说：见到你我就想起你的姐姐，我没有保护好她。玉真听了一阵难过，她轻轻说道：张大哥，这不能怨你，现在也不知道她怎么样了。张英说：她很勇敢，没有出卖我们的同志，可是……玉真看了张英一眼，急忙问：她怎么了？张英难过地说：她被那个警察局长送回老家给他儿子做媳妇了。玉真泪水迸涌而出，她捂着脸哭了起来。张英轻轻拍了拍玉真抽动着的肩膀，说：玉真妹妹，不要难过了，我们还要谈正事呢。玉真听了，一下子停止了哭声，抬头看着张英。一连串的打击，对这个年轻的女孩来说，确实有些残酷了，先是亲爱的姐姐桂兰，如今不知身在何处，又会受到什么样的摧残和折磨，紧接着又是亲爱的丈夫叛变革命，而且即将要受到应有的惩罚。张英说：玉真同志，关于除掉丁惟尊的事党书记已经告诉你了，组织上决定，我们今天晚上就动手，你一定要沉住气，想方设法稳住他。玉真不置可否地点了点头，她有些麻木了。张英见她这样，有些着急了，他说：玉真同志，你这个样子可不行，你想一想桂兰的遭遇，再想一想那些被出卖的同志。玉真听了张英的话，好像一下子醒了过来，她说：你放心吧，我一定配合你们除掉丁惟尊的。是在家里动手吗？张英道：把他引到外面去，在家里动手会连累你们的。张英说完，很快就走远了。玉真在烈日下站了很久，两眼茫然地望着远处。

玉真的双腿就像灌了铅一样的沉重，她流着泪，一步步终于走回了家。这时嫂子正要炒菜，她走过去说：嫂子，让我来吧，今晚我亲手给他炒几个菜。李淑秀见状，问：玉真，看你失魂落魄的样子，咋了？玉真伤心欲绝地说：组织上说了，今晚就要送他走。李淑秀伸手给玉真理了理散乱的头发，说：妹子，早晚都会来的，别难过了。一会，丁惟尊回来了，见桌子上摆了几个菜，就说：这不过节不过年的，怎么搞了这么多菜？玉真笑了笑说：你这些日子很累的，好好养养身子吧。说完，玉真还给他倒了一杯酒。丁惟尊见了，很高兴，用筷子夹了口菜放到嘴里，又喝了口酒，吧嗒着很享受的样子。张英来的时候，丁惟尊躺在床上已经昏昏欲睡。玉真强忍住泪水，对张英道：你们说话吧，组织上的事我不能听，我到嫂子的房间去了。

张英走到床前，对丁惟尊说：惟尊同志，中央派人来了，要找你了解一些情况呢，专门让我来通知你，咱们走吧。丁惟尊坐了起来，端详了张英几眼，复又躺下，嘴里说道：我又不是什么负责人，找我能了解什么？张英说：你有文化，对问题看得也透，自然就想到你了。张英笑笑说：很快就结束了，耽误不了你睡觉的。丁惟尊推脱道：我头有些疼，让别的同志去吧。玉真知道丁惟尊会找理由不去的，她从嫂子房间走了过来，故作轻松地对丁惟尊说：快去吧，中央同志召集的会你怎么能不参加呢？丁惟尊听妻子这么说，就坐了起来：对，我忍着疼也得去，不然咱对不起组织。

丁惟尊跟着张英走出了家门，玉真看着他们消失在夜幕中，虽然脚步声远了，可玉真还站在门前倾听着，最后她转过身扑在床上放声大哭。李淑秀顾不上玉真，她敲开邻居孙玉亭的门，对他说：玉亭大哥，要是有人问起来丁惟尊的事，你就说他一夜都没回来，可千万记住了。孙玉亭也是工运积极分子，平日里对姑嫂二人照顾很多，他听了这话，先是愣怔了一下，随后用力点点头说：我明白了！

夜幕越来越浓，街道上已经空无一人。两人行至滋阳路口，眼前更是漆黑一片，丁惟尊有些不安地问：张英同志，怎么到这里来了？黑咕隆咚的！张英道：就在前边的房子里，另外，明天市委要组织游行，到时候你也要参加。丁惟尊听了这话，放心了，继续跟着张英往前走。进了小巷不远，张英突然道：丁惟尊，你这个叛徒，你的末日到了，我代表人民处死你。说完，枪口一下子对准了丁惟尊的胸口，还没等丁惟尊反应过来，张英就扣动了扳机，一声枪响，丁惟尊倒在了地上。张英蹲下身来，把手指贴到丁惟尊的鼻下一会，随即起身离去。

丁惟尊被除后，王复元行动更加谨慎，每次露面，都有两个随从紧跟左右，每次都来去神秘。张英和锄奸队员王科仁、牟鸿礼都没见过王复元，必须尽快搞到他的肖像。这天中午，打入王复元内部的地下党员，在邮政局几个工人的帮助下，终于找到了王复元的照片。这位地下党员就是青岛市委委员徐子兴，他立刻派人把王复元的照片送到了青岛市委。

张英看了一下照片，说：虽说有点模糊，但王复元的大体模样咱们都清楚了，一有消息，咱们马上行动。说话间，玉真匆匆来了，她对张英道：王复元明天下午还要到我家。张英听了，一拍桌子：太好了，想办法拖住他。

王复元一直对傅书堂“念念不忘”，他知道这是一条大鱼，他曾对徐子兴说，一旦把傅书堂争取过来，或者是抓住他，咱们的前途会更加光明。这天中午，王复元果然来到了玉真家里，除了两个随从，还有几个军察。张英、王科仁、牟鸿礼坐在马路边的茶馆里正悠闲地喝着茶，一边等待时机。玉真给嫂子使了个眼色，说到对面的茶馆里打些水过来给客人喝。她提着水壶来到茶馆，若无其事地走到张英身边，低声说：刚才你们看到了吧？那个穿白绸子衣服的就是王复元。张英喝了口水，思忖片刻道：今天很难动手，我们先撤了！

可是，当张英再次寻找机会时，王复元已经返回了济南。王复元叛变后，讲派头也摆阔气，他走之前，特地在青岛中山路110号新盛泰皮鞋店登记定做了一双皮鞋，又在四方路实业所量身定做了一套西装。回到济南后，他对此还念念不忘，可王复元顾忌到青岛暗藏的“杀机”，又不敢轻举妄动。恰恰这时徐子兴来济南邮政局办事，夜里请王复元吃饭，几杯酒下肚后，徐子兴道：王队长，从今往后青岛就是您的天下了。王复元翻翻眼：怎么说？徐子兴并不急着回答，又端起酒杯来。王复元说：你别拐弯抹角的，说吧。徐子兴笑笑道：青岛的共产党起内讧了，张英被杀了。王复元一下子来了精神：啥？这太好了！说完，王复元又看看徐子兴：不可能吧？怎么会出这事？徐子兴道：听说共产党中央派来的人和当地的不和，张英也是那边来的，所以他们就动手了，中央来的人也脚底下抹油，溜了！现在他们群龙无首，个个泥菩萨过河，谁也顾不上谁了。王复元听了，不禁大喜：这太好了，我还正想去呢。

徐子兴回到青岛后，马上报告了青岛市委。

王复元听了徐子兴所言，果然动了心思。他要到青岛走一走，还要把定做的皮鞋和西装取出来。只是，他来青岛的时间、车次几个心腹都不知道。

张英派锄奸队员分头守在火车站、四方路实业所，几个拉黄包车的地下党员等候在旁，一有风吹草动拉上队员就能出发。张英率王科仁、牟鸿礼在皮鞋店一隅蹲守。

1929 年 8 月 16 日，王复元和两个随从在青岛火车站出站口现身了，一个队员负责跟踪，另两个队员坐上黄包车分头向皮鞋店和实业所赶去。

王复元出了站口，四下看了看，接着说道：咱们先到四方路实业所一趟，把西装取了。说着就上了一辆黄包车，两个随从每人一辆黄包车，一个在前开路，一个殿后。王复元看看马路两旁，都有军警来回走动着，心里一下子踏实了许多，他伸手就把黄包车的帘子拉上了。

当随从拿着西服安然走出实业所的时候，王复元露出笑容，他迫不及待把西装穿在了身上，接着又上了黄包车，在去皮鞋店的路上，他没有再把黄包车的帘子拉上。在他看来，青岛的共产党确实像徐子兴所说的一样，已经奄奄一息了。

20 世纪 20 年代的青岛中山路，商业气息就已经很浓厚了。在这条并不宽阔的马路两旁，是鳞次栉比的店铺，每天都有很多人进进出出的，各类商贩的叫卖声此起彼伏。

王复元赶到中山路后，直奔新盛泰。

青岛有不少的老字号，除了中山路的新盛泰皮鞋店，盛锡福帽子店，亨得利表店，还有北京路的谦祥益服装店。青岛的上流人眼中，如果一个人头戴盛锡福帽子，脚上再蹬着新盛泰皮鞋，身着谦祥益的衣服，手腕上戴着亨得利手表，那就是很有身份的人了。王复元今天再穿上皮鞋后，就是这样响当当的人上人了。

到了鞋店前，王复元抬头端详了一下门匾上那三个“新盛泰”大字，一副心满意足的样子。他走进店里，看到店老板和一个顾客说着什么，还有两个客人正为挑选什么样子的鞋子在争论着。见王复元来了，店老板忙说：王队长，您先到会客室稍等一下，皮鞋已经做好了，一会就拿给您。王复元很高兴，转身就向会客室走去。王复元没有想到，正在热烈讨论鞋子的客人，就是张英和王科仁。这时，牟鸿礼已经把在了门前。王复元进了会客室还没坐下，身后陡然响起一声喊：王复元！你的死期到了！王复元浑身打了个激灵，还没等他转过身来，王科仁抬手就给了他三枪，王复元应声倒地。张英双枪左右开弓，两个随从也被击毙。王科仁担心王复元未死，又上前看了看，说：已经彻底完蛋了！随即和张英快步离去。枪声过后，新盛泰店前，聚集的人越来越多，警哨一阵阵响个不停。

之后张英又赴济南，打算伺机除掉王复元的哥哥王天生，但王天生工于心计，与弟弟王复元行事迥异。自从他叛变后，大都躲在幕后，行踪飘忽不定，尤其是王复元命丧青岛后，他更是谨小慎微。张英多番寻找，竟都没有他的下落。直到 1957 年，王天生才被群众揪出，由于连惊带吓，当年就病死在了济南的监狱中。

几个月后，也就是 1929 年的初冬，寻找王天生未果的张英回到上海复命。周恩来很高兴，对他说：你的任务完成得很出色。另外，你不要回特科了，组织上对你另有安排。不久，张英被派往鄂豫皖革命根据地，出任红三十二师长，化名刘英。

（节选自长篇报告文学《靠山》，人民文学出版社、青岛出版社 2021 年 6 月出版）

红船启航（节选）

丁晓平

“五四运动总司令”从北京回到上海

1920 年 2 月 19 日，农历大年三十。

爆竹声中辞旧岁。本是家家户户过新年的日子，获得保释出狱的陈独秀却在这一天抛妻别子秘密从北京抵达上海。

北京大学学生、五四运动学生领袖之一的许德珩，正在上海等待赴法勤工俭学的机会，因事先接到北京大学教授、图书馆主任李大钊的电报，得知他们的精神领袖陈独秀先生将来上海，他就和正在上海参加筹备全国各界联合会的北京大学同学、北京学生联合会代表张国焘一起，悄悄地赶到车站接站，安排陈独秀下榻惠中旅社。

谁知，一到上海，陈独秀就生病了，五六天下不了床。身体稍微好转后，老朋友、亚东图书馆老板汪孟邹把他接过去，吃住都在五马路（今广东路）棋盘街西首的亚东图书馆。

上海，对于陈独秀来说，可谓是他的革命根据地。

——1903 年 5 月，他在安庆藏书楼组织拒俄运动，发表爱国演说，发出“安徽革命的第一声”，遭安庆知府桂英通缉，逃亡上海。

——1913 年 7 月，讨伐袁世凯的“二次革命”失败，安徽乃至全国的革命形势急转直下。陈独秀在芜湖逃过一劫，再次逃亡上海。随后，应好友章士钊之约前往日本编辑《甲寅》杂志，“度他那穷得只有一件汗衫，其中无数虱子的生活”，对国家和革命有了新的觉悟。

——1914 年 11 月 10 日，陈独秀在《甲寅》杂志第一卷第四号上，发表了惊世骇俗的政论文《爱国心与自觉心》，向沉睡的中国发出了嘶哑的呐喊：“今之中国，人心散乱，感情智识，两无可言。惟其无情，故视公共之安危，不关己身之喜戚，是谓之无爱国心。惟其无智，既不知彼，复不知此，是谓之无自觉心。国人无爱国心者，其国恒亡；国人无自觉心者，其国亦殆。二者俱无，国必不国。”他甚至高呼：“国家者，保障人民之权利，谋益人民之幸福者也。不此之务，其国也存之无所荣，亡之无所惜。”陈独秀石破天惊般的政论，立即招来口诛笔伐。章士钊回忆说：“读者大病，愚获诘问叱责之书，累计十余通，以为不知爱国，宁复为人，何物狂徒，敢为是论。”

——1915 年 6 月 19 日，因为写作《爱国心与自觉心》受到众多诘难，拒不接受批评的陈独秀从日本回国，抵达上海，开始了自己的文化救国之路。他说：“让我办十年杂志，全国思想都改观。”

——1915 年 9 月 15 日，陈独秀经老友汪孟邹牵线搭桥，与群益书社的陈子沛、陈子寿兄弟合作，创办了《青年杂志》（第二年改名《新青年》）。《新青年》就这样在上海诞生了！这是一个历史性的标志，影响中国历史的新文化运动从此开始。

——1917 年 1 月 11 日，北京大学校长蔡元培致函北洋政府教育部请派陈独秀担任北京大学文科学长。1 月 13 日，教育总长范源濂签发“教育部令（第 3 号）”。15 日，陈独秀进京就职。那时，北京大学是中国的最高学府，分为文科、理科、法科、工科。文科包括中文、哲学、英文、法文、历史等系。

陈独秀到了北京，《新青年》也跟随他去了北京，由他独自主编而改为同人刊物，分别由陈独秀、胡适、李大钊、刘半农、钱玄同、陶孟和等人轮流编辑，后来又有高一涵、沈尹默加盟。陈独秀以《新青年》为阵地，先是从白话文开始，高举文学革命的大旗，“推倒雕琢的阿谀的贵族文学，建设平易的抒情的国民文学”“推倒陈腐的铺张的古典文学，建设新鲜的立诚的写实文学”“推倒迂晦的艰涩的山林文学，建设明了的通俗的社会文学”；接着，陈独秀又请来“德先生”（民主）和“赛先生”（科学）来打“孔家店”。

陈独秀斩钉截铁地说：“要拥护那德先生，便不得不反对孔教、礼法、贞节、旧伦理、旧政治；要拥护那赛先生，便不得不反对旧艺术、旧宗教；要拥护德先生又要拥护赛先生，便不得不反对国粹和旧文学。”他通过《本志罪案之答辩书》宣告：“我们现在认定只有这两位先生，可以救治中国政治上、道德上、学术上、思想上一切的黑暗。”就这样，新旧思潮在北京大学这个思想的实验场里加工、制造，成为瓦解半殖民地半封建社会的催化剂。中华民族的有识之士，站在爱国主义这个起点上，结成统一战线，并在这个大熔炉里展开了激烈的论战，开始了自我解放、自我更新、自我革命的新进程。

人为刀俎，我为鱼肉。1919 年 1 月 18 日，一场打着和平名义的国际会议在巴黎召开。在这场长达 180 天的改变世界的国际会议上，中国人以为理所应当地获得作为第一次世界大战战胜国同等的自主权，收回德国在山东的主权，结束帝国主义瓜分中国的历史。但是，中国在巴黎和会上毫无收获，不仅没有废除秘密外交，而且操纵者规定德国应将在中国山东获得的一切特权转交给日本，中国外交彻底失败。但北洋政府屈服于帝国主义列强的压力，竟准备在这个丧权辱国的条约上签字。消息传出，全国一片哗然。

从来就没有什么神仙和皇帝，拯救我们靠自己。中国人开始觉醒。

1919 年 5 月 4 日，五四运动爆发。青年学子走上街头，为国家的独立、自由、民主而战。也就是在这一天，陈独秀在《每周评论》第二十号上发表了政论短评《两个和会都无用》，一针见血地揭开了上海和会和巴黎和会的虚伪面纱，公开指出这是“两个分赃会议”——

> 上海的和会，两方都重在党派的权利，什么裁兵废督，不过说说好听，做做面子，实际上他们哪里办得了。巴黎的和会，各国都重在本国的权利，什么公理，什么永久和平，什么威尔逊总统十四条宣言，都成了一文不值的空话。那法、意、日三个军国主义的国家，因为不称他们侵略土地的野心，动辄还要大发脾气，退出和会。我看这两个分赃会议与世界永久和平、人类真正幸福，隔得不止十万八千里，非全世界的人民都站起来直接解决不可。若是靠着分赃会议里那几个政治家、外交家在那里关门弄鬼，定然没有好结果。

五四运动爆发后，陈独秀经常亲自到事件发生的现场，看望被捕学生，以掌握第一手材料，一个月内在《每周评论》共发表 7 篇文章和 33 篇随感录。

从 5 月 4 日至 6 月 8 日，陈独秀、李大钊主编的《每周评论》用全部版面报道五四爱国运动发展的情况，并连续出版了第二十一号（5 月 11 日）、二十二号（18 日）、二十三号（26 日）三期“山东问题”特号，详细报道 5 月 4 日学生游行时悲愤激昂的情绪，全文刊登《北京学界全体宣言》，揭露帝国主义对中国的侵略和北洋政府的卖国罪行，将青岛问题的来龙去脉、巴黎和会中国外交失败经过、日本代表在巴黎和会飞扬跋扈的嚣张气焰、北京学生被捕情况和各界对学生的支援，在第一时间向全国人民报道，从而掀起拒签和约的斗争。《每周评论》第二十二号还增刊四版，刊出《特别附录——对于北京学生运动的舆论》，指出公众的示威运动是国民“应有的权利”“是合乎正义的”，不受“反乎人道正义”的法律制裁。难道“只许州官放火，不准百姓点灯。彼卖国之贼、残民之官及奸淫焚掠暴戾恣睢之武人，皆享有自由违法之权”，为何独对学生执法如山?!

吹爱国之风，点革命之火。《每周评论》成为新青年们“欢喜无量”的

“明灯”，仅在北京一地就发行 5 万多份，其“议论之精辟，叙事之简洁为全国新闻之冠”。因此，北洋政府对它恨之入骨。1919 年 8 月 30 日，《每周评论》出版第三十七号时，被当局政府查封。

当学生被捕、蔡元培被迫辞职秘密离京之后，上海的好友觉得陈独秀处境危险，就函电促其南下。陈独秀气愤地回答说：“我脑筋惨痛已极，极盼政府早日捉我下监处死，不欲生存于此恶浊之社会也。”

6 月 3 日，当北洋政府出动军警对学生实行大逮捕之后，陈独秀义愤填膺。他在 6 月 8 日的《每周评论》第二十五号发表著名随感录《研究室与监狱》——

> 世界文明发源地有二：一是科学研究室，一是监狱。我们青年要立志出了研究室就入监狱，出了监狱就入研究室，这才是人生最高尚优美的生活。从这两处发生的文明，才是真正的文明，才是有生命有价值的文明。

陈独秀高昂的战斗激情和乐观主义精神感染了五四运动时期的青年。“研究室和监狱”一时间成为新青年们的爱国诺言和报国实践。

“庆父不死，鲁难未已。”在卖国贼曹汝霖、章宗祥、陆宗舆被罢免后，耀武扬威的皖系军阀仍然掌握着中央政权，五四运动的根本要求依然没有解决。敢说敢做的陈独秀再也坐不住了，作为新青年的导师、中国思想界的先驱和“五四运动的总司令”，他推动了历史又被历史推动，他改变了历史又被历史改变。在这关键时刻，他以其特有的无畏和牺牲精神，开始自己的直接行动——“直接行动就是人民对于社会国家的黑暗，由人民直接行动，加以制裁，不诉诸法律，不利用特殊势力，不依赖代表。因为法律是强权的护符，特殊势力是民权的仇敌，代议员是欺骗者，绝不能代表公众的意见。”

于是，这位“五四运动的总司令”希望进一步对北洋政府予以“根本之改造”，起草了《北京市民宣言》。全文如下——中华民族乃酷爱和平之民族。今虽备受内外不可忍受之压迫，仍本斯旨，对于政府提出最后最低之要求如下：

> （1）对日外交，不抛弃山东省经济上之权利，并取消民国四年七年两次密约。
>
> （2）免徐树铮、曹汝霖、陆宗舆、章宗祥、段芝贵、王怀庆六人官职，并驱逐出京。
>
> （3）取消步军统领及警备司令两机关。

(4) 北京保安队改由市民组织。

(5) 市民须有绝对集会言论自由权。

我市民仍希望和平方法达此目的。倘政府不顾和平，不完全听从市民之希望，我等学生、商人、劳工、军人等，惟有直接行动，以图根本之改造。特此宣告，敬求内外士女谅解斯旨。

(各处接到此宣言，希即复印传布)

《北京市民宣言》上半部为汉文，下半部为英文，是陈独秀 1919 年 6 月 9 日起草的，英文是他请胡适翻译的。当天夜里，陈独秀和高一涵（北京大学编译委员）到嵩祝寺旁边一个为北京大学印讲义的小印刷所去印刷。印刷费由陈独秀个人掏腰包解决。印完时，已深夜一点多钟。两位印刷工人警惕性很高，印好后把底稿和废纸一概烧得干干净净。这个宣言指明了五四爱国运动的方向，“希望和平方法达此目的”，但是，如果政府“不顾和平，不完全听从市民之希望”，就“惟有直接行动，以图根本之改造”，可谓是陈独秀“平民征服政府”的纲领。

《北京市民宣言》印好后，陈独秀就和他的朋友们一起去散发。6 月 11 日下午，陈独秀约同乡高一涵、王星拱（北京大学化学系教授)、程演生(北京大学预科教授)、邓初（北京大学内务部佥事）四人，一起到香厂附近一个川菜馆子浣花春去吃晚饭。餐后，陈独秀、高一涵和邓初三人前往新世界游艺园去散发传单，王星拱和程演生到城南游艺园去散发传单。头戴白帽、身着西服的陈独秀，一来到新世界，因其“上下楼甚频，且其衣服兜中膨满”，引起了暗探的注意和跟踪。当晚 10 时，陈独秀散发传单时，被拘捕。夜 12 时，军警百余人荷枪实弹包围陈的住宅，破门而入，陈的妻子高君曼也从梦中惊起，当即被搜检去信札多件。

陈独秀被捕后，胡适、高一涵、王星拱、程演生、邓初非常着急，因他们都参与了行动无法出面，于是就和李大钊等人商量，最后决定首先通过媒体，将陈独秀被捕的消息诱露出去，造成强大社会舆论，使北洋政府有所顾忌，不敢胡作非为。6 月 13 日，《北京日报》和《晨报》首先披露了陈独秀被捕的消息。陈独秀被捕的消息在第一时间就经北京和上海的报刊宣传出去，给北京当局带来了一定的舆论压力，尤其对警察厅总监吴炳湘来说，压力更大。北洋政府逮捕陈独秀，再一次在中国文化界、教育界、政界以及青年学生中引起轩然大波，舆论一片震惊，各省各界函电交驰，纷纷为他辩白、鸣不平，孙中山、章士钊等社会名流也吁请当局政府立予开释。全中国各界各业各派人士齐声营救陈独秀，以“笔杆子”对“枪杆子”，不可谓不创造了中国历史上的一道奇观。

7 月 14 日，身在长沙的毛泽东在他主编的《湘江评论》创刊号上，发表长篇评论《陈独秀之被捕及营救》。在这篇文章中，毛泽东不仅简单叙说了陈独秀的被捕经过，还全文抄录了中美通讯社发布的《北京市民宣言》、北京学联呈送京师警察厅的公函、章士钊致南北和会北方代表王克敏的信函，对陈独秀的被捕给予了高度关注，极度崇拜并称赞陈是“思想界的明星”。他说：

> 我们对于陈君，认他为思想界的明星。陈君所说的话，头脑稍微清楚的听得，莫不人人各如其意中所欲出。现在的中国，可谓危险极了。不是兵力不强财用不足的危险，也不是内乱相寻四分五裂的危险。危险在全国人民思想界空虚腐败到十二分。中国的四万万人，差不多有三万万九千万是迷信家。迷信神鬼，迷信物象，迷信运命，迷信强权。全然不认有个人，不认有自己，不认有真理。这是科学思想不发达的结果。中国名为共和，实则专制，愈弄愈糟，甲仆乙代，这是群众心里没有民主的影子，不晓得民主究竟是甚么的结果。陈君平日所标揭的，就是这两样。他曾说，我们所以得罪于社会，无非是为着“赛因斯”（科学）和“克莫克拉西”（民主）。陈君为这两件东西得罪了社会，社会居然就把逮捕和禁锢报给他。也可算是罪罚相敌了！凡思想史没有畛域的……陈君之逮捕，绝不能损及陈君的毫末，并且留着大大的一个纪念于新思潮，使他越发光辉远大。政府绝没有胆子将陈君处死。就是死了，也不能损及陈君至坚至高精神的毫末。陈君原自说过，出研究室，即入监狱。出监狱，即入研究室。又说，死是不怕的。陈君可以实验其言了。

可见，对于毛泽东来说，陈独秀不仅是他的革命引路人，还是他的精神导师。所以毛泽东在延安时就曾多次说过，五四运动时期的陈独秀“对我的影响也许超过其他任何人”，并称赞陈独秀是“五四运动的总司令”。

7 月 30 日，李大钊在《每周评论》第三十号发表《是谁夺走了我们的光明》，引用一位读者来信说：“我们对于世界的新生活，都是瞎子。亏了贵报的‘只眼’，常常给我们点光明。我们实在感谢。现在好久不见‘只眼’了，是谁夺走了我们的光明。”“只眼”是陈独秀的笔名。同期发表的署名为“赤”的随感录《入狱——革新》称：“陈独秀在中国现在的革新事业里，要算是一个最干净的健将。他也被囚了，不知今后中国的革新事业更当如何？”

9 月 16 日，京师警察厅司法处再次提讯陈独秀。经过短暂的问讯之后，陈具结：“前因为人散发传单，破坏社会道德，实属不知检束。自被查拘，颇为觉悟，以后安心问学，并在北京就正当职业，以谋生计，不再做越出法律范围举动。”在强大的社会舆论压力之下，北洋政府当局不得不做出妥协，“照豫戒法办理”，于 9 月 16 日下午 4 时准予以安徽同乡保释的名义释放了陈独秀。这天晚上，高一涵、王星拱、邓初、程演生、胡适等安徽同乡，就在陈独秀被捕那天和他们一起聚餐的浣花春饭馆，预备了两桌酒席，请陈独秀、高君曼夫妇两个一块儿去，开了一个大宴会。

11 月 1 日，《新青年》第六卷第六号热情洋溢地发表了刘半农、胡适、李大钊和沈尹默的白话诗，庆祝陈独秀出狱，李大钊在诗中写道：“你今出狱了，我们很欢喜！他们的强权和威力，终竟战不胜真理。什么监狱什么死，都不能屈服了你，因为你拥护真理，所以真理拥护你……”

1919 年这一次在北京被捕入狱，是陈独秀生平第一次坐牢。96 天的牢狱生活，是陈独秀人生的又一个重大分水岭，陈独秀的理想、信仰和随后的人生道路再次发生革命性的转变。这位中国近现代史上新文化运动的精神领袖，真正开始从启蒙转向救亡——如果国家不独立富强，就根本谈不上个人的民主与自由。

出狱后的陈独秀，一方面继续主编他的《新青年》，坚守思想启蒙与革命的阵地；一方面继续拿起笔与旧思想旧文化战斗。在此期间，他还先后与蔡元培、李大钊等参加了工读互助团的活动。这个时候，陈独秀的革命思想正处于一个过渡阶段——从资产阶级民主观转向无产阶级民主观，从无政府空想社会主义转向马克思主义。这在他 11 月 12 日发表的《实行民治的基础》和 12 月 1 日发表的《告北京劳动界》两篇文章中可以找到佐证。

在《实行民治的基础》一文中，陈独秀专门讨论了民治（即民主）问题，强调民治不只是政治方面的，还应包含“政治和社会经济两方面”，“而且社会经济的问题不解决，政治上的大问题没有一件能解决，社会经济简直是政治的基础”。陈独秀的这个认识应该比较清楚地说明了经济基础与上层建筑的关系。

在《告北京劳动界》一文中，陈独秀清楚地把“劳动界”界定为“绝对没有财产全靠劳力吃饭的人”，他们“合成一个无产的劳动阶级”，成为中国最早提出“无产阶级”这个概念的人之一。他指出：18 世纪以来的民主，是资产阶级向封建阶级做斗争的旗帜；20 世纪的民主，乃是无产阶级向资产阶级做斗争的旗帜。陈独秀过去主张效仿欧美，在中国建立资产阶级共和国，这时他抛弃了这种主张，认为“共和政治为少数资本家阶级所把持”，“要用他来造成很多人幸福，简直是妄想”。

就在这个时候，广东军政府拟从广东关税中拨出 100 万元，筹办西南大学。筹办负责人汪精卫、章士钊力邀陈独秀加盟。处于保释监视居住的陈独秀已做好准备，前往上海共商筹办西南大学事宜。

临行前夕，经胡适力荐，陈独秀接到湖北省教育厅的邀请，希望他参加武昌文华大学的毕业典礼，发表演讲。

2 月 2 日，陈独秀抵达武汉。在武昌、汉口、汉阳三镇，陈独秀的演讲活动火爆，既讲教育问题，也讲政治思想；既讲文字改革，也大谈改造社会，其中以《社会改造的方法与信仰》演说最为轰动。陈独秀认为，改造社会的方法，一是打破阶级的制度，实行平民主义；二是打破继承的制度，实行共同劳动；三是打破遗产的制度，不使田地归私人传留享有，应归为社会的共产，不种田地的人，不应该享有田地的权利。

陈独秀的演讲活动深受武汉青年学子的欢迎，被誉为“卓识谠论”。但“湖北官吏对于陈氏之主张之主义，大为惊骇，令其休止演讲，速去武汉”。

陈独秀“愤恨湖北当局压迫言论之自由”，遂于 2 月 7 日在汉口大智门车站乘京汉铁路火车返京。北洋政府看到武汉方面的新闻，才知道保释出狱的陈独秀私自离京，警察厅立即在其北河沿箭杆胡同的寓所门前设立了全日岗哨，派一名警察站岗，企图等陈独秀回家时加以逮捕。

2 月 10 日，陈独秀回到北京，京师警察厅的巡警王维藩等四人就找上门来。胡适回忆说：

> 独秀返京之后，正预备写几封请柬，约我和其他几位朋友晤面一叙。谁知，正当他写请帖的时候，忽然外面有人敲门，原来是位警察。
>
> “陈独秀先生在家吗？”警察问他。
>
> “在家，在家，我就是陈独秀。”
>
> 独秀的回答倒使那位警察大吃一惊。他说现在一些反动的报纸曾报道陈独秀昨天还在武汉宣传“无政府主义”，所以警察局派他来看看陈独秀先生是否在家中。
>
> 独秀说：“我是在家呀！”
>
> 那位警察说：“陈先生，你是刚被保释出狱的。根据法律规定，你如离开北京，至少要向警察关照一声才是！”
>
> “我知道！我知道！”独秀说。
>
> “你能不能给我一张名片呢？”
>
> 独秀当然唯命是从。那位警察拿着名片走了。独秀知道大事不好。……便偷偷地跑到我的家里来。警察局当然知道陈君和我的关系，所以他在我的家里是躲不住的。因而他又跑到李大钊家里去。
>
> 警察不知他逃往何处，只好一连两三天在他门口巡逻，等他回来。

警察当然不可能等到陈独秀回来了。但对于陈独秀这次躲避京师警方蹲点式的监视和可能发生的抓捕，其他当事人与胡适有着不同的记忆。

事实上，因陈独秀在武汉的演讲活动经媒体报道后，很快引起警方的注意，加紧对其进行监视。为了避免陈独秀“二进宫”，安徽同乡王星拱、高一涵、刘文典（字叔雅）、程演生、胡适及北京大学同事李大钊、马叙伦、沈士远等均参与了这次秘密的保护行动。

陈独秀回到北京，当即就被朋友们从火车站接到了安徽怀宁同乡王星拱的家中暂避，随后又转移到刘叔雅家里暂住。在箭杆胡同陈宅附近蹲守的警察白等了半天，最后扑了个空。但警探并不罢休，四处打听，终于探明陈独秀转移到了刘叔雅家中。所幸的是，此事迅速被马叙伦获悉，“乃借电话机语沈士远，士远时寓什坊院，距叔雅家较近，然无以措词，仓促语以告前文科学长速离叔雅所，盖不得露其姓名也。……故士远往告独秀，即时逸避。翌晨由李守常乔装乡佬，独秀为病者，乘骡车出德胜门离平”。

对“南陈北李”离京之事，高一涵的记述则更加生动：“时当阴历年底，正是北京一带生意人往各地收账的时候。于是他两个人雇了一辆骡车，从朝阳门出走南下。陈独秀也装扮起来，头戴毡帽，穿王星拱家里厨师的一件背心，油渍满衣，光着发亮。陈独秀坐在骡车里面，李大钊跨在车把上，携带几本账簿，印成店家红纸片子。沿途住店一切交涉都由李大钊出面办理，不要陈独秀张口，恐怕漏出南方人的口音。因此，一路顺利地到了天津，即购买外国船票，让陈独秀前往上海。”

2 月 14 日，北京下起了大雪。陈独秀在转移到李大钊家躲了一天后，化装成商人模样，由李大钊亲自驾着一辆破旧的骡车，走小路秘密赶往天津。党史学界的“南陈北李，相约建党”之说，即源于此。

秘密离开北京前，陈独秀礼貌地亲笔致信京师警察厅总监吴炳湘：“镜潭总监台鉴：夏间备承优遇，至为感佩，日前接此间有人电促前来面商西南大学事宜，匆匆启行，未及报厅，颇觉歉疚，特此专函补陈，弗为原宥，事了即行回京，当为面谢。”字里行间，半是揶揄，半是客气。无论是按照法律规定，还是尽乡党之谊，陈独秀想得还是比较周全，这符合他的为人和性格，也等于给吴炳湘一个台阶或者说对当局有了一个交代，合情合理合法。

2 月 19 日，陈独秀抵达上海。从此，这位“五四运动的总司令”和他的同志们一道，在古老的中华大地上开始了开天辟地的雄伟大业——创建中国共产党。

从 1917 年 1 月离开上海去北京，到 1920 年 2 月从北京回到上海，陈独秀在北京度过了三年时光。这三年，是陈独秀一生中最为风光、最为灿烂、最为辉煌的三年。

我们的名字就叫共产党

上海，对于陈独秀来说是一块福地。这里，不仅是他躲过数次通缉追捕的避难地，又是他四次东渡日本求学或流亡的出发地，还是他发动新文化运动的策源地。现在，上海又将成为他发起建立中国共产党的基地，他将带领新一代知识分子中的先进者在这里与工人相结合，以俄国为榜样，开始探索走一条中国的社会主义道路。

是的，这将是一条漫长、曲折又艰难的道路，但前途必将是光明的。

1920 年 4 月下旬，维经斯基一行来到了上海，在老渔阳里 2 号会晤了大名鼎鼎的陈独秀。这个时候，陈独秀张口闭口就是马克思主义，逢人就说中国必须走俄国革命的道路。和李大钊通信，所谈也是如此。维经斯基的到来，对陈独秀来说，可谓遇到知己，两人促膝长谈，一见如故。

像在北京与李大钊接触一样，维经斯基希望陈独秀召集更多的同道者开会座谈，共谋共商共议中国革命的大业。就这样，李汉俊、李达、沈玄庐、邵力子、戴季陶、张东荪等就成为陈独秀寓所的座上宾。

从北京到上海，维经斯基不仅把握了中国思想界领袖人物的脉动，而且感受到了五四运动后爱国青年的热情，所以谈话的氛围非常友好，大家气味相投，情真意切。

这里，一个问题出现了——维经斯基为什么要来中国？为什么要找陈独秀？这是一个必须要回答的历史问题。

十月革命胜利后，苏俄政权面临着巨大的内外矛盾和安全威胁。国内反动势力在国外势力的支持下搞叛乱和恐怖活动，国际上老牌的资本主义殖民势力依然虎视眈眈，对新生的社会主义红色政权形成了包围态势。如何保卫苏俄？如何突出重围？列宁等苏俄领导人在内外交困中不得不把目光由西方转向东方，充分认识到“中国人民革命斗争具有世界意义，它将给亚洲带来解放，使欧洲资产阶级统治遭到破坏”。在列宁看来，中国革命一旦兴起，那就是对新生的苏俄政权最有力的支援。

1915 年，列宁在《社会主义与战争》中明确指出：“历史的辩证法是这样的：弱小民族是反帝斗争中一个独立因素，是帮助反帝的真正力量，即社会主义无产阶级登上舞台的一种酵母、霉菌。”

1916 年，列宁更加明确地指出：“社会革命只能在各先进国无产阶级为反对资产阶级而进行的国内战争已经同不发达的、落后的和被压迫的民族掀起的一系列民主革命运动（其中包括民族解放运动）联合起来的时代中进行。”

十月革命胜利后，列宁多次询问：“能否从流落到俄国来做苦工，且经过十月革命有了觉悟的华工中找到些勇敢者，由他们去和孙中山建立联系?”就在这个时候，他接到了孙中山的贺电，表达了合作的意愿。列宁特意委托外交人民委员齐契林复函孙中山，表达了共同奋斗的愿望。

1919 年 3 月 2 日至 6 日，共产国际在莫斯科召开了第一次代表大会，来自 30 多个国家政党的 52 名代表出席了会议。宣告由列宁发起建立的一个新的世界性工人阶级组织——共产国际（即第三国际）正式成立。正如毛泽东后来所指出的：“一面红色的革命战争的大旗，第三国际高举着，号召全世界一切被压迫阶级集合于其旗帜之下。”

就是在这次大会上，也有一个“中国组织”的代表出席，而且还做了发言。这是共产国际按照列宁的意见邀请的。这个人是谁呢?这个“中国组织”又是什么组织呢?

现在，人们通过解密的苏联国家档案，才知道这个人中译名为“鲁苏杜”，时任中华旅俄联合会（后改名旅俄华工联合会）会长。再查，此人中文原名叫刘绍周，又名刘泽荣。

历史没有淹没这个普通的名字。1892 年出生于广东高要县普通茶农家庭的刘绍周，5 岁时随父亲来到俄国，毕业于圣彼得堡大学。刘家在高加索的巴统市以种茶为生，其制作的红茶深受俄国人喜爱，被誉为“刘茶”。刘家是有名的“红茶王”，先后获得沙皇授予的三级勋章、巴黎博览会金奖，后来还被苏联政府授予“劳动红旗勋章”。尽管刘家是商界翘楚，声名显赫，但旅俄华工境遇悲惨，低人一等。1917 年 3 月，俄国爆发“二月革命”，推翻了罗曼诺夫王朝。一贫如洗的华工站在了无产阶级一边。4 月 1 日，旅俄华工联合会成立，25 岁的刘绍周因出色的组织才干，深孚众望，当选会长。

十月革命期间，旅俄华工联合会组织青少年华工参加了红军和游击队，参加了攻打彼得格勒、莫斯科和高加索剿匪的战斗，以卫士队小队长李富清为首的 70 名中国籍红军战士担任过列宁的卫士。1919 年 2 月，共产国际第一次代表大会召开在即，刘绍周将旅俄华工联合会更名为“中国社会主义工人党”，申请参加会议。列宁获悉有一支中国工人的队伍活跃在苏俄并决心把熊熊燃烧的革命火种带回中国，喜出望外，立即发出了邀请，先后三次亲自接见刘绍周。就这样，刘绍周和旅俄华工联合会秘书长张永奎一起，应邀作为中国组织的代表参加了大会。

然而，中国国内的情况到底是怎么样的，刘绍周并不知道，也无法知道。他的身份也无法完成把革命的火种带回中国的使命。怎么办?于是，俄共（布）远东局海参崴分局决定派维经斯基到中国来寻找信奉马克思主义的中国革命者。

实际上，苏俄自 1919 年 3 月成立共产国际开始，就一直在中国寻找真正的革命者，广泛接触不同政治派别的人物，除了陈独秀、李大钊之外，他们对刘绍周、吴佩孚、孙中山、陈炯明、唐继尧等人都曾进行过考察或派代表秘密接触，但都一无所获。胡适在晚年回忆说：那时的陈独秀对“科学”和“民主”的定义却不甚明了。所以一般人对这两个名词便也很容易加以曲解。更不幸的是，当陈独秀在后来遇见了苏联共产党的“秘密代表”之时，这些名词就真的被曲解了。他们告诉陈君说，他们的“科学社会主义”才是真正的“科学”，才是真正的“民主”。老的民主根本不成其为民主。因为那只是“布尔乔亚”（Bourgeoisie，资产阶级）的民主，只有“布尔什维克党人”（Bolsheviks）所推行的所想望的新的民主，才是人民大众和“普罗阶级”（Proletariat，无产阶级）的民主。因此，“科学”和“民主”，在这里又有了新的意义了。

胡适所说的“秘密代表”，就是维经斯基。

现在，维经斯基一行抵达上海，先是临时住在上海大东旅社，后来搬到法租界霞飞路716号，同时又在英租界爱德华路挂出了俄国《生活报》记者站的牌子。

与陈独秀单独接触后，维经斯基又经陈独秀介绍会见了当时宣传社会主义的积极分子，主要有《星期评论》的戴季陶、沈玄庐、李汉俊、陈望道，“研究系”报纸《时事新报》的张东荪，以及李达、沈雁冰、俞秀松、施存统、陈公培等一批青年才俊。

和在北京一样，上海的交流活动也是以座谈形式进行，地点主要是在《新青年》和《星期评论》编辑部。在张国焘的记忆中，维经斯基同中国思想界的名流和精英们的接触中，充满了青年的热情，虽然“他也和其他俄国革命人物一样，好滔滔不绝地发表议论，有时也爱与人喋喋不休地辩论，不过态度问题相当谦虚”，“很推崇陈独秀先生和他在上海所接触的中国革命人物，总是说他们都是学有专长”。交流过程中，即使有所争论，维经斯基也能很好地进行沟通和协商，让人“觉得他还是有问题可以商量的同志”。

5月的上海，春意盎然，杏花谢了，桃花开了，月季怒放，绿树成荫。黄浦江上渔帆点点，南京路上熙熙攘攘，环龙路老渔阳里2号也更加热闹了。没有人知道，中国思想界的崭新人物和革命的新青年们，在这里度过了多少个不眠之夜。

融洽，像一股春风荡漾在每一个人的心间。十月革命后俄国到底是什么样子？中国未来的社会又将如何进行改造？你一言，我一语，没有了语言、国别、种族、信仰、年龄的隔阂。相互启发，互相碰撞，思想的火花照亮了革命者人生追求的方向。

陈独秀好学深思，精力过人，通常每天上午和晚间是他阅读和写作的时候，下午则常与朋友们高谈阔论。他的谈吐不是学院式的，十分引人入胜。座谈会上，陈独秀沉思着，缓缓地说：“俄国十月革命的胜利，给世界弱小民族带来了福音。五四运动以来，中国的知识分子和无产阶级开始觉醒。前不久，一位日本大阪《大正日日新闻》记者和我谈话，他问我对于中国政治的见解，我告诉他，‘取消帝政，改建共和’八个大字。他当时大为诧异。我问他：‘中国现政治的实质是帝政还是民治呢?’他笑着说：‘自然还是帝政。’既然还是帝政，我们的中国革命党在建设的积极的改建共和之前，一定还要做破坏的消极的取消帝政的苦功。我们的革命党，去做了帝国官吏的，现在不用理他；还有一班未做官的老同志，自孙中山先生起，赶快回复到辛亥革命以前的生活。同盟会的‘三民主义’，后来变成了‘一民主义’，好像三脚儿去了两只脚，哪有不倒的道理?从前宣传民治主义的功夫简直没有做，取消帝政的力量也没尽得足，匆匆忙忙地挂上了共和的招牌，十分冒昧可笑。譬如一个素不用功侥幸及第的学生，倘不赶紧补习功课，哪里会有毕业的希望?”

陈独秀的言论的确道出了当时中国的政治情状，中华民国打着“共和”的招牌，一个清朝遗老为此还编写了一副对联：“民犹是也，国犹是也，何分南北?总而言之，统而言之，不是东西!”这副藏头对联对“民国”和“总统”给予了嘲讽——民国何分南北，总统不是东西——如此的质疑和咒骂，今天读来也妙不可言。而在当时，或许也不尽然是个别情绪的宣泄，而是社会政治势力和阶级斗争的真切反映。

谈得起劲的时候，陈独秀双目炯炯发光，有时也会放声大笑。这位个性鲜明的老革命党人，坚持自己的主张，不肯轻易让步，词锋犀利，态度严峻，像一股烈火。但遇到他没有考虑周全的地方，经人指出，他也会立即坦率认错。关于“立宪政治”问题，早在1919年6月8日，陈独秀就在《每周评论》上以笔名“只眼”发表过评论《立宪政治与政党》。今日读来依然振聋发聩。他说：

> 立宪政治在十九世纪总算是个顶时髦的名词，在二十世纪的人看起来，这种敷衍不彻底的政制，无论在君主国、民主国，都不能够将人民的信仰、集会、言论出版三大自由权完全保住，不过做了一班政客先生们争夺政权的武器。现在人人都要觉悟起来，立宪政治和政党，马上都要成历史上过去的名词了，我们从此不要迷信他罢。什么是政治？大家吃饭要紧。

吃饭要紧，就是要解决人民的温饱问题。对于中国革命，陈独秀有着自己的思考。他充满忧患地说：“黄任之（炎培）先生说，中国人现在所需要的，是将俄国精神、德国科学、美国资本这三样集中起来。我以为我们倘能将俄国精神和德国科学合二为一，就用不着美国资本了。但是中国人此时所最恐怖的是俄国精神，所最冷淡的是德国科学，所最欢迎的只有美国资本！因此，我感到，一个国家一个民族，都有各自的发展道路。我们中国人也应该像俄国人一样，走出一条自己的道路来。”

维经斯基始终保持着微笑，点点头，回答道：“中国革命是中国人民自己的事情，走什么道路，也是由中国人民自己来选择，苏俄政府自然不会干预，而共产国际是站在国际主义的立场上，当然予以支持。”

在维经斯基眼里，陈独秀是“当地一位享有很高声望和有很大影响的教授”。维经斯基告诉陈独秀：“我这次来华的任务，是了解中国的情况，与中国先进分子、革命团体建立联系，考察在上海建立共产国际东亚书记处的可能性。”

此后，他们两人也经常见面畅谈，无拘无束地交换意见。双方对中国工人阶级的状况、马克思主义在中国传播的情形，以及中国共产主义运动的力量状况，均做了有效的评估、分析、判断，达成共识，认为中国有开展共产主义运动的基础。于是，在维经斯基的建议下，陈独秀加快了在上海建党工作的步伐。

1920 年 5 月，陈独秀在上海正式建立了中国第一个马克思主义的政治团体——马克思主义研究会，成员主要有沈玄庐、邵力子、李汉俊、戴季陶、俞秀松、陈公培、沈仲九、刘大白、丁宝林（女）、施存统、沈雁冰、杨贤江、杨明斋、张东荪等人。

夏天来了，亚热带季风也给上海带来了雨水。陈独秀似乎更忙了，来访的客人也是络绎不绝。

1920 年 5 月 5 日，毛泽东从北京来到了上海，再次见到了令他仰慕的陈独秀。1918 年 4 月，毛泽东和蔡和森、何叔衡、萧子暲、萧三、罗学瓒等人在长沙成立了新民学会，创办了《湘江评论》，主张“革新学术，砥砺品行，改良人心风俗”。这一次，因为在湖南组织发动了“驱张（敬尧）运动”，毛泽东率领湖南“驱张代表团”于 1919 年 12 月 18 日到达北京。这是他第二次进京。湖南“驱张运动”的大本营也随之从长沙移师北京。到北京后，毛泽东住在北长街 99 号（今北长街 20 号）福佑寺这个喇嘛庙中，与各方面协商组成了“旅京湖南各界联合会”和“旅京湘人驱张各界委员会”，成立了“平民通讯社”，亲自担任社长。白天，他组织湖南学生、教职员在新华门总理府、前门等处游行请愿；晚上，在福佑寺挑灯夜战，奋笔疾书，每日发出稿件百五十余份。

毛泽东是在 4 月 11 日离京的。一路上，他在天津、济南、泰山、曲阜、南京等处参观游览，看了孔子的故居和墓地，登了泰山，还看了孟子的出生地。24 天后，抵达上海。这是他第二次来到上海，旅居哈同路民厚南里 29 号（今安义路 63 号）。5 月 8 日，在上海半淞园，毛泽东同萧三、彭璜、李思安等，为赴法勤工俭学的陈赞周等六位会员开送别会。会上讨论了新民学会未来发展问题，确定“潜在切实，不务虚荣，不出风头”为学会态度，决议今后吸收新会员的条件为：一、纯洁，二、诚恳，三、奋斗，四、服从真理。“送别讨论会延至天晚，继之以灯，中间在雨中拍照，近览淞江半水，绿草碧波，望之不尽。”

一年前，同样是为了送新民学会的会员赴法勤工俭学，毛泽东从北京赶往上海送行。那一次，他遭遇了困难。“当我到达浦口以后，又是一文不名了，而且连车票也没有。没人有钱借给我，也不知道怎样才能离开这个地方。不过最倒霉的就是一个贼偷去了我仅有的一双鞋子！啊呀！怎么办呢？可是‘天无绝人之路’，我的运气非常好。在车站外面，我碰到了一个湖南的老友，他借给我足够买一双鞋子和到上海车票的钱。”

对此，毛泽东念念不忘，称他是“救命菩萨”。这位“湖南的老友”是谁呢？

这位“救命菩萨”名叫李声澥，湖南湘乡人，在湖南省立第一师范学校读书期间与毛泽东相识，并参加了新民学会。1918 年夏毕业后不久，他来到上海，在一家古董玩具店帮工。1920 年春，作为《新青年》杂志的忠实粉丝，他打听到陈独秀住在老渔阳里 2 号，便慕名前去拜访。作为一名学生出身的知识分子，他在陈独秀的鼓励和指引下，为了与工人群众真正打成一片，改名李中，进入有 3000 多名工人的江南造船厂，当了一名钳工。他跟随陈独秀在上海开展工人运动，成立机器工会，成为中国共产党最早的工人党员之一。入党后，他以“海军钳工”署名，在《劳动界》上发表了《一个工人的宣言》。这个时候，李中确实深得陈独秀赏识，邀请他住在老渔阳里 2 号自己的家中。

到了上海，毛泽东又见到了老友李中。李中也劝毛泽东一起入厂从事工人运动。毛泽东也一度很想向李中学习，后来在写给罗学瓒的信中说道：“我现在很想作（做）工，在上海，李声澥君劝我入工厂，我颇心动。我现在颇感觉专门用口用脑的生活是苦极了的生活，我想我总要有一个时期专用体力去作（做）工就好。李声澥君以一师范学生在江南造船厂打铁，居然一两个月后，打铁的工作样样如意，由没有工钱已渐得到每月工资十二元。他寓居上海法租界老渔阳里 2 号，帮助陈仲甫先生等组织机器工会，你可以和他通信。”

在上海，毛泽东生活了三个月。一开始，他应彭璜之邀，与同学张文亮等几个人在民厚南里租了几间房子，想试一试他们醉心的工读互助团的生活，共同做工，共同读书，有饭同吃，有衣同穿。毛泽东担任洗衣服和送报纸的工作。经过亲身实践，他很快察觉这种团体生活中有许多难以克服的弊端，决定停止。

其实，毛泽东这次和李启汉（李森）一起从北京赶到上海，主要的目的是开展“驱张运动”。6 月 11 日，军阀张敬尧被逐出长沙后，他与彭璜等人开始商讨湖南建设问题，几经讨论，草拟了《湖南人民自决宣言》，在上海的《天问》周刊和《时事新报》发表。随后，他又在《申报》发表《湖南改造促成会发起宣言》。这个月内，他接二连三地在《时事新报》发表了《湖南人再进一步》《湘人为人格而战》等文章，阐明他的主张。

当然，就像在北京拜访李大钊一样，毛泽东与陈独秀的见面，可以说是他这次上海之行的最大收获。这天，李中带着毛泽东、彭璜、李启汉来到老渔阳里 2 号，向陈独秀谈了“湖南改造促成会”的计划。

毛泽东深深地感叹道：“陈先生，我读过您写的《除三害》，中国有军阀害、官僚害、政客害。要除去这‘三害’，国民要有参与政治的觉悟，社会中坚分子要挺身而出。在湖南，现在张敬尧被赶走了，但是还会有新的张敬尧回来。根除的办法是废除督军，裁减兵员以推倒武力统治。以银行民办、教育独立、自治建设及保障人民权利等，达到实现民治的目的。”

因为张敬尧是安徽人，在湖南胡作非为，横征暴敛。陈独秀愤愤地说：“我非常欢迎你们湖南人的这种精神的。对湖南，我真想说句抱歉的话。因为我们安徽人在湖南地方造的罪孽太多，我也是安徽人之一，所以对着湖南人非常地惭愧。”

“陈先生，您这么说，我们就觉得羞愧了，担当不起。”毛泽东诚恳地说，“您主编《新青年》，为我们请来‘德先生’和‘赛先生’，这种至高至坚的精神，令我们敬仰，当之无愧是思想界的明星。”

陈独秀颇有感慨地说：“你们湖南人有一种奋斗的精神，令人佩服。两百多年前的王船山（即王夫之）先生，是何等艰苦奋斗的学者！几十年前的曾国藩、罗泽南等一班人，是何等‘扎硬寨’‘打死战’的书生！黄克强（即黄兴）历尽艰难，带一旅湖南兵，在汉阳抵挡清军人马；蔡松坡（即蔡锷）带病亲领子弹不足两千云南兵，和十万袁军打死战；他们是何等坚忍不拔的军人！‘若道中华国果亡，除非湖南人尽死。’无论杨度为人如何，却不能以人废言。湖南人的这种奋斗精神，却不是杨度说大话，确实可以拿历史来证明的。”

“我从北京回湖南后，办了一个《湘江评论》，宣传新思想、新文化，后来就是被张敬尧给查封了。”毛泽东说。

“《湘江评论》办得不错，尽管我不是每期都能看得到。”陈独秀充满期望地看着毛泽东、彭璜、李中，“我出狱以后，听说你们发起了‘驱张运动’，我感觉湖南人的奋斗精神复活了。我盼望着你们有实际的行动和事实，而不仅仅是一个口号或消息，不使我的欢喜成为一场空梦。”

谈话中，毛泽东向陈独秀说明了“湖南改造促成会”的计划，征求陈独秀的意见。毛泽东说：“湖南的事，应由全体湖南人民自决，一个省一个省的解决了，将来合起来便可以得到全国问题的总解决。先生您认为呢?”

陈独秀在毛泽东身上看到了湖南人的奋斗精神，很高兴，鼓励他们说：“一个人的生命最长不过百年，或长或短，不算什么大问题，因为他不是真生命。大问题是什么？真生命是什么？真生命是个人在社会上留下的永远生命，这种永远不朽的生命，乃是一个人生的大问题。社会上有没有这种长命的个人，也是社会的大问题。Olive Schreiner（奥利芙·施赖纳）夫人的小说中有这么一个故事，你见过蝗虫它们怎样渡河么？第一个走下水边，被水冲走了，于是第二个来了，于是第三个，于是第四个，到后来，它们的尸骸堆积起来，成了一座桥，其余的便过去了。那过去的人不是我们的真生命，那座桥才是我们的真生命，永远的生命！因为过去的人连脚迹也不曾留下，只有这桥留下了永远纪念的价值。”

毛泽东说：“陈先生说得真好。王船山、曾国藩、罗泽南、黄克强、蔡松坡他们都是有真生命的人，因为他们造的桥的生命永远存在在那里，在我们心中。”

“是的，我们欢迎湖南人的精神，就是欢迎湖南人的这种奋斗的精神，欢迎他们奋斗造桥的精神，欢迎他们造的桥，也欢迎你们作为年轻的一代，比王船山、曾国藩、罗泽南、黄克强、蔡松坡所造的桥还要雄大精美得多。”

陈独秀话音未落，屋子里已经响起了热烈的掌声。

说到这里，毛泽东又向陈独秀谈起了在北京与李大钊见面的情形。毛泽东说：“我在北京读了许多俄国十月革命等情况的书籍，像邵飘萍的《综合研究各国社会思潮》《新俄国之研究》，还看到了一些共产主义书籍。”毛泽东这里所讲的“共产主义书籍”，可能指的是罗章龙从德文版翻译的《共产党宣言》，此时刘仁静在北京也翻译过英文版的《共产党宣言》。

陈独秀说：“现在，陈望道刚刚完成了《共产党宣言》全本的翻译工作，我和李汉俊先生正在校阅，这是根据日文版翻译的，准备今年出版，出版后就给你们寄过去。”

毛泽东连忙道谢，并告诉陈独秀：“我正在阅读马克思《资本论》第一卷部分章节的译本，很有兴味。”

“马克思的《资本论》是研究资本主义生产方式以及和它相适应的生产关系的，阐述了生产力和生产关系、经济基础和上层建筑，揭示了现代社会的发展规律。”陈独秀听到毛泽东在阅读马克思的著作，非常欣慰，感觉是遇到了知音，也是越说越有兴致，“你们湖南受军阀蹂躏较其他省份惨痛，社会各阶层都对督军制度有反感，尤其是工人农民。前不久，上海厚生纱厂女工事件在长沙新闻界闹得沸沸扬扬，我们专门做了调查。想必你们也看到了。”

毛泽东说：“我在《新青年》上看到了，感谢陈先生为我们湖南女工说了公道话。的确像您所说，现在二十世纪的劳动运动，已经是要求管理权的时代，而不仅仅是要求待遇的问题了。无论待遇如何改良，终不是自由的主人地位。”

“厚生纱厂在湖南招募女工无论办法好歹，都不单是湖南的女工问题，也不单是上海男女工人的问题，乃是全中国劳动问题。要知道，我们吃的粮食，穿的衣服，住的房屋，都是劳动者做的，社会上有各种人，唯有劳动者才是社会的台柱子。”说到这里，陈独秀指着李中说，“现在，我就请李中帮我组织机器工会，把工人群众组织起来，提高他们的觉悟，一起为这个国家而奋斗。”

听了陈独秀的话，毛泽东、彭璜等人眼睛一亮，特别是提到“工人是社会的台柱子”，越发觉得形象生动。他们向陈独秀表示，回长沙后，他们将筹办文化书社、工人夜校，宣传新思想，提高人民的思想觉悟，把自治运动搞起来。

这个时候，青年毛泽东正处于一生中的关键时期。他曾给好友写信说，那时“好多人讲改造，却只是空泛的一个目标。究竟要改造到哪一步田地？用什么方法达到，自己或同志从哪一个地方下手？这些问题，有详细研究的却很少”。年轻的毛泽东感觉自己像“睡在鼓里”一样。

与陈独秀的会面，令毛泽东茅塞顿开。1936 年 10 月，毛泽东在陕北保安（今陕西志丹县）的窑洞里，向斯诺讲述这段历史的时候，他深情地说：“我第二次到上海去的时候，曾经和陈独秀讨论我读过的马克思主义书籍。陈独秀谈他自己的信仰的那些话，在我一生中可能是关键性的这个时期，对我产生了深刻的印象。”

在上海，毛泽东、彭璜经陈独秀的介绍，也拜访了来自苏俄的“吴先生”——维经斯基。维经斯基向毛泽东和彭璜介绍了十月革命和苏俄国内的建设情况，并将他和陈独秀、李大钊等人的座谈情况做了简单的描述，称赞中国的革命者都是有思想的实干家。这次会面，对毛泽东、彭璜重新认识十月革命和马克思主义，回长沙发起建立俄罗斯研究会起到了促进作用。后来，毛泽东在领导湖南自治运动时，对十月革命作出了这样深刻卓识的评价：“列宁之以百万党员，建平民革命的空前大业，扫荡反革命党，洗刷上中阶级，有主义（布尔失委克斯姆）、有时机（俄国战败），有预备，有真正可靠的党众，一呼而起，下令于流水之原，不崇朝而占全国人数十分之八九的劳农阶级，如响斯应。俄国革命的成功，全在这些处所。”

1920年7月，在上海工作、生活了三个月之后，毛泽东决定返回长沙。回湘之前，为组织革命活动以及部分同志去欧洲勤工俭学，急需一笔数额较大的款项，毛泽东专门找章士钊帮助。此前，杨开慧的父亲杨昌济在去世前的病榻上，曾致信章士钊推荐毛泽东和蔡和森，说："吾郑重语君，二子海内人才，前程远大，君不言救国则已，救国必先重二子。"章士钊慷慨帮助，共筹集两万银元交给毛泽东。

临行前，毛泽东、彭璜又登门老渔阳里2号，向陈独秀告别。他们详细汇报了回湘后的打算，包括成立文化书社和俄罗斯研究会、组织湖南人民自治运动，承诺继续做好《新青年》等刊物的发行工作。陈独秀十分赞赏，向两位满腔热血的湖南青年透露，目前正在筹备成立共产党。

陈独秀说："如果你们的计划顺利实现，也是建党的最好准备。"

毛泽东坦诚地说："我们也想在这些工作的基础上，在您的指导下，做好湖南党组织的建设工作，今后有许多事情还请您多指导。"

"好！我们保持联系。"陈独秀与毛泽东紧紧握手，"希望你们继续努力，发扬湖南人的奋斗精神！"

的确，在上海的这一段时间，是毛泽东一生中的一个关键性时期。用他自己的话说："到了1920年夏天，我已经在理论上和某种程度的行动上，成为一个马克思主义者，而且从此，我也自认为是一个马克思主义者了。"

1920年7月，直皖战争一触即发。北京政局动荡，北京大学师生纷纷离校。李大钊也准备暂避家乡河北乐亭。临行前，他于两个月前辞去中华全国工业联合协会总干事职务回京的张国焘再次长谈，鼓励他再回上海，去找陈独秀。

李大钊告诉张国焘："独秀先生最近的来信更激进了，主张采取实际行动，大干一场，但在信中也没有说出如何干法，也许是信上不便多说吧。你去一趟，正好可以方便商讨。我主张从研究马克思主义入手，如果陈先生有进一步的计划，我当然也赞成。"

分手的时候，李大钊还叮嘱张国焘："战争要爆发了，你不可耽搁，迟了恐怕交通断绝。"

张国焘是7月20日前后抵达上海的，立即到老渔阳里2号拜访陈独秀。

一见面，陈独秀就问张国焘，此次南来是否有学生代表的任务？张国焘告诉陈独秀，这次来上海，不再担负学生代表的责任，并把李大钊的意见如实转告。陈独秀非常高兴，表示正好可以一起谈谈关于共产主义运动的事情，并热情地邀请张国焘搬到他家中来住，以便从长计议。陈独秀说："我这里楼上有三间屋子，我和家人住两间，另一间住着王会悟，她是从嘉兴来的。楼下三间，一间是客厅，一间由青年作家李达住，还有一间空房正好给你住。”

就这样，张国焘也住进了老渔阳里 2 号。

住进来的头几天，张国焘整天在外面奔忙，交朋结友，与黄介民等旧友酬酢频繁。陈独秀看了，有点不耐烦。高君曼也看不惯张国焘不务实的作风，就笑着打趣道：“国焘，你整天这么忙，交游这么广，是不是为了找女朋友啊！”

张国焘笑着摇摇头。

到了 7 月底，张国焘终于安静下来了，与陈独秀郑重其事地谈起了李大钊的意向。陈独秀开门见山地说：“研究马克思主义现在已经不是最主要的工作，现在需要立即组织一个中国共产党。”

陈独秀如此坚决的主张，张国焘还是第一次听见。在张国焘眼里，作为新文化运动的领袖，陈独秀虽然受西方文化影响甚大，但骨子里还是一个对于中国文化植根甚深的学者，“他极富怀疑与批判的精神。他曾多年从事文化工作，文笔生动犀利。他严厉批评孔子的纲常名教思想和康有为等人的尊孔主张，以及一切旧思想和旧传统。他提倡文学革命，发扬科学与民主的精义。凡此一切虽大都导源于西方文化，但他能融会贯通，用以暴露中国固有传统的腐朽面，因而成为新文化运动的旗手。”“他不是一个特出的政治家，却无疑是一个难得的政论家。他的信仰马克思主义和组织中国共产党，主要是由实际政治观点出发。换句话说，中国半殖民地的处境和内部政治的黑暗，以及他个人政治上的遭遇，使他由一个激进的民主主义者走上国际共产主义的道路。”

为什么要组织中国共产党呢？

陈独秀告诉张国焘：第一，社会革命的内涵是中国无产阶级和广大穷苦人民的自求解放。以中国实际状况而论，就非走马克思主义所说的阶级斗争、无产阶级夺取政权的道路不可。俄国革命的经历就是证明。第二，我们觉得孙中山的三民主义和他所领导的革命运动不够彻底。而无政府主义又过于空想，没有实行的方法。其他各派社会主义的议会政策又不能实现于中国，因中国在可见到的将来不会有良好的议会制度。第三，未来的中国共产党仍应从事新文化运动、反军阀运动、反日爱国运动等；只要站在共产党的立场去适应的进行，就没有说不通的道理。第四，不应顾虑共产主义的曲高和寡，站在革命立场上，应当有一个“各尽所能，各取所需”的最终目标，长期努力来促其实现。第五，中国工业不发达，工人数量甚少，文化落后，因此一般工人还谈不上阶级觉悟，还不能成为共产运动的骨干。但五四以来，信仰马克思主义的知识青年日有增加，如果集合起来，就是推进这一运动的先驱。未来的中国共产党虽然一时无夺取政权的希望，但现在就必须认真地发动起来。

谈到中国共产党的党纲和政纲，陈独秀说："我们不必做中国的马克思和恩格斯，一开始就发表一个《共产党宣言》；我们只是要做边学边干的马克思主义的学生，现在可以先将中国共产党组织起来，党纲和政纲待正式成立后再去决定；我们并非不过问现实政治，而是不在实际上从政，如党员担任政府官吏等等。"

谈到党章和实际组织的问题，陈独秀一边举例，一边说：中国共产党不采取党魁制，如孙中山先生之任国民党的总理那样，发生种种流弊。中国共产党采用较为民主的委员制，从委员中推举一个书记出来负责联络之责，其他委员分担宣传组织各方面工作。要减低书记职权，遇事公决。这样就可以确立党内民主的作风，也可以杜绝党魁制的个人独裁及官僚式的流弊。

陈独秀还告诉他，组织中国共产党的意向，已经和上海的李汉俊、李达、陈望道、沈玄庐、戴季陶、邵力子、施存统、沈雁冰、俞秀松等人谈过，他们都表示赞同。同时，陈独秀还告诉张国焘，他已经与共产国际的代表维经斯基接了头，未来的中国共产党将会得到共产国际的支持。

友好、务实、平等、合作——这是共产国际代表维经斯基给陈独秀、李大钊和毛泽东留下的美好印象。毫无疑问，维经斯基的到来，坚定了中国的马克思主义者尽快建立共产党的信心和决心。

听说陈独秀要组建共产党，首先吓跑了《时事新报》的张东荪。张东荪的理由是："我原以为这个组织是学术研究性质，现在说这是共产党，那我就不参加了。"他属于"研究系"，他不打算脱离梁启超、汤化龙成立的"宪法研究会"。在他看来，社会主义学说只能作为"学术"进行"研究"，而要参与组建共产党，便是介入了政治活动。不久，张东荪受来中国讲学的英国哲学家罗素的影响，鼓吹基尔特社会主义，与共产党展开了一场论战，彻底分道扬镳。

1920 年 5 月至 6 月间，在老渔阳里 2 号，陈独秀先后多次召集沈玄庐、邵力子、李汉俊、戴季陶、陈公培、施存统、俞秀松、沈雁冰、沈仲九、刘大白、丁宝林等人集会商议，决定发起成立共产党。

沈雁冰回忆说："陈和我本来不认识，但他也来找我，约我给《新青年》写介绍苏联的文章。他给我的材料是英文的《国际通讯》。这个杂志是用好几国文字发行的，内容有苏联介绍、国际时事评论等等，它是专门对外宣传用的。这年夏天，大约 7 月光景，陈独秀他们要我参加共产主义小组。"会议不是经常开，主持人多是陈独秀。

在这个过程中，维经斯基了解到中国同志对苏俄党、苏俄政府、共产国际与各国共产党的关系不甚清楚，于是，他向中国同志解释：苏俄政府不得不与各国政府建立外交和通商关系，而共产国际却是另外一回事，是由各国共产党共同组织起来的世界革命大本营，总部虽设在莫斯科，但不能与苏俄政府混为一谈。苏俄政府的外交对象是北洋政府，它有必要和北京建立关系，不过这并不是表示苏俄同情和支持中国人民所不喜欢的北洋政府。至于共产国际所要联络的对象则是中国共产党。俄国共产党不过是共产国际的一员；根据国际主义的精神，尽一个支部的义务，享一个支部的权利。共产国际的一切决议都须由多数通过才算有效，并不是俄共所能操纵的。事实上它在共产国际具有领导党的地位，但它绝不会滥用它的这种地位，换句话来说，它不会要求共产国际来适合苏俄的外交政策，也不会强迫其他各国共产党采取某种不适合于其本国革命要求的政策。

1920 年 6 月的一天，老朋友们一个一个上门了，陈独秀笑声朗朗，欣喜莫名；高君曼忙前忙后，端好茶倒好水，就带着儿女上楼去了。

因为都是老渔阳里 2 号的常客，陈独秀待大家坐定，开门见山，谈到了这天会议的设想和目的。他说："最近以来，有人批评新文化运动的人太偏于社会方面，把政治忽略了，又有人批评我们何以不会讨论重大的宪法问题。我的回答是，我们不是忽略了政治问题，是因为 18 世纪以来的旧政治已经破产，中国政治界所演的丑态，就是破产时代应有的现象，我们正要站在社会的基础上，造成新的政治、新的政治理想。现代世界上政治状况是怎样？不但中国，无论哪国也都是军人、官僚、政客的世界。因为他们的罪恶是太明白了，所以有许多人看出政治的罪恶太深，想根本推翻政治，主张无政治——无政府主义。现代人群的结合，有两种理想——一是有军警、有法律、有政府的政治结合；二是无军警、无法律、无政府的社会结合，我们中国人当然是赞成前一种的人多，赞成后一种的人少。但是我们要晓得就是退一步，主张前一种的结合——政治结合，也要主张新的政治，才可以把旧的政治罪恶洗刷一点。军国主义和金力主义（即资本主义）已经造成了无穷的罪恶，现在应该抛弃了；共和政治为少数资产阶级所把持，要用它来造成多数人的幸福，简直是妄想。

维经斯基说："中国现在关于新思想的潮流，虽然澎湃，但是，第一，太复杂，有无政府主义，有工团主义，有社会主义，有基尔特社会主义，五花八门，没有一个主流，使思想成为混乱局势；第二，没有组织，做文章，说空话的人多，实际行动一点都没有。这样绝不能推动中国革命。"话里话外，维经斯基表示希望中国的共产主义者尽快组织起来，成立中国共产党。

陈独秀对此也深表赞同："要主张新的政治，破除旧的政治，我们不应该再走欧美、日本的错路，而俄国的十月革命给了我们许多启示，吴先生（维经斯基）也对我们做了介绍，所以，我承认用革命手段建设劳动阶级

（即生产阶级）的国家，创造那禁止对内对外一切掠夺的政治、法律，为现代社会第一需要。当务之急，我们就需要建立自己的组织，像苏联的共产党一样，成立属于无产阶级的政党，坚持马克思主义，走社会主义道路。”

陈独秀话音刚落，戴季陶忽然从角落里站起来，小声地声明道：“我不参加共产党。”

声音虽小，震动很大。屋内瞬间陷入一片短暂的沉默。要知道，在之前的几次座谈会上，关于起草党纲的人选，大家讨论决定由戴季陶担任。他很快就写好了纲领的草案，交给了陈独秀，让大家一起开会讨论。因为热心追求马克思主义，所以大家才走到了一起。现在，陈独秀召集大家开会要成立马克思主义政党，戴季陶却突然宣布不参加，好端端的会议，就这样不欢而散，没有开成会。

戴季陶是沈玄庐拉来的，他们都是浙江有名的“大秀才”，都曾为陈独秀主编的《新青年》撰稿。沈玄庐本名沈定一，字剑侯，浙江萧山人，做过清朝云南广通县知县、武定知州、省会巡警总办。因帮助同盟会发动河口起义，被人告发，被迫流亡日本。流亡期间，开始钻研社会主义书籍。1916年回国后，他出任浙江省议会议长。在戴季陶、李汉俊筹办《星期评论》时，他热心参加，成为《星期评论》的“三驾马车”之一。

戴季陶本名戴良弼，又名传贤，号天仇，原籍浙江吴兴，出生于四川广汉。15岁时赴日留学，回国后入《天铎报》当记者，因文章出色，迅速升任主笔；1911年加入孙中山领导的中国同盟会，辛亥革命后在上海创办《民权报》，深得孙中山赏识。不久，孙中山访日，任命戴季陶为翻译兼机要秘书；1914年，孙中山在日本成立中华革命党，任命其为浙江支部长；1917年，孙中山在广州任大元帅，任命其为大元帅府秘书长。1918年5月，孙中山辞职来到上海，戴季陶同行，先是居住在环龙路63号，两个月后搬入莫里哀路29号（今香山路7号）。1918年底，李汉俊从日本回到上海，因都研究马克思主义著作，两人过从甚密，商议创办《星期评论》，由戴季陶担任主编，宣传新思潮和劳工运动，发表了译作《马克思资本论解说》《马克思传》等。

戴季陶为什么突然打退堂鼓，宣布不参加组建共产党的工作呢？我们来听听当年也在《星期评论》做技术工作的杨之华是怎么说的：“一个夜里，玄庐、秀松等十余人从外边回来。我听见戴季陶在屋子里哭。第二天，我问发生了什么事情？他们告诉我，昨天在一个地方成立了共产主义小组，戴季陶怕违背孙中山的三民主义，当时就拒绝了，哭的原因一方面是发生内心动摇，自己的言行不一致；另一方面，受不起大家的批评。”

这是杨之华1956年9月接受采访时的谈话记录，是采访者整理后经她本人审阅的，像“共产主义小组”等名词都是1956年时的提法。杨之华的这段回忆，说明了戴季陶退出的原因。那时戴季陶内心确实很相信共产主义，很想加入，但又不能如愿以偿，因为不能成为一个共产党员，哭了一场。

戴季陶是国民党的主要干部，孙中山的忠实门徒。孙中山需要戴季陶协助他的工作，反对戴季陶参加组织共产党。正因此，戴季陶说："孙先生在世一日，我不能加入别党。"不过，在离去时，他又声言："我无论如何一定从旁赞助，现在暂时退出。"事实上，戴季陶后来成为国民党的理论家，极力反对共产主义。

不久，戴季陶从新渔阳里 6 号搬走，陈独秀让杨明斋租下了这所房子，此后这里和老渔阳里 2 号一起，成为共产党人活动的主要场所。

因为戴季陶的临时突然退出，组建共产党的会议不欢而散，但陈独秀并不气馁。很快，他再次召集会议，在老渔阳里 2 号讨论成立共产党的问题。这一次，陈独秀、李汉俊、俞秀松、施存统、陈公培五人开会商议，决定成立党组织，起草了党纲。这份党纲草案共十条，其中包括运用劳工专政、生产合作等手段达到社会革命的目的。遗憾的是，这份最早的中国共产党党纲没有保存下来。

我们不妨回到历史的现场，看看当事人是怎么回忆的。施存统是在 1920 年 6 月 19 日前后离开上海去日本的，他在 1956 年 12 月接受访问时回忆说：

> 第二次，陈独秀、俞秀松、李汉俊、施存统、陈公培五人，开会筹备成立共产党，选举陈独秀为书记，并由上述五人起草党纲。
>
> 不久，我和陈公培出国。陈公培抄了一份党纲到法国，我抄了一份去日本。我没和李达、陈望道等一起讨论发起共产党。可能是我去日本后，陈独秀又找他们讨论组织共产党（我未参与其事，对此表示保留）。我在日本时，和陈独秀、李达有联系，所以李达回忆中提及我是发起人。陈公培去法国后，可能和他们没有什么联系，所以他记不起来。
>
> 我们五个人起草的党纲，不是党章，共十余条，内容已记不清。大概提到：用劳农专政和生产合作为革命手段等。那时我们没有看到苏共党章，我们的纲领，只是根据很有限的几本马克思主义著作拟订出来的，带有相当浓厚的社会民主党色彩，个别同志还有几分无政府主义色彩。

戴季陶退出后，紧接着无政府主义者沈仲九、刘大白也退出了。不过，又有新的血液补充进来。

刚刚从日本东京留学归来的李达，就是抱着“寻找同志干社会革命”的目的，欣然接受了陈独秀的邀请，参加了筹建共产党的工作。为了工作方便，李达就住在老渔阳里 2 号，帮助陈独秀编辑《新青年》。李达回忆说：“我回到上海以后，首先访问陈独秀，谈起组织社会革命党派的事。他说他和李汉俊正在准备发起组织中国共产党，就邀请我参加，做了发起人。”

7 月 4 日，共产国际东亚书记处临时执行局书记威廉斯基·西比利亚科夫由海参崴抵达北京，并于 5 日至 7 日召开在中国工作的俄国共产党员第一次代表会议。维经斯基、鲍立维等与会。在这次会议上，俄国人就即将举行的中国共产主义组织代表大会和中国共产党的成立、新闻出版工作等交换了意见，提出尽快促成建立中国共产党的目标。为了加快在东亚建立共产党的进程，东亚书记处紧接着又在上海召开了远东社会主义者会议，强调在中国、日本和朝鲜扩大共产主义宣传，迅速建党。陈独秀代表中国出席。

7 月 19 日，在维经斯基的推动下，陈独秀再次主持召开“最积极的中国同志”会议，筹备发起建立中国共产党。会上，陈独秀、李汉俊、沈玄庐坚决赞成建立中国共产党。这次会议为中国共产党的正式建立奠定了基础。

进入 8 月，建立共产党完全提上了陈独秀的议事日程。经过一番酝酿和准备，在陈独秀的主持下，李汉俊、沈玄庐、杨明斋和李达等人在老渔阳里 2 号《新青年》编辑部召开党组织成立会议，中国第一个共产党组织正式诞生，命名为“共产党”，陈独秀当然地被大家选举为书记。当时，成员只有八人，他们是：陈独秀、李汉俊、沈玄庐、陈望道、俞秀松、施存统（时在日本）、杨明斋、李达。

在会上，大家再次讨论了由李汉俊起草的党纲。这份党纲在 6 月 18 日前后召开的会议上经讨论并由陈独秀修改，李汉俊用两张八行信纸写就，约有六七条。其中最主要的一条是——“中国共产党用下列手段，达到社会革命的目的：一、劳工专政；二、生产合作。”李达对于“生产合作”一项提出了异议。陈独秀说：“等起草党章时再改。”会议“决议推陈独秀担任书记，函约各地社会主义分子组织支部”。

会后，陈独秀将上海建党的情况转告李大钊，提出“上海小组将负责苏、皖、浙等省的组织和发展”，希望李大钊“从速在北方发动，先组织北京小组，再向山东、山西、河南等省和天津、唐山等城市发展”。对于这些意见，李大钊“略经考虑，即无保留地表示赞成”，“认为上海所拟议的要点都是切实可行的，在北京可以依照着发动起来”。

维经斯基高度关注陈独秀主持的建党活动，有时会亲自参加会议。因为与陈独秀的沟通顺畅，维经斯基对中国共产党的建党工作了如指掌。

1920 年 5 月，维经斯基到达上海后，成立了名为“第三国际东亚书记处”的临时集体中心机构，下设中国科、朝鲜科和日本科。在他的领导下，东亚书记处工作顺利，他向海参崴的共产国际远东书记处发出了第一封汇报信，提出中国科的工作纲要是：“一、通过在学生组织中以及在中国沿海工业地区的工人组织中成立共产主义基层组织，在中国进行党的建设工作。二、在中国军队中开展共产主义宣传。三、对中国工会建设施加影响。四、在中国组织出版工作。”

6 月，维经斯基又从上海给俄共（布）远东局外国局负责人写了一封信，汇报了他在中国的工作进展。信中说：“自我寄出第一封信后，仅在加强联系和完成我的拟定计划方面，工作有些进展。现在实际上我们同中国革命运动的所有领袖都建立了联系。中国革命运动最薄弱的方面就是活动分散。为了协调和集中各个组织的活动，正在着手筹备召开华北社会主义者和无政府主义者联合代表会议。当地的一位享有很高声望和有很大影响的教授（陈独秀），现写信给各个城市的革命者，以确定会议的议题以及会议的地点和时间。因此，这次会议可能在 7 月初举行。我们不仅要参加会议筹备工作（制订日程和决议），而且要参加会议。”

实际上，在这个时候，维经斯基对中国国情的复杂并不十分了解，或者说他只站在他的使命任务角度，看到的只是中国政治的表面现象。他的想法是，现在把《新青年》的陈独秀、李大钊，《星期评论》的戴季陶、沈玄庐、李汉俊，《时事新报》的张东荪等这些热衷研究社会主义、马克思主义的人凝聚起来，趁五四运动的高潮建立起一个革命同盟，并由这几个刊物的主持人联合起来，且不论他们信仰哪一种社会主义，甚至是无政府主义，都将一视同仁，称其为“革命小组”，并试图借助陈独秀的威望和影响力，将这些社团统一起来，发起组建中国共产党或中国社会党。结果，张东荪、戴季陶、沈仲九、刘大白的接连退出，说明他的想法简单化了。

不过，维经斯基选择陈独秀作为建党的核心人物，并没有看走眼，是绝对正确的，而且两人一拍即合。8 月 17 日，维经斯基致信俄共（布）中央西伯利亚局东方民族处，声称：“我在这里逗留期间的工作成果是——在上海成立了革命局，由五人组成（四名中国革命者和我），下设三个部，即出版部、宣传部和组织部。出版部现在有自己的印刷厂，印刷一些小册子。几乎从海参崴寄来的所有材料（书籍除外）都已译载在报刊上。《共产党宣言》已印好。现在有 15 本小册子和一些传单等着付印。顺便说一声，《共产党员是些什么人?》《论俄国共产主义青年运动》《士兵须知》（由此间一位中国革命者撰写）等已经印好。”

这封信中提到的印刷厂，名叫又新印刷所，是由维经斯基出资建立的，厂址在法租界辣斐德路（今复兴中路）成裕里 12 号；信中提到已经印好的《共产党宣言》，就是陈望道翻译的《共产党宣言》全译本单行本。为此，维经斯基提供了 2000 美元支持。从 1920 年 5 月到 8 月，三个月的时间里，在维经斯基的支持和推动下，陈独秀在上海顺利完成了中国共产党发起组的创建工作。但对于党的名称叫什么的问题，还没有最后确定下来——是叫社会党，还是叫共产党，抑或叫社会共产党？对此，坚持主张把党组织定名为“中国共产党”的陈独秀，专门致信北京大学的张申府，要求他向李大钊征求对党的名称的意见，并嘱咐：“这件事情在北大只有你和守常可以谈。”李大钊研究后，告诉陈独秀：“就叫共产党。”

接到李大钊的回复，陈独秀决定：“我们的名字就叫共产党。”25 年后的 1945 年 4 月 21 日，毛泽东在延安召开的中共七大预备会议上说：“关于陈独秀这个人，我们今天可以讲一讲，他是有过功劳的。他是五四运动时期的总司令，整个运动实际上是他领导的，他与周围的一群人，如李大钊同志等，是起了大作用的。我们那个时候学习做白话文，听他说什么文章要加标点符号，这是一大发明，又听他说世界上有马克思主义。我们是他们那一代人的学生。五四运动替中国共产党准备了干部。那个时候有《新青年》杂志，是陈独秀主编的。被这个杂志和五四运动警醒起来的人，后头有一部分进了共产党。这些人受陈独秀和他周围一群人的影响很大，可以说是他们集合起来，这才成立了党。我说陈独秀在某几点上，好像俄国的普列汉诺夫，做了启蒙工作，创造了党……”

41 年后的 1961 年 1 月 29 日，就中国共产党成立的情况，包惠僧在给中共广州党史组负责同志的一封信中回忆说：“中国共产党是于 1920 年夏秋之交在上海成立的。紧接着党的成立，因为有特殊的人和事的关系，先后在北京、武汉、长沙、广州、济南，连上海全国共成立了六个支部。上海没有支部之称，各地党支部的成立都是由上海党发动组织起来的，各党员的物色、工作的分配、党纲的拟定、工作方针的决定，都由上海党负责，事实上它就形成了中央的作用。可是当时并没有‘中央’这个名称。我为了写回忆录的方便，我常把上海党写成临时‘中央’。各地方的组织叫作支部，并无共产主义小组之称。武汉支部是 1920 年九、十月间在武昌宣布成立的。北京可能比武汉早一点。武汉、长沙、广州三个组织成立时间差不多。济南略为迟一点，因为济南组织是由北京支部发展起来的。”

对于中国共产党早期组织系统的构成，包惠僧回忆说：“我党组织之初，第一次的党纲只有十五条，这个原件我前年由国家档案局的同志手中看到过，大概存在国家档案局。党的组织系统很简单—— 一、中国共产党党部。二、支部。支部所在地称区，如武汉区、北京区、广州区等。当时的广州支部兼广东省的组织活动，应该是属于省以上的组织。这个区的名义用了很久，一直到大革命时代才有各省市的党委会，有些地方区的名义仍存在。三、小组。是基层组织，组有组长，党员人数有数人乃至数十人的，视情况决定。支部的名称在第一次全国代表大会以后就不用，组织系统是—— 1. 中央；2. 区党委；3. 特别小组（比小组大）；4. 小组。”

陈独秀在上海创建中国共产党发起组，成为各地共产主义者进行建党活动的指挥和联络中心，点燃了历史巨变的星星之火。

（节选自《红船启航》，丁晓平著，浙江教育出版社2021年7月出版）

乳　娘（节选）

唐明华

滴血的乳汁

命运的敲门声是在1942年那个大雪初霁的冬日突然响起的。

从中午起，纷纷扬扬的雪花开始飘落，直到天色擦黑才渐渐停歇。此时，雪野寂寂，寒气森森，一弯冷月把空气冻得硬邦邦的。

杨家老宅内，晚饭已经上了炕桌。姜玉英刚抄起筷子，手忽然在空中停住了。好像……西屋后窗响了两下，不会是有人敲窗户吧？姜玉英扭头瞭了一眼，脸上显出些许恍惑。短暂的沉寂过后，敲击声又清晰地传过来“砰——砰——”力道加大，显得有些急迫。男人抻着脖子朝那边喊了一嗓子：“谁呀？”“我……矫凤珍，快开门吧。”姜玉英翻身下炕，趿上鞋，嘀咕着“这大冷的天，有啥要紧的事啊？”不一会儿，村妇救会主任矫凤珍揽着襁褓急火火地进来了。看到家人不解的神色，她开门见山地对姜玉英的丈夫说：“坤璞啊，有件事想求你家玉英帮个忙。”说着，朝怀里努努嘴“这个小嫚是八路的孩子，爹妈都在前线打鬼子，顾不上，托付咱村给她找个奶妈……”男人的表情有些暧昧，让人吃不准他在想些什么。姜玉英轻轻撩开襁褓边角，只见婴儿皱巴巴的小脸蛋泛着苍白，两条稀疏的眉毛求助似的彼此靠拢，把眉心挤出一个扭曲的疙瘩。“多大了？”她关切地问。“差两天三个月。”“叫啥名字？”“仙儿”姜玉英牙疼似的哼了一声：“哎呀，这么小就离开爹妈，真是怪可怜的。”矫凤珍认真地盯着姜玉英“组织上找人是有要求的，人品要好，还得利索，不能邋遢。村里合计来合计去，觉得找你最合适。一是你家二嫚已经六个多月了，现在还有奶水；二是你们家的为人大伙都了解，村委会信得过。”姜玉英浑身一震，最后这句话太关键，也太重要了，就像一簇火星划过堆积在心底的甘草，转瞬间，惊喜的火苗开始摇曳。是啊，有生以来，哪里受过这样的抬举呢?！不过，兴奋的同时，她的心里也生出几分忐忑。原因很简单，这是八路军的娃娃，容不得半点闪失啊。然而，母爱偏偏具有盲目色彩。所以，在选择航向的一刹那，理智的罗盘往往不起作用，而感情和本能在支配一切。她下意识地抬起胳膊，刚要伸出双手，动作却突然凝滞了。她扭转脸，眼巴巴地望着丈夫。

没等丈夫回话，婆婆先开口了："八路军是为咱老百姓打天下，人家连死都不怕，咱帮人家抚养个孩子是应该的。"阖家响器，一锤定音。姜玉英迫不及待地接过襁褓，婴儿半睁半闭的眼睛忽然张开了，那痴迷的眼神让人觉得，她似乎一直在等待这个时刻。姜玉英的心尖忽悠一颤，这是前世今生的一个约定吗?！蓦地，婴儿发出一声古怪的呻吟，噢，饿了，肯定是饿了。姜玉英立马解开衣襟，乳房刚凑上去，小家伙就一口叼住奶头，贪婪地吮起来，频率密集，声音颇大，"咕咚-咕咚-"就像跌落山崖的溪流坠入深涧似的。"不急，不急，慢慢地，别呛着。"姜玉英轻声细语。矫凤珍笑着调侃道："吃奶能吃出这么大的动静，我还从来没听见过。这个小丫头，真是饿死鬼托生的。"

家里多了一个新成员，原本闹哄哄的小屋声音更嘈杂了。

姜玉英发现，八路军的娃娃哭起来也跟自己的孩子不一样，别看嘴巴只有樱桃大小，能量实在很唬人呢！你瞧，只要两片小巧的嘴唇抿成喇叭形，小屋里即刻涛声激荡，若非亲眼所见，恐怕很难想象，人之初竟有如此豪放的气魄。

每次喂奶，都要先尽着仙儿吃饱。待到她的小肚皮舒舒服服膨胀起来，小家伙会一声接一声地咿呀着，尖尖的、带着奶味儿的声音在小屋里微微颤动着。总算轮到女儿了，她刚吸了两口，就吐出奶头，"哇"地哭了。悸动的音波透着愤怒，也透着困惑：奶水呢？奶水为啥没有了？哭了两声，又裹住奶头，吮了几口，又哭了。姜玉英只好向婆婆求援："妈，奶不够了，打点糊糊给二嫚吃吧。"然而，女儿的反应表明，她对这样的补救措施同样是很失望的。听着不满的啜泣声，姜玉英在心里喃喃自责。那一刻，她觉得自己是世界上最无能的母亲，真的，最无能的。

除此之外，还有让人闹心的事。

按理说，娃娃小的时候，觉多。仙儿倒好，吭吭叽叽老半天，好不容易哄着了，浅浅地眯上几分钟，眼皮又睁开了。姜玉英苦着脸埋怨道："这是鸡打盹吗？不好好睡觉，怎么长个?！"尤其夜幕拉开，小家伙变本加厉，哭起来，全然一副混不懔的架势。刚一出声，苍白的小脸蛋陡然涂上一层绯红，嘴唇琴弦般震颤，频率之快，简直不可思议。姜玉英赶忙把她抱起来，借着油灯的光影，只见仙儿眉毛愤怒地扭曲着，犹如两条蠕动的蚯蚓。拍呀，哄呀，小家伙不依不饶，哭得愈发放肆。一会儿的工夫，脸蛋由绯红变为青紫，给人一种缺氧窒息的恐怖感觉。没办法，姜玉英只好挪下炕来，踮着小脚，摇晃着，走来走去。哭声一点点低下去，也说不清到底溜达了多久，终于，姜玉英轻轻地嘘了口气，小心翼翼放到炕上，不料，“嗷”的一声，刚刚结束的演出又重新开始了。

一天，好不容易哄仙儿睡着，突然听见有人吆喝：“鬼子来了——鬼子来了——”顿时，胡同里人声嘈乱，脚步杂沓。姜玉英“噌”地从炕上弹起来，一边招呼正在院里玩耍的儿子，一边催促婆婆。说时迟，那时快，只见她飞快地解开怀，把仙儿放进去，拢上衣襟，外面，再裹上一床小被，胡乱找根草绳往腰里一扎。很快，面临后街的窗户推开了，大人、孩子像扔麻袋一样甩出来，没等脚跟站稳，就匆忙加入了逃难的行列。姜玉英上边撮着仙儿，下边牵着儿子，拼命扯动一双小脚，跑啊，跑啊，没多久，抱着孙女的婆婆就落到后面了。姜玉英停下脚步，一只手叉着腰眼，如同缺氧的鱼儿一样张大嘴巴，胸廓费劲地起伏着。等婆婆上气不接下气地撵上来，姜玉英说：“咱跟不上，就别跟了。人多目标大，容易让鬼子看见。他们往南边跑，咱们干脆往北山躲吧。”喘息片刻，她们转身朝另一个方向跑去了。山路弯多坡陡，坑坑洼洼，婆媳俩摇摇晃晃，深一脚浅一脚。突然，姜玉英一脚踩空，仰面朝天从斜坡上掼下去。惊魂甫定，她慌忙看看孩子，只见仙儿惶惑地瞪着大眼睛，不明白刚刚发生了什么。姜玉英挣扎着，想撑起来，刚一用劲，大腿根迸出锥心的刺痛，坏了，右腿不敢动弹了。婆婆连拉带拽，折腾了好一会儿，姜玉英方才咬着牙，一瘸一拐地朝山坳里走去。数月后，疼痛逐渐消失了，然而，跛脚的姿态却永远固定下来。咳，这一跤摔的，好惨呀！

不经意间，夜幕垂落，光线渐渐暗下去，仿佛谁在天上涂了一层墨。或许是涂得太多了，墨汁一滴滴坠下来。哦，下雪了，密密匝匝的白线织成一张扭动的大网，开始覆盖茫茫山野。风也趁火打劫，呜呜地吼起来。凛冽的寒气挟着雪花频繁地灌进姜玉英的衣领，她激灵一下，赶忙把衣服裹得更紧些。好歹折腾到一个叫龙须沟的山坳里，没等坐下喘口气，女儿“哇”地哭起来。哭声是有传染性的，顷刻间，尖细的声音就从姜玉英怀里蹿出来。“饿了，饿了。”婆婆连声嘟囔，姜玉英手脚麻利地解开衣襟，怀里的哭声戛然而止，可女儿的哭声却更泛滥了。姜玉英对婆婆说：“妈，你先抱着二嫚到那边躲躲，别让她看见我喂奶，不然的话，她哭得更厉害。等我喂饱了仙儿，再喂她。”婆婆默了片刻，抱着孙女躲开了。很快，哀啼渐息，可没多会儿，又哭声大作。不过，颤音持续了短短十几秒钟，就被什么东西捂住了。原来，情急之下，奶奶把自己干瘪的乳头塞进孙女嘴里，小家伙一口叼住奶头，饥不择食啊！只见小脸蛋在奶奶毫无生气的胸脯上使劲蠕动着，她恶狠狠地吮着奶头，几颗乳牙也不停地啃啮。然而，乳房俨若熄灭的死火山，里面的岩浆早已枯竭。她吮了几下，吐出左边的奶头，又衔住右边的奶头，拼命地吮啊吮，小脸儿涨得青紫，最后，彻底失望了。

哭声复起，有些嘶哑。奶奶于心不忍，只好抱着孙女颠颠地跑过来，央求媳妇说："多少给二嫚喂两口吧。"姜玉英接过女儿，轻轻叹了口气，自己身上掉下来的肉，当妈的能不心疼吗?！可是，这边刚吃了几口，仙儿又不管不顾地哭起来。姜玉英犹豫了一下，毅然拔出奶头，把孩子递给婆婆。婆婆没吱声，但脸上的表情却把心思暴露了。姜玉英解释说："宁肯让自己的孩子遭点罪，也不能让八路军的孩子受委屈。这也是没有办法的办法，不然的话，万一有个好歹，俺咋给人家交代呀！"婆婆想说句什么，却又嗫嚅着，无话可说。少顷，背过身去，看不见她的神情，只看见她的肩头微微颤抖。女儿大概意识到自己的处境，绝望的哀号透着不甘的挣扎。姜玉英明显感觉到哭声的压迫，倚着树干的身子一寸寸地滑下去。恍惚中，她看见哭声结成冰花，冰花又凝成冰面，她听见，冰面下潜流涌动，那是感情的悲咽啊！

下半夜，女儿终于没了动静。因为连冻带饿，可怜的小家伙连哭的力气都没有了。天亮的时候，小脸、小手涂了一层暗灰，人像霜打的茄子，蔫蔫的。没进家门，就开始咳嗽，额头滚烫，仿佛灼着炭火。呼吸也变得急促，张着小嘴，胸廓费劲地起伏着，好像喉咙被一只无形的大手扼住似的。姜玉英慌里慌张地把奶头杵过去，糟了，孩子竟然一点儿反应也没有。姜玉英的头皮"嗡"的一炸，"吃奶，嫚儿，吃奶呀！"女儿不为所动，失神的眼珠像沾了一层灰，乌蒙蒙的。母亲急了，伸手去拍女儿的脸蛋儿，小家伙痉挛地搐动了一下，随即，爆出一串激烈的呛咳。挨了一天，病情明显恶化，在没有进食的情况下，孩子居然恶心呕吐，并伴发腹胀、腹泻。很快，又出现烦躁不安和谵妄的症状，继而发生肢体抽搐乃至惊厥。待到第三天夜里，小家伙已经气息奄奄。姜玉英把她紧紧搂在怀里，倚着土墙，眼巴巴地守护着。天傍亮的时候，实在困极了，迷迷糊糊睡过去，不一会儿的工夫，突然惊醒，抬手一摸，孩子小脸冰凉，一丝鼻息也没有了。她身子一抖，耳边"噗啦"一声，尖锐的恐惧感像惊飞的夜鸟掠过头顶。紧接着，一颗滚烫的泪珠夺眶而出，"砰"地砸在女儿冰凉的脸蛋上。她呜呜地哭了，像个受了委屈的孩子。当黎明窸窸窣窣走进小屋时，她仍然紧紧地搂着孩子，沐浴在母爱最后的晨曦中。母女俩的脸上都笼着一层圣洁的光辉，从旁边望过去，宛若一尊青铜雕塑。此时，这盘普通的农家土炕变成一个生命的祭坛，生与死的歌咏漾起亦喜亦悲两个声部，伴着深情的旋律，一个从梦乡归来的小女孩又看到了新鲜的霞光，而另一个小女孩却被黑暗永远掳走了。

丧女之痛让丈夫的心情变得十分恶劣，他的额头猛地暴出一条青筋，如同树根裸出地面。"你咋看的孩子?！"气咻咻的谴责脱口而出，在小屋里横冲直撞，把姜玉英吓得手足无措。她满眼泪花地望着丈夫，想要开口，喉咙里却挽了一个结儿。看到儿媳妇可怜的样子，婆婆发话了："小嫚长病，当妈的有啥法子？孩子没了，你上火，玉英就不上火吗？!"男人像泄了气的皮球一腚墩到土炕上，一连几天，他都阴着脸，没同媳妇搭腔。

或许，情绪的影响能够潜移默化。随后几天，仙儿表现得很乖巧。喂饱了奶，稍微拍几下，就会安安静静睡上一觉。醒了，也不像从前那样哭闹，一双乌溜溜的眼珠转来转去，小嘴里不时涌出咿呀声，就像花朵散发着芬芳。

很快，生活恢复了以往的节奏。看上去，姜玉英的神色平静，仿佛什么事情也没发生过。不经意间，忙忙碌碌的一天过去了，夕阳悄然滑落，新月挂上枝头。夜深人静，天地沉寂。突然，老宅里响起一阵"嘤嘤"的啜泣。"醒醒，玉英——"是丈夫的声音。眼皮眨了一下，好不容易睁开了。迷惑的目光透着惊恐，这是一个从睡梦中突然惊醒的人才有的眼神。"咋了？又做梦了？"她怔怔地望着丈夫，突然清醒了。"我看见二嫚回来了，就坐在道边的石头上，朝着咱家大门哇哇地喊，把我喜得呀，赶紧叫了一声，她一看是我，把头一扭，就没了……"丈夫一时无语，闷了一会儿，粗声粗气地说了一句："寻思那么多，有啥用？睡吧。"

正是因为心中有了隐痛，姜玉英照料仙儿时，更喜欢唠叨了。小丫头认真地盯着母亲，听着听着，好像明白了什么意思，突然咧嘴一乐。姜玉英用手指轻轻碰碰她的小手，嚯，反应挺快，居然紧紧握住，还蛮有劲呢。自个儿躺着的时候，小手、小腿不停地挥呀，蹬呀，尖细的嗓音长一声，短一声，吹哨子似的。那天，小家伙莫名其妙地笑笑，接着，咿咿呀呀。突然，姜玉英听到一声短音，是喊妈吗？虽然混沌，含糊，但做母亲的依然感到了莫大的惊喜。一瞬间，曾经的操劳得到了完全的补偿，一个满足的微笑从她嘴角漾出，就像一朵苦菜花悄然绽开，舒展而又明媚。

冬去春来，日子就这样一天天地过去了。

日子是什么？日子不就是人生的苦辣酸甜，人性的美丑善恶吗？

此时，那个叫仙儿的小丫头已经厌倦了土炕，对尝试走路表现出极大的热情。她扶着炕沿，眼里显出紧张的神情，稍事犹豫，突然一撒手，跌跌撞撞迈开步子。姜玉英颦眉蹙额，一只手往前探着，另一只手撑着肋骨，笨拙地挪着小脚，边追边喊："慢点，别摔着。哎哟，我的小祖宗！"

一天，丈夫接到通知，和村里一干精壮劳力去前线抬担架。临行前，他小心翼翼地把仙儿揽进臂弯，目光变得十分柔和。眼前的一幕让姜玉英颇感意外，结婚这么多年，她还是头一次发现，言行粗糙的丈夫内心其实蛮细腻呢！

一周后，神情疲惫的男人回来了。一进屋，发现炕上睡着一个陌生的小丫头，仙儿却不见了。他疑惑地问："仙儿呢？"姜玉英回答："让育儿所接走了，这不，又送来一个。”“多大了。”“不到一岁，刚忌了奶。”正说着，孩子醒了，哼哼唧唧地哭起来，姜玉英轻轻拍打着，安慰道：“不哭，妞妞不哭，听话，啊……你看，爸爸回来了。”说着，扭过脸来对丈夫说，“村主任回来学给我听，育儿所的领导看到仙儿长得白白胖胖，可高兴了，一个劲地表扬咱呢。”

和仙儿相比，妞妞的性格更为活泼。吃饱了，睡足了，她总是自顾自地说呀，动呀，沉浸在自己的世界里自得其乐。姜玉英笑眯眯地望着妞妞，喃喃自语，你听听，这小嘴一天到晚不闲着，到底都说些啥呢？

入伏之后，天热，妞妞出汗太多。怕孩子喝凉水闹肚子，姜玉英破例点上柴火，每天烧几回开水伺候着。至于家里其他人，依旧像从前那样，抄起水瓢，咕咚有声，乡下人嘛，喝凉水早就习惯了。

为了给妞妞补充营养，姜玉英特地养了两只母鸡。“咯咯哒——咯咯哒——”下蛋了。香喷喷的鸡蛋羹刚端上炕桌，妞妞就眉开眼笑地扑上来，哥哥眼巴巴地在旁边瞅着，馋得口水都流出来了。母亲的安抚和劝说带有启发的性质：“你已经长大了，妞妞还小呢！当哥哥的不能和妹妹争吃的，对吧？”儿子眨眨眼，使劲把口水咽回肚子里。无论如何，当哥的总得装装样子吧。

很快，妞妞摇摇晃晃下了地，不过个把月的光景，屋里、院里就待不住了。出门一看，眼界大开。从此，逛街就成了小家伙热爱的事业。有时候，刚喂了两口饭，她就急着往外跑，姜玉英只好拐着小脚撵出去，跟在屁股后面絮絮叨叨，哄着喂她。吃着，玩着，突然要拉屎。于是，她垂下小脑瓜，双手扯着裤子，满不在乎地朝路人撅起小屁股。这时，姜玉英就会聚精会神站在一旁，仿佛是对一种行为艺术进行审美。唔，这就是母亲，也只有母亲才具有这样匪夷所思的鉴赏能力。

在姜玉英无微不至的呵护下，妞妞越长越俊俏了：苹果样的小脸蛋，纤巧秀气的尖下颏，尤其是那双漂亮的大眼睛，眸子黑黑的，像油亮的点漆，像晶莹的玛瑙，像清澈的山泉汩汩流淌。这边瞅瞅，那边瞧瞧，长长的眼睫毛忽闪一眨，真待亲呐。当然，妞妞喊妈妈的时候，姜玉英感到最开心。她欢喜地应着，向前探出身子。“来，亲亲妈妈。”小丫头扎裟着小手，摇摇摆摆跑过来，一头扎进她的怀里。接着，热乎乎的小脸蛋使劲拱上来，那种痒痒的，带着奶味的甜蜜把她的整个身心都融化了。

就这样，慈母的笑容屏蔽了烽火硝烟，给妞妞的童年留下温暖的记忆。你瞧，低矮的院墙外，鹅黄的柳枝便是春天的烟景；村外的小溪边，孩子的嬉闹则是醉人的乡音；沟沟坎坎的坡地里，一簇簇随风摇曳的苦菜花便是妞妞的童年了。童心是一个五彩斑斓的世界，童趣如鸟儿一样在贫穷的天幕下展翅飞翔，而深深的母爱显然是贫困中唯一奢侈的东西。

妞妞三岁时，被育儿所接走了。

母女分别的那一刻，姜玉英心如刀割。望着突然出现的陌生人，妞妞显然意识到什么，还没等保育员俯身抱她，小嘴一咧，放声大哭。顿时，姜玉英泪眼蒙眬，小屋里的光线变成了晦暗的浅蓝色。保育员和蔼地笑笑，毅然抱起孩子。妞妞急了，拼命挣扎，小手连揪带抓，保育员往后仰着脸，一边躲避，一边仄歪着身子走出小屋。姜玉英抹着眼泪，刚想撵上去，又迟疑着停下脚步，倚着炕沿的身子慢慢矮下去，终于，被凄厉的哭声彻底压垮了。

直到烧饭的时候，她依然失魂落魄地萎在土炕上，眼神蒙眬，雾茫茫的。一觉醒来，姜玉英明显憔悴了，失了水分的脸庞如同一爿燥土，原本清澈的眼睛也缺了光泽。唔，难怪民间会有一夜白头的说法，殊不知，思念是一种多么痛苦的煎熬啊！

一有空，姜玉英就会坐到门口，抻着脖子朝村头张望，嘴里时不时地絮叨着什么。有村民不解风情地搭讪说："妞妞一走，你轻快多了。"没想到，一句话戳到正在渗血的伤口上，姜玉英脸色苍白，眉眼倒挂。"咳，快别提了。一时瞅不着孩子，我就抠心挖胆的。真想去看看她，又不知道她住在什么地方，咱跟谁打听啊？"了解了她的心思，村民们同情之余也私下感叹：辛苦了半天，连孩子父母叫什么名字都不知道。自己的闺女丢了，人家的闺女也没处找，这个姜玉英，也真是怪可怜的。

过了些日子，人们发现，那双执拗的小脚又把沉沉的思念牵到村头的大树下。姜玉英手搭凉棚，眯着眼，痴痴地朝崎岖的山路张望，见人路过，她就重复絮叨："真想孩子呀！你说，她俩还能回来吗？"

泪光里的微笑

与姜玉英的经历有所不同，姜翠芝之所以成为乳娘，起因和乳儿没有任何瓜葛。

那天，她去挑水，在街上同村支书打个照面，对方突然想起什么，停下脚步，招呼了一声："方印家的，跟你商量个事。"她停下脚步，神情有些困惑。"啥事呀？""八路军的兵工厂现在搬到了东凤凰崖，眼下正缺人手，村委寻思，厂子在你娘家，吃住也方便，你能不能回去帮把手啊？"八路军的兵工厂？姜翠芝盯了支书一眼，没等脑子想明白，舌头就沉不住气了。"啥时候去？""当然越快越好了。""行，我回家拾掇一下。"支书满意地点点头，眼角的鱼尾纹悄然舒展，脸上的笑容也随之灿烂了许多。

得知媳妇自作主张，丈夫张方印恼了，两只瞳仁忽儿挤成窄窄的墨线，忽儿撑宽，变暗了。终于，喉咙里响了两下，闷闷地甩出一句话："孩子咋办?”“我带着。”丈夫使劲咽口唾沫，藏在喉结下面的火山骤然喷发：“你说得倒轻巧，兵工厂的活是你出去挑担水，推个磨？一时半会就忙完了？你一扑拉腚就走，家里这一摊子撂给谁？这么大的事你也不和家里商量商量，看把你能的!”心脏“咚”地撞了一下胸口，她像遭了钝击似的愣在那儿。结婚两年来，她还是第一次看见丈夫发火。她在心里悄悄数落自己：姜翠芝呀，姜翠芝，你真是猪脑子，这个家到底谁主事你不知道啊?!然而，就在这时，一个细小的声音从身体的某个部位冒出来：已经答应村里了，说话不算数，多丢人呐！她想辩解，但不知为什么，喉咙里像窝了一团草，嘴角徒劳地牵动了一下。忽然，窗外传来孩子们的喧闹，肆意的聒噪让她心乱如麻。

第二天吃早饭的时候，丈夫一直绷着脸不吭声。她偷偷瞥过去一眼，又赶紧把视线挪开了。闷头吃罢，男人把碗一推，突然拾起昨日的话头："兵工厂的事比家里的事要紧，人家需要，该去，去吧。”女人喜出望外，发自内心的笑容一股脑地从眸子里涌出来，绽成窗外一树热闹的槐花。

匆匆收拾一番，她就抱起三个月大的女儿，骑着毛驴上路了。

回到娘家稍事安顿，她就出现在兵工厂的被服车间里。

“太好了，你来的真是时候。你看看，就这么几个人，哪能忙得过来？把我给愁的呀!”车间主任指着乱七八糟的棉衣介绍说：“表和里机器都缝好了，咱们就干后边的活。”说着，困倦地眨眨眼，“上边催得紧，没法子，大家都辛苦点吧。”姜翠芝会心一笑，似乎是说，不就是干活吗？没啥大不了的。喏，这就是山里的女人，在苦日子里泡惯了，像极了山上的野草，看上去细细柔柔，骨子里却很有韧性呢!

几分钟后，她已经完全进入角色。

但见那枚缝衣针深入浅出，娴熟而轻盈，陶醉出舞蹈般的韵律。身旁的姐妹纷纷投来赞许的目光，一个年轻姑娘兴奋地嚷道：“哎哟，你的手可真巧啊!”女孩叫田明兰，山东莱阳人，生于1924年，和姜翠芝同岁，不过生日略迟。

正埋头干活，姜翠芝忽然觉得乳房发胀，又过了一阵，感觉越发邪乎，抬手一摸，触痛明显，硬鼓鼓的。她暗自叫苦：坏了，胀奶了！赶紧躲进犄角旮旯，揉啊，挤呀，好一通忙活。

随后，工作重新开始。絮棉花、上衣领、掏扣眼、钉扣子…… 在时间的压迫下，熟悉的天光悄悄变质。真的，正午的脸庞刚才还神采奕奕，一转眼，就抽缩成黄昏疲倦的面容。胡乱扒拉了两口饭，又操起家什，接着忙碌。针线的嗞嗞声在寂静里响得十分清晰，长夜被一点点地缝进棉衣。

直到过半夜的时候，她才拖着疲倦的身子回到家里。没等母亲点亮油灯，就一把揽起襁褓，撩起湿乎乎的衣襟。油灯亮了，光影摇曳，有气无力。借着昏黄的光线，姜翠芝看见女儿脏兮兮的小脸上泪痕蜿蜒，如同适才停止了蠕动的蚯蚓。“嫚儿，嫚儿……”姜翠芝连声呼唤，小家伙迷迷瞪瞪睁开眼，认出母亲，“哇”地哭了。“噢……可把嫚饿坏了。”她麻利地把奶头塞进女儿嘴里“吃吧，使劲吃。”显然是吮吸过猛，小丫头突然呛了一口奶，结果，气管痉挛，咳嗽不止。姜翠芝心疼地咕哝道：“哎哟，看把嫚儿给饿的，都怨妈，都是妈不好！”

没过几天，车间摸排统计谁有奶水。主任的解释直截了当：“咱们隔壁的育儿所奶不够吃，上级的意思是让咱们的人当个不脱产的奶妈，帮着八路军奶孩子。”姜翠芝二话没说，痛痛快快报了名。歇晌的时候，小田悄悄凑过来。“大姐，咱们有的人不实诚。”姜翠芝不解其意，小田扭脸朝倚在墙根的女人努努嘴：“她明明有奶，刚才主任问，你没听她咋说的？”翠芝不以为然地摇摇头：“有就是有，干吗要撒谎呢？！”“耍心眼呗，怕亏了自己的孩子。”

听到女儿报名的消息，母亲先是一愣，接着，闷声闷气嘟囔开了：“你给八路奶孩子，妈不反对，我怕的是，万一走漏了风声，小鬼子不来祸害咱吗？”女儿的回答振振有词：“八路军为啥打鬼子？还不是为了咱老百姓？现如今，人家有了难处，咱不应该帮把手吗？再说了，有八路军保护，怕啥呀？”“咳，都当妈的人了，干啥事还是不过脑子。你以为八路军是村口的大槐树，扎在那里一辈子都不挪窝？人家有腿，不定哪天，说走就走了。”女儿还想反驳，但是，从嗓子眼里冲上来的句子撞上紧闭的牙关，生生碰了回去。躲在沉默的掩体里，嘴巴虽然不出声，但是，她依然用无声的争辩执拗地守护着认定的道理。好半天，两人悄然无语，就那么默默地相互看着，仿佛都有些不自在。绷着脸抻了一会儿，母亲无奈地叹了口气。

翌日上午，统计名单新鲜出炉。

按照事先约定，到了喂奶的时候，姜翠芝就放下手上的活去了育儿室。撩开衣襟的刹那间，这位农家妇女的人生价值骤然凸显：她知道，自己正在做一件别人无法替代的重要事情。旋即，小嘴裹住奶头。她觉得，八路军的娃娃吃起奶来劲头似乎格外大，而且，吮吸的动静也格外撩人，抑扬顿挫，煞是甜美。头一个还没奶完，保育员又抱来一个。姜翠芝恍然，噢，娃娃们还排着队呢。等到第 3 个孩子快要喂饱的时候，贪婪的小嘴突然吮出塌陷的颤音，此时，疲软的乳房如同喷发后的火山，经过持续奔涌，岩浆几乎流淌殆尽。不难想象，当女儿的小嘴恶狠狠地叼住奶头时，吮出的失望有多么深刻，哀哀的哭诉有多么委屈。姥姥发现不对劲儿，立刻刨根问底，得知真相后，窝着脸嗔怪道：“见过实在的，没见过像你这么实在的！不多多少少留点奶，自己的孩子喝西北风吗？！”姜翠芝哑口无言，心想：也不怪老妈埋怨，人家张姐当时就奶了两个孩儿。咳，我可真是个死心眼呀！

次日上午，那对恢复了活力的奶头又像正点的班车准时朝娃娃们的小嘴驶来了。第一个喂好了，接着喂第二个，没等喂饱，保育员又抱来第三个。当热烘烘的笑容扑面而来时，姜翠芝突然明白了，世界上还有一种烦恼的幸福叫信任。唉，这是怎样的幸福哟！痛苦、焦灼，好似捧着一个烫手的山芋。她提醒自己：进门之前不是早就打好主意了吗？凭你怎么说，今天也只能奶两个。可不知咋的，这阵子大脑距离上肢似乎格外远，还没等信号传递过去，两手已经把孩子接过来了。你就打肿脸充胖子吧！她一边悄悄数落自己，一边把奶头塞进娃娃嘴里。这，大概就是我们常说的人性的魅力吧！是的，面对取舍，这个善良的女人没有计较利害得失，而是听从了爱心的驱使。听，急迫的吮吸声又响了，“咕咚，咕咚……”她目不转睛地盯着孩子，心中那根隐匿琴弦一经拨动，便立刻泛出袅袅的悲悯之音。“咕咚，咕咚……”甘甜的乳汁分明是幼小的生命之舟渡过苦难之河的一根纤绳，正由于此，一个新的悬念产生了——家中的女儿嗷嗷待哺，长此以往，结果会是什么样子？

不料，因为夜间着凉，翠芝的女儿开始咳嗽、发热，烦躁不安。持续数日后，苍白的小脸蛋泛出淡淡青紫，目光呆滞地望着虚空，仿佛无辜的蝉儿被神秘的面筋粘住似的。原先永远都喂不饱的小嘴破天荒地丧失了饥饿感，勉强喝上几口稀粥，不一会儿，全吐了。等到姜翠芝午夜归来，小家伙已经陷入昏迷状态。她急急忙忙抱起孩子，蓦地，肩膀古怪地搐动了一下。天哪！女儿脖子僵硬，身体却软得面条一般。“嫚儿，嫚儿！”嘶喊像石子落进深潭，没有任何回响。顿时，那颗疲惫的心脏像受惊的野兔在胸腔里砰砰乱撞，几乎要从腔子里蹦出来了。时过三更，小丫头突然出现痉挛。紧接着，喉咙里蹿出一串尖利的颤音，身子如同风中的柳条剧烈摇摆，猛地，肩膀抽动一下，车轮爆胎似的完全瘫软了。

第二天下午，西井口村外的一棵栗子树下添出一个小土堆。按照当地人的说法，之所以把夭折的婴儿埋在栗子树下，是因其谐音（立子）蕴含福佑后生之意。姜翠芝仔仔细细地培好土，又折了一截树枝插在堆前，至此，摇曳的绿影为小丫头办好了认祖归宗的最后一道手续。哦，骨肉分离，咫尺天涯。但是，在灵魂深处，母亲和女儿情感的根须仍紧紧地缠绕在一起。直到天色向晚，她才失魂落魄踅回老宅。一进门，看见男人被一团混浊的烟雾笼罩着。她刚要从旁边溜过去，冷不丁，男人一声断喝：“还干吗?!”接着，重重地磕了一下烟袋锅，身子从雾中闪出来，头发梢泛着烟气，眸子里堆满谴责。姜翠芝眼圈一红，泫然涕下。男人顿时慌了神，乖乖，眼泪原来还有如此神奇的功能，只要女人的眼睛泪花一闪，他就失了主意，不知所措。

晚饭一口未动，但心口窝依然堵得满满的。当然啦，饭可以不吃，家务活却不能耽搁。收拾好锅碗瓢盆，又洗洗涮涮，忙完了，她闷闷地缩进墙角。她在跟自己怄气，无论如何，她都不能原谅自己。嗨，瞧这事闹的，她把自己给得罪了。

几个月后，育儿所和兵工厂相继转移，姜翠芝形单影只地返回婆家。

隔年秋季，一串瓮声瓮气的啼哭划破晨曦，丈夫高兴地从门外的小凳上蹦起来。一个刚刚诞生的婴儿简直就是拯救了两个大人的神灵，因为他，世界上少了一个饱受妊娠之苦的母亲，多了一个欣喜若狂的父亲。姜翠芝从接生婆手中战战兢兢接过儿子，如同接过一件昂贵的瓷器。看上去，小家伙如同一只刚刚甩掉尾巴的小青蛙，圆滚滚的肚皮随着呼吸一起一伏，白嫩嫩的胳膊、小腿保持着准备跳跃的蜷曲姿态，仿佛随时随地都会从她怀里蹦出去。吮吸声乍响，姜翠芝悲喜交集：感谢上苍眷顾，给了自己将功补过的机会。事情明摆着，这个男婴不仅帮助母亲顺利完成自我救赎，而且，也让一脉香火成功延续。

1944 年 8 月 15 日，胶东军区向胶东军民发布动员令，要求分区独立作战，相互配合，形成全面反攻的战略态势。1945 年 5 月，乳山全县掀起了轰轰烈烈的参军热潮，丈夫张方印毅然报名，光荣入伍。

临行前，他笨手笨脚地抱起儿子，泛着奶香的小家伙呆萌萌地望着他，眼睛眨了眨，忽然“哇”地哭了。男人有些慌乱，连忙摇动胳膊。随后，呢喃着俯下脸，用鼻尖在儿子的小脸蛋上轻轻蹭了一下。然后，抬起头，眼睛眨也不眨地盯着女人。“给我看好儿子。”夫妻一场，这是他留给姜翠芝的最后一句话。

丈夫走了，她的心一下变得空落落的。夜深人静的时候，那个叫作思念的东西悄悄从心底渗出来，如同浓度很高的硫酸，把情感的神经灼蚀得好痛啊。眼巴巴地盼了一年，终于，有消息了，她万万没有想到，在记忆的底片上，丈夫的最后一幅影像竟是空格。

那是一个初冬的下午，太阳面色苍白，几朵憔悴的白云也散发着忧伤的气息。不知何故，村干部把她请到村委会。一上来，支吾着不敢说实话。“大妹子，等全国解放了，咱们的日子就好过了。”“是啊，大米白面管够，一顿饭一个大苹果。”姜翠芝越听越糊涂，“你们到底要说啥呀？”村主任叹口气，一拍大腿“咳，跟你说实话吧，方印他……”话音刚落，她一头栽倒了。

接下来，是一个血泪斑斑的不眠之夜。

透过蒙眬的泪光，她看见丈夫那熟悉的身影跌跌撞撞向自己走来。哦，一个个遥远而又模糊的生活场景顿时变得异常清晰，轻轻地，从她眼前依次划过，慢慢浓缩进这个伤心欲绝的凄凉夜晚。及至天色微明，她撑着炕头非常吃力地爬起来，看上去，颤巍巍的身体对支撑的双臂仿佛是个极重的负担。忽然，嘴里觉着不对劲儿，哎哟，门牙怎么掉了?！她抬手一摸，发现牙齿就像狂风肆虐后的树苗，根系松动，摇摇晃晃。随后，事态逐渐升级，不过一天光景，两排牙齿便七零八落掉了大半，仅剩几颗磨牙茕茕孑立，用孤零零的身影凸显莫名的惆怅。一夜之间，年轻媳妇就变成牙床空洞的老太婆，这是多么荒诞的场景啊！捧着一堆血迹模糊的牙齿，姜翠芝心如枯槁，什么念想也没有了。

不知什么时候，一轮弯月挂上树梢。昏暗中，灶边的麦草散发着霉味儿，月光筛进窗来，照着那苦涩的霉味，如同照着看不见的忧伤。后来有人回忆说，那天晚上的月亮似乎不同以往，看上去，像是浸透了清凉的泪水，浑身上下湿漉漉的。她佝偻着腰身，僵僵地倚着墙角。突然，脑海里火花一闪，瞬间的光芒照亮了心中最隐秘的角落。她惊愕地睁大眼睛，呀，一个陌生的黑影静静地立在那儿，五官模糊的脸上浮出诡异的笑容，她倏地一个寒战，死神？没错！她忽然有了一种彻头彻尾的解脱感。多少年了，她对死亡一直心存恐惧，可眼下，感觉却完全不一样了。她着了魔似的想到可能的结局，她甚至有些奇怪，死神其实很亲切嘛！“事到如今，只要把眼一闭，就一了百了，再也不会遭这份罪了!”想到这儿，嘴角现出一道扭曲的皱纹，眼睛里也闪过一个古怪的笑影。就在这时，夜色中传来丈夫幽幽的嗓音——给我看好儿子！她倏地打个冷战，噩梦被惊醒了。

只隔了一个晚上，那张脸就老了好多年，眼睛则大了一圈，相形之下，脸庞似乎缩小了尺寸，让人觉得，她的眼眶大极了，真的，看上去，两个眼球像是漂浮在大海上，而且，眼神凄清，犹如冬天的旷野，苍凉、空洞。

挨过凛冽的寒冬，新生的麦子又开始抽穗了。

小暑那天，村干部找上门来，意思是育儿所眼下亟需乳娘，希望她能去帮忙奶几天孩子。姜翠芝征求公婆意见，婆婆当场表态：“国军（儿子乳名）他妈，把孩子交给我，你放心去吧。”姜翠芝立即收拾了两件换洗的衣服，匆匆赶往育儿所的驻地田家村。随后，她的怀里就添了一个叫“胜利”的孩子。虽说名字叫得响亮，但精神却显得萎靡不振，快 7 个月了，咿呀声还是又轻又缓，就像老妇的哀叹透着暮气。不过，第一次吃奶，他就给乳娘来了个下马威。脸蛋儿刚贴上胸脯，小嘴就急切地寻找那团幸福的安慰。姜翠芝“哎哟”一声，疼得直咧嘴，他却不管不顾，可劲儿吮吸。不一会儿，神情变得活泼起来，皱巴巴的小脸蛋也明显松弛了。吃饱了，喝足了，他舒舒服服地哼了两声，笑嘻嘻地咧咧嘴，两片小巧的嘴唇如同新鲜的花蕊赫然绽放，牙龈上，刚刚露头的两点白釉一闪一闪的。姜翠芝也笑了，只不过，笑容里透出了隐约的咸味儿。

入伏后，天气越来越热。

知了的聒噪如同滚沸的热水哗哗流淌，涌动的热浪爆出了隐约的碎响。酷暑难耐，小家伙起了痱子。好歹扛过白天，天一擦黑，姜翠芝就点燃麦糠熏蚊子。令人苦恼的是，蚊子倒是熏跑了，孩子也熏得眼泪汪汪，咳嗽、憋闷。为了让孩子睡个安稳觉，她抱着小胜利坐到院子里。下半夜，露水重了，再抱回屋，晃着蒲扇驱赶蚊子。这一宿，孩子美美地睡到大天亮，大人却实在熬坏了。

如果说，三伏天日子难耐，那么，三九天也同样遭罪。上半夜，因为灶膛余热尚在，土炕还有些热乎气，等到下半夜，就完全凉透了。怕孩子着凉，她就把小家伙放到肚皮上，睡着睡着，孩子尿床了，"哗啦啦"一通扫射，当场把她尿醒了。"我上辈子是不是欠了你的债？哪有这么祸害人的？"她揩着水淋淋的身子喃喃数落，浸透了母爱的无奈表情让人想起了瑟瑟秋风中摇曳的苦菊。不多会儿，小家伙又趴在肚皮上憨憨睡去。她却一点睡意也没有了。恍惚中，从寂静的深处传来小孩子隐隐的哭泣，她屏住呼吸，是的，那是儿子的声音。她呻吟似的哼了一声，真是委屈他了。唉，顾了这头就顾不了那头，当妈的有啥法子呢?!

就这样，一盘普通的农家土炕变成一个撼人心魄的时代舞台，日复一日，同样普通的女主角都在重复一幕伟大的演出。于是，人们看到，她用博大的母爱把悲剧演成喜剧，把哽哽悲咽变成朗朗笑声。

春末夏初，育儿所再度转移。此时，小胜利已经忌奶，这就意味着，属于姜翠芝的演出已经圆满结束。

返回娘家那天，路边的苦菜花开得正艳。走着走着，她忽然来了兴致，采了一朵戴在头上，随之，脸上漾开一个明丽的笑影，忽然，想到什么，赶紧把嘴抿住。哦，这个动人的笑靥多像绽放的苦菜花呀，根是苦的，花却是香的。是啊，在那些艰困的岁月里，人们不是一次次地看到了泪光里的微笑吗?!阵风徐来，不绝如缕，远远近近的苦菜花浅吟低唱，妩媚的金黄显得越发明亮，灿烂了。

照片背后的故事

寻访乳娘王月芝的念头是由一张老照片催生的。

根据乳山党史办提供的线索，我找到了乳娘的儿子——现年七十二岁的郑新留。寒暄之际，我端详他的面容，这是一张典型的中国农民的脸，肤色黝黑，皱纹错杂，让人想起饱经沧桑的黄土地。他笑嘻嘻地望着我，这是一双老人的眼睛，但眼神却是婴儿的。不知为什么，我觉得那目光既陌生又熟悉，里面包含着母亲、父亲以及一辈辈先人的遗传信息。他的笑容也是一种婴儿般的笑，单纯、洁净，没有半点功利。询问老人近况，他告之，母亲十天之前去世。我扼腕长叹，若不是疫情防控耽搁了采访，断不会与最后的机会失之交臂。咳，可惜，可惜了！

循着老郑的讲述，我踏上了一唱三叹的情感之旅。我发现，叠印在历史阡陌上的脚印如同隽永的象形文字，细腻、委婉，向后来者袒露了一位母亲平凡而伟大的心灵秘密。

王月芝是牟平县王格庄人，父母是老实巴交的农民。年方十九，媒人来提亲了。“这后生叫郑永桂，是东边南由古村的，离咱这块儿估摸着也就二十多里。他当了六年八路，为人很实诚，长得也挺精神。就是岁数稍大了点儿……”“今年多大了？”母亲急切地问。“虚岁二十七，比月芝大八岁。”母亲瞥了父亲一眼，目光透着询问。父亲不紧不慢地回应道：“只要心眼好，老实本分，大几岁就大几岁。”媒人窃喜，暗暗松了口气。可是，接下来的质疑却兜头给媒人浇了一盆凉水。“什么？他肩膀负过伤？”父亲的脸颊泛出淡淡黑灰，额头的皱纹也变深了。母亲的忧虑脱口而出：“胳膊残了，怎么干活？男人不能下地出力，家里的日子可咋过呢？！”听了这话，媒人颇为扫兴，表情也有些不自在了，默了一会儿，怏怏而退。

王月芝的反应有些复杂，除了担心，还有点儿好奇。她想，二十岁就偷偷跑出去当了八路，这到底是个什么样的男人呢？和日本鬼子拼命，他不害怕吗？胆子挺大哩！

哦，姑娘的心，天上的云。至于飘向何方，当然要看风向了。

必须承认，媒人是非常敬业的。那隔三差五的叨叨如同徐徐阵风，最终吹散了笼在双亲脸上的阴霾，也把姑娘的心吹到南由古村去了。王月芝认为，在人生的旅途上，婚姻就像搭乘一辆车，必须找一个让人信赖的男人结伴而行。因此，在感喟对方的传奇经历时，她第一次体会到隐约的踏实感。她觉得，那个陌生男人不惧生死的勇气就是幸运的唯一保证，是漫长旅途中可以永远依靠的东西。

过门之后，妻子发现，丈夫的伤残其实比想象的还要严重——右侧肩关节被弹片炸碎，功能尽失，一条胳膊悠来荡去，完全报废。很显然，从走进小院那一刻起，剧情就已经规定好了：从现在直到将来，她都要在家庭生活的舞台上扮演一个负重致远的角色。丈夫怜惜地望着妻子，目光里流露出隐隐疚痛：月芝，辛苦你了！

转过年来，一个男婴呱呱坠地。因为脐带风感染，没几天，咽了气。这时，村妇救会会长抱来一个刚满月的婴儿。孩子叫小胜，父亲在抗日前线，母亲在兵工厂工作。王月芝和丈夫交换了一个眼色，接着，痛痛快快地答应了。

因为丈夫丧失了劳动能力，生活的负荷几乎全都落在妻子柔弱的肩膀上——下地劳作，上山拾草，洗衣做饭，哺育婴儿……起初，还勉强凑合，只要给孩子喂饱了奶，搁在床上，不耽误干活。慢慢地，小家伙会坐了，会爬了，会走了，此时的小胜，简直就是一只四处乱撞的小鸡崽儿，一旦跑出大人的视线，就不知道下一秒钟会遭遇什么。一天，她趁小胜睡熟了，出去挑了一担水，返回时，没进家门就听见“哇哇”的哭声，她撂下扁担，疾步冲进屋里。啊呀，孩子已经滚到炕边，好险呐！她一把抱住小胜，眼泪唰地下来了。

打那儿，不管出门做什么，她都把小胜带在身边，确保孩子每时每刻都不脱离自己的视野。秋后，她上山去挑玉米。下到一个陡坡时，冷不丁被杂草绊倒了。在失去平衡的一刹那，她不顾一切护住怀里的小胜。“哗啦啦”，碎石迸落，人影凌乱，丛生的荆棘把她的脸颊、手臂划得鲜血淋漓。然而，看到孩子安然无恙，她却欣慰地笑了。哦，笑靥如花，无与伦比！看上去，那么动人，那么凄美。凝视着当初的动人场景，我忽然想起两句古诗——“南风吹其心，摇摇为谁吐？”这，就是母亲，她不仅用乳汁而且用殷红的血水诠释了母爱的真切含义。

老郑说，小胜两岁多的时候，爷爷来接孙子，同时，也带来了儿子光荣牺牲的消息。他说，为了接续家族的香火，自己必须把孙子抚养成人。离情凄凄，王月芝心中自然万般不舍。看到她伤心的样子，爷爷拍着胸脯说：“你是小胜的大恩人，以后，我会经常带着孙子来看看，你就放心吧。”

小胜走了，王月芝思念过度，病倒了。躺在冰凉的土炕上，她神情委顿，丢了魂似的。她多想再抱抱孩子，再亲亲他呀。可盼来盼去，小家伙始终音讯全无，泥牛入海一般销声匿迹。

老郑告诉我：“小胜被接走后，母亲又生了一个男孩，也是患了脐带风，没几天，就丢了。因为有奶水，村里又送来一个小男孩让她抚养。想到以后迟早还要母子分离，她专门请人拍了一张全家福留作纪念。那年姐姐出嫁时，老妈特意冲洗了一张照片交给她，并嘱咐说，要放好，以后说不定还能找到这个哥哥。”说着，从上衣的口袋里掏出保存已久的老照片。因为时间的磨洗，相纸已经微微泛黄。只见王月芝右手揽着小家伙和丈夫端坐在条凳上，摄影师因陋就简，找来一条旧床单处理背景，或许因为宽度有限，构图时，竟把画面右侧斑驳的土墙露出来了。小男孩戴着过膝的小肚兜，表情呆萌，光着脚丫。夫妇俩表情平静，目光定定地看着镜头，他们是在凝视自己难以言说的复杂心境吗？

时光荏苒，岁月像落叶似的一片片从生命的躯干上掉下来，当年轻的乳娘颤颤巍巍走向桑榆暮景时，用来丈量生命旅程的已经不是时间而是回忆了。老郑说，母亲去世前几天，还捏着照片絮絮叨叨，听不清她到底在说些什么。我想，除了倾诉思念之情，一定还有最后的叮嘱吧。因为，对于慈母来说，情感，永远是她的软肋；孩子，永远是她的牵挂！

特殊的乳名

姜家村位于崖子镇政府大院身后，直线距离不过一公里。按照村民的指引，我拐过几条窄巷，去追寻那个曾经呵护乳儿的年轻乳娘，那个而今垂垂老矣的年迈母亲。

王奎敏的丈夫已去世二十多年，眼下，她和儿子一个前院一个后院，守望亲情，比邻而居。我进屋的时候，老人正盘腿坐在炕上，同邻居聊天。听说我要采访，两位串门的大嫂笑嘻嘻地躲开了。老人慌慌地从炕上挪下来，一把拉住我的手，脸上浮现出慈祥的笑容。老人居住的小屋很逼仄，一盘土炕，一个破旧的橱柜，就把空间挤得满满当当。看得出，时至今日，乳娘还是一个乡下的穷老太太。或许是疏于洗漱的缘故，她的身上透出一股隐约的霉味，仿佛一件被时间腐蚀得锈迹斑斑的老物件。和七十多年前那个鲜亮亮的年轻媳妇相比，她唯一保持不变的就是充满爱怜的眼神了。然而，也正是通过她的眼神，我明显感觉到，在其衰老的躯体内，炽热的感情岩浆仍在默默涌动。

1946 年，谷雨前后，十九岁的王奎敏嫁给青年农民姜秀竹。待到来年春暖花开，大女儿出生了。可叹的是，孩子刚满百天就不幸夭亡。没过几天，村妇女主任王庆玉就抱来一个两个月大的男婴。主任介绍说，孩子乳名政文，是诸往镇流水头村人，还在娘胎里的时候父亲随大军南下了；母亲刘素兰是区妇女主任，因为奶水不够，加上工作繁忙，疏于照料，小政文儿出生后没几天就病了。迫于无奈，刘素兰先后托付两户人家代为抚养，但孩子的病情非但没有好转，反而更加严重。抱着最后一线希望，她向王庆玉紧急求助。第一时间，王庆玉就想到了王奎敏。因为同村，她对王奎敏家的情况知根知底：老公爹是村主任，在家里也是一言九鼎。她找到村主任，当面央求说："老哥，葵敏有奶水，让她帮着养个孩子，行吗?"看到村主任有些犹豫，她跟上一句"孩子他妈说了，能养活，就是沾了你家的福分，实在养不活，也是命该如此。"村主任这才点点头："我回家和奎敏说说。"接下来，就是那个性命攸关的时间节点——当王奎敏毫不迟疑地敞开怀抱时，滚烫的母爱便如惊涛骇浪中闪出的诺亚方舟，不仅挽狂澜于既倒，也把小政文濒临颠覆的命运轨迹彻底扭转了。

打眼一瞅，躺在臂弯里的小家伙骨瘦如柴，脸蛋苍白，鼻息微弱，偶尔一两声啼哭也显得了无生气。王奎敏把胀鼓鼓的乳房贴上去，小嘴触到乳头，孩子有反应了。小手扬了一下，又扬了一下，然后，踏踏实实地贴在乳房上，接着，嘴巴开始轻轻翕动。吮了几口，停下来，歇会儿，又吮了两口，眼睛慢慢睁开，乌溜溜的眼珠盯着乳娘，表情纯真而又痴迷。

“喔—喔—”王奎敏逗了两声，自己开心地笑了。

为了给孩子治病，她把家里仅有的二十多斤小米拿去换药；白天孩子闹觉，她就抱在怀里，从早到晚四处溜达，哄着入睡。半个月后，孩子原本苍白的小脸蛋儿明显红润；一个月后，小家伙明显长胖了，小腿、小胳膊肉嘟嘟的。

政文过一岁生日那天，姥姥来接外孙。抱起白白胖胖的娃儿，姥姥声泪俱下，她对王奎敏说：“闺女，谢谢，谢谢啦。没有你，政文就活不到今天，你就是孩子的再生父母啊！”

分别时，王奎敏噙着泪水，抱着政文，穿过长长的窄巷，蹚过道道田垄，把一老一小送至数里之外的土路上，直到那个模糊的身影彻底隐没，她仍然孤零零地站在那儿引颈眺望。打眼一瞅，她就像秋收过后庄户人特意留在田野里的一棵老玉米，那是祈祷来年丰收的老玉米啊！唔，痴情的乳娘，能够如愿以偿吗？

从那天起，她变成了一个忠实的守望者，她期待有一天，政文的笑脸能像星光一样在眼前突然闪烁。思念长了牙似的，咬啊，咬啊，把她的心底咬出一个黑洞洞的窟窿。痛定思痛，有什么办法能够纾解困扰呢？有一天，她对丈夫说：“秀竹，别人的孩子咱留不住，还是自个养个娃吧。”胎儿尚在腹中躁动，她就早早把乳名想好了——不管男孩、女孩，都叫政文。她的目的很明确，就是通过复制的手段抚慰心中的伤痛，填补情感的空缺。

1946 年 3 月，儿子出生了。

于是，熟悉的嗓音又喊出熟悉的乳名，终于有一天，充满爱意的声音溜出小院，跑进胡同。村民闻之，纷纷感叹：奶了一年孩子，她得惦记一辈子，这个王奎敏哟！

现在，儿子政文就坐在炕边的椅子上，他的年龄告诉我，昨天和今天之间，是六十四个声声呼唤的年头。他说：“老妈上了年纪，喜欢悄悄念叨过去的事儿。有时候，没说几句，就开始抹眼泪。我问她咋了，她说，也不知道政文现在日子过得咋样？成没成家？”我问道：“这些年，政文一直没有消息吗？”他回答说：“听政府的人讲，政文现在常驻北京。”“他们怎么知道的？”“前一阵子，上面不是派人下来了解乳娘和乳儿的情况吗？去北京走访的人打听到，他有个女儿在美国，找他的时候，他正好跑到美国给女儿看孩子去了。”听儿子说到政文的子女，老人插话道：“也不知道他的闺女长得啥样？像爹的话，管包挺俊。”老人蜷缩在破藤椅里，弯曲的脊骨向后凸成一个明显的钝角。随着每一次呼吸，胸廓像帐篷一样沉重地颤动着。我问她：“你还记得政文的模样吗？”老人点下头，眼角浮现一抹微笑：“长得挺好，大眼睛，是个好孩子。”那一瞬间，她干枯的眼窝泛出幽幽光影，满脸紧缩的皱纹也似乎变得松弛了。

采访结束，我向老人辞行。考虑到她已经九十三岁高龄，我一再恳请老人留步，但无济于事。她吃力地站起身，弓着腰，颤巍巍地走出小院，拐进胡同，送出老远，才一脸不舍地收住脚步。走到胡同口时，我回头一看，老人还站在那里频频招手。我心头陡然一热，凝眸之际，恍惚看到了当年那个沿着同一条窄巷离去的孩子。我在心里默默地说：政文大哥，乳娘已经老了，她盼了你这么多年，你能抽空回来看看她吗?!

（节选自《乳娘》，唐明华著，安徽人民出版社、山东人民出版社2021年6月出版）

谷文昌之歌（节选）

钟兆云

> 东山县过去是个荒凉贫瘠的地区，岛上风大、沙多、地少、水缺。北部占全岛半数地区是荒山秃岭，中部占全岛三分之一的地区丘陵旱地，逶迤西南沿海是占全岛五分之一的荒沙滩。田里也多是沙石。每年六级以上的大风达 150 多天。秋冬之际，强大的风暴刮得飞沙走石，黄尘蔽天，卷起座座沙丘，掩埋了大片田野，还吞没整座的村庄……

这是谷文昌 1964 年在一次全省会议上，作题为《用革命精神改造自然建设海岛》发言时的一段话。

谷文昌有发言权。说这话时，他已在岛上生活了 8 年多，耳闻目睹了这个海岛的昨天和更远的过去，见过岛上一生没吃过米饭、没穿过一双鞋的农民，听过老人经常告诉青年人、撞得他心头发痛的一句话："能飞快飞，能走快走，这里不是生存之地……"

今天面对东山像是落进天空之境的人们，哪会相信它前世的艰难，哪会想到战争、灾难、饥饿和死亡？如果不是谷文昌纪念馆里收集的那些史料照片，光一些数字，缺少了直观感觉，人们也断难想象它昔日"沙滩无草光溜溜，风沙无情田屋休"的荒凉一面！

对一个地方最好的评价，不是竭尽所能赞誉，而是不假思索地落住，或让自己的脚步变得慢一点再慢一点，或不动声色地生出在此过段日子的心思。今天的东山岛，就是个会让人想留下来的小岛，是个足以媲美任何网红地的绝美海湾。有人也因此打趣说，这是个乐不思蜀得可能"堕落"的地方，会让人完全忘了时间的存在，置身这里，所有的不安和一切不如意，都会被眼前的美景与宁静给化解，面朝大海不再悲伤。

古人不知今时月，今月曾经照古人。我们置身的这个"海上仙山""世外桃源"，与谷文昌的初见已有天壤之别。那时，谷文昌看到的是风大、沙多、水缺、天旱、山荒、岭秃，以及逃荒要饭、红眼病泛滥的人们。东山的历史当年正是由这些字眼写成！

古来官员到穷乡僻壤上任，目之所及，有的怨天尤人，有的想着尽快卷铺盖调离或高升，有的想到造福一方、创造未来。谷文昌身临其境，想到了什么？后人无从代想，但念及他的人生过往，可以说，那时萦绕在胸、念念不忘的，肯定有沉甸甸的“人民”两字，“我心中，你最重”，为此他不畏眼下，不负重托。

东山风沙之害，谷文昌进岛三年来每天都在“领教”。以前在河南，他从未见过何谓大浪淘沙，来这个海岛眼见之下，却又匪夷所思起来，却是狂风把沙淘上天，在岛上满天飞；风平浪静了，沙子就落成一座小山堆，把这个荒岛随意打扮成恐怖的沙海。现实的细节写照，比岁月深处的歌谣唱得还严峻：“沙滩四处光溜溜，‘沙虎’无情田屋休，作物十种九无收，求乞谋生到处流（浪）。”“风沙淹田牛上屋，父母嫁女水陪嫁……”他的心被深深地刺痛了。

白埕村是东山岛昔日沙荒和贫困的缩影，不是一句话，就能把所有困苦和承诺都一笔带过！

一年四季全岛 6 级以上的大风刮上个 150 多天，可够漫长；200 余平方公里的海岛，森林覆盖率仅为 0.12%，真是微乎其微！在风沙中走七步退三步的滋味，可真不好受……所谓天无私覆地无私载，饱受恶劣环境之害的不只是百姓，每个官员、每个来东山的人，谁能幸免?!

风沙猛于虎，怪不得百姓称其为“沙虎”，咒为“风妖”，一首首民谣像是咏叹：“春夏苦旱灾，秋冬风沙害。一年四季里，季季都有灾。”“微风三寸土，风大石头飞。”

治沙工作不由分说地摆在了全县工作首位。

谷文昌义无反顾地开始追寻当地群众眼里根本奈何不得的“沙虎”。他读过大众哲学，知道世界是物质的，物质是运动的，运动是有规律的，他就是要找出东山风沙运动的规律。现在，他要对抗风沙这头“大老虎”，也要成为治虎英雄，来个虎口拔牙式的根治！

决心易下，但治理风沙岂是一件张口可成之事？风沙以一次比一次更肆无忌惮的呼啸、更为所欲为的遮天蔽日，来嘲笑这个主动向它挑战的共产党人。

这个似乎天生就为改变东山而来的人，一根根筋饱胀的都是热血。他已然知道，治沙首先要清楚风口和沙丘。没有风，沙子飘不起来；没有沙子，风再大也形成不了风沙；狂风和沙丘狼狈为奸，才产生让人民苦不堪言的风沙之害。要战胜放浪不羁的风沙，就必须先扼住风口、沙喉，一剑封喉般锁定沙丘！

马上成立起了沙荒勘察调查队，谷文昌亲任队长，调查全县沙荒历史危害、沙耕结构、地表植物、水位高低等情况，掌握制服风沙的第一手资料。一天又一天，他带领有关领导，更多的是带着吴志成等技术人员，从东到西，从南到北，从秋冬走到春夏，探风口，查沙喉。不管是顶风还是被风吹着跑，不管冬日刺骨的大风如何夹着沙粒劈头盖脸打来，也不管炎夏的沙子如何烫得双脚起泡，“明知山有虎，偏向虎山行”，在风沙扑打中艰难行进，用血肉之躯感受狂风的力度、飞沙的流向。饿了，啃几口随身带的冷馒头或其他干粮；渴了，喝一口行军壶里的冷水。

1957年年关将至，谷文昌还在带人探沙丘。春节才休息两天，农历正月初三，背着一个军用小水壶，手拿一条每一米就绑布条做标记的麻绳，他带着3人一组的队伍，又迎着海边凛冽的寒风出发了。一天，走在最前面的他快爬上山口村附近的沙丘顶时，一阵狂风从天而降，他瘦弱的身子毫无招架之力，从沙丘顶一路滚下。林嫩惠等人跑过去扶起他时，只见他的脸都被风沙打肿了，打成了紫黑色。他漱口水吐掉满嘴沙子，再喝上一口水润喉，便推开搀扶，忍痛执着地攀上沙丘，一边测风、丈量，一边叫林嫩惠注意记好。

一天天走完，一地地走完，一个个山头走完，一片片沙滩走完，从亲营山、苏峰山到澳角山，从金銮湾、马銮湾到南门湾，谷文昌一路和技术人员商讨，叮嘱把一个个风口的风力、一座座沙丘的位置，事无巨细地给记下来。相伴走村串户而来的，是一次次座谈会。他和乡村干部与老农促膝长谈，不耻下问。他还让技术人员买来一些有关治沙防沙的书籍，晚上大家在油灯下共同学习和探讨。这样一个“招牌”形象，深深地镌刻在干部群众心中。

数十次登高望远实地踩沙，对东山岛几十座大沙丘了然于胸。不下百次的测试，摸清了整个东山的风向，准确地在地图上标出了几个主风口。知道了沙虎、沙妖的藏身之地，下一步就要实行“抓捕”。法子有筑堤拦之、种草固之等等，总之要“请君入瓮”。

计划落到方案，再付诸实践之时，谷文昌已当上县委书记，统一指挥成千上万人，发起了一场在他看来是“先围后打”的大兵团作战。他依旧走在第一线，亲力亲为挑土砌砖。

在几十万个劳动日付于风里雨里和严冬酷暑之后，风口地带终于筑起了39条防沙堤，普遍是2米高、10米宽，总长逾2万米。谷文昌不是没想过拦截下来的风沙不服“招安”，极可能在原地积聚后继续飘散。为防不老实的沙子到处流窜，他时不时还亲自下场，用老办法发动沿海沙区的群众，不是挑土压沙就是搬飞沙，白天弄不好就晚上点灯再干。

但压沙和搬沙常是徒劳无功的。遇上大风天，沙尘漫天，将日头的光芒遮个严实，下地干活的人们中午回去吃顿饭的工夫，回来却见大半截锄头已被飞沙掩埋。或是今天刚挑土压沙或把沙子搬走，明天风一吹，复又埋上。就这样劳而无功地持续干了两三年，无从解决根本问题。

来自太行山的一些干部傻了眼：照此下去，就是来千万个愚公也无济于事。

遂又发动群众筑沙堤，堤顶压泥头，堤坡盖草皮，到处种草。幸好，种下的草总算依稀冒出了尖尖儿，一片绿地的孕育似在明天。谁都认为这下可以妥妥地伏“虎”降“妖”了。岂料现实如此残酷，看上去像模像样的长堤，到底经不起风刮雨淋、烈日蒸烧，暴虐的大自然好像见不得东山有好光景。种草固沙又谈何容易，遍地播下的草籽，不是随风沙搬家，就是被掩埋沙底，那几簇勉强破土泛青的草丛，也渐渐枯黄，毫无“春风吹又生”的迹象。任凭谷文昌痛心疾首地在风沙中奔跑，花了几十万工时筑起的一条又一条挡沙堤崩垮了，刚刚压住的黄沙重新揭草而起，这场前所未有的群众性治沙行动毁于一旦！

欲问为什么，风沙以呼号作答。

摇头叹息一茬茬。群众说：“东山这鬼地方，上有秃头山，下有飞沙滩，要翻身万万难，只怕神仙也治不住风沙！”干部也说：“东山这样贫穷，只怕财力和人力都承受不了！”

是的，在山荒造林问题得到缓解后，对于改造沙荒，人们都说不行。然后，众人把目光投向谷文昌，等待并期盼他怎么说。

谷文昌迎风而立，将衣服往身后一抖搂，呼气如火：“不制服风沙，就让风沙把我埋掉！”

“只怕”之事泥沙俱下，但谷文昌已将这两个字剔除出了人生字典。长堤遭摧毁，他却没被压垮，从来不爱说大话的他，这次与其说是命令，不如说是指天立誓，走上一条以自家生命作抵押的路。

是的，东山的人民作证，东山的风沙作证，那是初到这边不久的外地人谷文昌，面对肆虐的风沙，面对灾难深重的群众，不留余地立下的铮铮誓言，自告奋勇挑起的沉甸甸重担。

谷文昌一开始就知道治沙不易，若是举手之劳，焉能等到自己这代人来建功立业？他也知道不可能一劳永逸地终结沙患，既定方案权当是热身、是铺垫，提供经验和教训，何况还没有用上“造林防沙”这个重磅呢！

翔实的调查、周到的研究之后，谷文昌更有了发言权。东山过去之所以产生风、沙、旱、潮四大灾害，主要原因就是山无林木，造成水土流失、泉源枯涸，以致大风刮起，飞沙滚滚，埋没农田，吞没村庄，得确定一个“以林为主、综合治理、全面制服”的方针。1956 年，东山县召开第一次党代会，谷文昌号召全县人民“苦干几年，将荒岛勾销，把灾难埋葬海底”，还描绘了一幅宏伟蓝图，“要把东山建设成美丽幸福富裕的海岛”。

既对人民承诺，谷文昌没有退路，东山县委只有背水一战。

种草固沙，搬沙……几条路都走不通，那就种树，靠种树造林来固沙。种什么树？有的树轮种了一遍又一遍，就是活不下去。屡战屡败，任谁都气馁，萌生听天由命之念。

虽然县里成立了谷文昌挂帅的封沙种草造林委员会，下设防沙工作组、造林技术指导组、种苗供应组等，以团营为单位建立各个专业队，做到层层有领导，经验时时有总结，但部分干部群众也还是笼罩着畏难情绪，这一败又一败，闲言碎语顿又纷纷扬扬。说是“风沙从海上来，海搬不走，风沙也搬不走，就别想种活树”；说是“鸟吃一冬，沙压一世”，别种不活又费工；说是东山“金木水火土”五行缺了后四样，光有“金”字不顶用。山口村满头白发的老汉林荣和说得更绝情：“风沙一起，人都站不住，还能种树？我活这么老，听过吹大炮的，就是没见过制服风沙的！”

环岛皆言不可为，谷文昌横看竖看，东张西望，却觉得东山不该是种不活树的样子啊！

他不认命，要是东山真种不活树，现有那屈指可数的树难不成是从石头缝里蹦出的，或是观音和各路神仙施法术种下的？俗话说的也不一定都对，就说“风小三寸土，风大石能飞”吧，再大的风，又能奈风动石何？东山风动石，所以天下第一奇，风雨不动安如山。

先不说是否达成共识，从实践到成功的历程，从来都不是一蹴而就。

一日，谷文昌从白埕村团干部、业余通讯员林多默那里得知：家住风口处的一位农民在沙地里挖出了一筐能烧火的泥土。他的好奇心骤然被点起，让林多默带路，骑上自行车赶紧奔过去看究竟，当场放了一块进灶膛，果真“噗”的一声腾起了耀眼的火花。为了防止被糊弄，他又亲自包上一些湿土拌上自行车带回，晒干后叫来技术员现场观看。技术员端详着那些黑黄相间的泥土，惊喜地叫道：“这是泥炭土，说明远古的东山曾拥有茂密的植被！”世代为农，树和炭的关系谷文昌无师自通，他端详着手中这块竟可燃烧的泥炭土，上面的木质纤维果然还清晰可见，眼里和心头不觉熊熊燃起一团希望之火：东山真的可以种树！

县里的老掌故不是总说嘛？东山岛曾是海上仙山，只因近百年外忧内患，兵匪横行，战火不息，青山碧野被撕碎，茫茫沙暴一手遮天，万顷良田化为塞外荒漠……

岵嵝山东麓的关帝庙，不是总吸引他的视线吗？庙前那几棵刺桐树，分明饱经风沙肆虐、历尽劫难，却至今仍傲然挺立，绽开火红的花朵！东山其他地方没理由看不到绿色、栽不活树啊？

先不去探究曾有森林覆盖的东山何以沧海桑田，事不宜迟的是再种，千方百计再请进一些新树种。只是，成千上万株苗木摩肩接踵亲密地植入泥土后，居然无一成活，一次次地给人们的望眼欲穿泼出一盆盆透心凉的冷水：失败是成功之母，可为什么一次也没成功呢？

“风妖”和“沙虎”依然没日没夜在纠缠，灾荒和贫困依然笼罩着东山和人们心头，嘲弄着为改天换地冲在最前头的谷文昌。

挫而不折，这个急先锋算是明白了，必须要有一种能抗风沙、抗干旱、抗盐碱的先锋树种，到哪里去寻找呢？他为此寻寻觅觅。

转机出现在 1956 年底。调研组在白埕村的沙丘旁，发现了三棵长势不错的木麻黄，系乡民林日长几年前清明扫墓路过西山岩时顺手拔回来种上的。接到报告，正被劳累和失眠折磨得胃病隐隐发作的谷文昌，既惊又喜，先是差通讯员代他登门请教林日长种树过程，继而抱病把 300 来名来县里参加三级扩干会的队伍拉去召开现场会，说的是：木麻黄能无心插柳在这里成活，只要我们有心，就一定也能在别处沙丘种活。他要求技术人员抓紧分析，要求苗圃负责人着手做好育苗。

很快，林业技术员吴志成查到了国外种植木麻黄有效防治风沙的资料。谷文昌终日紧锁的眉头刚舒解开来，以为种下了无数的希望，谁料迎接的却又是当头一棒，依旧全军覆没！

棒打鸳鸯散，却无论如何也打不散谷文昌心头的希望、灭不掉他打石时四溅的火星。从小爱看戏的他，唱的原不是假戏，他从来就是真做实干之人，迎头而上，埋头苦干，都是“咬定青山不放松”，并做好了和风沙大战三百回合，不是你死就是我活的决心。

先锋官：九棵树肖像

桉树纠纠（蔫了），槐树球球（卷缩了），
相思树无救，木麻黄一样翘翘死，
荒沙能长树，鸡蛋能长毛！
——东山大规模植树失败后群众顺口溜，1958 年

你让荒沙长遍林荫，
贫困走向富盛；
流泪的历史，
绽放出笑容。
青山犹日夜怀想，
海风对人间传颂，
可敬的你，

是蝴蝶岛的绿魂……

——刘小龙：《绿魂——献给谷文昌同志》，1989 年

发黄的档案，记着 1962 年谷文昌在福建省林业工作会议上的汇报发言：

对于沙荒造林，群众都说不行，埋怨劳民伤财。虽然我们在造林工作上遭到一次又一次失败，听到不少流言蜚语，但为了东山人民的幸福，没有灰心丧气，坚持不懈搞下去……直到（19）56 年春，我在白埕村边沙墩上发现几株木麻黄生长得很粗壮。（19）57 年春召开现场会，总结经验，肯定沙滩可以种木麻黄树……通过坚持试验，终于找到沙荒造林途径……（19）59 年大种特种木麻黄树了。

这里的主角，就是木麻黄了。常绿乔木，枝有密集的节，有点儿像杨柳，似乎又更像松树。虽没有松树那般劲拔雄伟，却也可高达 30 米，个别通直的树干直径还能奔着一米去。与杨柳的婀娜有所不同，细如针状般的叶子串串指向天空；与松柏的刚健也有所不同，它的鳞片状叶每轮多有六七枚，像是粽叶那般为树裹身。如同四五月间开出的花那样，夏秋之交结的果实一点儿也不出色，细小似狼牙棒，比之松果还显得寒酸。晨昏时分远远望去，像是笼着一团吹弹即破的薄雾。

然则就是这么一种看似平凡的树，却蕴藏着巨大的生命力。不怕台风，最喜海水，离海越近长得越快，与风雨雷电抗争中就差个“让暴风雨来得更猛烈些吧”的呐喊，简直要让人想起原子里包含的惊人能量。

这样一个外来树种，跟着渐被驯化的脚步来到中国时，起初也多是出没于广东沿海地区，既稀罕又普通，直到遇见一个远离人海来自内陆的谷文昌，才罩上了几许悲壮和传奇。

风沙与东山人民过不去，他与风沙过不去，比《诗经》里说的“我心匪石，不可转也，我心匪席，不可卷也”，更坚定，更强悍。

要植树造林，以及保种、保活及今后护林，谷文昌意识到，除了必须选好树种，还须有个专门机构来科学地领导和指导造林。于是，县人民委员会（县政府）专设林业科。

林业科的新同志近水楼台，清点了这几年的“战绩”：一年又一年，在沙荒上种下的芦苇草、龙舌兰和老鼠刺等，没挡住风沙；以后又陆续种槐树、杨树、苦楝等十几种树，共十余万株，结果大部分又都枯死了；虽有若干苦楝树成活，但实践证明，此树一到秋冬就落叶，不能起挡风沙作用……

真是屡战屡败啊，林业科的人欲哭无泪。

终于，5 年来的试验和失败之后，1956 年找到了沙地上苗壮成活的木麻黄树——对了，就是前面提到的乡民林日长几年前从西山岩顺手拔回在自家屋后所种。此树耐旱耐咸，冬不落叶，找到它，犹如找到了沙荒造林的方向！

十几万株木麻黄，夹杂着一些黑松、相思树等树苗进岛后，干部当先，群众随后，驻军和学生也责无旁贷地怀揣决心，肩扛锄头，跟随总指挥谷文昌，在迎风招展的红旗下冲上山冈，万马奔腾地奔向沙滩。

看着眼前泛出动人的绿意，人们忘了疲劳，绽开喜悦的笑脸，翘首企盼新生命能恣意汪洋地造出一个未来。

几乎所有的不测都考虑进来了，5 年了，再怎样都该有个东方不亮西方亮的安慰奖啊。每天不间断地观察，呈现的也是这个气象，似乎成功在望了。岂料，天公不长眼，气温骤降，1958 年的“倒春寒”竟“倒”了一个多月，让这些相继挺立眼见就要一天天转翠的树，急转直下地一天天枯黄，成片冻倒、冻残、冻废！

最担心的事情终于还是来了！接到报告，谷文昌脸色铁青，神情整个儿愣住了，就近奔赴事发地点亲自调查。那天天空阴暗，寒风凛冽，飞沙打得脸肿痛。他也顾不得戴风镜，只是低低地压下帽檐，弯腰蹲身查看。出现在眼前的树苗，尽是蔫不啦叽、毫无苏醒的迹象，哪怕是形销而骨立，也是“上穷碧落下黄泉，两处茫茫皆不见”。他那一张脸，因胃病而有些痉挛的脸，在风沙中都被打成紫黑色了，让人看得心疼。

紧急派下去的几路调查组，含泪汇报的都是全军覆没的惨状，任哪个参与者见了都会垂头丧气，这么多人废寝忘食地艰难试种，种下的依旧还是失败啊，简直要把人逼上绝境！

时任白埕村林业小组长的林多默，多年之后讲到那场失败，仍泪流满面。1958 年 3 月 11 日，他受命带领青年突击队步行 10 多公里，前往前楼公社下溪村苗圃挑树苗。归途经西埔湾 300 米宽的海沟时，风雨大作，海水涨潮，林多默深知这些树苗在谷文昌心中的分量，带着大家一捆捆举过头顶，像下饺子似的往海里跳，任凭海水淹到胸前湿透衣服，海蛎壳穿透鞋子划破脚底，一步步跨过海沟，顾不得寒冷和疼痛，一个也不少地把 3000 多株树苗全带回林业队。谷文昌表扬他们用生命保护树苗的壮举时，感动得热泪盈眶。

林多默忘不了第二天——1958 年 3 月 12 日，那也是势必要在东山历史上记下的一天，按“万木喜逢春”的常规，东山县在这年春天打响了全民植树造林的总攻！全县主要劳力被派往两个地方，一是到海滩挑运淤泥，二是到白埕村、湖塘村、山口村挖坑倒泥和植树。两支庞大的队伍中，有白发苍苍的老人，有少先队员，有裹小脚的妇女，有背婴儿的母亲，有机关干部和军人，有谷文昌夫妇和他们那些系着红领巾的孩子们。

谁能想到，全县在“栽树防风打冲锋，排山倒海战沙荒”的口号声中齐心协力种下的希望，一遇春寒，一夜之间尽受无情摧毁，东山的绿色之梦再次被无情击碎！

从来都是理想很丰满，现实很骨感。那些天，面对耐寒力差、大片枯死的树苗，当地人见面说的不外乎是：“桉树纠纠（蔫了），槐树球球（卷缩了），相思树无救，木麻黄一样死翘翘。”“荒沙能长树，鸡蛋能长毛！”“夏天烫得可炒花生，冬天狂风吹倒房，人都站不住、眼都睁不开的地方又怎能种树呢？”

谷文昌来到无一棵树存活的湖塘大队察看，眼前的干部和群众围着他，也是七嘴八舌。不是埋怨“沙地造林恐怕是瞎子点灯白费蜡”，就是泄气地问“是不是改用别的办法治沙？”一个富裕中农居然还当众说：“我早就讲过，沙荒能造林，愿意拔掉牙齿吃屎，拔下胡须洗马桶。”有人公开提出“造林不如搞副业赚现钱”，有人当场表示今后再不出工植树了。

那些天，哭天抹泪、街号巷哭中，悲痛叹息、埋怨懊丧、讽刺挖苦也不一而足，有点……对，在正为此烦心的县委办干部听来，有点像风沙那般鬼哭狼嚎。

谷文昌知道，干部和群众造林的信心受到了影响，他不怪他们，关键是自己要有斗志。

也有人这样送上安慰：“谷书记，东山风大沙多，旱情严重，穷山恶水，既已尽力，无须自责。”说罢双手一摊，好像命该如此。

即使不听风凉话，大面积的木麻黄死亡，也已足够让人悲观泄气。毕竟死去的不是100棵、1000棵，而是近20万棵啊，这是举全县之力、孤注一掷、志在必得的最大一次造林啊！运动发起者谷文昌发现自己到底还是犯了冒进的失误，气急交加中，不觉胃病又犯了。

技术员林嫩惠面对这些冷嘲热讽，寝食不安，低头垂泪。这位林校毕业生，越知道谷文昌对他的期望，就越是怕辜负。他想到那天比规定时间提前4天赶到东山岛报到时，望着荒山秃岭和白茫茫一片沙滩，想到今后的前途，心里不觉悲凉，没料翌日下午谷文昌就满脸笑容地来林业科看他了，连说：“热烈欢迎，东山造林治沙最缺的就是专业人才，你来得可真像‘及时雨’啊，希望你今后就扎根东山岛，发挥技术专长，帮助群众造好‘生命林’，这段时间你就跟在我身边，好让我随时请教。”这般高看，连同县委书记的嘘寒问暖，登时让他涌起士为知己者死的豪迈。

现在，面对如此巨大的挫折，林嫩惠痛苦至极，整夜辗转难眠，害怕因为自己学艺不精、指导不当，而辜负谷文昌的苦心，降低乃至浇灭了全县人民好不容易焕发出来的造林激情。让他动容的是，谷文昌没把责任推给下面，而是自我担当，鼓励大家绝不死心，再探，再观察，再检验。他和受到意外打击的谷文昌一样，多么希望能有另一个让人不信邪的意外啊！

“谷书记、谷书记，白埕村……”3月18日，林嫩惠从挂点负责的村庄急匆匆赶来，因为上气不接下气，话都说不上来了。

谁都不当一回事，这些天众口一词的“四面楚歌”，失败的气息满盈得连耳朵都要拒绝接收了，希望越多，失望越大，多听一声只会教人多一次心碎，或多一分麻木。木麻黄啊木麻黄，这项前无古人的事业栽倒了、黄了，人麻木了，这就是上天让倒春寒带来的回报吗？

没想到，林嫩惠这次竟吐出“象牙”来：“白埕村发现了9株活树！”冻得满脸通红的他，兴奋得像是打了鸡血。

“什么？”任谁都怕自己的耳朵听错了。

“白埕村有9株树成活了！”林嫩惠一字一顿，又说了一遍。

“是吗，是吗？走，带我去看！”谷文昌心跳加快，眼色活泛，那神情如沙漠中苦走的渴者遇上了一滴甘露。

远远地，就看到了几株摇曳地挺拔在风沙之中的小树。那份绿，那个姿势，与众不同呢，一望而知洋溢着生命的气息。这不正是前段时间亲自带人来植树的地方吗？谷文昌放下自行车，脚底生风向前面那处小沙坡狂奔而去。

他蹲在一棵树旁，哆嗦着用双手轻捧树干，朝每一片叶子呵呵热气。它们像是认出了眼前这个深情的植树人，瘦弱的树丫在仍似剪刀的春风中富有生机地摆动，一簇簇丝线般嫩绿的针叶婆娑起舞，像是骄傲地向他报告，它们活着呢！他东瞧瞧西望望，像是慈母面对自己刚出生的孩子，一片叶子都不漏地抚摸过去，任由泪水情不自禁地夺眶而出，落在叶脉里，洒在根茎上。

他看了又看，摸了又摸，数了又数，没错，总共是9株！这些树宝宝那般稚嫩，只要站直站稳了，能不顶天立地长出一片林？！

他慢慢地往起站，酸痛而沉重的腿在寒冷中有点儿发抖，目光却坚定地扫视这一排迎风而立的树苗，像在检阅自己新组建的海防民兵小分队。这9棵貌不惊人、在岛外任何地方都可能被忽视的小树啊，却在东山为一位发誓要与风沙斗个至死方休的县委书记树起了莫大信心，让他掷地有声地说：“皇天不负有心人，能活9棵，就一定能活900棵、9000棵、90000棵！我们一定要摸清木麻黄的生长规律、造林规律！”

在场的干部们一扫颓败神情，顿时显得豪气干云。

几天后，这9棵被密切关注、妥妥地迎着风沙越战越勇的树，见证了谷文昌为它们召集的一场别开生面的“展览会”。

“干部群众干劲冲天，种死了树大家都难过，但也不要气馁松劲，没有失败就没有成功，失败了再干就是我们革命走过的道路，是我们迎来胜利的不二法门，也是我们共产党的气概和风格。”

不久后的全县大会上，谷文昌也意气风发地这样照说了一遍，并又一次当众立誓：“如果不在沙滩上种活木麻黄，就把我这副老骨头埋在东山岛上，让风刮、让沙埋！”

斩钉截铁、气吞山河的一席话，把人们心中一个个问号拉直成一个个感叹号。

一些笼罩着失败情绪，在怨天尤人中裹足不前、寻思打退堂鼓的干部群众，被谷文昌的豪言壮语再度点燃了热情。风沙也似乎被镇住了，一时停止了喧嚣，默默地观察这个石匠出身的“领头羊”的一言一行。真是感天地泣鬼神啊，这个誓言要率领群众战胜风沙、根治旱灾的人，不为个人政绩和私心而来，追求的是让人民过上好日子！

这句话也让这片饱经折磨的旱沙地第一次知道了什么叫永不绝望，一片绿色希望从沙土的气息中荡漾开来。这片土地，这片土地以外的土地，此后连绵不绝地长出一棵棵木麻黄，大写意般密集绿色的希望，正发源于这9棵幸存的木麻黄。

近20万棵树苗毁于一旦的惨痛损失，让谷文昌在深责自己冒进之时，也沉下心来再次探求植树的规律。他不厌其烦地请教林业专家，总结经验教训，并摸清这9棵木麻黄树苗能存活的原因：可能是树种选得对，树苗壮实；可能是树坑挖得深，便于树苗扎根和汲取养分……林嫩惠等林业技术员一通科学分析，“会诊”认定它们全是短叶木麻黄品种，由于表皮较厚，枝条柔韧，因此耐风沙袭击；由于叶短小，受风面积小，水分蒸发量小，因此抗风能力强；由于根部带有根菌，因此耐咸、耐湿、耐贫瘠；而且这个品种枝干粗大，能有力地从沙堆里钻出，树干被沙掩埋处能生侧根，诚为抗风固沙的理想树种，适宜飞沙滩种植。谷文昌越听心里越有谱，说在消灭“沙虎”上要藐视困难，在造林栽培技术上要重视困难、战胜困难。

吃一堑，长一智，以这9棵树苗为摸索规律的向导，由领导干部、林业技术员、老农三结合的攻关小组应运而生。谷文昌亲自挂帅，从育“示范苗”、种“示范林”开始，大胆进行科学试验。在飞沙滩和秃头山上开展“旬旬种树”试验，在沙滩上搭起草寮，定时细心观察气候、湿度、风向、风力对新种树苗回青、成活的影响，详细记录在案。晴天种，雨天更种。

这年春末的一天，西埔大队11个生产队前往亲营山风沙口植树。树苗栽下后，各队分配任务，轮流浇水。时近正午，忙活了大半天的11队队长林坤福为了御寒提神，多喝了几口酒，结果昏沉沉睡着了，一觉醒来已近黄昏，心想这下坏了，种下的木麻黄还没浇水呢，海边风又大，八成得旱死。急忙叫上其他几个没离开的队员往风沙口赶，在淡水严重缺乏的地方分头找水。天黑之际，有人发现脚下湿漉漉一片，用手一抠，沙里竟然有水，招呼众人舀水，在星光下把树都浇上了。

紧张而兴奋中，有人感觉不对劲，就说白天在沙滩上都找不到水，怎么晚上倒有了？掬水一舔，咸着呢！林坤福立马就傻眼了，他把社员全都赶回家后，一个人从几公里外的水潭挑来淡水，一勺一勺地浇，希望借此冲淡刚才的海水，一口气干到天亮才回家，连累带吓病倒在床。

几天后，谷文昌到各植树点检查，意外发现一片木麻黄的成活率特高，打听到是 11 队种的，而且队长还病倒了，就特意上门探望。

一见谷文昌，林坤福忐忑不安地说："谷书记，我是'狗吃猪肝有罪'啊（闽南俗语，意即有罪知错了），一人做事一人当！"谷文昌不明所以，只是兴奋地请他召集队员讨论一下此次植树成功的经验，届时再介绍给其他生产队。

林坤福到风沙口一看，全明白了，病也好了，就把那天的事都抖了出来。谷文昌赞扬他敢讲真话，继而沉吟道："没准用淡水咸水交替灌溉，木麻黄的成活率更高。"

事实证明了这次歪打正着，可谓"无心插柳"，机缘巧合地发现了种活木麻黄的一大方法，进一步确定其为先锋树种无疑。

谷文昌亲任组长的"三结合"造林试验小组，在随时观察记录不同节气、不同天气、不同风向、不同风力、不同湿度、不同土壤种植木麻黄的不同结果中，规律一点点摸索出来。一份原始的观察分析如是称："木麻黄的最佳种植气温为 25℃，地温为 23℃。在东山，5 月下旬至 7 月（芒种至夏至），气温较稳定，种下的木麻黄 3 天便足以成活。"

日积月累中，越来越详实地掌握了这个热带品种的种植和生长习性，在它和东山的气候、温度、时段、环境之间找到了契合点，那就是尽量绕开春冬两季和寒流，夏季和雨天或台风来临前造林最好。继而，"良种壮苗、适时种植、带土栽培、大坑深栽、适当密植、雨天造林"6 大技术要点，分发到各大队、生产小队。科学种树法的推广普及，为日后大面积绿化造林的成功做出了贡献。

木麻黄树苗按照新方法从苗圃移植到沙滩上时，虽然小得像一株草，却有一丛胡须似的根，在疏松的荒沙上安家没几天，根系就萌发了，牢牢抓住沙子深扎，并很快就组成一张网，胜利地"团结"了沙土，也成功地"巩固"了自己。当一片木麻黄成林之后，新的沙地又栽上了幼苗。

过去那些日子，所有东山人没少听说谷文昌要种树，而且非种不可，将信将疑中终于看到这个人真的把树种起来了。大家在他身上看到了绿化的希望，在铁了心跟随中，也看到这个带头大哥和他们吃的同是夹着沙粒不时硌牙的干粮，喝的同样是半天不换就闻着腥臭的水……

无声胜有声，谷文昌就又带起了一支志在封沙绿化的队伍，愈发壮大。

“古之成大事者，不唯有超世之才，亦必有坚韧不拔之志。”并无超世之才的谷文昌，也许讲不出宋代大文豪苏东坡这样精辟的话，却知道事业之成不在于一时冲动、三分热血，最离不开的是志不可夺的恒力和耐心，一口吃不成胖子，一锹挖不出深井，大业就得耐下性子，以从容的心态做好基础工作。他有的是苏东坡嘉许的“坚韧不拔之志”。

苦心人天不负，20 亩木麻黄树苗在试种中基本存活了！人人欢欣鼓舞，想象着眼前荒岛过一两年就可能变成一个郁郁葱葱的绿岛。另一个难题却又拦在面前：树种不够。

四处打探树种的谷文昌，有次赴外地开会，还特地前往人家的植物园，为这里的几棵成年木麻黄树慕名而来。他在树下观望良久，黝黑的脸上写满景仰，何时东山才有这样又粗又壮的木麻黄呢！情不自禁地，他还偷偷地采摘了一口袋树籽。管理人员负责任地盘问和教育时，哪能想到这位承认错误表示下不为例，却仍恳求允许他带回树籽的“老农民”，竟是县委书记。

1956 年，国家为了推广绿化工作，从国外弄回来一批木麻黄树种，加上省林业厅和县里四处的采集并育种，终于让谷文昌日思夜想的大难题迎刃而解。

捧着这些辗转而来的珍贵种子，谷文昌像捧着一颗颗珍珠。每每给各单位分发树种，或指定专人培育，他少不得要叮嘱干部群众。

谷文昌也就这样心无旁骛，调兵遣将。每逢雨天，有线广播即刻播送造林紧急通知。其实不需广播，雨声就是命令，就能代谷文昌“一呼百应”，各级干部已然习惯于闻雷雨而动，放下手中工作，身披随时待命的雨具，带上锄头或铁锹，二话不说就奔赴各自植树造林战场。

那些年，东山除了巩固海防，没有比植树造林更要紧的事了，雷打不动地闻雨而植，那也是抓住机遇呀，全县上下人人都对植树着了迷，为的是让绿色快些染遍海岛！

成千上万人同上战场，汗水与雨水交融，歌声同雨声齐飞，如此场面气贯长虹，天地能无感应？对头的时间遇见对头的环境，一株又一株木麻黄开始倔强地把根深扎在沙土里，只要有一丝雨露就茁壮生长。

都说万物皆有灵性，我甚至联想，木麻黄在东山蔚然成林，何其不是为了回报谷文昌和这片土地的厚待，不负众望地成为风沙的对头。

星星之火，可以燎原，东山开始一丁点一丁点地变绿。9 棵木麻黄推进着 20 亩丰产试验林，再变成育期相衔的苗圃，海潮般向各村各山头漫去。

有了谷文昌矢志不渝的双管齐下，每个公社和大队都建立了长期的育苗基地，到 1959 年全县育苗 1004 亩，出苗 1000 多万株，不仅满足了大造林之需，而后还大力支持省内外。

不停地种，不息地长，群众的造林经验愈加丰富，斗志愈加昂扬。1960 年夏天，眼见 400 多座山头、3 万多亩沙滩、大半个东山都披上了一件绿色的新衣，征服流动沙丘却又遇到新难题。在这些高达数丈的沙丘上种树，树根压根吃不到地下水，而且沙丘水性杨花般随风移动，拖累得树木更难成活。有人提出对这些沙丘先种草固沙再种树，可那样做时间太久、花工又大，也不易解决问题。

谷文昌问计于民，和技术人员从老农蔡海福创造的“沙穴灌泥”“带土移植”经验中加以总结提高，继而向全县推广，以公社为单位，把全岛 40 多个主要的流动沙丘全部“带土移植”种上木麻黄，居然都活了！过去年年移动的害群之马——沙丘，从此给永远地镇住了！

谷文昌自己也想不到，木麻黄，尤其是那 9 棵至今依然傲视风雨的木麻黄，以其当年的坚挺和引领，成为一代代人从中汲取奋斗信念和拼搏精神的活教材，也成为谷文昌精神的象征。

我在采访中听说一串串故事后，一直有个心愿想去寻访那 9 棵木麻黄。某年再访东山已列行程，却由于向导迷途，加上归期迫在眉睫，找一遍未着，或者说无法踏遍丛林，乃衔憾而去。

谷文昌当年种树愈挫愈奋，我辈寻树又岂能轻易息心？2020 年秋，谷文昌诞辰 105 周年这天，我带着 6 名党员干部远道再寻。

在白埕村，耸立在蓝天白云之下的 9 棵参天大树，远远地向我们招手。当年这里是乌礁湾海边的风口，吾辈复登临，无论如何也难以想象当年风沙肆虐、田园荒漠的情景。每一个移步靠近并抚摸端详它们的人，都能在谷文昌留下的遗物身上听到故事，读到深情，获得启示。

我看过它们小时候和谷文昌的合影，一晃一甲子，当年的小树苗在这座海岛的生态防护林带中依旧是雄风不减、福泽百姓的翘楚。这 9 棵当年让谷文昌如获至宝的树啊，何其不是给百姓脱灾造福的缩影。谁来这里仰望而不若有所思呢？

可以说，谷文昌当年判断并坚信的能活 9 棵就一定能活 9000 棵 90000 棵，绝非只凭一时热情的慷慨陈词，更不是凭主观臆断的虚妄之言，而建立于尊重科学的基础之上。这不是蛮干，而是从实际出发、按规律办事的巧干，所持乃正确的思维方法和工作方法。

空话和大话难以为继，树一棵棵地种一株株地活才是硬道理，才能使干部群众的热情和干劲持久，且干在前头，落到实处。谷文昌在任那些年，带领百姓植树造林逾 8 万亩，单就为改变东山千百年来恶化的生态而言，功追大禹！

看见木麻黄，想起谷文昌。树成先锋，人更是先锋，双双挺拔着成为抗击风沙的第一道屏障。“我见青山多妩媚，料青山见我应如是”，换了角色，恰也是这般惺惺相惜。正是有了这样的树，有了像树一样的人，把“沙虎横行人难留”改作了“沙滩变成聚宝盆”。谷文昌个头不高，却在天地间站成了一株比木麻黄还要高，且更有精神生命的大树，植在广袤的大地上，植在广大的东山人心目中。一同树立的，还有他“始终把百姓放在心上，一切从人民的需要出发”的事迹和名言，木麻黄品格在他身上怎一个鲜明了得，能不是他人格的写照！

这天前来9棵树前凭吊的，包括当地同行和司机在内，恰好9人。“没有花香，没有树高，我是一棵无人知道的小草”，我们9个人带着敬重之心站在9棵比我们年龄都大的树下，好像就站在谷文昌身边。却总觉得有个朴实无华的身影，也如小草般站队，那不是谷文昌又会是谁呢？想到他落在树上叶上的点点泪斑，何其不是古神话中的“斑竹泪”，只要能让荒岛遍植此树，他肯定愿做昔日的娥皇和女英吧！

一个甲子过去，当初9棵稚嫩的木麻黄早已长成参天大树，谷文昌面带微笑呵护它们童年的黑白影像，永远定格在我的心中。

告别这9棵树，去县城，去乡镇，去每一个地方，眼前的东山到处是层层叠叠的绿色屏障，天蓝、海碧、沙白、林绿，国际著名的生态旅游岛名不虚传。一路上，我眼前和脑海里不时跳跃出谷文昌当年在会上、在田地、在农舍、在沙滩，向干部群众描绘愿景的画面。诸如“举首不见石头山，下看不见飞沙滩”，诸如“上路不被太阳晒，树林里面找村庄”，有哪个是画饼充饥，哪个是天方夜谭呢？与其说是谷文昌成功地变成预言家，不如说东山人民的千年期盼终成现实。

在漫山遍野，在海边，我走近并凝望着堤岸上一排排木麻黄。长期抗击风雨、饱经风霜的它们，有的尽管根系大面积裸露，却仍抖擞着大西北胡杨木那般在岁月拔河中不死、不倒、不朽的风骨，在每一次台风横扫起狂飙、海浪翻腾地动摇之时，抗风固沙和护民之志更坚。我知道，没有谷文昌，就没有它们，更没有今天美丽富饶、诗意无限的真正蝶岛，难怪东山百姓莫不亲切地把木麻黄称作“谷树”。

植物学辞典对木麻黄大多这样描述：根系深广，生长迅速，萌芽力强，耐干旱，抗风沙，耐盐碱。这何尝不可以用来描述谷文昌精神呢？有一种力量，时间越久越能充实人们的心灵，与东山根土相依并将之炼成绿岛的木麻黄，就这样引人遐思。

（原载于《中国作家·纪实版》2021年第6期，有删节）

端水打井的人（节选）

宋明珠

一

玉门火车站，火车终于拉响了汽笛。白色的站牌、湿漉漉的红漆标语、车窗外的铁轨都排着队向他涌来。

王进喜突然清晰地看到了过去37年间那些难忘的画面，每一帧都飞速划过，但又生动无比——

他看见了寒风中的少年长工王进喜；看见了解放军的装甲部队隆隆开进了玉门；看见了自己在党旗下庄严宣誓；看见了康世恩部长亲自把“钻井闯将”的红旗交到自己手里；看见了十里长街……王进喜的眼睛湿润了。他咳嗽了一声，默默擦掉眼角的泪水，车窗外井架越来越小，离玉门越来越远了。

王进喜蹲在列车连接处，任手里的烟一点点燃烧，一言不发。同行的党支部书记孙永臣蹲在他身边问：“咋？”

王进喜闷声道：“不咋，心里不是个滋味。想着去年我去北京，汽车顶上都背着煤气包，你想想，连毛主席住的地方都没有油用，我还有什么脸当先进、受表扬？叫国家作这么大的难是谁的责任？是咱石油人的责任！”

王进喜说的是1959年的公交文教群英会。

那年金秋，空气中弥漫着喜庆的味道。中华人民共和国成立十周年，十年一次大庆，王进喜作为石油工人的代表受邀参加国庆观礼。接到这个消息，他有些恍惚，几次偷偷掐过自己的大腿，疼，这是真的。

这当然是真的，他也真的配得上这样的荣誉。1958年，王进喜带领队伍已经在白杨河会战中，创出月进尺5009.47米——全国中型钻机钻井的最高纪录，提前完成了全年钻井计划。到年底打井21464.6米，双倍实现了“月上千，年上万，祁连山上立标杆”的目标，也创造了班进尺、日进尺、月进尺三个全国最高纪录。

那场会战，王进喜是中途杀出来的一匹黑马，凭借一股子就是要争第一的狠劲儿，他带着“豆腐队”超过了当时的先进队。

和代表们一起参观北京十大建筑那天，王进喜是幸福的。可正当他沉浸其中的时候，一辆公交车，从身边慢慢开过。王进喜指着公交车背上不断起伏的“大包袱”问：“这是啥？”

有代表告诉他，这是煤气包，没有油，汽车只能背着这个前进。

“没有油”三个字如一声炸雷，把王进喜的幸福感震得粉碎。自己创造了全国钻井纪录是真的，荣誉是真的，可是汽车上的煤气包也是真的。两个看起来自相矛盾的事实，在王进喜眼前发生了。“嗐！”王进喜一拍大腿，“国家都缺油到这个地步了，我还参观啥嘛，啥时候让咱回去钻井？”此后的参观过程，王进喜一直沉默。

就在王进喜以一名石油工人的身份为缺油感到焦虑时，群英会上宣布了一个重要的消息：在我国东北的松辽发现了一个大油田！

接下来是交织着煎熬和喜悦的日子。喜悦在于国家有油，煎熬则在于这么多钻井队伍，会不会派自己去？

不能等领导指派，想要啥就自己靠成绩去争取。这一点在白杨河会战中，王进喜就十分清楚。白杨河会战，本来他带领的钻井队被评为一般钻井队，因而不能参加会战，全靠他力争，才有了后来的成绩和荣誉。这一次，王进喜也要争取。

会议休息期间，王进喜找到石油工业部副部长康世恩，直截了当地说：“康部长，让我去东北参加石油会战吧！国家缺油，我心里急。真恨不得一拳头砸出一口井来，抱出一个大金娃娃。”

于是就有了文章开头的那一幕。

3月25日清晨，一声汽笛惊醒了尚在睡梦中的王进喜。他睁开眼睛，火车停了。王进喜顾不上自己的行李，抱着“更高标杆立祁连”的旗子，跳下火车。十天之后第一次踩到大地，免不得脚底软绵绵一滑，王进喜顺势把旗子稳稳地扎在雪地里。

这面旗就是他向松辽宣战的战书。他用实际行动告诉脚下的大地：“钻井闯将”带着自己的队伍来了！

一道初升的阳光掠过大地，照在他的额头上。十天的奔波劳顿、一路心底的郁结，瞬间如初雪融化在阳光里。看着火车站忙碌的石油队伍，王进喜无法克制自己的感情。一股热流哽在喉头，“找井位，冲！”

实际上，队伍根本没办法跟着王进喜往前“冲”。火车站上摩肩接踵，都是刚到松辽的会战队伍。看着龟速行进的队伍，王进喜挥手在空气中劈了一下：“停。孙书记，你带着队伍慢慢走。我问了井位回来。”

王进喜挤在人群中，见人就问：“井位在哪儿？谁知道？”一路问到勘探指挥宋振明。

宋振明给王进喜的答复是："你们先做准备，这里条件困难，要啥没啥。队伍怎么上，得先讨论讨论。"

"条件困难，要啥没啥"八个字是对松辽会战最精准的描述。王进喜带着队伍如同利剑等待出鞘的一瞬间，突然失了锋刃。

直到1960年4月2日，王进喜终于盼来了自己的钻机。在等待的七天里，王进喜并没有让队伍闲着。他把队伍分成两路。一路在火车站义务装卸，方便第一时间等到自己的钻机。另一路为争取开钻时间，在一铁镐下去就一个白点的冻土地上先将泥浆池、水池和卸车台挖好。

当钻机冰冷而神秘的光芒反射到王进喜眼睛里的那一瞬间，他在专列前高兴地抱起队员转圈圈，整个人像是笼罩在了一道无形的光晕中。

这个离开钻台整整17天的"老石油"瞬间进入了战斗状态。

几十吨的设备毫不掩饰地把冰冷的外表裸露在火车上，井位就在十几公里外的马家窑附近。沿着距离火车站50公里的铁路两侧还堆满了各种设备无法疏散。

汽车上的那个煤气包还压在心头，为了这一刻，他期盼了整整十天。没有吊车、拖拉机，汽车也不足，想要把60多吨重的钻机从火车上卸下来是件难事。

"没法办！"有人在队伍里说。

"咋就没法办？"王进喜挨个扫视着队员，"整拖搬家咱都干过，这咋就不能了？上！豁出命来也要上！"王进喜一把甩掉老羊皮袄。化整为零！王进喜带着队员用大棕绳、铁撬杠……把凡是能撬、能抬、能扛的东西集中起来，一寸一寸、一尺一尺地把钻机卸下来运到位于马家窑的萨55井井位上。安装是一件比搬运钻机更困难的事。"干，早开钻，早出油。咱能卸下来，就能装上去。"王进喜说着，让人用几根钻杆作导轨，在钻机前部拴牢大绳，把碗口粗的撬杠插入钻机后部。他一边拽着大绳，一边喊着号子，前面的人用力拉，后边的人用劲撬，钻机慢慢地爬上了导轨搭成的斜坡上，可是钻机一离开地面，撬杠就借不上力了。

王进喜跳下钻台，弓下腰，用肩膀扛住钻机的底座，竭尽全力往上顶。大家也像王进喜一样，用肩膀扛住钻机，咬紧牙关，把钻机往上顶，钻机一寸一寸地慢慢爬到钻上……经过一天一夜的努力，井架终于矗立在荒原上。

当时的王进喜绝不会想到，这是一个会被历史铭记的场景。为了开钻煎熬了许久的队员更没有想到，新的问题又出现了：没有水！

一群人围着井架，有的转来转去，有的呆立不动。"没法办！"队员灰心地说，"没水咋打井，先人也没做过。"

"哦，月上五千米，钻透祁连山，那是先人做过的事情？没有水，就是尿尿也要开钻!”王进喜脸上的肌肉紧绷，“早就告诉过你们，这里要啥没啥。先人没做过的事情，我们能做。有也上，无也上，这话是白说的?”

“队长，咱钻机要60吨水，那也得先喝下60吨才能尿出来。”队员起哄，“人说等三天，马家窑的管线通了咱就有水了。”

“熊样子，等啥等?就是拿盆端，我也给你喂饱了。”一个“盆”字提醒了王进喜。他指着不远处的水泡子说，“拿盆端，咱就端水打井!”

60多吨水要用人力端出来，这似乎是一个可以和愚公移山相等同的神话。然而，这并不是神话。

荒原风很大，把队员们吹得直跺脚。王进喜一镐在水泡子上凿开一个冰窟窿，弯了腰从冰窟窿里端出来一盆水。那一刻很安静，好像连风都停了，36双眼睛随着王进喜的脚步，踏着荒原的积雪，跟着他手里的一盆水一起落进了蓄水池。

“愣着干啥?上!”王进喜这个队长都开始端水了，他们怎么还能眼睁睁看着。最初队员们找到的只有脸盆和水桶，相比60吨的需水量，仅有几个脸盆和水桶显然是不够的。紧跟着，大家开始搜寻目光范围内的所有盆状物和桶状物，很快，铝盔和灭火器外壳也被纳入其中。原本沉默冰冷的荒原一下子变得热火朝天起来……

一天一夜之后，硬生生端足了打井用的60吨水。队员们身上裹着霜花，被汗水浸透的脸上挂着得意的笑容，彼此取笑着对方。那感觉像打了一场胜仗。

钻机到位，水量充足，开钻的必要条件都具备了。新的问题又暴露了。大庆油田的原油为石蜡基，具有三高一低的特点：含蜡量高，凝固点高，黏度高，含硫低。为钻这口井，王进喜从开钻就没离开过井场。饿了啃窝窝头，累了盖上老羊皮袄在钻杆堆上打个盹。这口井整整打了五天四个小时，创造了大庆油田钻井的新纪录。

这五天，对王进喜来说就是一瞬间的事儿。可是房东赵大娘一直纳闷：借住在自己家的工队长 连几天不见人影，莫不是觉得家里不好?连问了几个人，都说王队长忙。赵大娘不信，不回来睡就算了，人是铁饭是钢，还能不吃饭不成?她把饭送到工地上，看见王进喜枕着钻杆睡得正香，心疼地说：“你们这个队长真是铁人啊!”

轰轰烈烈的石油大会战很快取得了显著成果。1960年，王进喜带领1205钻井队用20世纪40年代的“老爷”钻机，创出了年进尺10万米的世界钻井最高纪录，创出了月“四开四完”“五开五完”的好成绩。到年底，共打井19口，完成进尺21258米，接连创造了六项高纪录。

1960年6月1日，大庆油田一片庆祝成功的欢呼声。外运原油的列车披红戴花，等着康世恩部长亲自剪彩。王进喜好像卸下了一个包袱——一个背在身上、压在心里的包袱，那颗因为国家缺油坠落到谷底的心恢复了正常的跳动。到年底大庆油田生产原油达 97 万吨。与国外同类油田相比，美国拿下东德克萨斯油田用了九年，苏联拿下罗马什金油田用了三年，而大庆油田从第一口井喷油到探明长垣面积只用了一年零三个月，到形成年产 500 万吨原油的生产能力，实现我国石油基本自给，才仅仅用了三年半。

在王进喜这一代石油工人心里，上，是小困难；不上，是大困难。为了不让国家受难，天大的困难也要上。

多年后回顾大庆油田的诞生，那不是走的人多了就有了路，而是在无路的地方硬辟出一条路来。

二

1960 年 4 月 29 日，空气中还残留着寒冷的味道。太阳已经从东南方向浮出云层，原本晨雾迷茫的荒原一下子明亮起来。1205 钻井队的第一口井已经完钻，队伍即将移师第二个井位。一大早，王进喜到井场查看搬家准备情况。与平时不同的是，今天他的脸上跳动着一丝喜悦。巨大的井架悄无声息地站在他面前，像座大山一样。王进喜默默地望着自己的老伙计，期待着再次和它一起打第二口井。

再过几个小时，会战指挥部就要在萨尔图广场召开万人誓师大会。1960 年 2 月党中央批准了石油部党组《关于东北地区石油勘探和今后工作部署问题的报告》中提出“打算集中石油系统一切可以集中的力量，用打歼灭战的办法，来一场声势浩大的大会战”。

现在这场声势浩大的大会战的号角就要吹响了。为了抓紧一切时间，王进喜计划在开会之前抓紧时间把井架立起来，开完会直接回到井位继续打井。

队员开始拆钻塔，王进喜仰头望着钻杆缓缓下降。

“小心！”突然，一根钻杆脱落，百斤重的钻杆滚了下来。话音未落，下落的钻杆砸在了王进喜的右腿上。四周突然黑压压的，什么也看不见，什么也听不见，王进喜陷入了一片静寂。他隐隐听见锣鼓声，誓师大会已经开始了么？睁开眼，只看见队员们都围着他，是错觉，真实的疼痛从右腿传来。

王进喜睁开眼睛，看见红了眼睛的队员，一阵恍惚。再一扭头，井架还在原地。他眉毛一皱，怒道：“我又不是泥捏的，砸一下就散了？哭啥？没出息！”

大家准备把王进喜抬下井场。“干啥？”王进喜一下就火了，三把两把推开身边的队员，说，“我又不是泥捏的，砸一下没那么娇气。你们接着干!”

他说完，挣扎着站起来，挥动双手，又开始指挥大家放井架。血渐渐透过裤子，淌进鞋里，慢慢地浸红了鞋帮。支部书记孙永臣看见王进喜右腿裤筒和鞋上都是血，就冲工人们喊：“还等啥？赶紧往医院抬!”

王进喜镇定地说：“不行，我受伤这事谁也不准往外说，特别是对上级领导要把嘴巴封上。咱们丑话说在前头，谁说了我就处分谁!”

上午八点，王进喜准时出发了。当他披上双红绸带，胸前戴着大花，骑在高头大马上，进入会场的时候，面对大家浪潮般的欢呼，他发现自己不自觉地屏住呼吸，脚下这片荒原突然变得生机盎然。王进喜第一次感受到自己的心里轰的一声，一块石头落了地。此刻正是晴空万里。为了这一天，他早就摩拳擦掌等着号令，早就准备好了誓言，“人活一口气，拼死干到底！宁肯少活20年，拼命也要拿下大油田!”

刚回到井队，事故发生了——钻机钻到700多米时，突然遇到地下高压气层——井喷了。

令他惊讶的是，他曾经那么熟悉的老伙计，突然变成了一个怪兽。血脉偾张，呼吸急促，竟像从未谋面一样。它的模样、神态、气质整个发生了变化，它像冲出山林的猛兽，向着天空低沉地嘶吼。地下压力过大，强大的高压液柱冲出井口，直冲井架顶端10米，20米，30米……越来越高。

有人大喊：“快去调重晶石粉压井!”

王进喜一听急了，吼道：“等你调来重晶石粉，钻机早就掉到地球里头去了。”油、泥、水混杂的液柱越喷越猛，越来越高，发出的喷射声响得对面听不清说话声。一场大事故就要发生!

来不及多想，面对嘶吼的钻机，王进喜盯上了提前固井运来的水泥。水泥的比重大，把水泥加进去不就能提高泥浆的比重了么？

王进喜顾不上伤痛，“上！水泥压井！都给我上!”一声号令，全体行动。

大家搬起水泥袋子就往泥浆池里倒，新的问题又来了，水泥搅不开，打不到井下。一开始大家用铁锹搅拌，井喷的液柱仍然如冲垮堤坝的洪水直冲天空，咆哮声传出十几里外。如果不能及时压住井喷，就会机毁人亡，后果不堪设想。

王进喜牙一咬，扔掉双拐，纵身一跃跳进泥浆池！泥浆飞溅。他挥动双臂，蹬着双腿，搅动起泥浆。泥浆随着王进喜身体的搅拌，渐渐混合在一起。工人们见队长跳下去了，也学着队长的样子，纷纷跳下泥浆池，拼命划动着双臂，搅拌着泥浆。

泥浆渐渐混合在一起。整整三个小时，钻机终于安静下来，井喷被制服了。

1205 钻井队全体队员顽强奋战了三个多小时，井喷终于被制服了。

可是，还泡在泥浆池里的王进喜精疲力尽，连爬上来的力气也没了。大家把他从池子里拉上来，只见他伤腿上的绷带和纱布都不见了，伤口被泥浆浸泡得血肉模糊，脸上、手上也被泥浆中的烧碱烧出了血泡。

三

在炙热地渴望经济发展的追求中，王进喜带领着钢铁钻井队打了一口井斜超过设计标准 3 度半的井。

消息传到了北京，余秋里部长严肃地说："这口井斜度超过 3 度半，如果在 1958 年，这口井勉强可以算合格。可现在不行，井斜超过设计标准，原油采收率和油井寿命都可能受影响。克拉玛依和玉门就是吃了这个亏。"

是的，3 度半，在图纸上差距不大。但是钻杆在地下，偏移不可估量。如果在 1958 年国家急需石油的情况下，这样的井是合格的，但是现在国家需要的已经不是快打井、多拿油这么简单了。

为了压缩和冷却膨胀的炽热空气。4 月 19 日，会战工委在群英村油建礼堂召开了上千人参加的反事故大会。

康世恩不留情面，严肃地说："我讲过谁不讲质量我就和谁拼命，首先要批评你王进喜。你带的钢铁钻井队，在先进的时候就埋下了垮台的隐患，先从质量上垮台了！让人痛心！"

台下低着头的王进喜，感觉自己好像掉进了一个无底的空洞。洞里不断回响一句话——"井打斜了！"

他能感觉到自己的心跳声在偌大的礼堂里咚咚作响。温度不断上升，细密的汗珠从鼻翼、额角悄悄冒出来。康部长每说一个字，温度就下降一点，直到汗珠变成冰珠挂在脸上。像看见汽车上的煤气包一样，王进喜再一次感受到了压力。

会议结束，回队部的路上，王进喜轻一脚，重一脚，"宁肯少活 20 年，拼命也要拿下大油田"这句话是自己说的，然后呢？就这？打一口斜井交给国家？拿下一个不合格的油田留给子孙？会战队伍都在拼速度，这就能成为打斜井的理由？

"开会！"王进喜人还没进队部的门，声音先到了。"今天开会，我王进喜丢了脸！1205 钻井队打了一口斜井，你们说咋弄？"

"下次注意。"有人小声说。

"你还想有下次？"王进喜的声音满是愠怒，"你以为打井是种庄稼？今年收成不好等明年再来？咱是戳个窟窿打游击的么？咱打个大油田是要留给子孙的，你想想咱要给留个啥？就留歪井、斜井让子孙指着坟头骂先人？”王进喜锋利的目光扫射着每一个队员，狠狠吐出一个字，“填！”

把井填了？队员们面面相觑。“队长，咱们是故意打斜的么？把井填了，让人把脸往哪搁？”

声音是从王进喜身后传来的，他突然定住了，半晌没有说话，队部安静得怕人。“把井打斜了还惦记脸？你那张脸值个啥？填！”最后一个字是命令，不容置疑。

“队长，咱是先进，填咱的井不是给咱脸上抹黑么？会战到现在咱们打了多少口优秀井，就不容咱打一口斜井？有时间填井，超‘王牌钻井队’得猴年马月去？”

超过“王牌钻井队”是1205钻井队的梦想。1963年美国萨诺兴钻井队一年钻井进尺90325米，被称为“世界王牌”钻井队。消息传到大庆，王进喜说：“我们也长一个脑袋两只手，外国人能办到的，我们为啥办不到？我就不信超不过它！”

当时，美国钻井队的技术装备先进，自动化程度很高，打完一口井，拍屁股就走。走到新井位的钻机已经安装好了，马上就开钻。我们一套人马一台旧钻机，打钻、搬迁、挖泥浆池、维修保养全包干。想要超过人家，全靠抓紧时间苦干。这还不算，我们还得勒紧裤腰带打井，难上加难。

可是王进喜不怕，他觉得在钻井的问题上，暂时还没有他豁出命去还达不到的目标。为了超过“世界王牌”，王进喜带领队员列出钻井的各项技术指标，一项一项地对比美国钻井队找差距。把旧钻机的小泵换成大泵，小转盘换成大转盘，试验成功优质泥浆，提高电动钻井的质量。他还亲自做示范，要求所有人练真本事、硬功夫，出手就要一次成功。这种情况下打了一口斜井，填掉它队员们有情绪。

纵然有一万种理由，队员的话还是让王进喜火冒三丈。“一口也不行！你打井是给人看的？你当钢铁1205是绣花做样子？为了超过美国，打出了斜井你就有理了？啥叫给咱脸上抹黑？你是先进，你就只能对不能错？那错是别人替你犯的？遮遮掩掩！我就应该把这口井挂到你个熊包脖子上，让你天天记得，没有这一页，这队史就是假的！弄虚作假，我王进喜不干！都给我听好了，从今以后给我老老实实当个响当当的真先进！”

王进喜连珠炮的话不是没有理由。当一个先进队只记得自己的成绩，那它就离危险不远了。这没什么不好承认的。

填掉1205队一口井，让全体职工有最直观的感受。瓜无滚圆，人无十全。犯错可以，要敢认、敢改、敢彻底改。不管取得了什么样的成绩，决不允许弄虚作假。取得了成绩，作为先进队首先要集体忘记自己有过这样的成绩，行百里者半九十，任何时候都要保持警惕。一旦犯了错就要彻底检查，重新开始。要警惕当过一次先进，子子孙孙都是先进的思维模式。

要当就当能为大庆油田冲锋在前的真先进，留下一个“为油田负责一辈子”的榜样，干工作要经得起子孙万代的检验。

他带着队员来到这口犯了错误的斜井面前。井架在阳光下泛着熟悉的光，“为了祖国向我开炮！”王进喜脑子里突然盘桓着这么一句话，面前的斜井就像是为了祖国牺牲的战友。这个老伙计没有一句怨言，反而向着他微微露出满足的笑容。王进喜喉头一热，抄起一袋水泥扛到背上，好似压着一座山，迈着沉重的步子走在前边。

水泥一袋接着一袋砸在老伙计身上，也砸在王进喜的心头。“停！”就在地面上还剩下井口一米多高的铁管的时候，王进喜突然停下了，好像舍不得掩埋老伙计。他哽咽了一下说：“把剩下的井口就留在这儿吧，经常给我们提个醒，也留给子孙看看。”王进喜顿了顿，继续说，“填了井不算完，我提一个新要求：1205 队从今天起用一天时间、打一口井斜在 3 度以内的笔直井。咱们的新井位还在南区……”

彼时，会战指挥部以铁路线为界，划分出南北两个不同的区域。南区为高压区，最容易井喷。要快速优质打直井，还主动挑选高压区。队员对王进喜不断提高挑战难度，感到委屈。

“行了，别磨磨唧唧的，有话大声说！”话是这么说，可是王进喜不容队员反驳，“以前我王进喜一个字不识，我就不信那个邪。认识一个字就是搬掉一座山，我要翻山越岭去找毛主席。现在我翻过山，见到毛主席，知道了不进老虎窝就逮不住虎娃子。选高压区怎么了？打井不比识字容易多了？”

以这口斜井为起点，王进喜又向着新目标出发了。像从前一样，他在心里认真琢磨一件事——怎么能打出优质的笔直井？

在井场上，他还是那个虎虎生风的“铁人”；回到办公室，他就对着自己的大瓷缸子出神。瓷缸子里斜躺着几支笔，王进喜仿照打井的样子边转动边琢磨：井筒大，钻杆在这里头老斜着逛荡着往下打，那能打直吗？如果把井筒填满，问题是不是就解决了。他兴奋地找到技术员，按照这个思路设计了一套新的钻具组合。

王进喜牢牢记着“两论”里说，实践第一。他带人首先在 1281 队和 1205 队搞试验。1281 队所在井场，由于地层比较松软，沙子层也多，发生了卡钻。

王进喜坐不住了，他想去看看那些还在夜战的老伙计。

残冬刚过，井场的黑板上面还留着战严寒、斗冰雪的口号：北风当电扇，大雪当炒面。天南海北来会战，誓夺头号大油田。干！干！干！

王进喜觉得自己那三个“干”用得太好了。一个“干”不够劲儿，非得三个才对味儿。

冬天钻机吼声震天，风卷着鹅毛般的雪片砸在井场上。顷刻之间，头戴的狗皮帽结满冰雪，眉毛上挂着白霜，鼻尖上的汗水凝成冰凌，沾满泥水的棉工服冻成了铠甲。夏天雨水连绵，水草地的蚊虫繁生。夜班工人头戴斗篷式的防蚊帽，出汗太多，有的人虚脱晕倒，喝两碗盐开水，缓过来又继续夜战。这不就是那句“干！干！干！”吗？

就在全体石油人埋头苦干的时候，一些有标志性意义的历史性事件发生了。1963 年 12 月 2 日，周恩来总理在第二届全国人大四次会议上庄严宣布“我国需要的石油，现在可以基本自给了。”12 月 26 日《人民日报》也说“中国人民使用‘洋油’的时代，即将一去不复返了”。

王进喜抬起头呼了一口气，一直在他心里奔跑的那辆汽车，再也不必背着煤气包了。呼出的气在冰凉的夜里变成了白烟，消失在墨色的夜空。

井场的灯光和天上的星光缠在一起，王进喜觉得心里亮堂。他又在心里翻出“两论”，毛主席说，抓住主要矛盾，剩下的就好办了。其实后半句是王进喜自己的翻译，原话是“抓住了主要矛盾，一切问题就迎刃而解了”。

从前，这困难，那困难，国家缺油是最大的困难。现在形势不一样了，国家没那么缺油了。想要打个大胜仗，光苦干不行，还得靠科学。王进喜敲响了技术员的房门，这会儿技术员肯定没睡，在他的带动下，全队除了吃饭睡觉，每一分每一秒都在琢磨钻井的事儿。

“老铁，你看我想在钻铤两头加方接头，加大间隙；钻具下部加扶正器，保持笔直度，这回一定能行。”听了技术员的话，王进喜眼睛一亮，让 1205 队率先试验。到 6 月，已经能做到一个月可四开四完。最大井斜是 0.6 度。

面对这个成绩，王进喜还是不自觉地摇摇头。按理说，井斜 3 度半的煎熬可以随风飘散了。可是那口被填掉的老伙计总在梦里向他招手。提醒他别忘了想要超过美国王牌钻井队的初心。

王进喜觉得日子像飞一般快，如果以现在的钻井速度，想要追上王牌钻井队就是个梦。这个梦不变成现实，王进喜总觉得心里空落落的。接下来的几天，队员们熟悉的一幕又出现了：王进喜蹲在井场边上出神。老铁又开始琢磨新东西了。

这次王进喜琢磨的是钻头，他一直强调：“现在打出来的叫小‘三一井’，不算本事。要革‘小’字的命，不换钻头，用一个钻头，一天打一口笔直井。”可是钻头不过硬，打几百米就坏了，换钻头需要时间、起下钻杆需要时间。万一起下钻杆不顺，耗费的时间就更长了。

对于出现的一个又一个难题，王进喜不太担心。意识上遇到的问题就读两论“翻山越岭去见毛主席”，技术上遇到的问题就成立攻关队。攻关队第一次拿出改进的三刮刀钻头，王进喜就兴冲冲地拿上钻台。他扶着刹把，又和老伙计一起战斗了。第一次钻头表现不理想，再来；第二次钻头表现不理想，继续来……每一次王进喜都仔细倾听老伙计在地下发出的声音，每一声都是在告诉他遇到了什么样的地层。判断钻头碰到什么岩层，就变换什么打法。终于摸索出一套“你软就猛打，你硬就缓打，坚硬就磨打，油层就巧打”的游击战术。1965 年 9 月 13 日，1214 队用一个改制的三刮刀钻头，一天钻井 1032 米，改制的三刮刀钻头过了千米大关。

这一年元旦钟声敲响，王进喜手执喇叭筒，大喊一声“开钻!”向“世界王牌”发起了冲锋……

四

1970 年 10 月 1 日，北京，略带金黄的银杏弹拨着秋天的阳光。国庆 21 周年庆祝活动，王进喜以中央委员的身份登上了天安门城楼。看着队伍走过天安门，王进喜的心里突然冒出了那辆背着煤气包的汽车。

想起来挺遗憾的，十年里好几次来北京，从来没有时间好好转一转。上次参观北京十大建筑，还没待上一会儿，就看见了背着煤气包的汽车。十年了，贫油的帽子早就被石油工人甩到太平洋去了。这十年国家从站起来到强起来，走了弯路，但并未失去方向。大庆为国家贡献的石油也越来越多，他相信石油人，相信大庆，更相信我们国家会越来越好。

不能总躺在成绩簿上沾沾自喜，王进喜心里盘算着眼前。最近几年，因为注水不足，油田地下形势恶化，出现了“两降一升”的问题。一个更美好、单纯的梦环绕在他心里：每个省都配一个钻井队，加强勘探，确保全国每人半吨油；另外，一个队一年要进尺 15 万米，再干他 20 年，到那个时候，再来北京看看……王进喜觉得一股不可名状的情感从心底生发出来，在胸间汹涌。微笑浮在他的眼角眉梢，20 年，到那个时候自己就 67 岁了，也不知道还能不能走得动。王进喜在心里哂笑着自己，很快他就否定了这个想法，石油工人不就是有也上，没也上？到时候自己是走得动也要走，走不动也要走。王进喜觉得自己的身体还行，就是最近胃疼越来越频繁。有时在办公室里正忙着，或是去井区的路上，或是站在钻台上，腹部的阵痛就会突然一阵阵袭来。

人老就是毛病多，王进喜想，前几天孙永臣又把自己押送进医院，听不见钻机响、看不见井场的日子是真难受。他就故技重施，又上演了一出逃离医院的戏码。上一次王进喜被孙永臣押送进医院，还是因为第二口井搬家，被钻杆砸伤。

幸亏跑回去了，要不然发生井喷事故的时候，自己不在现场非难受死不可。想到这儿王进喜有些庆幸自己当时的决定，这个支部书记就是爱小题大做。前几天玉门全国石油工作会议，也是因为胃疼，做完了手术不是照样到各个井队、车间、工地，开座谈会、找老工人谈心，征求他们对各方面工作的意见……王进喜对自己的事情不以为意，心里时刻惦记着大庆。站在天安门城楼，他心里琢磨着，回去有三项工作要抓紧落实：一个是去大寨学习学习，下面要出油，上面粮食要搞好；二是，井队条件太差了，到“一汽”去一趟，给井队一家买一辆大解放；第三个，回大庆就得准备开个会，解放会战工委领导。还有，过一会儿回去，要给大庆打一个电话，问问回收队这几天怎么样了。

来北京之前，王进喜让人排查了从萨尔图到喇嘛甸的一万多口井，亲自组织了 16 辆车，把这一万口井上散失的小螺丝钉、小废钢铁都回收起来。一口井丢一个螺丝钉，一万口井就是一万个，别小看这些废钢铁，大庆油田勤俭节约的传统到什么时候都不能丢。回去再成立一个修理车间，把回收来的废旧钢材、井架和钻机都修复起来，大力支持地方搞石油工业。国家的石油工业还不发达，我们要想办法多成立地质队、钻井队，把全国可能产油的地方都普查一遍，浅油层交给地方，深油层由国家开采，这样上下一心，我国石油工业的发展就更快了……

王进喜最终也没有回去，贲门癌让他住进了解放军 301 医院。连续几天王进喜都觉得自己是在梦里，他看见密不透风的雨帘，也不知道职工家属住的房子还漏不漏；他还看见漫天的雪，雪花真大，和那年刚到松辽看见的一样，这么冷的天也不知道油田边远地区家属驻地的借助水管线会不会冻？

梦里，王进喜还看见那封夹了三根白发的信，信是张启刚的母亲寄来的。八九年前，张启刚因公牺牲，他的老母亲远在陕西，不知生活上有没有什么困难。梦里，放下信，王进喜叫来了警卫方廷振，让他代笔写信给大庆，叫他们赶快“解放”宋振明，让他出来工作，抓好油田生产……

梦里，摇摇晃晃地，自己好像又坐上了到松辽的火车，马上就要发车了。不明白为什么只有自己一个人在车上，1205 队的队员全在车下站着，那些熟悉的身影已经越来越远、越来越小。在队员身后，远远地站着自己的父亲，王进喜在车里喊：“大，回吧。我去交代回收队养一两百头猪，盖个温室，种点菜，马上就回了。”父亲微笑着向王进喜点点头，转身走进茫茫的雾中。

王进喜轻轻地吐出一口气，醒过来。这里仍然是 301 医院，不是他心心念念的大庆油田。

床边围着从大庆赶来看望他的同事，在他们的交谈中，王进喜听说大庆的家属基地有臭虫，嘱咐他们走的时候买点敌敌畏，捎带回大庆。

“老铁，别操心了。干了一辈子了。”

“一辈子？这不还没到头么？”他对病床边的医生说，“你放心大胆地治，治好了，我回大庆再干 20 年；治不好，你们也可以取得一些临床经验。”王进喜已经分不清是梦还是醒。当他从昏迷中再一次苏醒时，他用模糊的眼神看着身边的领导和战友们，握住他们的手，用断断续续而微弱的声音道：“要搞好团结……一定要把大庆的工作搞好……”

在神志清楚的时候，铁人用颤抖的手从怀里取出一个小纸包，交给守候在床前的一位领导同志。打开一看，里面是王进喜住院以来，组织上给他的补助款和一张记账单，一笔一笔记得清清楚楚，一分也没动。王进喜说：“这笔钱，花到该花的地方去，我不困难。”

迷迷糊糊中，王进喜像出发松辽前一样，跪在母亲床前，磕了三个响头。母亲嗔怪道：“一辈子光知道挖油，也不回来看娘。”再睁开眼，哪有娘，只有弟弟王进邦守候在床前。王进喜将 300 元钱交给他，“我这大半辈子都没在娘身边，你就多替我尽孝……”

1970 年 11 月 15 日 23 时 42 分，王进喜在梦里最后看了一眼他的老伙计——刹把，转身离去。井场的灯在他的身后依次熄灭，王进喜忽然好像看见自己跳下火车，把红旗插在雪地上；看见自己戴着大红花骑上高头大马，开始他为祖国献石油的理想……现在“老会战”王进喜马上要放下刹把，和自己的石油生涯道一声再见了。

夜擦尽太阳的最后一丝余晖，看华灯初上。

从一名放牛娃到成为新中国第一代钻井工人，从 37 岁到 47 岁，从玉门到大庆，自踏上这片土地开始，王进喜的肩上就扛着“国家兴亡，匹夫有责”的“责”，就担负起了振兴中华石油工业的“责”。在他为这座城市书写开篇的年代里，整座城市的经历中没有灵光乍现、立地顿悟，每一步都是困而求知、而勉而行，但坚韧之感就像一把刀，不假思索地入木三分。这辈子他就干了一件事，干好了一件事——为祖国献石油。

因此，当他的名存“百年中国十大人物”中；当大庆油田的卓越贡献已经镌刻在伟大祖国的历史丰碑上；当“爱国、创业、求实、奉献”的铁人精神成为中华民族伟大精神的重要组成部分，我们有理由相信九层之台，起于累土。所有美好的梦想蓝图的实现，都应该像王进喜一样，不驰于空想，不骛于虚声，一步一个脚印，踏踏实实地走下去。

如果他知道大庆油田稳产了整整 27 年；如果他知道，今日石油人已跨出国门，把井打到了国外……如果他知道，石油人把当年的一片荒原建成了百湖之城……我们的“铁人”王进喜会不会拍一拍睡梦中的石油人，说上一句：“好样的!”会不会帮他们把白天沾着泥水的靴子放好？会不会高兴地吼上一嗓子秦腔？

他会不会像看见第一口井喷油的时候那样兴奋，那样自豪？或者严肃地说："记住了，臭小子们，一切成绩都是党和人民的，咱的小本子上只能记差距。我们这么大的国家，一个大庆不够用，要十个八个才行。"

为什么我的眼中常含泪水，因为这片土地给了我们太多的精神财富。如同父母之爱子女，则为之计深远。铁人王进喜留下苦干实干的奋斗精神，不只是时代需要，也是我们每一个石油人的人生指引。

"铁人"王进喜一直守候着跟随在他身后的许许多多和他一样、把命运和祖国的石油事业紧紧联系在一起的中国石油人……

（原载于《中国作家·纪实版》2021 年第 6 期，有删节）

记录小康

走向乡村振兴（节选）

王宏甲

非常之事

从前读《史记》，读到："盖世必有非常之人，然后有非常之事；有非常之事，然后有非常之功。"这话给我留下非常深刻的记忆。如今毕节市委决定全市百分之百行政村必须创建村集体合作社，必须吸收贫困户百分之百加入村集体合作社。这两个百分之百，在当下大约算得上非常之事。为什么要这样做？

（一）妈妈别走

2019 年 3 月的一天，毕节市市委书记周建琨刚从威宁县回来，给我讲了几件事。

新发乡农民张某，他的两个儿子都出去打工，脱贫了。大儿子于是娶媳妇，生了孩子。这时一大家人还能合住。接着二儿子也娶了媳妇，这就要分家了。无房可分，成了无房户，这家人就不符合脱贫标准，返贫了。

大儿子婚后有了孩子，起初没出去打工，更穷了，不得不再出去打工。这就出现留守妇女、留守儿童了。那个村子跟云南山连着山，大儿媳看这么边远的地方，留下孩子出走了。大儿子只好回来照看孩子，这就成了特困户。二儿子看嫂子跑了，不敢出去打工。分家后的两家人加上父母，这就是三家新增贫困户。

同村还有个农民张某，他有两个女儿，一个儿子。两个女儿出嫁了，儿子出去打工，也脱贫了。儿子随后娶了媳妇，生了四个孩子。当父亲的要养家，只能再去打工。不料有了四个孩子的母亲也丢下孩子离家出走。父亲回来带孩子，这就返贫了。七口人的生活怎么办？不得不再去打工。现在老两口带着四个孙子，这就出现了留守老人和留守儿童。

这是在脱贫攻坚战中出现的返贫，这也是毕节重复而又重复的故事。“你看，”周建琨说，“他们家里都人丁兴旺，已经脱贫了，也没有遇到旱灾水灾，突然就返贫了。”

对这个情况，我们都不会问为什么。因为我们都清楚，农村要建成农工商综合体，而我们很多村庄至今还是传统农业，太单薄，这是我们面对的现实问题。即使贫困户按现行脱贫标准脱了贫，还是很脆弱。如果没有乡村振兴，很难巩固脱贫成果。

这几年，毕节空前的脱贫攻坚力度，使乡村建设有显著进步，已有几十万人返乡。但是，还有两百多万人口在外，这俨然是一支劳动大军。眼下，奋力帮扶贫困户达到脱贫指标也许不是最难。最难的是，能不能吸引大多数青壮年回来，以脚踩着家园故土的感情，建设自己的家乡！

对毕节来说，这就是巨大的人力资源。怎么开发？不是喊几句就能回来的。怎么使家乡的土地能够承载着大人和孩子欢乐的生活。这是攻坚中的坚中之坚，是真正“最硬的骨头”！

“妈妈别走——”孩子凄厉的哭声，留在这个冬季的村口，也留在了这位市委书记的心中。

我走过毕节很多乡村，看过不少母亲出走后的孩子由爷爷奶奶和父亲照看，我才更加感到，世世代代其实是妈妈维系着一个一个的家庭。妈妈在，这个家庭就有力量抵挡寒风，就会在困苦中也有笑容。

（二）乡村现实的鞭策

打工，这不是一个需要回避的话题，却是需要面对的现实。经济学家说，中国农村有两亿多“富余劳力”，即剩余劳力。剩余了干什么？去打工。于是打工成为解决剩余劳力的办法。

城市建高楼大厦、高速公路、立交桥、大工厂，以及在流水线上，最苦最累的活总是农民工干的。没有“百万劳工下深圳”，哪有深圳崛起。没有中西部大量农民工去东部打工，也不会有沿海城市的快速发展。在我们看到东部城市日新月异的时候，不能忽略了农民工的艰辛和伟大的建设力量。

2006 年我写过一本《贫穷致富与执政》，主要讲浙江慈溪的变迁。当慈溪市有 100 万人口时，在慈溪市注册的外来打工人员有 70 万。慈溪是个县级市，难道慈溪市不仅没有富余劳动力，还缺少 70 万打工人员？

当塘约村 1400 个劳动力竟有 1100 个外出打工，30% 的土地撂荒，那千余外出打工者叫“富余劳力”吗？我所走过的西部荒凉的“空壳村”，中原腹地的“空壳村”，不需要劳动力？

哪一个家乡不需要青壮年建设？哪一个家乡不需要全面发展？所谓“我国农村有两亿多富余劳力”，不是一个伪命题吗？农民为此承受的代价是，一代一代长大的青壮年出去了，无可避免的荒凉，悲伤地留在村庄。

2017年8月，我去内蒙古乌兰察布市察哈尔右翼后旗（简称察右后旗），看到更多人整户整户去远方打工。察右后旗是半农半牧旗，全旗总人口二十二万，有九万人口在外打工。初听，令我惊讶！继而得知，蒙古族人外出打工与汉族人不同，他们有带着帐篷赶着牛羊迁徙的传统，既然是去远方谋生，他们就像举家迁徙那样全家都走了。可是，他们早已建立了定居的生活，为什么又走向“举家迁徙”？他们已经有房子了，不能带着房子去打工，也不能赶着牛羊去打工。

风呼呼地吹着察右后旗的草原，蔚蓝的天空清丽明亮，像洗过的一样。五星红旗在政府、学校和很多建筑上格外鲜艳地飘扬。我看着那些人去房空的建筑，它们几乎都荒废或半倒塌了。一个旗九万人口出走了，他们去哪里，他们举家在那些打工的地方怎么居住，怎么劳作生息？我不知道。

我知道察右后旗有一座大会堂，整座建筑呈圆形，宛如一个巨大的蒙古包。它耸立在一座山上，雄伟而艺术，十分壮观。在察右后旗，我走访了白镇绿洲村、乌兰哈达苏木前进村、贲红镇温家村和大六号镇丰裕村，看到这里也在学塘约发展集体经济，产业发展也呈现出可喜的前景。我知道察右后旗2017年还有贫困户4858户，贫困人口9991人。全旗2700多名干部，每人都有包乡包村包户的脱贫攻坚任务。旗委组织部在旗党建网开辟《感悟塘约 不忘初心》专栏，发表乡镇书记、村支部书记的学习体会和具体做法。他们的种种努力给我留下深刻印象。

但是，那远去的九万人如今过得怎样？没有人告诉我。他们说，整户整户离乡去打工，在内蒙古草原不是察右后旗独有。

2018年春，我在福建某地也看到类似情况。

友人邀我去看一个古村落，说那里有废弃的石臼、石磨、石水缸。我去了。这个村庄只剩下三十多个不愿离去的老人，青壮年男女和孩子都走了。在一废弃的大户人家门前的地面上，我看到一块四四方方的大砖，有小四方桌的桌面那么大。同去的友人告诉我：“这是落轿石。”

你可以想象，这户人家，抬进抬出的轿子，就在这落轿石上起落。走进去看，里面很大的天井里长着荒草。墙脚上长着的绿苔斑斑驳驳地向上延伸到墙头。厅堂两边房间的窗户上有镂空的窗格。厨房里真有石头的大水缸，而且是一大一小两个。厅堂的正中间竟还停着一辆锈迹斑斑的破自行车。主人为什么要弃这个家而去，他们很穷吗？

我在这个村庄还看到一块石碑，上面依稀可见“合乡禁碑”四个大字，碑文是端端正正的楷书条款，这是乾隆年间的“乡规民约”。这个村庄的水井、牌楼、砖墙，村里道路中间的石板、层层石阶，破旧倒塌的房屋和后院，都能告诉我们这个村庄曾经有过繁荣的时期。这里不是自然条件很差的西部贫困地区，这里冬天树木也长着绿叶。这儿的农民为什么要弃家园而去？

深入去看，严重的问题不只是大量青壮年劳动力外出。留在农村种地的主要是老年人，老年人体力弱，种地更依赖除草剂、农药和化肥。土地日益板结。农田已罕见田螺、泥鳅。我曾听一位老中医说，从前治某种顽固性疾病用某种草药很见效，那草药在田边就有，现在找不到了。受农药污染的土地，又怎能长出健康的食物？坚持“绿色发展”，已是全国迫切需要。

更严峻的是，村庄已罕见种地的青年农民。许许多多外出打工的农村青年只有见过父辈种地的记忆，自己没有种地的技能。老一辈农民故去后，农村谁来种地？这个现象是如此普遍，若视如未见，岂不如同掩耳盗铃。我想起林则徐曾上疏道光皇帝，极言禁鸦片之刻不容缓，“若犹泄泄视之，是使数十年后，中原几无可以御敌之兵，且无可以充饷之银。”

我眼前看到的这个村庄，荒草茂盛。它不是我在甘肃、青海、西藏看到的土地，它就是昔日标准的南方鱼米之乡，怎能荒凉成这个景象！

“他们离乡去打工，其实是去城里找组织。”一位知青同学说，“农民单干了，没组织了。他们去打工的公司都是有组织的。”

我把同学这话复述给周建琨书记听。这话或许也唤起他自己插队的记忆，但他没回应我这句话。他说起现在农村有很多农民合作社，也把部分农民组织在各自的小合作社里，但是下去调查，很多是空壳的。“我们正在做一次全面排查。”

一个月后，我看到了毕节市县联动排查的数据。

截至 2019 年 4 月 28 日，毕节全市有 15568 个农民专业合作社，这都是注册录入“贵州省新型农业经营主体信息系统”的合作社。除经营不善已经停办的，其中无农民实际参与的有 1537 个，无实质性生产经营活动的有 5114 个，共有 7701 个空壳社。

毕节排查，“空壳社”占到 49.47%，也很惊人。

周建琨说：“农村的事，还是要加强党支部的领导。”

怎么加强？现在是 2019 年 5 月了，毕节尚未脱贫的建档立卡贫困户还占全省的 40% 以上。他感到了时光的追逐，乡村现实的鞭策。在这个夏天到来之前，他需要做一个抉择。

（三）非常之人

从前读《史记》，在《司马相如列传》中读到："盖世必有非常之人，然后有非常之事；有非常之事，然后有非常之功。"这话给我留下非常深刻的记忆。

现在，周建琨面对着这个同贫困搏斗依然严峻的战场……我已一再感到，如果没来毕节，如果不是来了很久，我肯定无法想象这乌蒙山腹地的贫困程度有多深。我曾经在青海、西藏连续采访七个月，在藏族、蒙古族、回族、哈萨克族、撒拉族、土族等多个少数民族人民家中做过客，被那里的艰苦震撼。毕节不是某个贫困程度也很深的较单一的少数民族地区，这里有45个少数民族，星罗棋布般居住得那么散。自精准扶贫以来，毕节已有几十万贫困人口脱贫出列，但到2019年春，未脱贫人口还占贵州全省的40%以上。怎么能够不拖后腿，能以什么非常举措攻坚制胜?

也可以说，世有非常之事，必有非常之人。再深究，这人为什么是这样而不是那样?这就要追寻到一个人精神与情感的成长，乃至性格与毅力的形成。坦率说，我不止一次暗自钦佩贵州省委的领导们在2016年冬天，果断地把一位"老市委书记"放到毕节来。

"特别喜欢看革命的书，写英雄的书。"这是他平时无意中说到的。我以为那就是他青年时精神上至关重要的成长点。他是在贵州省贵定县盘江公社插队时考上贵州财经学院工业经济系的，那已是1978年。他读了四年本科。这期间有一个地方对他影响很大。

"新华书店就在贵阳的'大十字'，现在那里做成广场了。"他说那时候他没钱买书，星期天上街就是冲新华书店去。《林海雪原》《红岩》《野火春风斗古城》《苦菜花》……都是那时候看的，一看一上午，看到要去找饭吃了，就记住看到哪一页，很不舍地放下，下次再来接着看。

书里有很大的世界，书中很多人物的坎坷、磨难、挫折和奋斗，占领了他青春岁月丰富的体验，培育出同情、惊叹、愤怒、悲伤、感慨、敬佩等种种情感和价值取向。

前面说过，他从安顺市委书记任上调来毕节，不久提出"大党建统领大扶贫"。2017年4月全市推广塘约经验，首轮选了350个试点村（县级84个、乡镇级266个）。市委发出《关于学习践行"塘约道路"助推"大扶贫"战略的实施意见》，同时发出7个配套实施的子方案。这些文件共同的声音就是：在党组织领导下，以"村社一体"方式建立合作社，并创办脱贫攻坚讲习所去宣传群众、组织群众，推动发展集体经济，实现合作共赢。

2018 年 4 月召开“回头看”现场会，评出了年度 10 个优秀试点村。本年试点村扩大到 1585 个。可喜的还有，全市集体经济“空壳村”基本清零，虽然有的村只有两三万元，但有了发展集体经济的意识，就是进步。

这是个探索发展的时期，试点村的差异也很大。毕节有“村两委领导创办”和“党支部+合作社+企业+农户”等多种方式。不少“党支部+”的合作社，农民承包地集中流转给企业，企业支付流转费获得经营权，掌控着包括安排生产、经营、销售和分配的大权。那么，这是“党支部领导”还是“资本领导”？周建琨感到“党支部+”的提法不妥，应该强调“党支部领导”。他说：“我们要吸收资本，要团结一切力量，但不能丧失党支部的领导权。”

2018 年 10 月，中共中央印发了《中国共产党支部工作条例（试行）》，明确要求：“村党支部全面领导隶属本村的各类组织和各项工作，围绕实施乡村振兴战略开展工作，组织带领农民群众发展集体经济，走共同富裕道路。”周建琨对照毕节情况，感觉自推行“大党建统领大扶贫”以来，推广塘约“村社一体”，是这样去努力的。

不久，中共中央于 2019 年 1 月印发《中国共产党农村基层组织工作条例》，规定：“村党组织书记应当通过法定程序担任村民委员会主任和村级集体经济组织、合作经济组织负责人。”

这里讲到两种经济组织，一是村级集体经济组织，二是合作经济组织，后者是农民专业合作社。就是说，村党组织也要去领导农民合作社。这才叫党组织全面领导本村“各类组织和各项工作”。周建琨看到了大量新的工作。

毕节推广“村社一体”合作社，试点村已扩大到 1585 个，但毕节有 3704 个行政村（社区）。面对中央农办等部委要求对农民专业合作社开展“空壳社”的清理整顿工作，怎么整顿？除了清理“空壳社”，全市还有几千个在运行的农民专业合作社没有党组织领导，还有更多没有任何合作经济组织的散户……重要的还是建设！这时，有两个“百分之百”在周建琨脑海里犹如惊涛拍岸般冒出来。

百分之百的行政村必须创建村集体合作社。百分之百的贫困户必须进入村集体合作社。但是……这是“一刀切”吗？这样可以吗？有哪些好处？

（四）必由之路

现实中，农民专业合作社基本上是“强强联合”，贫困户基本上是无人与他们“合作”的弱势散户。塘约经验告诉他，塘约村最乐意入社的是村里 30% 的债民。带头入社的村干部与贫困户“强弱联合”，共同致富的特征立刻显现。如此，首先把所有贫困户吸收进村集体合作社，一定有利于所有贫困户脱贫。

毕节推广塘约经验已有三年。2019年春又评出10个优秀试点村。已有箐口、木寨、镰刀湾等一大批试点村提供了可行经验。再思总书记指示的“着力推动绿色发展、人力资源开发、体制机制创新”，周建琨认定：只有党支部去领导创办村集体合作社，才能最充分地把群众组织起来，也有利于吸收外出的青壮年劳动大军回来，这就是最大的人力资源开发。总书记在浙江说“绿水青山就是金山银山”，要大家保护环境，绿色发展。我们毕节，要在喀斯特地貌的荒山上造青山绿水，造花果山。要实现这些，做好脱贫攻坚与乡村振兴战略的衔接，就要有相应的体制机制创新。

> 至此他体会到，总书记讲的“新发展理念”，以及做好脱贫攻坚与乡村振兴战略的衔接，是个完整的体系。做好“衔接”，也才能巩固脱贫攻坚成果。要做到这一切，最有效的途径就是坚持“大党建统领”，全市推进党支部领办村集体合作社。

那么，还等待什么？

“村党组织书记应当通过法定程序担任村民委员会主任和村级集体经济组织、合作经济组织负责人。”他反复读过思考过新修订的《中国共产党农村基层组织工作条例》。

如果村党支部没有这样去做，不是失职缺位吗？

如果市委听之任之，不闻不问，不是失职吗？

全市3704个行政村，务必百分之百地推行党支部领办村集体合作社，一个村也不能落下。务必吸收百分之百的贫困户进入村集体合作社，这其实是贯彻“一个贫困群众也不能落下”的最彻底的举措。

就在脱贫攻坚战如火如荼地进行的时候，毕节有很多脱贫又返贫的事例。可以肯定，已脱贫的农户，甚至非贫困户，如果现在还是没有加入村集体经济组织的散户，到2020年后，有不少人转眼就会返贫。“到那时候，如果返贫陆续出现，我们对得起谁？”周建琨说。

从推广塘约“村社一体”合作社以来，毕节已有几十万户农民的经历可以证明，党支部领办村集体合作社是脱贫攻坚最好的途径，也是巩固脱贫成果必不可少的组织措施。那么，毕节有条件做到全市推进吗？

毕节开展“大党建统领大扶贫”九个月后，正逢党的十九大召开。十九大召开的第二天上午，习总书记到贵州省代表团参加讨论。总书记很关心毕节，贵州省委安排了周建琨汇报，周建琨在汇报中讲了毕节农村党组织建设情况。

他说：“大量青壮年外出打工，农村中党员少，而且年龄普遍老化，有些支部最年轻的党员超过六十岁了。我们注重了在农村中发展党员，尤其是青年党员。今年已发展农村党员2145名，同比2016年增长237.78%，全市农村党员达到11.04万人。在这基础上，我们把党支部建到村民组，村里建党总支。这就形成了党总支连支部、支部连小组、小组连党员、党员连农户的基层党组织机制。目前已有20个农村社区建立了党委，505个行政村建立了党总支，下设党支部1553个。我们用这种办法筑牢党组织在脱贫攻坚一线的战斗堡垒。”周建琨还汇报了，在发展产业方面他们也注重把党支部建在产业链上，注重党支部领导创办合作社，发展集体经济，避免垒大户。

总书记听了汇报，说道：“党的根基在基层，一定要抓好基层党建，在农村始终坚持党的领导。”

以上，央视《新闻联播》当晚做了简要报道。据此可知，毕节发展农村党员，把党支部建在村民组和产业链上，这为党支部领办村集体合作社和领导农民专业合作社，打下了组织基础。

我还听周建琨说过，红军转战毕节期间，领导建立了八个区，九十五个乡村的苏维埃政权和九十五个游击队，毕节成为当时的“三省红都”。他赞叹：“在边远、闭塞、贫穷，多民族农民居住这么散的乌蒙山区，当年能把农民这样组织起来，太了不起了！今天，我们有什么理由组织不起来？”

（五）全神贯注

2019年初夏，傅立勇告诉我，周书记给他布置工作，要求他先带人下去调研，让事实说话，为全市推行党支部领办村集体合作社做准备。周书记自己也下乡去了。

傅立勇是毕节市委副秘书长、政策研究室主任、改革办常务副主任。“这是需要相关扶持政策的，你们在调研中先拿个初步方案出来。”周建琨在向政策研究室布置工作。

2019年6月29日，贵州省委召开第十二届第五次全体会议，通过《关于深入推进农村产业革命坚决夺取脱贫攻坚全面胜利的意见》。文件在“规范提升合作社”题下写着“大力推广塘约村、大坝村等‘村社合一’成功经验，所有村都要在村党支部领导下因地制宜建立合作社，所有贫困农户都要加入合作社”。周建琨看到这一部署，非常欣喜。如此，毕节该做的就是坚决执行省委、省政府的部署。

2019年8月，中共中央印发《中国共产党农村工作条例》，规定：“乡镇党委和村党组织全面领导乡镇、村的各类组织和各项工作。”再次强调“村党组织书记应当通过法定程序担任村民委员会主任和村级集体经济组织、合作经济组织负责人”。

毕节市委马上召开常委会议、组织中心组学习领会中央在不到一年内连续出台三个关于农村工作、农村党组织工作条例的重大意义，部署推进党支部领办村集体合作社。

以下是有关操作层面的内容。

成立了以市委副书记张翊皓任组长，市委常委组织部长石永忠和市政府分管副市长李玉平任副组长，市委组织部、宣传部、农业农村局、民政局、扶贫办、市场监管局等部门负责人为成员的工作领导小组，下设办公室。各县相应成立领导小组及办公室。市委改革办成立“实施方案”起草小组，向 30 余家单位和 10 个县区征求意见。

2019 年 9 月 27 日，市委全面深化改革委员会审议通过《关于深入学习“塘约经验”推进党支部领办村集体合作社助推脱贫攻坚的实施方案》。

方案下发后，让大家为之一震的目标是：全市百分之百的行政村必须创办党支部领办的村集体合作社，必须吸收贫困户百分之百加入村集体合作社，积极吸收自愿入社的非贫困户。整合财政扶持、土地利用、供销合作、金融支持、商务服务、税收优惠、农机购置补贴、农业扶持、智力支持、就业扶持等各方面资源，加大对党支部领办村集体合作社的扶持力度。

明确牵头单位：市委组织部、市农业农村局。责任单位：市发展改革委、民政局、财政局、市场监管局、扶贫办、供销社等 29 家市直部门和 10 个县（自治县、区）。这是举全市上下之力来推行党支部领办村集体合作社。

务必做到三个确保：确保村集体有可持续发展的产业，确保贫困户脱贫，并确保 2020 年后不返贫。

这期间，按工作部署，要求市委常委结合各自工作实际深入基层，面对面听取干部群众意见，形成调研报告。10 月 18 日，市委召开调研成果集中交流会，这是在脱贫攻坚衔接乡村振兴战略的关键时期，一次非常重要的分工调研和成果共享。各常委均做了交流。周建琨在会上交流了《关于村党组织领办合作社的调查与思考》。市长张集智交流了《关于聚焦“一达标两不愁三保障”确保按时打赢脱贫攻坚战的思考》。

周建琨的调研报告中，第一个大题目是“村党组织领办合作社的重要意义和面临的严峻形势”。我读时，心中不禁严肃起来，心想今天有几人会在这个题中考虑到“面临的严峻形势”。

此题下第一点是“意义十分重大，需进一步深化认识”，第二点是“经验弥足珍贵，需进一步坚定信心”，第三点是“问题短板突出，需进一步保持清醒”。

这是坚持问题导向，全神贯注地投入到解决问题，做好工作的状态。紧张的工作中时光飞快，2020 年到来，全球性的“新冠”疫情加重了毕节脱贫攻坚的难度。此时急需出台一个具体指导乡村干部如何领办合作社和规范运行的可操作性文件。市委副书记张翊皓主持起草工作，市委组织部、市农业农村局负责起草，他们在春节期间，在抗疫期间，向基层征求意见，反复修改，在2月23日晚完成送审稿。毕节市委于3月6日，印发《毕节市党支部领办村集体合作社运行管理办法（试行）》。

其中有一项决定让干部们耳目为之一震：投入到村的各类项目，除《必须招标的工程项目规定》所确定的项目外，资金在400万元以下的项目，可不经过招投标程序，报乡镇和项目审批部门备案并在本村公示后，由党支部领办的村集体合作社实施。

以往此类项目都以招投标方式由外来包工队承揽，毕节改变先前做法，支持村集体合作社发展。在深化改革中创造性地开展工作，往往就是认真地去解决存在的问题，才会别开生面。

2020年7月9日，中央全面深化改革委员会办公室以第26期《改革情况交流》印发了《贵州毕节创新推进党支部领办村集体合作社》，分送：中共中央办公厅、国务院办公厅；中央全面深化改革委员会委员，各专项小组组长；各省区市全面深化改革委员会，中央和国家机关各部委。8月，中央政策研究室《学习与研究》在"'四个全面'战略布局"专栏刊出《贵州毕节积极推动党支部领办村集体合作社》。

当我们回首往事的时候

"多少年来，毕节贫困的标签，就贴在我们脸上。我们这一代人要把贫困的标签从脸上撕下来。当我们回首往事的时候，给我们的后代讲，我是参加过脱贫攻坚的人，我们多么光荣啊！"不要问这话是谁说的，这话里其实有悲壮，有当代毕节人深深的共鸣。

（一）在农村的"末梢"

2019年10月4日凌晨5点零5分，一阵清脆的婴儿啼哭声在一辆救护车里响起……医生曾说，脱贫任务再紧急，要生孩子了，也得早一点上县医院呀！可是，孩子早产了两个多月，怎么知道突然就要生产了呢？

一分钟前，孩子生下来了，一点声音都没有。满头大汗的母亲顿时忘记了生产的疼痛，惊恐地睁大眼睛。救护车里响起医生拍孩子屁股的声音，忽然，“哇”一声孩子哭出来了，母亲立刻抬头想看看孩子，被医生阻止了。

“躺着别动，怕大出血。”

早产的孩子生出来太小了，医生说早产的孩子需要保温，可是车上没有保温箱。车上也没有孩子的衣裳，没有任何可以包裹孩子的东西。孩子的父亲脱下身上仅有的 T 恤给了孩子。马上打电话叫 120，说明需要保温箱，对方回复立刻派救护车来接。

婴儿的母亲名叫王艳，是纳雍县羊场乡奢嘎村驻村的扶贫特岗队员。扶贫特岗，是毕节纳雍县的独创。考虑到脱贫攻坚任务艰巨和大学生就业难这两大因素，纳雍县于 2016 年面向社会公开招考扶贫特岗人员。在全县 26 个乡镇成立扶贫工作站，增设扶贫特岗编制 126 名，要求本科及以上学历；在 245 个贫困村设立扶贫工作队，增设扶贫特岗编制 383 名，要求大专及以上学历。共有 11814 人报考，通过笔试、面试、体检、政审等程序，最终录取 509 名扶贫特岗人员，录取率 4.3%，接近国家公务员考试平均录取率。这批大学与大专毕业生投入到扶贫一线，被称为脱贫攻坚“特种兵”。

王艳是其中一兵。她自己的家乡在赫章县河镇乡河边村岔河组，她毕业于毕节学院。2016 年初夏，她 25 岁，来到纳雍县羊场乡奢嘎村报到。奢嘎村是个苗族人口占多数的村寨，王艳是彝族人，有人说“苗寨来了个彝姑娘”。

同天报到的还有一位毕业于安顺学院的汉族女青年吴云，她是织金县牛场镇大坝村人。村支书杨孝枪和村主任杨国银热情地迎接了她们。

“刚到村的时候，住处都没有，我和吴云一起住在村公所的一个图书室里面，另有一间我们作厨房用。”

她们最初的工作就是挨家挨户去做精准识别工作，奢嘎村 3163 人分布在 13 个村民组，她们走啊走，走遍了六百多户。

王艳说：“我们早上 7 点从村公所出发到村民家中照相、量房子、算收入，晚上回来加班做资料，与村两委一起汇总数据。那段时间晚上经常摸黑回到住处，煮两个洋芋蘸着辣椒面就当一顿饭了。”

吴云说：“识别出来的农户真的很穷，大部分是靠农村低保维持生活，有些连盐巴都吃不上。所以我们也没感到自己很辛苦，只感到做这件事有意义。群众不会写申请的，我们就帮助写申请。”

从这叙述中可见，她们是从精准识别开始，参与了精准扶贫工作的全程。从 2016 年 5 月到 8 月，她们同毕节市派驻的工作队和村两委一起，通过召开群众评议会，村级一榜公示，乡镇审核公示，县级审定公告，最终精准识别出了 217 户贫困户，1084 人，并录入全国扶贫开发系统。

村支书杨孝枪介绍说：“2017 年，市里要求村里要有阵地，在县里统筹安排下，我们开始建村办公楼。王艳、吴云填写的贫困户档案，现在都保存在村办公楼的档案室里。”

王艳和吴云还说，刚来时村里没集体经济，后来在市人大的帮助下，我们从选址建养猪场开始，建成了2400平方米的养猪场，圈舍有210间，就算是村里初步有了集体产业。再后来，党支部领办村集体合作社，村里又有了卫生室、文化活动室、广场、小超市，这些都是集体资产。村办公楼建成，她们已经搬进大楼各自住一间寝室。

2019年国庆节到来，驻村干部都没放假。王艳的丈夫是威宁县民族中学的教师，他放假了就来奢嘎村看妻子。10月3日晚，王艳还去乡人民政府参加全市脱贫攻坚电视电话会议，回到村里已经11点30分。凌晨1点，她感觉肚子疼得特别厉害，她丈夫赶紧把她抱上车，就往临近的赫章县古达乡卫生院送。

那峰回路转和颠簸让她肚子疼得更厉害，车子不得不走走停停，平日一小时的路程，花了三个多小时才到达古达乡卫生院。医生建议马上去赫章县医院，于是上了乡卫生院的救护车。

上了救护车，驾驶员车开得很快，王艳说自己实在是疼得无法忍受，感觉快要生了，可是小孩用的都没准备。她说：“一路上我内心特别挣扎，不知道今天晚上的结果会怎么样，快到野马川高速路口的时候，我告诉医生感觉孩子快要出生了，医生叫司机停车，孩子就真的生了。”

赫章县医院派来的救护车把产妇和婴儿都接到医院，早产两个多月的孩子只有1.9公斤，医生建议把孩子马上送到毕节市第一人民医院去。孩子的父亲随救护车一同送孩子去毕节了。王艳留在赫章县住院，此时她还没看到孩子一眼。躺在床上，王艳辗转反侧，一面担忧孩子，一面担忧因离开匆忙，手上的工作尚未交接，会耽误村里脱贫进程……直到8天以后，他们母子才相见。孩子健康。2019年，奢嘎村整村脱贫出列。王艳说：“孩子能生在脱贫攻坚的路上，也是一个宝贵的经历。”

黄满也是纳雍县扶贫“特种兵”的一个女大学毕业生。2016年5月，她到纳雍县昆寨乡夹岩村报到时，对夹岩村的第一印象是：“除了一条通村路，好像再也数不出亮点。”

她是1987年10月出生的，生在赫章县雉街乡木冲村。她毕业于毕节学院教育科学系，加入“西部计划志愿者”曾到纳雍县勺窝乡服务。可是到了这个夹岩村，才知山里面还有更穷的。

夹岩村有六个村民组，其中得得冲组条件尤其艰苦。组就已经是最小的了，得得冲组还分为望天堂和下寨。你只要听听望天堂这个寨名，大约也能感觉它有多高。望天堂是夹岩的最高峰，也是那里的一个自然村名。

去望天堂要爬到山顶，然后往下 300 米左右才是这个小村。

第一次去望天堂，“进村一脚踩下去，稀泥淹没了鞋背”。她说着抬起脚，感到有一种冰凉穿透身体传到心脏。从望天堂再往下，还要走一公里多才到下寨。

2016 年她已经 29 岁，还没结婚。她在这里长期住下来扶贫，能不能坚持下去？她感到自己要被现实打败了。让她刻骨铭心的还有一个叫锅厂的村民组。2016 年去锅厂往返要走三个多小时，中间要翻过三座山，才能看见那山里的人家。

“那里只有一条脚掌宽的路。”她这样形容。

“只有脚掌宽吗？”我问。

“大部分地方也就只比脚掌宽点。”

我想起小时候读书常见“羊肠小道”，大约是形容弯弯曲曲的小路吧。现在听她描述这“脚掌宽的路”，感觉比“羊肠小道”还小。她说在锅厂里面还有个窝窝寨，是锅厂组的一部分。从锅厂去窝窝寨还有三公里，其中两公里要从荒无人烟的大山腰里的一条小路走进去，每次走过那里都能感到风从山腰里穿过，阴森森的。窝窝寨，你听这名就知道它有多小。那里只有三栋房屋三家人。三家人里，只有一个七岁的留守儿童在上学。学校在邻镇一个叫四新村的地方。每天，这个孤独的孩子要走大约五里路去上学。他的奶奶每天早晨把他送到半路的大山垭口，看到他消失在远方。每天傍晚，奶奶又在这个垭口上等着，看到孙子在远处出现，把孙子接回家。

“这个孩子的求学路让我震撼！不是惊讶，是震撼！”她感到自己被这个孩子的求学路抓住了。她记住了这孩子名叫陈浩予，她想自己一定要动员这三户人整体搬迁出来。

但是，并不容易。她去了一趟又一趟。“每走一次，脚都会疼上几天。”脚上磨出一个又一个血泡，血泡破了，渐渐变出茧。再后来，她感觉那茧像一双特殊的袜子。终于，成功了。2016 年底，这三户人全部搬迁到昆寨乡中心村集中安置点。

2017 年元旦，她结婚了，丈夫是威宁二中的教师。婚后，他们就开始了两地分居的生活。此后总是丈夫到夹岩村来看她。2018 年 2 月底，她生下一个男孩。产假结束要回村了，孩子还要哺乳，村里脱贫攻坚正在决战时刻，带着孩子怎么工作？

“生活和工作，像两座山，我都要爬。”

她说她非常感谢婆婆，婆婆主动提出，愿陪她上村里去，帮她带孩子。婆婆不满 60 岁，体重只有 70 来斤。婆婆在整理换洗衣服、尿布。就这样，婆婆、媳妇、孙子一起来到夹岩村。从此，这“一家三辈人驻村扶贫”传遍了夹岩村。

一个哺乳期扶贫妇女，有那么多事干吗？危房改造、动员搬迁、填报救助、组建村集体合作社，桩桩件件都联系着贫困户的利益，也联系着脱贫进度。她还挂念着孤零零住在下寨半山腰里的张青贵一家三口。2016 年夏天，张青贵家就被确定为易地扶贫搬迁户，黄满就去他家动员了。满以为是去告诉他们家一个好消息：为他们家在昆寨乡政府所在地新建的房子里，沙发、桌子、床铺、锅碗瓢盆、油盐酱醋啥都有，他们只要搬过去入住就可以了。可是张青贵就是不搬。黄满已经不记得去他们家多少次了，那个半山腰的路一边就是悬崖，路面很窄，有的地方石块嶙峋，有的地方是那种全是泥的踩出大脚印的路。吃的水是从一百多米外一个岩旮旯里面流出来的。黄满第一次去就无法想象，这一家人怎么会选择在这里建房居住。更想不到，一次次去请他们搬迁，这家人为什么反反复复，答应搬了，转天又不搬了。这家人只要住在这里，就完全不符合脱贫条件。只能苦口婆心再去动员。现在是 2018 年了，她都从姑娘变成母亲了，她又一次次去张青贵家，感觉就像“长征”……夏天过去，秋天来了，这家人终于同意搬了。那天，黄满和驻村扶贫干部都去帮他们搬家，只要张青贵舍不得丢下的，全都帮他们搬走。此时的黄满已是满心对这家人说谢谢，谢谢！

夹岩村高高的望天堂，目睹了黄满和驻村扶贫干部如此殷切的扶贫心肠，这应该是几千年来都没有过的故事。当我也登上望天堂高高的山峰，举目四望这一片正在改变贫穷的土地，心想“自然村寨”已经够偏僻了，还有更偏僻更边远的地方，黄满和她的同事们是在中国农村的“末梢”扶贫。

贫困的村寨有很多预想不到的事。箐上组陈余秀老人有一对双胞胎儿子，2018 年 9 月，她的一个儿子在外打工意外死亡。两天后，她的另一个儿子在为兄弟操办后事的时候因摔倒致死。陈余秀老人的天一下子就塌下来了。那两天，黄满都去坐夜（当地祭祀死者的一种仪式），陪伴孤独的老人。第一次去的时候，只见老母亲的眼睛哭肿了，目光呆滞绝望，她认出黄满，直接就拉住黄满的手哭泣，嘴里念叨着：“怎么办，怎么办……”是啊，怎么办？一个年老失去两个儿子的贫困母亲问怎么办，那一刻，黄满出于本能，拥抱着她，对她说：“没事，还有我。”

黄满曾这样告诉我：“我也不是没有苦恼，不是没有畏难。只是看到贫困户的笑脸，看到他们期待的眼神，我就把自己心中那些沮丧和无助赶走，把它们埋到别人看不见的地方。”

我听到村里人这样形容黄满一家三辈人：小孩围着婆婆转，婆婆围着媳妇转，媳妇围着贫困户转……夹岩村 2016 年有 1623 人，建档立卡贫困户 153 户 730 人，易地搬迁 27 户 120 人。2018 年底全村脱贫出列。黄满在夹岩村入了党，如今是村主任。

再看纳雍县的脱贫攻坚“特种兵”。按规定，乡镇扶贫特岗人员一年试用期满后转为正式编制人员，前四年保持岗位不变。驻村扶贫特岗人员三年试用期内保持岗位不变，试用期满后，经综合考核合格转为正式编制人员。如果考核不合格，予以解聘。四年来招收的509人中，496人经受住了严格的工作考验，转为正式编制，其中有180人担任村两委主要负责人。

他们都是大学和大专毕业生，正值青春年少，投身到脱贫攻坚一线，经历了大浪淘沙，在基层成长，吃得起苦，干得成事，同群众建立了深厚的感情，培育了为人民服务的素质。

他们踏上扶贫路平均年龄25岁。他们从精准识别开始，参加了新时代脱贫攻坚战的全程，并且大部分都是在农村的“末梢”，在那最偏僻最艰苦的地方。总想应该有一支歌，有一部影视作品，来表现他们的青春四季。

（二）血洒脱贫路

茫茫人海中，他们相遇了。

她说，也许是天意吧，本不是同个车厢，却走到了一起。

那是“五一”节的前一天，车上人特别多。他们都没有座位，从不同的方向走到两节车厢的连接处，都停下来了。

彼此都看见了对方。她说是出于礼貌，看着对方笑了笑。

“你是到哪里去？”他说的第一句话。

“我去长沙。”

“真巧啊，我也是。”

然后，问起对方的家乡。他的家乡在浙江，一个很富的地方，她在毕节。就这样聊着，四个半小时的车程竟不觉得远……这就像电影里的情节。这年代还有人会这样发生恋爱吗，凭什么相信对方呢？那是在从武汉开往长沙的火车上，那时她还在武汉上学。

他们互相留下了联系方式。那以后每天都会互相问候。他多次问，毕节真的很穷吗？她说她从未想过他会来毕节。

暑假到来，她回毕节了。他随口一句“我来毕节看看好吗”，她也随口一句“好呀”。第二天他就上火车到了贵阳，然后转客车。那时贵阳到毕节还没有高速公路，四个半小时才到毕节。她在车站接到了他，见面第一句话他说：“毕节还真是山区。”

她带他去游览了织金洞，那是国家4A级旅游景区。她还带他去走了毕节市区的街道，想着要把家乡不错的地方让他看……没想到就是这次，他决定了要来“支援西部”。短暂的见面后他回到浙江，就参加了国家公开招募的“三支一扶”西部计划志愿者考试，工作目的地就选毕节。

他的家乡在浙江省玉环市，他毕业于宁波工程学院，在校时入了党。

2011 年 8 月，25 岁告别家乡来到毕节七星关长春堡镇成为一名“三支一扶”西部计划志愿者。

她说她没见过这样雷厉风行的人，这年暑假还没结束，他已经在毕节的乡镇上班了。那个暑假的最后几天，她目睹了“他穿梭在村里裤腿上都是泥巴”的模样，“他一点一滴都打动着我”。

2012 年的暑假到来，她急切地回到毕节。“这个暑假，我们恋爱了。”再去上学，他在毕节，她在武汉。“我们隔着一千多公里恋爱，靠着电话、QQ 联系。”2013 年 6 月，她毕业回到了毕节。7 月他生日那天，他向她求婚。

她答应了：“你是我这一辈子可以依靠的人。”

2014 年 8 月，他们的女儿出生了。她说在那前后，他每天出门之前会给她炖好排骨汤，深夜回家会给她炖鱼汤，工作再忙再累都会坚持照顾她。晚上女儿哭了，他就抱着哄孩子。

女儿 7 个月后，她也上班了。2016 年他调任毕节经济开发区青龙街办事处副主任，工作更忙了。女儿已经会讲话了，每次通话，他说得最多的一句话就是：“爸爸很忙，妈妈带你去玩好不好。”她开始抱怨他，家庭聚会他也经常缺席。她身体不舒服，给他打电话，他说我在开会，让她自己去医院看看。他自己生病了半夜去医院打吊瓶，第二天一早还是去了单位。她常常责备他为什么连自己的身体都不顾。他就笑着说快了，马上就脱贫了，忙完就带她和女儿出去弥补这几年没有陪她们的时间。

2019 年 10 月 18 日那天和往常一样，他对她说“我先走了”，就走了。中午他们还通了电话，“今天你争取早点忙完早点回来带我去看电影”。没想到这就是最后一通电话。

以下是她独自在深夜写下来的，是她对丈夫的倾诉。

接到消息的时候，我当时在一个工地上，我呆了几分钟，突然想着给你打电话。关机了。我整个人慌了，不知道该怎么办。还没等我赶到现场，通知我去殡仪馆！这三个字，像炸弹一样。我脑子一片空白，我不知道车开了多久，只感觉好漫长。等我到了殡仪馆，我还抱一丝侥幸，心里想肯定不是你，直到见到你，天塌了。你就在那躺着，我叫你你不回答。我想要爬过去抱着你，可怎么都过不去。只看到所有人哭着对我说坚强点。感觉做了很长的梦，梦醒了你就在我身边。我不知道怎么熬过那三天，你就在那静静地躺着，无论我怎么哭怎么闹你都没有回答我了。女儿看着你，问我，妈妈，以后爸爸再也回不来了是吗？我一句话都说不出来，只是哭，除了哭我不知道我能怎么办了。我想送你走后我跟着你走吧，你说过你也怕孤独。送你走后我回到了我们的家，我把自己关在房间不吃不喝，我想不明白怎么你就这样撒手走了。如果我也撒手走了女儿怎么办，四个老人怎么办？对不起，我不能走。为了孩子为了父母我要站起来挑起你的担子。你走了半年多了，239天了，我变了，没有再开心地笑过……

内心依然是一种期待，就像他还在这个世界上，就像往常一样，如果她不开心了，他就会哄她。

2020年贵州省“七一”表彰大会，追授六位献出生命的“全省脱贫攻坚优秀共产党员”，毕节有三位，其中之一就是她的丈夫耿展宇。

她叫冯倩。在七星关区碧海云天殡仪馆，政府给展宇布置的灵堂里，近千名干部群众自发地来送别展宇。只在这时，冯倩才知道，在自己和女儿总在盼着他回家的日子里，展宇为很多农民做了很多事情。青龙街道有7个社区、72个居民小组，769户建档立卡贫困户，展宇跑遍了他们的家。他是在前往金海湖新区交警大队查询贫困户车辆信息的途中，发生交通事故不幸遇难。此时他的职务是金海湖新区青龙街道办事处副主任兼河尾社区党支部书记。一位名叫孙春的贫困妇女，她的三个孩子都得到了展宇帮助，听到噩耗，她大哭，请人写了一块牌匾送到灵堂，上书：

山难渡水难渡血洒脱贫路
车行处人行处展宇帮千户

无数人在此牌匾前鞠躬，泪下。悼念这个25岁离开浙江故乡来支援毕节的大学毕业生，感念他在毕节扶贫8年，而把精神永远留在了乌蒙山。

再看看这些悼联：“青春过而立，拳拳守初心。浩气存天地，殷殷担使命。”“军令急，日夜无休战脱贫。鱼水情，青龙布衣泣别君。”这都是平民的悼念。

2020年1月7日下午5点，贵州省省委书记孙志刚和毕节市市委书记周建琨一起来到毕节七星关兰乔圣菲小区耿展宇家中，看望耿展宇的妻子冯倩。

2017年以来，毕节在脱贫攻坚战中下派驻乡驻村的干部，共计两万四千二百二十一人，县乡两级三分之二以上干部进村入户开展工作，在脱贫攻坚一线的工作岗位上牺牲的不止省委“七一”表彰的三位，而是三十三位扶贫干部。

（三）阻断代际贫困

从2016年至今，贵州全省易地扶贫搬迁188万人，是全国搬迁人数最多的省份，占全国易地搬迁总数六分之一以上。同时期毕节总共搬迁32.48万人，占全省六分之一以上。

2019年9月10日，我走访了毕节赫章县金银山社区安置点。这个安置点有金山和银山两个社区，共安置2760户1.36万人。在金山社区，我得知这里有276名残疾人，12岁以下孤儿33人，留守儿童95人，空巢老人38人，精神疾病患者40人。如果没搬迁出来，这些困中之困的人在大山里面怎么办？搬出来了，小区的干部们仍有大量工作要做。所谓“特殊困难群体”，他们说包括“老、弱、病、残、酒疯”。

“怎么还有一个‘酒疯’？”我问。

小区干部举一例，有个古达村搬来的农民，才47岁，长期酗酒，过去在村里喝了酒就随地睡，现在小区到处都平坦，他喝醉了就躺路上睡，睡醒了，看楼房都一样，找不到家了。

“用大车帮他们搬家的时候，马桶、石磨、犁耙、背篓，啥都搬来了。其实家家都有卫生间了，但我们都帮助他们把马桶搬上楼。”

“垃圾随便扔。最恐怖的是，垃圾忽然就从楼上飞下来。”

有许多不习惯，都要通过学习教育，慢慢改。小区广场舞也有了，有个老头去跳广场舞，老伴生气了，说她男人花心了。一气之下，老太太不吃饭了。小区干部赶紧上门做工作。

在小区，我看到了他们的“四点半课堂”，眼睛一亮。学校下午三点半放学，学生们的父母做工还没回来，孩子们放学就到小区的“四点半课堂”来做作业，这里有老师辅导。

我想起北京的“托管班”，那就是孩子放学的时候，家长还没下班，民间的“托管班”到校门口去把约定的学生接到一个个地点去做作业，家长下班了就来接孩子。这是要付费的。

这里的“四点半课堂”免费。不仅有老师辅导学生做作业，还开设书法、绘画、舞蹈班，也是免费的。“四点半课堂”不仅金山社区有，赫章全县有15个易地扶贫搬迁安置点，分布在18个社区，每个社区都有。

“毕节全市的安置点都有吗？”我问。

“都有的。”街道党工委书记朱启辉说。

“那要很多辅导老师啊，老师从哪儿来？”

“各县教育局、团县委、县妇联联合组织的当地教师志愿者，还有团省委选派的‘西部志愿者计划’的志愿者。”

这时，朱启辉书记向我介绍这“四点半课堂”舞蹈班有一支小小文艺队，说她们演出的节目很不错，还到其他社区去演出。“您见一下她们怎么样？”于是我见到了她们。

“她叫朱余。”一位教歌舞的女教师介绍说，“读五年级，她是社区少先大队的大队长。”

“社区有少先大队？”

“有啊，少先大队有 410 名少年儿童，贡献可大了，负责监督社区的卫生，看见谁扔垃圾就去捡起来放垃圾桶去，还上前敬礼：‘叔叔，请别随地扔垃圾。’很管用。”

我心里一热，想知道她们是从哪里来的。

“你原先的家在哪里？”我问朱余。

“五里村。”她说。

“你们村有小学吗？”

“没有。”

“那你上哪里去读书呢？”

“去双坪乡中心小学读。”

“要走多远？”

“每天走三个小时，去一个半，回一个半。”

“带饭吗？”

“不。中午在学校吃营养午餐。”

“路上你一个人走吗？”

“开始是妈妈送，后来妈妈送一半，再后来就我一个人走。”

“害怕吗？”

“快快走。”她停了一下，不知是不是想说有点怕，她接着说，“要走快点，不快点就迟到了。迟到罚站，站墙角，面壁思过。还罚扫地。下雪了，在路上玩雪玩迟到了，罚。下雨天举伞，泥水进到鞋里、裤子上，又迟到了，罚！”

“每次迟到，老师都说要罚吗？”

“不用说，自己站墙角去了。”

“你几岁上学的？”

“七岁走读。”

“你现在上学走多远？”

“边走边玩五分钟。”

社区一位女干部说，“刚来的时候，这些孩子见到人都不敢抬头，不说话，也没笑容。你看她们现在。朱余还当班长了，在县城小学高年级当上班长是凭实力的，学习不拔尖当不上。”

“你怎么当上班长的？”我问朱余。

“一步步吧。”

“怎么一步步？”

“最早当小组长，后来当纪律委员、语文课代表、学习委员、副班长、班长。”

我接着问一个读到六年级的女孩，她来自德卓镇堰联村。这个小区的搬迁户来自全县 26 个乡镇，德卓镇距离县城最远，有 123 公里。“你也被罚过站吗？”我问。

“我们这几个全都被罚过。”

“你去上学要走多远？”

“我走到甘河沟小学，走一个小时就到了。八点二十分上课，我妈妈给我买了手表，让我看着手表走，快迟到了就跑。”

“为什么是妈妈给你买手表？”

“我爸爸在外面打工啊。现在回来了。”

这个女孩叫王任了，她也当过班上的小组长、大组长、生活委员、学习委员、副班长。我接着问另一位也读到五年级的女孩邓浏语，她也来自德卓镇，她去读书要走两个小时！

“家里没闹钟，每天都是妈妈叫我起来。读书太苦了，我都不想读了。有一次天要下大雨了，我走到半路就哭起来了，边走边哭。一路上都是上坡下坡，石头是高出来的，我一走一摔，到学校，裤子都摔烂了。”

“山里都是那样的路。”王任了用手做波浪状形容着，“一上一下的，没有平的路。”

“在学校被罚，在家里也被罚。”邓浏语说。

“在家罚什么呢？”

“割猪草没完成任务，罚。”朱余抢答似的说。

“是吗？”我问邓浏语。

“是的。”她说，“放学回家要去割猪草，把背篓装满了就可以回家了。有时候碰到几个孩了都来割猪草， 起玩，就玩忘了，割不满了。我们就把石头、树枝放背篓里架空了，上面放猪草背回来。被发现，完了。”

“怎么罚？”

“先是问，用宽刀还是细丝？”

“宽刀？什么意思？”我问。

“宽刀就是竹板，细丝就是很细的竹条。打完再去割猪草，有时罚割两背篓。天都黑了，手割出血了。”

“你什么时候开始割猪草？”

“上学前，六岁。”

今天的邓浏语当过班级的劳动委员、学习委员、副班长。我面前还有上五年级的何志玉，六年级的毛武群，都是从小要走一个多小时才能到校的。我不再细问了。从她们的叙述可知，她们都来自非常偏僻的小村寨。2018年那个暑假，他们全家搬出来了。“家里人都愿意搬吗?”我问。她们几乎同声回答：“愿意。”

“你们出来了，有什么体会?”我又问。

“我第一次发现，世上原来有平路。”说话的是邓浏语。

我怀疑我听错了，“你说什么?”

“她说第一次发现世上有平路。”王任了说，“我也是第一次脚踩到这么平的路。”然后她们都说，最惊奇的就是路，怎么有这么平的路！她们在上面一直走、一直走，来回走，不想回家。几个同学相约走出小区了，走丢了。为什么走丢了?山里去上学的路就那一条，城里的路很多很多条，走到了县城中心，越走街道两边越好看。“虽然没钱，就想多看。”夜晚来了，满街灯光那么亮，谁还记得天黑了……忘了时间，忘了来的路。家里人发现孩子不见了，小区发动人去找……这是我无论如何都想象不到的故事。

接着我看了她们的节目，就是在“四点半课堂”舞蹈班学的歌舞，第一个节目是演唱《感恩的心》。节目开始是孩子们的朗诵：“我来自乌蒙山深处的……”教歌舞的老师说，2019年暑假，这些孩子到其他小区去演出，还回到她们老家的乡里去演出，已经演了15场。她们演唱的就是自己的故事，唱的每一句都发自内心。当文艺如此真实动情地表达出来，给予人们的感动是如此纯粹。

这些孩子如今在城里小学出类拔萃，也因为她们自小在山区艰难跋涉，生长出一种积极向上的精神。不要问她们家今日收入怎样，搬迁出来，最基本的好处已然是“阻断代际贫困”。

（节选自《走向乡村振兴》，王宏甲著，中共中央党校出版社2021年4月出版）

百万大搬迁（节选）

徐　剑　李玉梅

红河分两岸，哀牢横滇南。红河州因地理位置差异，红河南岸南六县经济发展远逊于北七县市，故扶贫搬迁量不小，因其行动快，入镇入城的安置点终成格局，多为农家小院，绿春拉祜寨、屏边阿碑村、蒙自龙泉寨、弥勒东山镇别墅深深，远远望去，独成一道风景，云天万里，庭院深深牵北京。

一、屏边，荔枝花开好运来

灶房里的灯光有点暗淡，吃过晚饭后，黄朝光将火塘四角正在燃烧的柴块，往中间攒了攒，火势旺了，堂屋里顿时明亮起来。妻子在洗碗，他向吃完饭的小弟黄朝兰招了招手："别急着出去玩，坐过来，哥有话要与你说。"黄朝兰嗯了一声，转身坐近火塘。三哥今晚的阵势显得很庄重，仿佛家里出了什么大事，他对灶边的老婆说："你洗完碗，也过来听听。""就完！"三嫂在围腰上擦了擦手，提了一个小板凳，也坐了过来。"朝兰，今年十六了吧？"黄朝兰一愣，三哥知道自己生辰八字，怎么问起岁数来了？

他笑着答道："再过两个月过了生日，就该进十七啦。"

"咱爹妈死得早，我十六岁那年，二哥娶了老婆，我就带着你出来独立过日子了，那时，你几岁呀？"黄朝光明知故问，四岁！

小屁孩一个。现在长成大伙子了。黄朝光感叹道，十二年，正好一轮啊，真是孩子易长，大围山不老哟。

"三哥，你绕这么大圈子与我说话，是不是要与我分家啊？"黄朝兰一语道破三哥今晚的目的。

"聪明！朝兰，按我们瑶族风俗，男女满十六岁，就该男娶女嫁成家立业啦。"黄朝光郑重地对小弟说，"我想搬下山去创业，家里的一切，房子、土地、一头牛、一匹骡子和五头猪，全是你的。我和你三嫂净身出户，搬下大围山去，到砖厂给人干活。"

"我不想分家，还跟三哥、三嫂一起去。"黄朝兰请求道。"烧窑的活儿不是人干的，你还是一只雏鸟，黄牙小儿，干不了那重活，就守着咱家的地种好，农忙的时候，我让你嫂子上来帮忙。”黄朝光解释道。“三哥和三嫂不要我啦。”黄朝兰毕竟是幺儿，从小依赖惯了，突然要和三哥分家，总有一种莫名的依恋与不舍。“说啥子话吗？哥不是这个意思，瑶家男儿十六岁后，就像雏鹰一样，必须离巢而居。我讨了老婆后，又生了孩子，还让你与我一起生活，你知道村里人怎么说？说我是吸血鬼，吸兄弟的血汗，我不能背这个名声啊！”三哥终于说出了自己的苦衷。

“我还没有讨媳妇呢！我愿意与三哥三嫂在一起过日子。”黄朝兰还在做最后的努力，想挽留三哥三嫂，或者带自己走。

“我已经托付大嫂、二嫂了，帮你找一个瑶家妹子。娶个老婆回家好好过日子，下边如果好挣钱，我再来接你们下去。”

一个火塘将兄弟之情照得亮堂堂，这或许就是瑶山，什么话火塘边一说，或盟誓、或断义、或别离，一碗浊酒尽颜欢。第二天早晨，黄朝光背着行李，妻子背着一岁半的儿子，徒步走下大围山。从溪边村上山，到黄朝光家的阿卡村，上行，要爬三个小时，而下山，山里的人走得快，也就一个半小时。黄朝光边走边回望这座生于斯长于斯的村庄，他知道，一旦自己走出这一步，就再也回不去了。

黄朝光从阿卡村走到阿碑村，那时是一个生产大队管辖两个生产小队，阿卡村在山上，阿碑村在山下。砖厂老板的砖窑离溪边不远。

往事如大围山的烟雨，风吹散尽，云聚再来。进了砖厂的第一周，七天之内，砖厂老板让黄朝光搬了七次家。其实搬进去又搬出来，一天晚上挪一个地方，折腾半天，就一个目的，要想在砖厂干，每个人必须掏五千元，买一间砖厂盖的房子，不买不让做工，卷铺盖走人。黄朝光喟然长叹，早说呀。

然而，在二〇〇四年，黄朝光两口子兜里没有几个钢镚儿，五千元，不啻是一个天文数字。既然下山了，好马不吃回头草呀，家都给小弟了，君子一言驷马难追。回去是不可能了，他与妻子商量半天，只有去黄果地找堂哥黄朝安借钱，他是阿碑小学教师，靠工资吃饭，五千元拿得出来。黄朝安一听来意，二话没说，带着堂弟到银行取了五千元给他，买上了那套房子。此事歪打正着，后来，户口不在阿碑村的黄朝光，因为创业有方，成了乡村能人，当上阿碑村的小组长，直至村支书，历史重新改写了，此为后话。

彼时的黄朝光，就是一个砖厂的打工仔。因为有一个好体魄，吃得苦，做计件就比别人多，拿的工资也自然比工友高，大家都服气，这瑶族汉子干活从不偷奸耍滑，赢得了老板信任。老板不在家时，砖厂的运行就交给他负责。他干得如鱼得水，为他后来成为阿碑村的书记奠定了基础。

那天在阿碑村的乡间别墅安置点，每家人都分到一套二百八十平方米的房子，三层小楼，我们在黄朝光门前的雨檐下采访，天空阴沉，大围山的雨云随时都会飘来一片秋雨。黄朝光在桌子上摆了好多杧果。他说：“作家，你错过了季节，四月份来，我的桌子上就是妃子笑了。”

在砖厂淘到了第一桶金，怎么后来想到种荔枝了？我问了一句。一天一桶汗水吧，可能都不止，滇南天热，烧砖这个活儿不是人干的，越热越要加柴加煤的。出窑的时候，那窑砖还红红的，都是血汗刨出来的钱，也不多呀。

黄朝光说，砖厂挣钱就是几年光景，后来随着轻型砖的大量涌入，窑砖不吃香了，买砖的人越来越少，而这时国家实行天保工程，要求海拔一千米以上的村庄，都从大围山上搬下来。黄朝光居住的阿卡村，海拔超过一千七百米，自然都在搬迁之列。他上山去，回到阿卡村垭口小组，找到大哥黄朝国、二哥黄朝贵和小弟黄朝兰，说搬到溪边安置点上去吧，到了下边就有机会。

大哥摇了摇头说，下到沟里，没有了田地，一家人吃什么啊？政府会划地的啊。下边的人都不够种，从人家牙齿缝里抢肉，做梦吧。大哥不想搬。大哥说得在理啊，小弟也附和。小弟已经娶老婆了，且有了孩子，他觉得在这片祖先的山寨里，老婆孩子火塘边，过得挺滋润的，也不想再追随三哥了。

黄朝光饮憾而归。下山来后，他将在砖窑挣的钱都搭进去，还贷了一些，在溪边的山坡上开了六十亩地。引进广西荔枝品种妃子笑。

云南不适合种荔枝啊！你胆从何来？我问了一句。

因为有屏边发改局试种在先。黄朝光说他们都试种二十多年了，一九九五年，他们从保山市挖来一位果农，此人名叫杨国安，委以热区办主任的职务，就是教老百姓怎么种热带水果。种荔枝的项目原来放在银盘村，但是那里海拔有点高，温差大，种了几年后，只开花，不挂果，荔枝花落尽，不见一山红。

妃子未笑，令人好沮丧。杨国安修剪、嫁接、配药，终于解决了开花不挂果的问题，给大围山带来了一线希望，但是没有几家敢种荔枝。二〇一一年，黄朝光搬进了一号村，那是天保工程的搬迁房，是砖瓦房，一号村是从其他五个村合村而来，皆是从海拔一千米以上的地方搬下来的。下山之后做什么，地是不可能再划拨了，但是沿溪村边有荒山，黄朝光胆大，觉得阿碑村溪边山坡上适合种荔枝。这一年的十月，大围山开始进入冬季了，他一下开了三十亩荒山，准备种九百五十棵荔枝。先打塘，下挖一米深，宽五十公分，然后施下农家肥，一切都做好了，杨国安来发苗，一一指导，如何种下去，土压多厚，水浇多少，复根水后，以后几天浇一次水，第一批跟着黄朝光种的有十二户，没有一户是后来的困难户。

一骑红尘妃子笑。山上种了荔枝苗，黄朝光几乎每天都爬沿溪边的荔枝园。就在路边，坡也不陡，每次可以到荔枝园转好几趟，像看自己的孩子一样，看那些树苗是否在拔节般地生长。有一天回家，见放学的儿子正在朗诵诗，黄朝光喊道，“停停……你这在背谁的诗啊？”“唐朝诗人杜牧的诗。”“那下一句呢？”“无人知是荔枝来。”哦，原来这妃子笑在唐代就有了。那时老百姓吃不起，儿子说，是专门给皇宫里的贵妃吃的。哦！黄朝光在等荔枝花开。

等了四年，二〇一四年春节过后，荔枝树开花了，黄朝光高兴得手舞足蹈，带着老婆在荔枝园里转，恨不得将九百五十棵荔枝树，每棵树开多少朵花都数出来。第二天早晨，早早的露水未落，他又去看，发现有的荔枝的花掉了，第三天再看，落花更多。培训时说过，会有落花，但要保果，怎么保啊，这满地落英。

落红不是无情物，可是此时，在黄朝光眼里，落红就是无情物，掉一朵花就少一粒荔枝啊。黄朝光骑着摩托去找杨国安，询问该怎么办。

“哈哈。我知道你会来，早给你准备好了。”杨国安递给他一包药，也没有说配重比，只讲兑多少桶水，打在树上，花就不会落了。第一次打了，还在掉，但打了第二次后，花不掉了。

黄朝光欣喜若狂，冷静下来后，他觉得必须知道杨国安老师给药的配重比，不然，配比不好，同样会花落荔枝园。可是这是杨国安老师一生摸索出来的奥秘，黄朝光请杨国安喝过好多顿酒，两人关系甚好，但是他不轻易将此秘方公开示人。一般人根本叫不动他，更不会告诉是什么药。

换个路径来思考。杨国安虽未告诉他是什么药、配重比是多少，但是纸包的东西在，寻包装纸可以找到药，配重比呢，杨老师已经说了一包药配多少桶水了，打几棵果树。黄朝光说，憨人做憨事，他就一点点往回返，先找到包药的纸，然后再算一包加了几桶水，到底是多少克，打了几棵树，一加一减一乘除，秘方不言而喻。配药的秘方，被老百姓掌握了，黄朝光毫无保留地告诉了荔枝园的果农。

荔枝花开，好运就来。二〇一四年初春荔枝挂果了，虽然不是果满枝头，但也是红云一片。四月份就摘果了，比全国其他的荔枝产地早了一个多月，这意味着云南屏边妃子笑可以率先上市，能卖一个好价钱啊。黄朝光的好事也接踵而来，去年他入党了，当了村里的小组长，今年，他出任沿溪村党支部书记，将小组长交给建档立卡户何会全。

精准识别时，大哥黄朝国和小弟黄朝兰都被确定为建档立卡户，列入扶贫搬迁之列。安置点就在湾塘乡沿河搬迁点，共有一百一十二户，黄朝光动员大哥和小弟下山，说这是一趟末班车，政策比他们沿溪村的好，一套房子只交一万元。大哥摇头，“我下山了，这些地和山林咋办？房子一拆，什么都没有了。”“土地和山林还是你的啊，政府说了，可以留一间工具房，上来种地，种果树。”

“爬一趟山路，三个小时。”“你可以坐摩托啊，就四十分钟。”大哥摇头，下山就得出去打工。小弟这时也没有了主意，犹犹豫豫，“我听大哥的，大哥走，我就走。”

“走吧，不为你们，为孩子，为了子孙后代，搬到镇上生活，永远比在山上好。”黄朝光几乎费尽了口舌。还是守着祖先的山寨好。爷爷奶奶、阿爹与阿妈都埋在这里，长生天的魂灵在庇护子孙。大哥似乎九头牛也拉不回来了。

就是一趟末班车，黄朝光喟然长叹，此回不下山，以后永远没有机会了。

但是大哥和小弟还是选择了留在大围山上。黄朝光怅然下山。此时，大围山的子规鸟在啼鸣，长一声短一声的，好几次，他停下摩托，回望故园。真想大声喊山：大哥，小弟，随我而去吧！可是，他们却留在了山上种沙果。黄朝光的荔枝丰收了。四月二十日上市，一公斤卖到二十元，最高时卖到三十元一公斤，一园妃子笑，东风唤不回，每一棵都成了摇钱树。二〇一九年天旱，缺水，是小年，黄朝光仅挣了九万元。二〇二〇年，大丰收，价格又卖得好，黄朝光收入二十一万。数着那一大笔钱，妻子都不敢相信眼前的一切，疑在梦中。

黄家是致富带头人。种荔枝挣钱，天经地义，但我最关心的仍旧是扶贫搬迁户如何。

都很好呀，黄朝光说，沿溪村二十八户人家，其中建档立卡户十六户，六百亩荔枝，家家都有种的。建档立卡户去年收入最高的是杨光云家，十八万，最少的何会军家，也有八万余元啊。

相当不错啦。我感叹道，随后指了指房子。从面积上看，你们的面积显然是超标了啊。

是啊，这房子全省整改之前，就建好了，全村三十八户搬迁，每家面积合同上是一百八十平方米，实际面积是二百零二平方米，属于统规自建，建档立卡户国家补助六万，六万贷款，二十年还清，第三年开始还息，非退档主卡户是补助四万，其余自筹。

溪水长流，入红河，终归大海。沿溪村只是云南百万大搬迁一个小小的缩影，但是红河风来，秋染大围山。三角梅依然开得红灿，绕缠二十八户人家房前，道路整洁，门前泊了不少私家车。远处，山崖上的荔枝正绿，一园将破秋，待东风起，半山妃子笑花开。

迎大围山下的好日子吧！

二、哈尼小伙的稻田鱼庄

秋阳有些老了，风从河谷吹了过来，天渐渐有些凉了。那天下午，张旭将最后几袋粮食搬上农用车，跃上车兜，最后望了一眼河马小寨，还有河谷两边的稻田。那些水田小径，曾经匆匆走过少年的身影，那影子被西斜的秋阳一点点放大，无限地变形。晚风吹过，稻田水涟漪一圈接一圈涌动，少年的影子碎了，他已经长成了一位英武的哈尼小伙。

天地依旧，稻田亦依旧，只是受河水上涨沉降影响的村庄，已经东歪西斜，土墙裂开，自己家这幢石头墙石棉瓦的老屋，口子裂得最大。不日之后，随着新一轮的复耕还田，将被拆除，成为一片瓦砾。自己的体温气息，还有梦想都留在那间老屋里，青春年华真的会随着老屋的坍塌而一起消逝吗？

走吧，天将向晚了。农用车盘旋向上，从河谷往山腰驶去，沿着山坡，一弯又一弯，一台又一台。元阳县牛角寨河谷纵横百里，向红河涌去，河马小寨在视线里渐次缩小，变成了一个小红点。一枚被夕阳余晖抚摩亲吻的红丹，最终黯然下去。

明天，他的明天，将和其他一百零一户扶贫搬迁户从一个叫新安所的地方开始。车子开到他家的房前，这个新村，哈尼语称“碾子烘天”，就是碾米房的意思。张旭仰首眺望，黄房子，很不错，一底一楼，墙壁上画了哈尼人的图腾，一百多户建档立卡户，来自两个集体搬迁自然村与十八个自然村卡户村的建档主聚集一个新村。“碾子烘天”，哈尼语，多么雄阔啊，碾米房，碾出稻花香，碾出明天的新生活。

住了新屋，阿爸特别高兴。世世代代的哈尼人，多为茅草房栖身，后来，生活好一点了，住土墙、石墙盖的石棉瓦房子，已经是好人家了。但那能与别院般的二层小楼相比吗？依山而建，户不相连，院无围墙，各家都有一个门庭和楼顶晒场，可俯瞰田园。

“明天请客，将你的那些伯伯叔叔和姑姑都请来。”吃过晚饭，阿爸交代张旭道，“你在城里当过大厨，早晨就上镇上买菜吧，我算了一下，有四五桌人呢。”

张旭知道，阿爸有十几个兄弟姐妹，在小河马小寨时，日子过得并不宽裕。家里仅有一亩水田，种的是老品种，产量又上不去，粮食不够吃，春荒常起，阿妈常忧虑地感叹，大年初一就贷了十五。

张旭那时还小，不懂其中的含意。问阿妈是什么意思，阿妈说，“刚到大年初一，我们已经在吃正月十五的粮食了。”的确，张旭深有此感，寅吃卯粮，三月份就吃了五月份的粮。

搬新家了，汉族叫热灶，哈尼人也一样，得将人气凑足了，将地下的魑魅魍魉全都驱走。第二天一大早，张旭便与妻子下牛角寨镇买菜，这是他们新生活的第一天，他要寻求一种改变，一如他十五岁半走出家门一样。

穷则思变。十五岁的那个夏天，张旭将书包往一个犄角旮旯里一扔，花季少年的学子时代从此结束了。不上学啦？爸爸看儿子举动异常，随口问道。嗯！张旭点了点头说，阿爸，我要出去打工。爸爸不解，说儿子啊，你还不满十六岁，为什么不去读书？张旭说再读也考不上大学，还不如早点进入社会，帮阿爸、阿妈一把。让妹妹张玉芬去读吧，我的大学梦转给她了。父亲点了点头，又摇摇头，说河马小寨，地势太矮，水淹河涨，还没见哪家的祖坟上冒青烟呢。你想到哪里打工？元阳县城，还是开远、昆明？张旭说，先从近的地方开始，最后肯定要进昆明城的，不进昆明城，谈不上闯荡世界。这时，像山一样巍然的父亲，开始对十五岁的儿子刮目相看，他觉得自己与很多哈尼男人一样，喝酒太多啦，少了凌云壮志，买了一生一世的醉，喝坏了自己的身体，惭愧啊，负了这一片好山好水。张旭的第一站，是蒙自，红河州的首府。他找到一个小饭店，给人家切菜、配菜，因为是学徒，老板管吃住，但只给很可怜的一点工钱。干了四五个月，他问老板，干什么最挣钱？老板说，给那些云锡老板背矿去吧，像你这样的个子，正好。一天能挣四五十元。好，我去背矿。那小饭店老板给他一个电话，说找到这个小老板就有活儿做。

于是，二〇〇一年那个深冬，蒙自是不会下雪的，滇南只会有夜雨涨秋池。张旭找到矿山小老板，说我来背矿。人家说这个身材正好，但不是童工吧？给我身份证。张旭不敢拿出来，说没有办。老板给了他一顶带矿灯的头盔，一个背篓，指了指正在下巷井的人，跟他们下去吧，背计件，称斤算钱。哪是矿井巷道，比狗洞大不了多少。张旭后来回忆道，那巷道就五六十公分高，猫着腰可以进去，沿着缓缓的坡度往下走，没有什么木头支撑，头稍抬高一点，就会被岩石碰着，头上矿灯的光就像鲸鱼的牙齿，随时准备将人一口咬碎了。第一趟下去时，里面黑乎乎的，矿灯像鬼火幽灵一般，晃来晃去，因为洞太长，一天至多能背三趟。那时张旭力气不大，背一天下来，能挣四十元，月底结账时，老板发了他一千二百元，这是他出来打工挣得最多的一个月。他到邮局给父亲寄了六百元，父亲落泪了，说我干半年活儿，也就挣得到儿子这六百元啊，他小小年纪，这般孝顺，老张家修了好福气。

张旭说，他只背了两个月的矿石就离开了。离去的原因，是巷道时时有落石，砸伤过人。他不想将小命扔在一条黑暗的隧道里，让灵魂永远见不到阳光。

林暗夕照明，晚霞真好看。少年那天最后一次走出巷口，躺在矿堆上，几乎精疲力竭，仰首蒙自的天空，他第一次体验到自己还活着的感觉。

不干啦！否则会死在这里。与老板结清账后，他拿着那个月得到的一千二百元钱，坐上蒙自开往昆明的夜班车，去了省城，在云南大学找到了一份保安的工作。那一年，他十六岁。一个月九百元的工资，五百元一分不少地寄给了阿爸。

昆明并不属于他。一个仅上过初中的哈尼族少年，在省会永远只会是在底层挣扎，呼吸够了昆明城郭的气息，看尽红嘴鸥，爬到西山上俯瞰五百里滇池，一度他想去民族村跳哈尼舞，最终发现自己没有跳舞的艺术细胞。对于少年梦中的昆明，一年的时间有点短；然而，对于一个打工仔，三百六十五天足够漫长。一年到头了，张旭向昆明城作别。回蒙自去吧，那里才是红河人真正的故乡。张旭依旧回到了蒙自，到个旧市大屯镇一家鱼庄当配菜员。当过矿工、保安之后，他知道小锅也是铁打的了，还是从他打工时的第一职业，配菜老老实实地做起吧，再不好高骛远了。厨师其实是一门很好的手艺，也许他可以凭这三百六十行之一养家糊口，混出一个人模人样来。这一干，就是六载，他从一个小小的配菜工干成了掌勺的大厨。这期间，阿爸给他打电话，说他已经老大不小了，在外边闯荡了十年，该回家来娶个哈尼姑娘了。张旭一想，是啊，自己二十五岁了，打工十载，一无所成，娶个老婆吧。但是娶谁呢，谁愿嫁一个穷厨子？阿爸说新安所村会全寨有个姑娘，小他五岁，两家老人已经说好了，回来见见面吧，如果满意，就结婚。

张旭回去了，十年砍柴功，练了一手好刀功与厨艺。所幸，一个少年，终没有成为众多哈尼姑娘眼中的酒鬼，反倒是天天掌勺的大厨。见面了，姑娘很满意，她叫东梅，一九九一年出生，是他青春梦中见过的哈尼姑娘，亭亭玉立，皮肤黝黑，眼睛大大的，像镶了两枚熟的黄杏，见人一笑，两边的酒窝里就将太阳和月亮贮存下来了。就是她了，梦中的新娘。张旭连一丝的犹豫都没有，天作之合。这东梅就是哈尼头人几百年前就赐给他的。

结婚了，带着东梅去鱼庄干活，很快就有了老大。三口之家，就扛在自己一个人肩上，还有阿爸阿妈呢。张旭觉得，该自己创业当老板了。二〇一四年，他与妻子东梅到元阳县城南沙镇，租了一个门面，开了一个小餐馆，经营米线、炒菜和快餐，物美价廉，味道还很不错，回头客渐渐多了起来，很快就站稳了脚跟。有一天，上新城乡的书记在此吃饭，感觉味道很好，而且菜量很足，觉得这小两口是在做诚信生意，便说，“到上新城乡去吧，我把乡政府食堂承包给你们”。于是，小两口买了一台三轮摩托来县城买菜，正式承包了乡政府的食堂。

天裂一罅，紫光射了下来，好运落到了哈尼人家的头上。精准识别，张旭一家五口，被定为建档立卡户，一个小河马寨村的整村搬迁，他家是五人户，一百二十平方米的房子，楼上楼下，各七十五平方米。这让打工时住惯了逼仄小屋的人，恍然有入了天堂之感，难怪父亲今天要大宴宾客。

张旭今天想破费一点，不仅割了猪肉，还砍了半只羊腿，做鱼更是他的强项。妻子东梅见他这般舍得出血，笑笑，丈夫买什么，她就往背篓里装什么，一点也不干涉。她知道，今天是张家的节日，乔迁祭灶，新的日子刚刚开始。那天傍晚，小两口使出浑身解数，做了五桌菜，色香味俱全，是吃惯了长街席的哈尼人没有品尝过的。晚上，堂哥、老同学张鑫也来了。他在外边挣了大钱，大碗喝着哈尼米酒，吃着张旭做的一桌好菜，一再称好味道。等菜上齐了，他对来敬酒的表弟说，“张旭啊，你这身好厨艺，去个乡里的食堂当大厨，委屈了，想不想干点大事，开个自己的鱼庄。”

“堂哥，我正有此意呀。”张旭说，“新安所村这一带家家都种水稻，养稻田鱼，还有稻田鸭，都是原生态的啊，有市场竞争力。只是手中缺钞票，苦无实力啊。”

“我投！”堂哥并不像喝醉酒的样子，说，“你找地方吧，我们哥俩五五添一，各出百分之五十的股，就在新安所的山头上建一个鱼庄。坐在那里吃饭，可俯瞰牛角镇的梯田，元阳的山水尽揽眼中。”

“堂哥，为我们的合作干杯！”第二天，张旭就去找地方，跑遍新安所村附近的山山水水，终于在离安置点二三公里的地方，寻到一个山谷顶部。那里风光极美，后山一道山梁横亘，龙盘虎踞；左边，一道飞瀑从天而降，疑是天河跌落。伫立远眺，可将整个牛角镇的山水尽揽无遗。张旭很激动，让堂哥开车上来看。张鑫赶过来了，环顾周遭，说这正是他想要的。此处可开鱼庄，还可集休闲于一体。张鑫当场就对堂弟说，“我出三十万，你去找农行贷三十万的创业基金，五年内不要利息，项目马上向村里和镇上汇报。”建档立卡户要创业，几乎是一路绿灯。项目很快批下来了，银行贷款了十五万，达不到堂哥的标准，张旭将这十多年的老底全拿出来，再向朋友借了一点，两个人凑够了六十万。盖了一栋砖房给员工住，搭了两幢哈尼竹楼餐饮雅间，挖了上下两个养鱼的鱼塘，带动新安所的二十户建档立卡户与自己一起创业。发鱼苗给他们养，到了谷熟之际，他来收购，一公斤稻田鱼七十元，仅此一项，每家建档立卡户能收入两千至三千元。再让稻田里养鸭，院子里养鸡，他按市场价收购。一下子将新所安村的一百多建档主卡户的收入盘活了。

三载投入，初见成效。二〇二〇年，张旭已经还了一万贷款，他计划第二年还四万元，第三年还十万，三年还清所有贷款。疫情期间，客人有些少，但是他依然每天给女工付七十元工钱，男工付一百一十元，员工均为建档立卡户。自家赚钱了，他向镇上主动申请，退出建档立卡户所有的政策待遇，成为非建档立卡户创业。

有群众称张旭是哈尼王子，张旭说：“我不敢当，就是一个开鱼庄的哈尼小伙子，取汉名为旭，自然是晨曦初冉，喷薄而出，八九点的太阳吧。”

三、情人节，枇杷种植大王劳燕分飞

明天就是情人节了。天色将暮，丁楼元才从枇杷园走了出来，又钻进三七棚，将防晒网拉起来，以防冷露来袭。夜的潮汐涌上来，就像他刚拉上的黑色遮阳网，有一双神奇的上苍之手，缓缓地将天幕放了下来。

丁楼元走出果园，走到工具棚一角，将狗放了。夜晚，总有小偷觊觎将熟的三七。他环顾四野，天地皆静，然后进屋洗了个脸，打开电视，重重地将自己放倒在床上，再不想动弹。忙碌了一天，实在是太累了。迷糊了一会儿，有饥肠辘辘之感，可他无心做饭，起身给自己泡了一桶方便面，那吃腻的泡面味道，弥漫于室。没有办法，就是最简单地喂饱自己，八年了，每天都是这样。

翻看手机，朋友圈里有人在晒玫瑰，他一看，恍然大悟，明天是二〇一八年二月十四日，后天是除夕，西方情人节与中国的春节连在一起了。哦，明天得下山，先陪老婆过情人节，到蒙自城逛街，将年货买了，晚上吃一顿西餐。除夕，吃了年饭再上山吧。三七种植棚里，一时一刻都离不开人。如果被人夜袭，三年的血汗就功亏一篑了。

丁楼元低着头，边吃方便面边看手机，给妻子王彬洲发了一个短信：“老婆，在做什么?”那条问候之语，没有任何回应，一缕涟漪都吹不起来。过了好一会儿，他又给老婆发了一个微信：“明天是一个特别的日子，我要下山，给你一个惊喜!”可是这条微信，同样未见任何回应。

对这一切，丁楼元早习以为常了。老婆出生在蒙自县五里冲水库附近的苗族村落，苗家姑娘在山寨，风俗、习性、性格自有少数民族的血脉，他喜欢这个能歌善舞的民族，喜酒性豪，从不藏着掖着，属于敢爱敢恨的民族。自己成天守在山上创业，一年见不上几次面，过去小夫妇在一起种三七、种枇杷，守着一个木棚，远山、溪水、落花、流云，草木皆有情，处处都是爱。可是有了孩子之后，孩子要上幼儿园，接着要读小学，需要家人接送，老婆下山了。其实两个人隔得也不远，二十公里的山路，隔一个大水库，君在这边，伊在那边。夜晚寂寞时，一盏孤灯，抱着冷衾一床。丁楼元不想这些，他太能吃苦了，只想挣更多的钱，让老婆孩子过更好的日子。作为村支书，他还要带着搬迁的建档立卡户脱贫致富。可他忽略了一个残酷的现实，婚姻已历经十载，纵没有七年之痒，也会有十年之寒吧。那个等待情人节天亮的寒夜，他一直没有收到妻子的回复。他一点也没有察觉，就像三七棚四周的冷山一样，黑黝黝的山脊，犹如一只猛兽卧伏于此，随时都可以一跃而出，张开饕餮之口，将他们的婚姻撕咬成碎片。

快过年了。五里冲水库周围的村庄，烟花绚烂，一串串、一簇簇地绽放，燃亮了夜空。那种瞬间的美丽与灿然，一如青春芳华一般。只有一个短暂的春节，可它却在最短的时刻，极尽煌煌之美。丁楼元觉得自己的青春乃至婚姻，真的如烟花一样绚丽，但美的东西为何要短暂呢？应该天长地久啊！

丁楼元生于一九八四年，十四岁那年，他读初二，爸爸在蒙自斯路白乡突吐白村租了四十亩地种枇杷。他问爸爸为何种这么多果，爸爸说，种了树，挣了钱，好供他读大学啊，将来到蒙自城里买房，做城里人。那时，中国农民的最大梦想就是进城。可是丁楼元没有考上大学，而是进了云南省财贸学校，读了三年中专。毕业后，回到蒙自县，考上乡镇干部，当了斯路白乡党政办干事，一个月八百元的工资。如果一年一年地熬，终老之时，当个蒙自市局干部应该没有问题，可是他却在乡政府的办公室里，一眼就望尽了自己一生。他认为与其这样终老不如辞去公职，回家将父亲的果园扩大一倍，当一个农场主。于是，二十岁，也就是丁楼元入职的第二年，他辞去斯路白乡政办的干事之职，回家种植果树。

乡党委书记很不解，说："楼元啊，你学财会出身的，会算账呀。算算自己的前程，虽是中专文化，但在乡镇上，也是香馍馍啊。为什么要辞去公职呢，到你老了，就会知道当公务员的好处了。"

丁楼元摇了摇头，说："我爸爸种水果，一年挣的钱，够我二十年的工资，这乡间小吏，不当也罢。"他真的回家来了。

老父亲有点生气，说："我苦了一辈子，就没有走出过突吐白村，你倒好，都走进蒙自市了，还返回老路上，我白供你读书了。"

丁楼元说："爸爸，我最大的梦想就是当一个农场主，将春天的枇杷，秋季就卖到北京、香港去。"

父亲一撂挑子，说："那好，你来干吧！干几天就知道小锅也是铁打的了！"丁楼元发现老爸真的生气了，但是父亲身体不好，自己将果园揽过来，让他可以回家颐养天年啊，种植的接力棒该传给儿子丁。

丁楼元接下了父亲的枇杷园，他太能吃苦了，一个月将一白净的小生苦成一个老农。他要扩大种植面积、增加种植品种，那几年三七的价位高，于是他置出一片地，种了三七。育苗、栽培，直至根部长大，要三年时间，他又在枇杷园里，套种了黄姜和豆子，增加了一项收入。

这孩子，连工都不请啊。父亲过意不去了，仍回来与儿子一起种植。父亲回来了，儿子十分高兴，他对父亲说："我要改良枇杷树种，让它在冬天结果，春节时，能走上城市居民的餐桌。"父亲摇头说："你这是时间颠倒，季节不分，枇杷都是春夏之季收的，哪有冬天、春天结果！""可以的，我问过专家，蒙自的天气属于温带，反季节，能改良的。”说做，丁楼元真的就做了。他完全是一个拼命三郎，不分昼夜晨昏，干了两年，父亲觉得他太拼，回家对老婆说，给楼元找个媳妇吧，两口子一起干，好照顾他。母亲遂通过亲戚，介绍了五里冲水库旁苗族山寨的一个姑娘，叫王彬洲，上过初中，小丁楼元四岁。

那天，父亲把丁楼元从种植园叫了回来，带他来到水库边，进了一个苗寨。

一走进王彬洲的家，丁楼元就被眼前的苗家女孩迷住了。他惊呼：“王彬洲，蒙自版的大明星!”一见钟情。媒人说了什么话，双方的父母说了什么话，丁楼元都忘了。

半年后，快到春节了，农村结婚的人越来越多，丁楼元抱得苗家美人归，那一刻，他觉得自己是滇南最幸福的男人。

村庄夜空中的烟火落尽了，长一声短一声的尖啸，沉寂下去。那天晚上，丁楼元太累了，一觉睡到了大天光。一看手机，快十点了，时间有点晚，但是情人节的活动是下午才开始的，他回家洗澡换衣，来得及。趿上鞋，擦了把脸，驾着车赶回家。进门，一个多月没见的妻子没有了昔日的欢颜，脸上挂了霜，见到他没有一点热度。

“彬洲，我昨晚发微信给你，咋不回?”

“我没看!”

没看就没看吧。丁楼元毫不在意，“我洗个澡，换身衣服，咱们进蒙自城吧。”

“干吗?”

“情人节，今天是二月十四日。你忘了啊老婆，我们每年都过呀！我请你吃西餐，购物，给你买玫瑰。”“我忘了，早记不得了，不过，丁楼元，既然话头是你挑起来的，那好，我问你，你心中还有老婆孩子吗?”“有啊，我在山上，在果园里，无时无刻不想你和孩子们。”“别嘴上抹蜜了!”妻子正色道，“我郑重地告诉你，丁楼元，我要与你离婚!”

啊！丁楼元张大了嘴巴，说：“老婆，你怎么说这种话？这话可不能随便说的，你今天是不是感冒发烧了？我摸摸你的额头。”

“别摸我，我好着呢!”妻子正色道，“现在想摸我，晚了!”

“你这话是什么意思?”

“没有什么意思。”

“你外边有人啦?”

“这是我的事。”妻子说，“我不跟你吵，正月吵架不吉利，过了年，我们就去办手续。”

……

情人节，没过成。次日除夕的年饭吃得也很沉闷。

采访丁楼元很偶然。那天下午，我在滇越铁路人字桥下屏边阿碑村采访到很晚，出来时路遇大雾，车开得慢，预计四十分钟的行程，走了一个多小时，到达蒙自市茭瓜塘狮子寨安置点。一大片库区移民和扶贫搬迁点，其选点之好、设计之巧、建筑之美，乃我入云南采访易地扶贫搬迁第一家。那种江南风韵的乡间别墅堪称美轮美奂。我挑了一户门口停着一辆白色SUV的人家，一个四人户，年轻人叫王家全，斯路白乡白猛孔村大垭口小组搬来的。过去住的石棉瓦房，二〇一九年十月搬来此，四人户，三层楼，一百平方米。种了十几亩枇杷，还有几亩水田。两年过后，花了八点六万买了私家车，让人一窥红河州的扶贫搬迁已经初见成效。往回走，天色向晚，暮霭沉沉，天空飞着小雨，只见一人家门敞开着，三层楼，屋里的灯光透出来，客厅装修很豪华，门前泊了一辆车。我兴趣盎然，执意要进去看看，竟与丁楼元不期而遇。陪同的乡长说，他是随迁户，是扶贫搬迁点的党支部书记。我笑了，说自己避之于被安排采访，却歪打正着，采访了村支书。丁楼元刚摘枇杷回来，两个大纸箱足足装了一百来斤，粗略一问，可挣五六百元。反弹琵琶美人舞，谈及家庭构成，丁楼元毫不讳忌地谈起前年那个情人节被老婆一脚踹了的往事。

二〇一八年春节的年夜饭吃得很沉闷，丁楼元没多少话，老婆王彬洲更是沉默不语。吃过年饭，陪儿子和女儿放了几挂爆竹和几盒礼花，他便驱车回山里。车过五里冲水库边，黄昏泛起，一抹残阳将逝未逝，落日壮烈沉入水中，余晖反光，是婚姻的最后一抹夕照。水成殷红，太阳喋血，丁楼元的心也在滴血。他这般苦干，成天蛰伏于果园之中，不赌不嫖，不喝酒，堪称新好男人，每年种枇杷的收入都在十七八万，如今还带动一批建档立卡户跟着自己种枇杷和三七。没白天黑夜地干，就是想让老婆孩子和父母过好日子，可是一片苦心，换来的却是老婆提出离婚，劳燕分飞。

丁楼元在果园棚里睡了三天，不吃不喝。直到初三的傍晚，一个儿时的朋友找到了他，让他到家里喝酒，那天晚上平时很少沾酒的丁楼元喝得酩酊大醉。朋友送他回家，路过五里冲水库，他下车吐酒了，然后看着水那边，妻子住的苗家山寨就在水那边，青鸟归去，他大声喊道："王彬洲，我爱你！"

可是王彬洲听不见了，她去意已决，丁楼元欲哭无泪。如今丁楼元的家与王彬洲的娘家就隔着一条马路，他在扶贫安置点的高台上，而她的娘家就在马路另一边。丁楼元还是忘不了王彬洲的美丽。她是这里最漂亮的女人。丁楼元似乎还未从那场情殇中走出来。他说今年中秋节，他让儿子给王彬洲的父母送点礼物，毕竟是小孩的外公外婆嘛，都在狮子寨安置点住，离得不远，可王彬洲没有让孩子进家，而是在路上将东西接了。儿子丁元举上小学六年级了，过去一直在班上排前三名，知道爸爸妈妈离婚后，成绩掉到十几名。说到此，丁楼元沉默了。

告辞，天已经全黑了，登车，出狮子寨安置点，沿着五里冲水库的水边而下，一道弯，又一道弯，往蒙自城方向驶去。夜空中仍旧飞着秋雨，给温婉的滇南带来一丝的寒凉，毕竟入冬了。挥之不去的是丁楼元与前妻的故事，远处，远灯照射下，冷雨如帘、如泪，人的一生，一如今晚行的夜路，总会遇上夜雨呀。

我不知道丁楼元有没有这种感受。

四、将军寨的打工经纪人

何永刚的随迁房在将军寨社区马路边。从弥勒县东山镇过来，右拐，一路下坡，沿一条宽敞蜿蜒的柏油路，进入六百一十户的安置点。一家一幢楼，门前还有一块菜地，一排接一排，连绵成片，彝寨乡韵重现。我问为何取名将军寨，社区主任说，东山镇是张冲将军的故里，彝族之乡。张冲，滇军名将，少时，听金牛爷爷和父亲屡次提及他。此刻，终于理解红河州发改局的用心良苦，驱车一百多公里，走很长一段山路，两个多小时的车程，就是为了一观红河州扶贫搬迁的杰作。与昨晚江南风韵的狮子寨不同，这里红砖汉瓦黄墙，彝族风格显露。进入社区，行人极少，天地皆寂寞，不闻鸡犬声，偶尔见晒太阳的衰翁老妪。中途停车，往右，行十多米，便是何永刚的家了，A 户，九十四点七平方米，两层小楼，一楼为客厅、餐厅，二楼有卧室三间，属于随迁户，个人出八万元。社区主任敲门，不见人应，显然主人不在家。社区主任给他打电话，说在外边呢，一会儿赶回来，街上见。

其实，上午进入将军寨后，已采访了两户人家，可我仍觉得不够分量。彼时，最关心的仍是四百三十户建档立卡户，两千六百六十九人入镇后的生存状况，出去打工的人有多少等等。社区主任说，二组的书记何永刚搬过来近两年，他四处牵线，每年都要介绍四五百人在附近打工呢，收入不菲。

何永刚的老家在东山镇舍木村委会水井小组，离镇上八公里路，可他形容自己老家时，用了八个字，“交通闭塞，弯大坡急”。仅仅是八公里，却仿佛相距八千里路云和月一般。村里共二十户人家，二十八户是建档立卡户，非卡户只有两户，即他和弟弟何永飞。问何家兄弟为何一起随搬，他说是地质灾害，无法在那个地方生存了。何永刚描述了当年水井村的地理情况，二十户人的彝族山寨，坐落在两山之间的斜坡上，因为伐树开荒，水土流失，一到夏天山雨袭来，山坡存不住水，山洪挟着泥石流，倾泻而下，一点点向村庄逼近。最恐怖的是地裂，最宽处有八十公分，有一种天崩地陷的恐怖。这是水井村整村搬迁的一个重要原因。

我问何永刚，为何全村三十户人家，独何氏兄弟为非卡户，其他人却受穷。何永刚哈哈一笑，举起右手，用食指指了指脑袋，说："是这里的原因。"弥勒是红河卷烟厂所在地，对烤烟需求量巨大，东山镇人种烤烟已盛行百年，但是我们彝人脑袋有时是榆木疙瘩，不开窍。宁愿守着一亩八分地，种苞谷，结果越种越穷。"何永刚那年十八岁，高考落榜，悻悻然回到东山镇，不知青春之旅会被风吹向何方。当他跳下班车时，看到红土地上许多人家在种烤烟，蓦地觉得，希望就在自己前方。

何永刚回到家里，对父亲说要将三亩苞谷地改种烤烟叶。父亲点点头说："那你来吧，反正现在你十八岁了，这个家的担子，你来挑。"于是，何永刚便走上种烤烟之路，第一年他将家里的三亩山地全种了，每一个环节都请烟草站的技术员来指导。什么季节播种，什么时候揭膜，烤烟长到什么样子打叶，他一一熟稔于心，辛辛苦苦忙活了一年，卖烟叶时，又黄又大，一公斤卖五点二元，当年就挣了两万多元。何永刚背着钱回家，交给父亲时，父亲吓坏了，说一辈子也未见过这么多钱啊。父亲喜出望外，喟然长叹，说还是读过书的人有头脑啊！

第二年，何永刚觉得水井村的地太少了，下山，往镇上方向走，到了花椒冲，一下子租了十多亩山地，签了十年合同，就种烤烟，一种就是十年。小弟初中毕业，不想再读了。哥哥说，"你才十六岁，想好了，要么回去接着念书，要么就与我种烤烟。"小弟选择了后者，于是跟着哥哥种烤烟，种成了水井田和花椒冲一带的大户。在水井田村，别人家都是土木结构的老式房子，唯有何家兄弟盖起了石木结构的楼房，也算是水井村的一道风景。

烤烟一种十年，不播种别的作物，土壤慢慢退化了。于是，二〇〇九年，何永刚退出了种烤烟行业。

何永刚告别烤烟业后去了弥勒市，此时的弥勒，除了红河烟大兴，葡萄酒也热起来了，不少老板投资种葡萄。何永刚应聘去管理葡萄园，觉得种烤烟与种葡萄，大同小异。老板给他开了五万元的年薪，管吃住。他觉得比种烤烟省心，便在葡萄庄园待下来了，一干就是五载。离开时，老板已将他的工资涨到一年六万。他掏出部分积蓄，买了一辆车。二〇一七年，水井村整村搬迁。何家兄弟作为非卡户一起随迁到了东山镇将军社区。

卡户的房子比非卡户大。卡户按标准一个人二十五平方米，基本上一分钱不掏，而何家兄弟选的是 A 类房，已经是非卡户中的大房了。将近一百平方米，交了八万元。

"等于八万元在镇上买了一套房，党的政策好啊！"何永刚感叹道。"既然说党的政策好，你就来为贫困户做点实事吧。”社区书记找来了，动员他当将军寨社区二组的党支部书记。

“我干！”何永刚说，他一点价钱都不讲，这些年，一心只想两兄弟致富，过好日子，现在到了镇上，大家都在一条起跑线上，他得带着水井村和并到二组的其他村的人家一起奔小康。那时，何永刚考虑最多的事情，就是如何将闲置在家的劳动力，带到附近去打工。

他们多数人都在五六十岁，个别身体好的，还有七十岁的老人。孩子都到蒙自、个旧、昆明甚至南方打工，留下他们在家，一般企业是不会招的。让他们做什么呢？那天，何永刚驾车回来，路过东山镇老街村烟叶地，见一些种烟大户在干活，地里的人很少，都是当年种烟的朋友。两个人点支烟一抽，攀谈起来，何永刚问朋友缺什么，种烟的朋友说缺人，如今工钱太贵了，这样的人工成本，挣不了多少钱！“我给你找用工吧。”何永刚说。

第一批，何永刚将水井村的十三个人全部带出去了。女工一天一百一十元，男工一天一百三十元，身体好的他都带过去。

看来，帮大户种烟，是卡户闲置劳动力的最好去处啊！何永刚遂打开手机，给东山镇所识的种烟大户一一打电话询问是否要工人。

于是活儿来了，何永刚掐指一算，从三月初开始栽烟、铺膜、增土、打叶、揭膜、封顶，一直要干到五月份。三家人用工，十三个人，干了五十多天，女工有五千多元的收入，男工有将近七千元。

初夏将至，进入采烟季，烤烟、理烟，用工量达到了高峰，先后有十家大户找来。水井村的十三个人轮流转，根本忙不过来，加至四十人，还是不够，最后水井村去了五十人，已经是闲置劳动力的极限了，还是应接不暇。何永刚一想，不能再局限于水井村的搬迁户了，得面向整个将军寨，他向社区书记说：“将闲置劳动力的名单给我吧，我来派活。”书记说：“好呀，何永刚，你可是做了一件功德无量的事情呀！”结果，小新寨四组先后派出十批，一百多人，面房、细所、水田三个搬迁村，先后派出二十多批，每批十三人左右，总用工量达到了二百六十人。短短的一个烤烟季，何永刚介绍了五百余人次出去打工，最多的挣了一万多元，最少的也有五六千元。细所村张桂芬，四十六岁，是位壮族女同胞，丈夫和儿子都出去打工，仅她一人在家。用她的话说，闲得发慌。跟着细所的人出去打工前，何永刚专门给他们做了培训。拉到烤烟地里，教他们如何栽烟、鲜烟、编烟、烤烟、理烟、卖烟，张桂芬等一群妇女很快学会了，又能吃苦，成了东山镇抢着要的劳工。仅去年烤烟季，张桂芬就挣了一万多元。

何永刚还将管理葡萄园时储存的资源拿出来，找到果业公司。需要的劳动力更多，要一千五百人。何永刚回来向将军寨社区书记汇报，可最多只能凑四百人，好在种雪莲果是在腊月间，与种烟正好有一个时间差，可以无缝衔接。这样一年四季，将军镇的搬迁户们都有活可干了。

彼时，我蓦地明白为何上午车抵将军寨时社区空空如也，只有几位衰翁老妪偶尔露面，原来能干活的劳动力都出去打工了。

采访告一段落，起身将别时，我悄悄问了何永刚一句话：“您介绍那么多人出去打工，收信息费吗？”“哪敢呀，作家老师，那是昧良心的事，收钱，会被天打雷劈！再说，我是将军寨社区二组的党支部书记，为群众办事是责任所系啊！”

好！一个党支部书记，当如此。我紧紧握住何永刚的手，心中蓦地升腾起一种欣慰感。返程，在山脊的曲线上疾驰，天蓝蓝，山莽莽，过了一山又一山，我倚在后排上睡着了，梦见百年前东山镇彝人张冲，带着一拨彝族汉子，奔向滇越铁路，劫车扒货，以响马为业。最终被会泽唐继尧招安，终成滇军一代战将。百年一瞬，一梦百年，真是换了人间，风景东山独好。

五、拉祜寨，直过民族住小院

付春雷在拉祜族山寨待了三年半，是驻村元老了。队员换了好多茬，可是他舍不得下山，三年多的相处，他喜欢上了这个千年直过民族，心里怎么也放不下乡亲们，一而再地申请留下。时光如白驹过隙，恍惚间，千日已过，真的是洞中方一日，世上已千年吗？他仿佛看见一个原始民族，从刀耕火种的山头走了下来，钻出密林，赤脚，跃身跨上白马，骑着一匹匹时光之驹，在众神之前匆匆走过，向光明之域驰去，让他看得有点眩目，不敢相信这是现实。仅仅才一千二百天，他的青丝也染白发，也谢顶了，五十出头的人，俨然一个老汉。老就老吧，人都会随着岁月老去，更何况，他守的是拉祜族人的山头。

那天晌午，拉祜族人的采访结束时，已经一点多钟，在村公所食堂。坐在八仙桌前，我们仍旧沉浸在一个古老民族的传奇中，付春雷眺望着大峡谷上的秋云，浮浮沉沉，云卷云舒，太阳时而被云掩，时而裂云而出。一罅紫光从中天直射下来，抚摩着苍山和众生。一阵秋风起，将流云和往事全吹散了。但是付春雷对我说，他总忘不了二〇一七年五月十七日这天的中午。

也是这样的午后时刻，只是时间在初夏。几辆从绿春县城驶来的小车，在大头村拉祜族山寨红瓦黄墙新村前戛然停下，车门打开，下来二十五名驻村队员，带队的是县政协党组成员李晓忠，后来升任副县长。队伍中有公安、禁毒、医院、民政、扶贫、林草等部门的人员，付春雷是林草局派出的人员。下车之始，一座刚建成不久的大头村拉祜族山寨惊现眼前，黄墙红瓦，小院的围墙上与窗前，还缀上一些茅草，千年直过民族的元素应有尽有。可是，令人费解的是，三十六套二层小楼，居然空寂无人，仅有几户人家住着，不啻是一座空村。

将村里几户人家找来问问。李晓忠吩咐平河镇派出来一位镇领导，为何这么好的房子居然没有人住。回答却让人啼笑皆非，说是房子里空空荡荡，太冷，不如木头棚子里、茅草房里有火塘，住着舒服。而且他们怕见生人，一看到有人来就躲，往山林里钻，一眨眼的工夫，人已经跑得无影无踪了。

一些年轻人感叹道，这种情况我们只是在电影里看过。

李晓忠问，人都到哪里去了？山上，住在森林里的木棚里和草棚里。住在新村的人答道。工作队临时分成三个组，一个组七个人，分头上山去寻找，将拉祜族群众一个不少地从山里叫下来。付春雷被编在第一组，和组里的人员一起往山上爬去，登高望远，这个山寨，东边紧倚越南，离边境直线距离不过八百米，西南方向是老挝，那边距离稍远一些，大约几十千米吧，一条大峡谷，横亘天地间，越往上爬，越觉云山莽莽、白云依然、天荒地老。

付春雷说，初到那几天，上山，钻山林，进峡谷，将拉祜人请回来，让他有一种恍如隔世之感。七十年前，解放军工作队也是这样上山，将过着野人生活的苦聪人找回来，只是昨天的苦聪人，已更名为拉祜人。旧寨依旧，留下白云千载悠悠，让他陡生一种神圣感。此时的驻村工作队也像当年解放军一样，代表共产党，是来拯救穷苦大众的，只是当年是翻身闹革命，而今是扶贫奔小康。普秋九就是被付春雷那个组找到的。

普秋九上午告诉我，付春雷是驻村工作队中住得最久的，第一批二十五个人，只剩下他了。当时三十三户人家下山后，编成了三个组，每个组跟了六七个队员。第一步，煅炼身体和意志，每天早晨按时起床，跑三千米，恢复体力，然后集体打扫卫生。第二步，提高生活品质，教他们刷牙漱口洗脸叠被子。第三步，一天上一个小时课，给男女老少讲党的政策，进行普通话培训，不会讲汉话，到了社会上就无法生存。

少数民族上学不用交学费，普秋九的儿子在绿春县读职高，女儿到东莞打工后，嫁给了一起打工的外地人。家里就剩下他了。经扶贫精准识别后，他被定为建档立卡户，二〇一六年全村扶贫搬迁。他一家三口人，分到了八十七平方的房子，黄墙红瓦，本来挺整洁的，可是儿子和女儿皆不在家，他便跑到山上木棚里，打猎、卖山货。次年夏天，驻村工作队上来了，付春雷盯住了他，初中生，会说汉话，让他当上了一组的小组长。随后，他又娶了一任老婆李光松，是红河州金平县的拉祜女人，小他三岁，晚年的生活终于在夕阳中走向了宁静。

该起身告辞了，从村委会食堂出门，门槛外的世界，仍旧风起云涌，四面来风。别离时，我问付春雷还要在拉祜山寨守多长时间。

“我的魂丢在这里啦，守个天荒地老吧。”付春雷不经意地答道。

我从车窗里伸出手去，与他紧紧地握在一起。

（原载于《人民文学》2021 年第 9 期）

德胜村纪事

李春雷

1965年9月，徐海成生于张北县小二台乡德胜村。

这里位于内蒙古高原南缘的坝上地区，夏天炎热、冬季酷寒、常年大风、干旱少雨，到处是粗粝贫瘠的荒滩，连最普通的萝卜和白菜也不能种植。勉强存活的农作物，只是莜麦、亚麻和土豆等少数几种。

母亲育有6个子女，长子和次女先后因贫病而夭折。

两间摇摇欲坠的土坯房，一盘敦敦实实的大土炕，是一家人的主要财产。

冬天里，一天只做两顿饭，柴火金贵，不舍得多烧。土炕总是温温吞吞，到了半夜，彻底冰凉。清晨，墙壁上结满一层冰壳，水缸、尿盆全都冻成了冰疙瘩。

1983年，徐海成初中毕业，到山西省一家私营煤窑打工。

一

癞蛤蟆想吃天鹅肉，肚皮朝天瞎思慕。

到了成家年龄，徐海成也常常心怀相思。然而，由于家徒四壁，对漂亮女孩的向往，只是妄想。

1987年春节前，表姐为他介绍了邻村姑娘裴秀平。

双方相看后，裴姑娘表示同意。因为她家更是贫困，哥哥患有白血病，需终年治疗。

当时本地订亲，彩礼普遍是480元加三大件——自行车、手表和缝纫机。而裴姑娘却索要双份。

原来，这是她为哥哥订亲准备的彩礼。

徐海成不敢讨价还价，只能一一置办。

1987年农历十月十九，徐海成结婚成家。

婚后第三天，父母便与他分家。8亩薄田、2间土坯房、4双筷子、3个碗和5碗莜麦面，便是这个小家最原始的启动资本。

眼看到了年底，虽然徐海成也贪恋新婚的甜蜜，但需要钱啊。因此，婚后第七天，他便匆匆返回打工的煤窑。

年前两个多月，他挣了200多元。

回家之前，他为妻子买了一瓶“雪花膏”。这是妻子有生以来最奢侈的护肤品，欢喜无以复加。

二

1993年夏天，徐海成回到家乡。

本地一家水泥瓦厂正在招工，由于又脏又累，应者寥寥。徐海成主动上门，被安排做脱瓦工，实行计件工资：脱1片瓦，挣1分钱。

工友一天脱230片，他脱300片。

水泥瓦只能夏季生产，霜期一到，立即停工。

停工以后，他又学做豆腐，还饲养猪羊鸡兔。虽然只是零散养殖，但多多少少，总有收入。

1994年秋天，他买来一台手扶拖拉机，在自家耕种的同时，也为乡邻们租用。

日子黑黑白白，生活匆匆忙忙。

沙砾遍布的田地里，孱弱枯黄的莜麦和亚麻，收成可怜巴巴。土豆呢，已经种植了几百年，由于品种老化，加之缺肥少水，结出来的果实又小又丑。

夫妻俩奋斗打拼十余年，仅仅温饱而已。

2004年，徐海成遍借亲朋好友，凑足3万元，买来一台二手农用汽车，准备跑运输赚钱。

三

徐海成往来北京与张北两地，贩运水果和蔬菜。

几年前，河北农业大学专家在坝上地区试种蔬菜获得成功。贫瘠的荒滩上，终于长出了萝卜和白菜。

他把本地蔬菜运往北京农产品批发市场，返程时运回水果。有时候，两地之间有客户运送货物，也可以赚取运费。

有一次，他帮一家客户运防盗门回张北。汽车是六轮双轴，核载两吨。为了多赚钱，他装了7吨货。

刚驶入北京不久，“嘭”的一声，汽车右后内侧轮胎爆胎了。

换好备胎，行驶不足10公里，后轴的两只轮胎也先后爆破。

在前不着村、后不着店的高速公路上，徐海成顿时心凉如冰。不知在绝望中等了多久，终于有一辆货车路过，他才获得帮助，得以脱险。

这台车故障层出不穷，徐海成先后为其换过 4 根传动轴、大修过发动机、磨过曲轴。仅修车费用，累计投入 3 万多元。

每次修车，徐海成为了省钱，只是将就了事。车况不佳，又严重超载，更是导致故障频发。

2005 年 3 月的一天，他从沽源县闪电河蔬菜批发市场装载 6 吨菜花，运往张北县一家冷库。

近来，由于汽车发动机润滑系统密封件损坏，机油频频渗入发动机燃烧室。这种现象，就是通常所说的“烧机油”。

“烧机油”会造成发动机燃烧室积灰等不良后果，进而引发整个发动机系统损坏。虽然知道隐患严重，但为了省钱，也为了赚钱，徐海成就一直拖延时间，没有维修。

那天行驶途中，“烧机油”的状况猛然加重。

徐海成立即降低车速，缓慢前行。

他一边开车，一边拿出手机，打电话联系修车师傅。

由于注意力分散，汽车突然冲向路边的深沟。撞破冰层，钻入冰窟。

倾家荡产！

四

左冲右突 20 年，受尽磨难，苦水尝遍，最后还是以惨败告终。

唯一的收获，就是开阔了眼界。于是，他决心重返土地，靠科学种田发家致富。

他有 24 亩责任田，又租用 80 多亩，种植白萝卜、甜菜和土豆等经济作物。

不同品种的萝卜对气温、光照和土质要求各异。徐海成仔细选择最适合坝上环境的萝卜品种，而且对播种时机、苗期管理、定植要求、水肥施用等等也进行了系统研究。

这一年，他的萝卜长势喜人。到了收获季节，行情也十分可观——收购价 3 角一斤。

那天傍晚，徐海成得到消息：第二天是外地客商在小二台乡收购萝卜的最后一天。于是，他和妻子连夜来到大田里，抢收最后一批萝卜。

5 亩大萝卜，总产量约 5 万斤，能卖 15000 多元呢。

夫妻俩一边干活一边算账，越算越欢喜，越算越有劲。凌晨时分，5 亩萝卜竟然拔完了。

萝卜出售之前，必须洗去泥土。

妻子负责清洗，丈夫分工装车。

坝上的深秋时节，已是寒冷异常。妻子把冰面砸开，在冰水里洗萝卜。不一会儿，手指僵硬，不能伸缩。

装满一车，徐海成兴冲冲地运往小二台收购点。

然而，到达现场，他火热的内心，顿时冰凉。

由于天冷，萝卜结冰，全变成了废品。

收购商拒收，只能白白扔掉！

可怜的夫妻，坐在冰冻的小河边，号啕大哭……

几百年来，坝上人种土豆，都是自留薯种。品种原本不佳，又经过反复重茬，因而退化严重。

科技进步了，新的土豆品种不断被培育出来。徐海成根据本地气候和土质特点，精心选种，科学种植。虽然收成喜人，但收益并不理想。

他了解到，种植种薯，收益率较高。特别是微型薯，赶上好行情，能够发家致富。

微型薯，是第一代种薯，被称为商品土豆的“爷爷”。微型薯再次种植，收获的是第二代种薯。第二代种薯的“儿子”，便是我们日常食用的商品土豆。

可是，种植第一代微型薯，需要建大棚，投资甚巨，而且管理复杂，没有技术人员现场指导，难以掌握。加之市场行情起起伏伏，风险多多，徐海成不敢贸然尝试，只是唏嘘感叹。

二代种薯是大田种植，管理相对简单，收益率也高于商品土豆。于是，徐海成试种二代种薯。

他像一个颇有心机的彩民，不停地猜测着下一期的中奖号码。他的大脑，像一台飞转的雷达，时刻不停地注视着市场的风吹草动。

可市场是一个脾气怪诞的家伙，他一个小小老百姓岂是对手？

五

2008 年，大女儿考取青岛滨海学院，每年的学杂费和生活费，需要 3 万余元。

徐海成养有 5 头牛、20 多只羊。只能每年卖牛卖羊，补贴女儿读书。

虽然他试种二代种薯获得成功，但单枪匹马，抗风险能力薄弱，赔赔赚赚，仍是在贫困线上挣扎。因此，女儿大学毕业的时候，家里的牛和羊全都卖完了，还欠下了两万多元的外债。

他时常痛恨，恨自己流年不利。

由于种田太多，起早贪黑，风餐露宿，加之徐海成妻子洗萝卜时总在腹部暖手，肠胃反复受凉，因此坐下病灶。

阴险的黑色毒菌像蚂蚁、似蜜蜂，在她的胃部结巢钻营，攻城略地。

胃部时时隐痛。但由于家庭困难，她不敢声张，只是默默承受。拖延至 2015 年春天，已是形销骨立，弱不禁风。万不得已，只得询医。

糜烂性胃炎！胃黏膜脱落，胃壁损伤严重，随时都有穿孔危险。

胃壁一旦穿孔，消化液进入腹腔，将引起化学性感染，甚至中毒性休克，如果抢救不及时，生命难保。

她吓坏了，以为自己必死无疑。两个女儿虽然都已经长大，但还没有成家。特别是小女儿，还在读高中。自己撒手西去，心有不甘。

没钱治病，姐姐借给她一万元。

医生叮嘱，平时要经常喝鱼汤、鸡汤或排骨汤之类的汤水，增加营养。

可是，她连鸡蛋也吃不起，何况鸡鸭鱼肉呢？

2016 年夏天，小女儿考取邢台市医学高等专科学校，学费与吃喝穿用，每年需要 2 万多元。

家庭负担，再次加重。

六

最早的巨变，来自风。

大约是 2014 年春天，村里来了一个施工队，说是要建造风力发电站。张北县境内常年平均风速 6 米每秒，而且光照时间长，每年达 3000 多个小时，适合发展风电和光伏产业。

随后，一座粗粗壮壮的铁塔竖起来了，巨大的风车桨叶缓缓地转起来了。

村民们瞪着充满疑惑的眼睛。咦，这西北风也能发电，也能赚钱？

忽如一夜之间，坝上地区的山山岭岭、沟沟坎坎，大都竖起了风力发电机组。

风力发电机组集阵，像一尊尊威武的巨人，吞云吐雾。风车桨叶搅动蓝天白云翻滚，扭转了这方土地的乾坤，显然也转动了当地百姓的大脑！

看看村头的风力发电机，徐海成朦朦胧胧地意识到：一个新时代，到来了！

2015 年，来自河北省工信厅的扶贫工作队，进驻德胜村。

全县所有被精准识别为“贫困村”的村庄，也全都进驻了来自省、市机关单位和大型企业的扶贫工作队。

2016 年秋天，驻村扶贫工作队在村委会的院子里，开始试建 100 千瓦扶贫光伏电站。当年，这座神奇的小电站建成，随即并网发电，效益喜人。

2017 年初，亿利集团应当地政府邀请，进驻德胜村，投资 4.5 亿元，流转草地和荒滩 2640 亩，投建 5 万千瓦集中式农光互补扶贫电站。

电站光伏板下的土地可以二次利用——光伏板下为高 3 米、行间距 5 米的钢结构支架。支架下不仅不影响农作物生长，而且常规农业机械也可以正常使用。这样一来，大大提高了土地利用效率，能够实现多产业优势融合。

电站流转的旱地每亩年租金 450 元，水浇地 550 元。哇，比种庄稼收成还高，而且旱涝保收。

光伏电站，被村民们称为铁杆庄稼。

徐海成的 18 亩地，流转给了电站，年租金 7500 元。

光伏电板，像一张张银光闪闪的笑脸，追逐着阳光、追逐着希望。

被坝上人诅咒了上千年的烈日，不仅为村民们带来了财富，还为小村、为城市带来了光明和温暖。

七

德胜村的胆子大了起来。

他们在扶贫工作队的支持下，争取扶贫项目资金，在村南的土地上建起了 280 个温室大棚。贫困户优先承包，每个大棚年租金 2100 元。

徐海成热血沸腾，自己渴盼已久的机会，终于到来了。于是，他承包了 6 个大棚，全部用来种植微型薯。而之前摸索的科学种田经验，也全都派上了用场。

此时，他进一步见识了土豆的神奇。

科研人员从土豆枝叶上剥取细胞，进行脱毒，并对细胞结构实施人工改良，然后将其培养成单独植株，一个个全新的、品质优良的薯种就诞生了。

细胞培植在玻璃瓶中的营养基里，两周左右，便可生长为成品薯苗，被称为瓶苗。

瓶苗移植到大棚之前，先进行炼苗，以便小苗适应大棚里的生长环境。

植入大棚的小苗，像初生的婴儿，必须小心呵护，稍有不慎，就可能前功尽弃。

薯苗生长很快，由童年到少年，再到成年，不过短短几周时间。

长到第四周，小苗就开始怀胎了，根部结出细细密密的“金豆子”。到了成熟期，拔出一棵来，下面就挂满了枣子大小的土豆。

可千万别轻视这些土头土脑的小家伙儿，都是十足的金蛋蛋呢。

通常情况下，一粒20克左右的小土豆，售价3角。一个大棚产13万粒左右，除去本钱，纯利润2万余元。

因此，虽然一个大棚仅仅6分地，但收入水平却远远超过传统种植的6亩地，甚至60亩、100亩。

然而，2018年春天，由于市场行情不佳，微型薯滞销。

按照以往经验，遇到此类情况，多半会血本无归。

但是，种植户们在政府的帮助下，不仅寻到了买主，而且还获得了不错的收益。徐海成的6个大棚，获利近4万元。

八

2018年春天的种薯滞销风波以后，村民们的热情骤然降低。

徐海成的信心，也委顿下来。

微型薯最适合在高海拔、高纬度地区培植，经过再次种植生产出合格的二代薯种之后，在全国各地进行大田种植，生产商品马铃薯。位于坝上地区的德胜村，无疑是培植种薯的理想之地。而且，种植微型薯，也的确是一项理想的富民项目。只要行情稳定，种植户在短时期内就可以脱贫致富。可是，种植户们各自为战，零散经营，市场上的任何不良波动，都有可能将他们打得人仰马翻。

就在村民们苦恼的同时，驻村扶贫工作队和村党支部一起，以最快速度引进了一家专门从事研发和培植微型薯薯苗的薯种公司，还有一家经营成品种薯的种业公司，并修建了一座占地80亩、储藏能力高达3.6万吨的种薯恒温储存窖，搭建了覆盖全国的种薯销售网络，形成了集微型薯研发、种植、储存、销售于一体的完整的产业链条。

当年，德胜村的微型薯年产销量，约占全国的五分之一。

而且，德胜村的商品马铃薯还注册了专用商标，并成功通过了国家绿色认证，入选第八批全国“一村一品”示范村。

徐海成再也不用担心市场风险了，于是准备放手一搏，大干一场。

他与两位朋友共同投资，在邻村建起了22个大棚，种植微型薯。

2018年和2019年，徐海成的收入节节攀升。几年前的贫困户，已然阔步致富。

他投资3万余元，买来一台454型拖拉机，用于生产；又拿出5.8万元，买来一台越野轿车，用于出行；在张北县城，还买下一套小户型的商品房……

终于在城市里拥有了自己的房子，实现了多年来的梦想。可他，已经离不开这片土地了。而且，小女儿徐亚茹大学毕业后，也被他动员回乡，供职于本村的旅游产业发展有限公司。

遇有闲暇，他便开着越野车，带上妻子和女儿，到县城逛商场、看电影、下馆子。

由于生活条件不断改善，妻子的胃病已经悄然好转。

那一天，徐海成专门陪同妻子，来到张家口市的某高档影楼，补拍了一张婚纱照，并送上了一串8000元的金项链。

那一天，夫妻俩再次抱头大哭。

只是这一次，是幸福的号啕！

……

徐海成突然明白，自己先前之所以屡试屡败，是因为时机未至。就像一棵树和一片森林，要想青枝绿叶、花繁叶茂，只能等待春天到来。

显然，徐海成的春天到来了。而这春天，不仅属于徐海成，属于德胜村，也属于坝上，更属于全中国！

（2021年4月29日发表于《河北日报》）

舌尖下的中国外卖小哥（节选）

杨丽萍

“导师”刘海燕

刘海燕是在住宅附近的公交车站接到良菊的。

真是人如其名，这是一个清淡如菊的女孩，一袭黑裙裹着健美的身躯，斜背着金属链的黑坤包，右手拉着天蓝色拉杆箱，左手拎着红纸袋，里边装着一口炒锅，戴着蓝色医用口罩，眉眼笑着：“海燕姐，我投奔你来了。”

“哎哟，你还带锅来的，那得租个能煮饭的房子。”

戴着眼镜、穿着鹅黄美团 T 恤的刘海燕打量着良菊，感到惋惜，她才 20 多岁，生得又这么漂亮，不该送外卖。

良菊坦率地解释说：“家里有欠债，做外卖钱来得快些。”

深圳写字楼林立，人口稠密，外卖量大，单价又高，是个金矿。刘海燕是附近布吉美团专送站点的组长，近来不断有外地人背包罗伞地跑来找她要送外卖。

良菊是从“外卖刘海燕”的视频号摸过来的。用她的话说，她是四川一座“十八线”小城的瑜伽教练，疫情暴发后练瑜伽的人少了，月收入跌到两三千元，只得另谋出路。

这天是 2020 年 7 月 14 日，大暑的前一周。

刘海燕把良菊领进城中村，这里是刘海燕的“发祥地”。深圳最高的建筑是平安金融中心，高 592.5 米，2017 年竣工后也就不往上蹿了，可是深圳的房价和房租则不然，像只甲壳虫似的沿着曲里拐弯的曲线一个劲儿地往上爬，似乎永远也爬不到顶。

城中村属于深圳的“棚户区”，楼房像原始丛林似的密集，参差不齐，矮的四五层，高的八九层，属于农民自建房。对城中村的农民来说，房子就是他们的田地，把“田”分割成五六米、七八米、或十来米一间租出去，月租 400 元到 900 元不等。房客都是外来务工者，刘海燕他们站点的外卖小哥都住在这里。

站点里有 40 多位外卖小哥像良菊这样投奔刘海燕来的。接待多了以后，刘海燕见面就用东北话问：“差钱不？”对不差钱的，接下来，她会掏出小本问：“你要住什么价位的，公寓型的、经济型的，还是家电齐全的？”小本记的信息是从街上的小广告上抄下来的。中午只有两个小时的休息时间，她得速战速决。

差钱的，她直接送到站点宿舍。那是逼仄的两室一厅，摆放着三张高低床，住着六个大男人。多数外卖小哥会选择租房，不住站点宿舍，每月可领 400 元补贴。跑单多、收入高的小哥会选择条件稍好的房间。别的钱可省，房租不能省，睡不好觉，干不好活儿。

站里有 5 名女性，不过还要算上这个拎着炒锅的良菊。据美团研究院 2018 年的调查，在外卖员中，女性占比仅 10%。良菊来了，站点“达标”了。站点没有女生宿舍，良菊差不差钱都得租房。刘海燕领她看了几间房子，有 900 元空调房，良菊没舍得租，租下 700 元没空调的。这间房过去要 800 元，由于疫情有许多打工的人回家了，房租也就降了下来。这房子光线差点儿，去了床、桌子和风扇所剩无几。不过有洗手间，可以洗澡。

刘海燕也住这个村。8 年前，她像良菊一样为还债，跑到深圳来赚钱。她不是一人来的，跟她一起来的还有丈夫和 9 岁的女儿。她和春哥是媒人介绍的，相亲那天，他话不多，有点儿闷。她却一下就喜欢上这个闷帅闷帅的小哥。他之前谈过恋爱，黄了。她想，他还没从失恋中走出来，相信自己能把他那颗凉透的心焐热乎了。

他俩都是黑龙江的农民，属于没种过地的那种。结婚后总得干点儿啥，干啥呢？她脑瓜好使，眼珠一转：“听说养猪赚钱！”他听她的，那就养猪，于是搞了个养猪场。

猪总跟她叫唤，春哥却跟她没什么话说，除非两口子打架，他不仅动口还动手，那颗心没焐热，还把她的也搞凉了。七年之痒，她提出离婚。他这下傻了，告饶了：“这个家没你不行，我改。”

他不打她了，横行霸道的猪瘟却来了，猪不叫了，一头接着一头地打蔫蹬腿儿，死掉了。她总算知道为啥老人总说，“家有万贯，带毛的不算。”可惜晚了，上百头猪一下子都死了，他们欠下几十万外债。

2012 年，他们“空俩爪子”来到深圳。女儿上学要钱，打工要交押金，“你说难人家都不信，这么年轻为什么吃不上饭？不敢跟老家的亲戚朋友借钱，养猪时都借遍了，赔钱赔得亲戚朋友都跟着倒了霉。”交不上押金就进不了厂，进不了厂就挣不到钱，他们掉进死循环。

往事不堪回首，感冒发烧舍不得买药。实在撑不住了，咬牙买一盒还舍不得吃，让服一片的，她把药片掰开，服半片留半片。一礼拜花 14 元钱，那得咋花？买菜赶散市时，专挑卖不掉的、要扔的烂菜，或扒堆的处理菜买。“咱东北农村出来的饭量又大，根本吃不饱。”采访时，刘海燕说。

好不容易借了点儿钱，先把女儿送进学校，再穷也不能穷教育，再苦也不能苦孩子。后来，他们夫妻进厂了，她在日资电子厂，工头说的粤语，听不清，也听不懂。她像火中取栗中的那只猴子似的捡高温零配件，捡得两手红肿打颤……

2015 年，夫妻俩改做京东快递，收入还不错，两人加一起过万。可是，京东时常送冰箱、空调、洗衣机，干了一年半，她的腿就累坏了，两腿扛重件爬楼梯就打颤，一条腿还红肿，行走艰难，医生让她休息，干快递做的就是跑腿的活儿，哪里休息得了？

他们转做外卖众包。两者的差别是做快递一月挣一万很难，做外卖只要肯吃苦就能做到；外卖送的没大件或重件，不过时间卡得死，比快递危险。做众包的好处是时间自由，想干就干，累了可以不接单。两年下来，他们没赚多少钱。刘海燕改做外卖专送，让春哥留在众包。

一天，刘海燕正要回家时，天骤降暴雨，系统爆单。站长急切地说：“夜班跑不过来，白班电动车有电的留下！”跑了 11 个小时，车撑得住，人也撑不住。雨天跑单补助高，可是危险系数也大，多数小哥不愿跑，毕竟生命只有一次。刘海燕的车还有电，这是春哥的功劳。她一回家他就给她的电动车检查、保养。春哥喜欢摆弄那玩意儿，也会捅咕，总让她的电动车保持最佳状态。

夜班忙不过来，能帮就帮好了，再说还有钱赚。家里欠的债没还完，这几年连老家都没脸回。

“一名女骑手在暴雨之夜驰援夜班兄弟！”站长感动了，在系统播报道。

“女的怎么能送外卖？”订餐的人一开门，见门口站个女的，雨水顺着雨衣往下淌。

她一手拎着袋子，一手托着底部递过去，很有仪式感。这既表达对客人的尊重，也表现了敬业精神，即便超时，或有失误，订餐的人都会原谅。

深夜 12 点多，暴雨停歇。刘海燕创下进站以来最高纪录——50 单，赚 400 多元。站长说她讲义气，关键时刻顶得上。在站里两三百位外卖小哥中，她的业绩冲进前 10，当上了组长。

她的月收入少则七八千，多则过万。跑众包的春哥多则五六千，少则四五千。他清楚赚得多就要多辛苦，懂得心疼媳妇了，晚上把饭烧好，让她吃口“现成”的；她送啤酒粮油重件，申请外援时，他就急忙赶过来。

外卖让他们变得恩爱，路上相遇，打个招呼，会心一笑。

“520”没有鲜花的知足

晚上，刘海燕把良菊领回了家。春哥做的晚饭是烀玉米、凉拌茄子。

饭菜端上桌，有了浓浓的家庭氛围，良菊感受到一股暖意。

刘海燕喜欢良菊的善良与细致，去吃米线时碰到两位讲四川话的老人家，良菊就多叫一碗，端着送过去；玻璃杯碎了，扔掉时，她会用纸盒装好，写上“里面有碎玻璃，小心扎手”……

半个月后，良菊花 2.99 元在“拼多多”买的绿萝活了，把出租屋的窗台点缀得生机盎然。她的每日的单量也稳定在 30 单以上，接个“四胞胎”也能准时送达了。

一天，刘海燕到一豪华小区送餐，见水榭楼台，绿草如茵，喷泉变幻，不禁想到自己这辈子与它无缘了。这里一套房子至少要 4000 万，送一单赚 8 元，要送 500 万单。一天送 35 单，一年 365 天，她要送 391 年，还得不吃不喝。

他们夫妻和 17 岁的女儿住的是城中村的出租屋，月租 1200 元，使用面积 70 多平米，这在站点同事的眼里已相当“奢华”了。送外卖是吃青春饭，据《2020 饿了么蓝骑士调研报告》，外卖小哥的平均年龄为 31 岁，30 岁以下占比为 47%。送外卖是个体力活儿，45 岁以后就跑不动了。等到那时，她干什么，还能干什么？这不仅是刘海燕的问题，也是 700 万外卖员不得不考虑的现实问题。

《2020 饿了么蓝骑士调研报告》显示，在外卖大军中，斜杠青年占比为 56%，其中 26% 为小微创业者，21% 为技术工人，11% 为司机。有位外卖小哥做的自媒体火了，仅一年粉丝量蹿到 45 万，年收入几十万，外卖小哥纷纷办起自媒体，仅蜂鸟即配就出现 6700 位自媒体博主 。2020 年初，刘海燕投资 1000 元，学会了视频拍摄与剪辑合成。在送外卖的途中，她把所见所闻拍下，挤出两三个小时的时间剪辑合成发到网上。八九个月就吸了 2.2 万粉丝量，给她带来一万多元的收入。

春哥兼做电动车生意，从厂家进批新车和电瓶，低价卖给新入职的小哥。他擅长维修，买来旧电动车，修好卖出去。有人电动车坏在半路，打个电话，他也会跑去修，每次收取 10 元。一次半夜下暴雨，有位小哥的电动车坏在 7 公里外，他赶去修好，回来已是凌晨。

带刘海燕入行的师傅下班后在夜市摆摊卖煎豆腐和煎薯条。刘海燕和良菊跑过去帮忙，发现薯条大受欢迎。她回家跟春哥兴奋地谋划一夜，天没亮两人就跑到批发市场买了 700 元水果，晚上跑到深圳大街榨果汁卖，被城管撵了回来。最后水果榨汁后，给过来修车的小哥喝掉了。

5 月 20 日这天，刘海燕送出一束又一束玫瑰，有红的、紫的，还有白的。她既不羡慕也不嫉妒收到玫瑰的女人。春哥也送她一件礼物——黑白两色、座椅宽大的电动车。春哥知道她想要什么。

在深圳打拼八年，两颗心焐得火热，养猪欠的饥荒也还得差不多了，刘海燕很知足。

据报道，有25.3万建档立卡的贫困人口加入美团外卖后脱贫；“饿了么”已累计为国家级贫困县提供近30万个就业岗位，这些来自贫困县的外卖小哥的平均月收入超过5800元，超过2019年全国城镇平均工资3530元。

外卖不仅让刘海燕、春哥和良菊他们还清债务，也为50多万贫困人口提供了一条脱贫之路。

7.2元的尊严

邯郸市郊的街道空旷无人，小于孤零零坐在路边石上，柔弱街灯照在略微扬起的脸和“跑腿悠悠”的黄网状马夹。他生张国字脸，眉间较宽，据说这种人心胸宽广。此时，他却眉头紧皱，额上的一道抬头纹不时显现。这是2020年7月18日的凌晨。

小于深吸口烟，随着夹烟的右手一挥，指向马路斜对面一幢六层住宅楼。

“这是我这辈子的屈辱，”他咬一下唇，平静一下心绪，然后一句接一句地说，“为了7.2元外卖费，把我所有能放下的，都放下了……”

那带有河北味的话里有着说不出的憋屈和不平，还有点儿自嘲与自我宽慰。

小于的网名为“团团的小短短”。这位自认为是特别失败的小伙子生于衡水农村，小时候家境不错，又是独子，备受溺爱，16岁时饭来张口，衣来伸手，什么活儿都不会干。在村里同龄男孩中，他是第一个订婚的，很快又解除了婚约。接下来就是相亲，他说农村提亲看家庭，当年给他保媒的特别多，有一年相亲三十六七次。那阵，他开着车，拉着老妈和媒人，提着红塑料袋，里边装着瓜子和糖果到处相亲。套路相似，媒人介绍双方情况，让男女单聊。问的是“你是干啥的，挣多少钱，有什么爱好？”他风趣地说：“相亲三十多次，都是我坐沙发，女方坐在床上。”他知道女孩大都喜欢那种痞帅痞帅的，他侃着侃着就把对方侃蒙了，最终却一个也没成，多数是他不同意。他憧憬的不是婚姻，是爱情和自由。后来，家境衰落，他又患了椎管狭窄，提亲的没了，31岁了，还单着呢。据最近调查，美团的外卖小哥75%来自农村，33%是单身。

初中毕业后，小于进城折腾几番。他在邯郸摆过地摊，做过快递，均不如意。5月份，他改做外卖。他说，他要跟时间赛跑，“父母老了，我怕他们真的有点儿啥病，我拿不出钱来。”做美团专送要交工装费和租电动车费，每单仅赚3.7元；“饿了么”每单赚4.5元，两者他都没选，选了“跑腿悠悠”和美团众包，运气好的话，一天能挣200来块钱。

一个多小时前，小于抢一单，送餐距离 2 公里，配送费 5.2 元，外加 2 元夜间补贴。跟着导航走，导航结束时，小于拨通客户电话。对方却毫无歉意地说，她把地址填错了，让他改送到从台小区 7 号楼。没等他问清楚，她说很忙，不耐烦地挂断了电话。

小于用导航一查，从台小区在五六公里外。按平台规定，超出 1 公里，外卖员可取消订单。可是，这时客服早已下班，订单取消不了，吃点亏就吃点亏，给她送去好了。

赶到从台小区一打听，门卫大爷说，我们这儿只有 1 号楼和 2 号楼，没 7 号楼。小于拨两遍电话通了，她说她不在这个从台小区，在另一个。他又跑四五公里，再打听，还不是。又给她打电话，她说她家不在小区里，在小区外。他这下蒙了，小区外可就大了去了，上哪儿去找？他登录“跑男群”，跟“老江湖”咨询，没人知道。

已过半夜 11 点，街上哪有人影，跟谁打听？别说，还挺幸运，有人出来了，还真就把小于送到那幢楼前。为这一单，他跑十几公里，用了将近一个小时，要是接其他单，起码能送三单，赚二三十块。

单元的门锁着，他进不去，打电话让客户下来取，她拒绝了。这怎么办，她不下来，他又进不去，这餐怎么送？运气又来了，有住户回来，他跟进去，把那份跑了十几公里的麻辣烫送上了楼。

“您下次能不能把地址写清楚？为您这个单跑太远了。”他还想说，地址她写错了，在电话里说清楚也行啊。

“你是不是想要钱？”那女人冷着脸，不耐烦地问。

“不是，我再差也不差这一点儿。”

小于感到备受侮辱，脸热辣辣的。自己虽说穷，也没在意过这十块八块的，她哪怕略表歉意，也让自己心里过得去。她那副居高临下的态度，连句“对不起”也不肯说，让他实在接受不了。

他恨不得把麻辣烫扔在地上，把钱赔给商家，可是忍了忍，说一句：“祝您用餐愉快。”

转身下楼，他宽慰自己：“我一个送外卖的，今晚表现得比你好！”

可是，他心里憋屈啊，为 7.2 元配送费，就让她践踏自己的尊严。做外卖前，他最不能忍受的就是委屈，现在什么委屈都得受，多么难听的话都得听，还要一边赔笑，一边说“对不起”。这边跟商家“对不起”，那边跟客户“对不起”，做两个月外卖，把 31 年没说的“对不起”都补上了。

“人家就是一副高高在上凌驾者的气势，”小于停顿一下，嘴角一咧，似乎要哭出来，急忙忍住，平静一下心绪，自嘲地说，“我就为这七，七块二毛钱，我就低三下四……我混到了这个地步，要钱没钱，要房没房，30 多岁还没成家，你还欺负我！”

据“饿了么”调查，感到自己得到尊重的外卖小哥仅占27%，感到不受尊重的却占36%。有小哥说：“外卖让我变得越来越自卑。”有这种客户，他们怎么能不自卑？一位网名为川东小文的外卖小哥说，晚上11点多，我把外卖送到小区门口。有门禁，我进不去，给客户打电话，她让我找保安。我叫了半天保安，没人应。我又打电话，请她下来接，她叫我等。我说我还有好几单，没法等啊。”她终于下来了，骂骂咧咧地说：“我要是自己下来拿，还点啥外卖？”我说：“你不下来，我进不去啊。她却不讲理地说，以后再也不点外卖了，美团真差劲……第二天，我多了一个差评。”

刘海燕刚做外卖时被导航引到山脚下，一道栅栏拦住去路。她联系客户：“你的地址到底在哪儿？附近有什么标记？”

“找到幼儿园就找到了。”

她跟着导航从山这头翻到那头，又从那头翻过来。陡坡电动车上不去，她就推着走，一条腿送快递时落下病，隐隐作痛，浮肿得手一按一个深坑。费九牛二虎之力才找到幼儿园，却说什么也见不到“2栋”。转悠两个小时，电动车的电快耗没了。她破罐子破摔地打电话给站长：“这一单说啥都找不到地方，我不送了，你爱咋办就咋办吧！”站长把客户电话要过去，不一会儿回话：“你去吧，在隔壁。他说他来朋友家玩，把地址写错了。”

“我的妈呀，还有这种事儿。”她拎着外卖进去了，一个女的出来接，屋里的男的问：“送来了？”

“送来了。”

“她不送就给她差评。”

刘海燕气坏了：“几次问你，你都说就这个地址，结果还是写错了。”

不过，她不敢发火，不送就给差评，发火更要差评。差评不仅白忙活两个多小时，还要罚款50元。

刘海燕委屈，坐在山上哭着给春哥打电话。

“你别哭了，有啥哭的，遇到这事儿太正常了。你要知道自己干的就是服务行业，啥人都遇得到。”他笑着说。

她本想晚上再跑几单，气得没了心思，坐那儿哭了两个来小时就回家了。春哥劝她：“这事儿吧，你不能太在乎，他给差评就差评，大不了损失50块钱；他要投诉就投诉，你也不是每天都能遇到这种客户。”

去年秋天，南昌的外卖员陈小刀遇到一件更郁闷的事儿。他把餐送到地方，客户却在电话里说：“我不在那个地方，我这里超出配送范围。可是，我就想吃那口儿，你给我送过来。”随后发他一个新地址。

“我还有其他单要送，你这餐只能退回。”按新址送去，就要改变既定送餐路线，有些单可能超时，陈小刀为难地说。

“你退回？你退回去我就投诉你！”客户厉声警告。

有些人不是欺凌别人，就被别人欺凌，还没学会尊重、同情和理解别人。陈小刀致电平台，得到答复：修改的地址与原址直线距离不超过一公里，要送。看来这客户是老手，深谙此道。规则是平台制订的，平台追求的自然是利益最大化，首先考虑的是客户，其次是商家。外卖小哥在二者之间，遭受强力挤压。有时客户把地址填错，外卖小哥没及时送到，商家就蛮横地说："限你5分钟内必须送到，否则就投诉你，把你踢出这个送餐区域！"

外卖小哥不重要吗？自然重要。外卖从餐饮衍生到果蔬、鲜花、商超、药品，没有外卖小哥的"摆渡"怎么能到客户手里？不过，在失业率居高不下的背景下，想做外卖员的人多得是，你不做他做。在外卖产业链上，外卖小哥处在最底层。平台可以把送餐时间由50分钟降到40分钟，再降到30分钟，甚至20分钟；可以超时就罚款，不问缘由，不予申诉；可以有投诉或差评就封号一天，可以让客户的订单费用由外卖员支付。

陈小刀只得把餐送过去，还要不带任何负面情绪地说："祝您用餐愉快。"

客户却没让他愉快，给他一个差评。

对小于和陈小刀他们来说，此类的窝囊事层出不穷。午夜11点钟，小于抢到一单，送到楼下打好几遍电话客户都没接。客户在25层，小于没电梯卡，乘不了电梯。打电话问商家，得到答复："有上楼的你跟进去。"

"半夜11点半了，哪有人上楼？"

"这个必须要给送到，(你) 就是爬也得给人家爬上去。"

为7.2元的配送费，小于就得爬到25层。他患有椎管狭窄，要是累犯病，趴在床上谁来照料，花多少个7.2元才能治好？小于想，自己就在这儿等吧，不再接单了。实在不行，这单自己买了。几个月来，他没少买客户的单，有羊肉串，还有炒酸奶。

他想想就窝囊，耽误这么长时间，可能还被差评，商家为难自己，客户为难自己，保安也为难自己。才挣这么点钱，不送到又不能走。

陈小刀遇到过比这更恶心的事儿，电梯停运，客户在23楼，直言不讳地说："我知道电梯停运了，点外卖就是不想爬楼梯。"

陈小刀觉得自己被算计，客户支付三元五元配送费，就让自己爬23层楼。

"23层太高，我爬到12层，你也下到12层，我们各爬一半。"陈小刀说。

"你给我送上来，你爬楼梯也要给我送上来，不送我就投诉你。"

陈小刀气得致电客服，这次客服同意退餐，配送费补到他的账户里。

小于等了十几分钟，21层的住户回来，他跟进电梯，从21层下来，从楼梯爬到25层。

“你为什么不接电话啊？”他问接餐的女人。

“我老公订的，我不知道。”

卑微的高尚

“我在路边救过两回人，见到流浪猫狗也救助过，也拿过道德模范，还给贫困学生买过电脑……人家都说，好人好报，我不知道我的好报在哪儿。我属实憋屈了，但是我又没地方发泄，只能坐在路边，不嫌丢人地这么坐着，我还不敢跟家里说，”小于坐在路边石头上自嘲地笑一下，骤然停顿，又咬一下唇，“我为什么混得这么落魄……”

小于在邯郸没什么亲友，手机成了密友，送餐给他导航，有什么苦恼就跟它叨咕叨咕，录下来发到西瓜视频。他叨咕完了，见不远处有个警务室，站起来走过去，跟值班的警察磨叨几句。警察见他受了委屈，让他坐一会儿，平息一下。

两天前，小于跟警察打过交道。那是清晨4点30分，夜色渐渐褪去，晨曦在城市泼洒出稀薄光亮，街灯顿时失去控制力，马路上出现三三两两的车辆和行人。小于在街头给电动车充电。昨晚忘关平台系统，凌晨两三点时听手机一声提示，“手欠，点了一下”，就这么把单给接了，这也许是下意识的动作，后悔也没用，得爬起来取餐送餐，一通忙活，跑了六公里，电动车显示余电不足。

充电犹如一滴一滴地加油，要漫长等待。在百无聊赖的等待中，小于突然发现滏东大街与丛台路拐角处倒着一个人。他走近一看，是戴黑边眼镜、穿白T恤和牛仔裤的小伙子，看样子是喝醉了。庆幸的是他没倒在马路中间让车撞着，不过让小于担忧的是他的两只脚伸在机动车道上，司机转弯没注意就会碾轧了，他就会变成残疾，司机会吃官司，酿成两家的悲剧。

小于想把他扶起来，移到路边，伸出去的手又缩回来。周围没人，他要是丢了钱包，少了手机啥的，自己就说不清了。小于想了想，选择了报警。报警后，他又怕在警察来前，路过的车把小伙子轧了，跑去把充电的车推了过来，横在那小伙子脚边。司机即便看不到脚，也会看到红色电动车。如此看来，当初选择红车是无比正确的。

对起五更爬半夜、整天穿行于大街小巷的外卖小哥来说，看见什么都不意外。危急时刻，他们往往会伸把手，帮一下。2018年11月18日下午1时，一辆白色轿车冲断延吉市新桥的护栏，坠入河中，身穿红羽绒服的女司机惊慌失措地撞车门、敲打玻璃均无济于事。围在河边的人，有的惊呼：

“快救人啊，司机还在车里！”有的打电话报警……水却无情地沿车身缓缓漫上来，没过轮胎，没过机器盖，眼看就要没过挡风玻璃。车沉下去了，再不救也就来不及了。

“扑通”，一位小哥跳进河里。

延吉位于吉林省东部，长白山脉北麓，气温已下降至7℃到-2℃，河水寒冷刺骨，小哥没游多远腿抽筋了，只得返回岸边。

“扑通”，又一位小哥跳下去。他奋力游到车旁，将车门拉开，把车里的女人拽出来，艰难地拖着，游向岸边。在众人的帮助下，他们上了岸。

先跳入河的小哥叫肖志飞，后跳的叫于超群，两人是美团的外卖小哥，彼此素不相识。穿红羽绒服的小赵有七八年“照龄”，却没有多少驾龄，在孩子出生这两年没碰过车。母亲要从外地来，她想练一下车，拉母亲出去转转。车开上桥时，突然一辆车蹿过来，她在慌乱中把油门当刹车踩下了。

“老弟啊，你救了姐的命，从今往后，你就是我的亲弟弟！”小赵感激不已地对于超群说。

于超群是个90后，生在延吉农村。他10岁那年，父亲因车祸成植物人，为此家里债台高筑。他初中辍学打工，为家还债。见车坠河里，他忘记自己不过在河里玩耍时会点儿狗刨，没有救人经验就跳进河里。他救了一个孩子的母亲，挽救了一个家庭。

另一个午时，即2019年3月16日12点50分，郑州市经五路与黄河路口，一个五岁孩子过马路时被一辆轿车剐倒，鲜血从嘴中流出，有点神志不清。他位于后车的盲区，极易遭到二次碾轧。突然，一辆电动车逆行而至，身穿黑帽衫和“点我达”马甲的小伙子将孩子抱起。他左手抱着孩子，右手把着车把，把孩子送到河南省人民医院，还垫付了3万手术费。他叫周人坤，是来自睢县农村的外卖小哥。

两年前的一个下午，银川的雨越下越大，上海路与正源北街的人行道上出现暖心的一幕：一位年轻的母亲推着童车，车上有个1岁的女孩。母亲没有带伞。突然，一位“饿了么”小哥把电动车停在斑马线上，脱下自己的雨披，轻轻罩在童车上。这一情节被路口监控拍下，央视新闻直播出来，感动了无数人。记者采访22岁的苏伟时，他说脱雨披时自己犹豫了一下，超时被客户差评怎么办？可是想到孩子淋着会生病，相比之下帮助她们更为重要。

在小于翘首观望时，警车开来了。三位身穿“邯郸交巡”的警察把那个小伙子扶坐起来。他脑袋耷拉着，神志还在游荡。警察从他衣兜找出手机，调出一个号码拨过去。

“什么？他不是邯郸人？这边没有亲戚朋友？他跟谁一块儿住，同事？没事没事，他就是喝多了，别着急。不用送医院，没有明显外伤。”警察见家人着急了，安慰道。

经一番折腾，小伙子的神志终于归位。警察帮他拦辆出租车。小伙子临走时请小于留电话，容后再谢。小于没给。

天已大亮，小于快困死了，电也不充了，回家睡觉去了。无意间救了人，挺有成就感，“就当又加个班吧。”

三杯奶茶的温暖

2020 年 8 月 8 日深夜，天空如墨，稀落的灯光像星星似的绵软无力。小于从公共厕所出来，发觉不对，掀开外卖箱一看，三杯奶茶变成一杯。

“师傅，看到有人动我车吗？”他问旁边摆摊卖竹筒粽子的大爷。

“没注意。你没锁吗？”

没锁，他以为上个厕所就出来，哪想到会丢啊？得了，那就认赔吧。他联系收货人：“您好！您点了三杯奶茶是吧？”

“什么奶茶？没点。”语气有点儿发沉。

“那好，我再问一下。”要挂断时，他追问一句：“您是丁先生吗？住在 2 单元 802，对吧？”

“我姓丁，住 2 单元 802。”似乎有点儿迷迷瞪瞪，可能喝酒了。

“我给您送的奶茶被人偷了两杯，我现在重新给您买去。”

“不用了，不要了。没事，谢谢！”

“您不要了吗？那、那、那我这个订单就完成了？”

“好好。”

像这样有教养，懂得尊重别人的客户也不少。据“饿了么”调查占比为 11%，据美团调查占比为 13%。四个月前，深圳下着小雨，布吉美团专送的刘海燕去当地有名的富人区送餐，那里房子的起步价要 4000 万。要进小区时，她发现汤洒了出来。餐盒质量太差，盒底裂了，酸菜鱼的汤全流了出来。她把脏的塑料袋扔了，换个干净的。她忐忑不安，不要说是富人，就是穷人也不会接受这没汤的酸菜鱼啊，怎么吃啊？

“对不起，盒子破了，汤洒了，只剩下，只剩下鱼和酸菜了，”刘海燕抱歉地说，“是我的责任，我把鱼钱赔给您。”

订餐的女性气质高雅。刘海燕拿出手机，要转 60 元钱给她。

她却接过餐：“鱼还在吧？没事的，下雨天，你不容易。路上小心啊。”

瞬间刘海燕就感动得一塌糊涂，不在于赔不赔钱，而在于她的同情与理解。

丁先生说奶茶不要了，小于还觉得不踏实，也许做三个月的外卖还没遇到这样的客户。他回到奶茶店，店里已冷冷清清，一个顾客都没有。

“奶茶丢了，我想赔给他，客户说不要了，你说咋办，我要不要点送达?”

“这都啥年头了，还有人偷这个?”老板惊奇地说。

自己是不是有点儿一根筋了?点一下送达就可以回家睡觉了，可是这么做有点儿不安，觉得没有尽责。不行，小于跟老板要来订餐人电话，是河南濮阳的。他拨过去，是位年轻女子。

“现在剩几杯?”听他讲完经过，她问。

“剩一杯。”

“那就送一杯吧。他喝酒了，我怕他不愿意下楼，上边没有水。”

“好，我现在就去，您还有什么嘱咐吗?”

“没有了，你给他送一杯就行了，本来就他一个人。”

“好，我替您看看他，他如果有事儿，我就给他买点儿药什么的。”

你敬一尺，我敬一丈，人与人要是都这样该有多好。小于高兴地一路唱着歌，“我像风一样自由，就像你的温柔无法挽留……”风从耳畔吹过，插在车龙头上的小红旗呼啦啦地抖动着。

杭州的外卖小哥王建生也遇到过这种事。那是冬日凌晨3点多钟，他送外卖到楼下，跟客户联系，对方让他送上去。他爬到四楼，那男人见王建生双手拄着铁杖，一条残腿弯在后边，愣住了，歉疚地连说几句：“对不起，让你辛苦了!”从兜里掏出一张百元钞票塞给他。他谢绝了。

“那你帮忙买包烟吧。”

送餐时经常有人求他给买包香烟，或打火机什么的，也有让帮忙扔垃圾的，王建生从来不拒绝。

买烟回来，王建生接到那位客户的电话：“那烟你拿去抽吧，剩下的钱你收好。”

还有一次，王建生爬楼梯把一箱啤酒背到六楼，姓吴的客户操着东北口音说“你打电话说一声，我下去取嘛。”说罢，非要给他50元小费不可。王建生连连摆手“不要不要”，赶紧下楼走了。客户还是通过平台把50元转给了他。

小于到那幢楼，乘电梯上到八楼。他没去敲802的门，怕深夜惊扰了邻居。

“您好，我是外卖。到门口了，您开门吧。”他打电话说。

“不要了吧?”也许酒劲没过，也许睡着了，有点迟钝。

“女士非让给您送过来，怕您没水喝。”

“不要，不要，不要了。”

“您没事吧?”

“没事。”

小于又给那个女士打电话："我送到门口了，他说不要了。"

"他在里面吗？"

"在。他说没事，我听也像没事。"

"哦，那行吧。"

"这啥事啊，本来想赔两杯，结果却赚一杯，"小于乐滋滋往回走，"早知道不来了，不过使命必达啊。"

小于把视频发在网上，引起强烈反响："外卖不易，一个单子跑了几趟。"

"赚一杯奶茶打了好几个电话，那电话费……"

"小哥跑来跑去都是上个厕所惹的祸，小偷和客户一致同意留下一杯是对你的奖励。"

点评反映社会对外卖小哥的认识、理解、包容与苛求，也反映了他们所处的生态环境。

外卖小哥和快递小哥为互联网产业铺就了坚实跑道，没有他们，"最后一公里"就将是断头路，虚拟经济也就无法在现实中着陆，中国的外卖也不可能遥遥领先。2020 年 2 月，人力资源和社会保障部会同市场监管总局、国家统计局联合发布 16 个新职业信息，"外卖小哥"有了官称——网约配送员。

（原载《北京文学》2021 年第 4 期，有删节）

聚焦热点

哈拉哈河（节选）

李青松

向西向西向西。偏北偏北偏北。

拐拐拐。向北向北向北。偏西偏西偏西。

——哈拉哈河

初始右岸石壁如屏，石片棱棱怒起，一路崖壁参差，水倾之底处平阔，其势散缓，汩汩滔滔，流霞映彩。至急流处，水流汹涌，浪如喷雪。用徐霞客的话说“观之，狂喜过望”。遗憾的是，徐霞客没来过这里，徐霞客说的是别处的河。

别处的河不同于此处的河。哈拉哈河的水头——源自大兴安岭蛤蟆沟林场的摩天岭。它汇集了苏呼河和古尔班河等支流，全长蜿蜒三百九十九公里。说长不长，说短不短。

哈拉哈，不是哈哈哈。哈拉哈——蒙古语，屏障之意。哈拉哈河的河水坚韧、寡言、无畏，能清除一切阻塞它的东西。即便是倒木，即便是岩石，即便是泥沙。在阿尔山林区，哈拉哈河有两条，地上一条，地下一条。地上的是我们能够看得见的，清澈平缓，鱼翔浅底。地下的，是我们看不见的却能感觉到的，神秘莫测，沉默不语。它布局巧妙，层次分明。那些蓄水的湖泊，比如达尔滨湖、杜鹃湖，仙鹤湖、鹿鸣湖、天池、乌苏浪子湖也是哈拉哈河的另一种存在形式。久旱不涸，久雨不溢。地上河的河水突然上涨和下降，都是地下河的暗劲儿呈现的异象。

地球母腹，广阔而丰盈，正是靠着火与水的平衡，才得以生生不息。从里往外看，地球是火球；从外往里看，地球是水球。没有火，就没有水。要认识这一点，就必须认识另一点。

火山喷发是地球自我减轻和释放能量的有效手段，可以防止内部窒息，也可以防止因能量过多而导致“痉挛”。地球的内部永远在活动着，吐故与纳新，毁灭与创造，没有片刻停顿。古希腊人认为，火山是地球母腹的口，自然而不可少。如同昆虫嘟嘟放屁的气门，如同贝壳双扇微张的嘴。或者是用于呼吸的，或者是用于排泄的，如果堵上，就会把它们憋死。如果地球瞬间“痉挛”，那就是发生地震了。那些憋在地球腹部里的水蒸气压缩成了“球”，那就麻烦了。因为，它要找一个出口减压，就会在地下剧烈地运行，甚至发出呜呜呜的震耳欲聋的轰鸣声。引发地震，引发海啸，引发火山喷发。

就空间而言，过满，或者过空，都是问题。空虚和丰沛之间有一个奇妙的度，地球自己知道，地球自己能够平衡。火山熔岩喷发的时候，那股巨大的力量，造就了地下的河，却将火山岩和砾石覆盖在河面上。其上生长着白桦、赤桦、黑桦、红柳、青杨、榛子、蓝莓等乔木和灌木，曰之石塘林。这些植物的根紧紧抓住火山岩，并排除强酸去腐蚀它，把它变成土。砾石在一旁冷漠地观望着，却无路可以逃遁。因为苔藓已经抛出千千万万根绳索把砾石缚住，不能移步，不能叫喊，只能束手就擒。那些植物就是从火山岩的废墟里长出来。植物吞噬了废墟，吞噬了废墟底下的肉和骨头，吞噬了能够成为它能量的一切。且长势巨旺，饱满强壮。渐渐地，它们就成了这片世界的主角。

啾啾啾！啾啾啾！

石塘林里有鸟在穿梭忙碌，寻虫觅食。

也许，世界不是在某一时刻创造的，而是在可变的运动中慢慢创造出来的。

森林里充满生命的律动。

这里没有老虎，没有豹子，没有巨蟒，却有黑熊。黑熊常在哈拉哈河岸边出没，寻找食物。黑熊是杂食性动物，吃坚果、浆果、草根、蘑菇、木耳、鸟蛋、蜂蜜，也吃老鼠、蚂蚁、蚯蚓、蜜蜂、蜥蜴、草蛇。它喜欢翻腾森林里的石头、倒木，那些东西的底下往往有它要吃的美食。

呼的一下，石头掀开，小生灵们四处乱跑，慌不择路。它用爪子拍打着，啪！啪！啪！一些被它拍死，一些被它拍晕。

嘴里嚼着倒霉的老鼠，咯吱咯吱咯吱。

它好像永远吃不饱，缪尔曾写过一段话，来形容黑熊的胃口。他写道：“它们把食物撕碎，悉数吞到它们那不可思议的肚子里，那些食物就好像被丢进了一团火，消失了。”——这是一种怎样的消化能力啊！

黑熊的武器是它的前爪。一掌掴去，再一掌掴去，必使对方非死即残。早年间，哈拉哈河岸边每年都发生几起勘探队员、伐木人或者猎人、采山货人被黑熊用爪子拍伤或者致死的事情。一个勘探队员在野外作业时，就曾遭到黑熊的袭击。当时，哈拉哈河岸边要建森林小铁路，他与队友正在测量地形。突然，林子里冲出一只黑熊，一掌掴来，把他拍晕，并把他坐到屁股底下。队友傻眼了，抡起测量工具就同黑熊搏斗。幸亏其他队友也及时赶来，才把黑熊赶走。结果，那名被黑熊掴了一掌的勘探队员，鼻梁骨塌陷，七根肋骨骨折，一只眼睛失明，头永远歪向一边。

黑熊也常深更半夜光顾伐木人的工棚，专门到厨房里找吃的。头一天剩下的高粱米饭、窝头全都成了它的夜宵。当然，它可不是优雅的君子。它还把角落里的米袋子面袋子抓破，吃得满嘴满脸都是面粉。碗橱也被它掀翻，碗筷散落一地，一片狼藉。

有时，黑熊也到哈拉哈河的浅滩上溜达，眼睛却不时瞟一瞟河里。它可不是漫无目的地瞎溜达，而是鼻子嗅到了河里的鱼正在靠近岸边的腥味。时机来了，它会果断出爪，十有八九不会走空。

黑熊在树洞或灌丛里睡觉时，如果有人搅扰了它的美梦，它往往会吼叫着发起攻击。立起身子，舞动利爪，狂抓乱咬。此种行为，与其说是因为受惊而自卫，不如说是因侵扰而愤怒。后果，不堪设想。

当然，黑熊也有被反制的时候。一只狍子从灌木丛里闪出来，一般情况下，黑熊是不予理睬的。可这天，它居然丢下石头下面翻出来的美味，撒腿就追赶那只狍子。前面是一个水塘，黑熊生生把那只胆战心惊的狍子赶进了水塘里。黑熊身壮体强，却生来笨拙。哪知狍子在水面上奔跑时突然反身，用前蹄狠狠向黑熊两只眼睛刨去，黑熊惨叫一声，两只前爪乱扑腾，在水里打着旋，水花四溅。

顷刻间，狍子早已无影无踪，逃之夭夭了。

黑熊用力抖了抖脑袋上的水珠，也只好踉踉跄跄离开水塘，悻悻而去。

松鼠是森林里的精灵。

它那漂亮的尾巴飘飘然，轻巧灵活，光亮闪闪，妩媚动人。一会儿在身后，如同拖着一朵云，在林间蹿来蹿去，活力无限；一会儿在身上，尾巴紧紧贴着后背，直立而坐，用前足当手，把食物送到嘴里；一会儿纵立伸直，停在树梢上，警觉地观察四周的动静；一会儿又优雅地卷起尾巴，翘过头顶，脑袋在尾巴的遮蔽之下，闭目养神。

它脚爪尖细，行动迅疾，身影转瞬即逝。从一棵树到另一棵树，从一根倒木到另一根倒木，从一个树洞到另一个树洞。它生性胆小，机警敏捷，时刻小心翼翼。它是爬树的能手，脚爪欻欻欻，像带着电一样，上上下下，时而跳跃，时而采摘，时而抓挠，总之，它一刻也停不下来，挖着，啃着，咬着，嚼着，总是在折腾。它是快乐幸福的。秋天，它将橡子果、松果、榛子果收集起来，藏在洞穴里，藏在倒木底下，藏在崖壁罅隙间，藏着藏着，自己也忘记藏在哪里了。无奈，冬天饥肠辘辘时，只得用前爪挖开积雪寻找食物。将积雪下挖出的坚果，一颗一颗带到树桩上，然后咬开，一点一点抠出里面的果仁。很快，树桩下，满是它扔掉的果壳苞片。几只喜鹊飞来，欢天喜地。喳喳喳！喳喳喳！喜鹊看见了果壳苞片里有东西在蠕动。

林学家说："松鼠是播种能手。森林里，假如没有松鼠，树木的再生情况就会少之又少。"

松鼠本性惧水，但哈拉哈河两岸的松鼠泅水本领超强。从此岸到彼岸，抑或从彼岸到此岸，松鼠就抱着一块桦树皮跳进河里，用尾巴当桨，左右！——左右！——左右！顷刻间就划到对岸。有风的日子，它就御风而渡。尾巴直立水面上，分明就是风帆呀，挺着挺着挺着，一摆一摆一摆，甚是有趣。

哪里河段宽，哪里河段窄，哪里河段水流急，哪里河段水流缓，松鼠清清楚楚。在哈拉哈河的狭窄河段，松鼠过河就更不是问题了。它只需在此岸的高大落叶松上抓住一根长长的松枝，荡来荡去，荡来荡去，然后将自己用力一抛，嗖的一声，一个弧线就抛到了对岸的树上。

松鼠虽然多疑，但领地意识极强，对于擅自闯入自己领地的同类冒失鬼，必驱之。如果对方飞扬跋扈不愿离开，打斗一番也在所难免。那是一场你死我活的打斗，枯叶乱飞，断枝横跌，叫声悚然。

早年间，哈拉哈河上有一个人，靠在河上捕鱼为生，也为过河人摆渡。有人过河，他就摆渡，没人过河，他就捕鱼。他捕鱼从来不用网，只用"懒钩"，钩大如镯，一串三五个。"懒钩"钩到的都是大鱼，他有意给小鱼留生路。此人，一年四季穿件老羊皮坎肩，出没于哈拉哈河上。他水性甚好，有时捕鱼，甚至连"懒钩"也不用。他知晓哲罗鱼的脾气，也知晓它藏在什么地方。他直接把老羊皮坎肩脱下来扔在船头，悄悄潜入水底，给哲罗鱼挠痒痒，挠着挠着，手就抠住了鱼鳃，一点一点就把哲罗鱼牵出了水面。他熟悉哈拉哈河上的风，他熟悉哈拉哈河的水声，他熟悉哈拉哈河的气味，他熟悉哈拉哈河上的星星和月亮。

他脸膛黝黑，鹰钩鼻子，面相凶狠，人送绰号"黑爹"。"黑爹"真名叫什么呢？没有人知道。河边崖壁下的撮罗子，就是"黑爹"的家。他没有女人，也无儿无女，就是赤条条一个人，无牵无挂。

关于他的来历，说法很多。不过，说来说去，渐渐地，时间一久，就没有那么多说法了，就只剩下一种说法了——他是"黑爹"。有道是：不在意你从哪里来，重要的是你能把人送到哪里去。

"黑爹"的船是一条桦木船，没有桨，用一个桦木杆子撑船。那时，整条哈拉哈河只有这么一个渡口。从此岸到彼岸，从彼岸到此岸，过河的人就坐"黑爹"的船。"黑爹"有的是力气，三下两下，五下六下七八下，用力一撑，就把船撑到了对岸。哗——！一根绳子甩出去，绕在渡口的木桩上，又悠回来，就拴了船。湿漉漉的桦木杆子戳在船头，见了阳光，一会儿就晒干了。

坐船的人起身时问船钱，他不言语，摆摆手。后来，人们也就不问了，下船就走了。因为，“黑爹”从不收费。

有几次，不慎落水的人，都是“黑爹”一猛子扎进水里救出来的。人们发现，虽然“黑爹”面相凶狠，其实内心很善良。

坐“黑爹”船的人，有伐木人，有淘金者，有猎人，有皮货商，有走亲戚的妇女。“黑爹”话很少，三五天说一句，七八天说两句，眼睛看着河面，只管撑船。“黑爹”唯一的嗜好就是喝酒。喝了酒，两眼就放出满足的亮光。常坐船的人，就时不时在他的船上留下一瓶酒。

有一年夏天，下暴雨，哈拉哈河涨水，波浪滔天，船不能渡。“黑爹”在撮罗子里，听到河中传来咚咚的鼓声，心疑为怪。出撮罗子，向河中探望，只见水面有一蛤蚌露出，大如笸箩。“黑爹”急持撑船的桦木杆子击之，蛤蚌一动不动，死死咬住桦木杆子不放。“黑爹”使出蛮力，将杆子连同蛤蚌一同抛到岸上。用石头砸蛤蚌，双壳微开，桦木杆子才脱落下来。随后，从蛤蚌中意外取出一珍珠，亮闪闪，圆滚滚，径长盈寸，大如鸡蛋。

“黑爹”并无喜色。日子如常，“黑爹”照旧在哈拉哈河上捕鱼，照旧在哈拉哈河上摆渡。

可是，有一天，渡口的桦木船不见了，“黑爹”也不见了踪影。撮罗子里，除了篝火的灰烬，空空荡荡。哈拉哈河上，除了两只哀鸣的水鸟飞过，空空荡荡。

“黑爹——！”“黑爹——！”“黑爹——！”

一声声唤，无人应。

一九四九年冬天，阿尔山林务分局成立。

办公地点就在哈拉哈河岸边阿尔山的伊尔施。白狼、五岔沟、西口、苏呼河作业所统归阿尔山林务分局管理。首任分局局长叫义热格奇，蒙古族。

当时，全国刚刚解放，国家急需木材进行经济建设。建工厂需要木材，修铁路需要木材，开矿山需要木材，盖楼房需要木材，架桥梁需要木材，总之，举凡开工建设的工地，没有不需要木材的。

一声令下：开发林区。

此前，哈拉哈河支流苏呼河两岸尚未开发，森林还是原始林，林相相当齐整完美。以落叶松、桦树及蒙古栎居多。

采伐队开进苏呼河施业区，以沟为作业点建立了采伐铺。据当时伐木人邓林生回忆，每个采伐铺有一名队长，一名记账员，一名检尺员，数十名采伐工。住宿是就地取材修建的木刻楞房子，房顶用桦树皮盖住，夏季防雨，冬季防雪。木刻楞里用大铁炉子烧柴取暖，铁炉子是用日本关东军丢弃的汽油桶改做成的，上面立一个烟囱，就开始生火。烧的是木柈子，火很旺，时不时往炉膛里加几块柈子，火焰升腾着，嚯嚯嚯！嚯嚯嚯！火蔫了，火犯困了，就用炉钩子捅一捅，提提神，火就睁开眼睛，又欢快地燃起来了。铁炉子上也烤白天伐木出汗湿透了的衣服、裤子、绑带、手闷子，热气乱舞，散发着一股异味，不怎么好闻。进入腊月，炉火一刻也不能停，若是停了，木刻楞就成了冰窖了。

冬季，生活物资用马爬犁运送，菜多数是土豆、盐豆、卜留克咸菜、酸菜和冻白菜，粮食大部分是红高粱米，很少吃到大米和白面。可是，还是有白酒喝的，是那种土法烧锅酿制的小烧酒。度数很高，有六十多度，是纯正的"高粱烧"烈酒。白酒在当时是林区劳动保护用品。不喝酒不行啊！当时，木材运输主要靠流送——就是河水里放排，伐木人大部分时间在水里作业，喝酒才能祛湿，才能舒筋活血。

苏呼河蜿蜒曲折，全长十八千米，向南注入哈拉哈河。每年春天冰雪融化，桃花水"闹汛"之时，就开始木材流送了。流送是按工铺分段投放木材，每次要控制投放的数量，不然投放过多会堵塞河道。沿岸各铺的工人在水里用小扳钩调整木材走向，使其不"打横"，避免造成"插堆"。然而，各工铺投放木材量很难统一把握，每年总是有几次"插堆"淤堵河道的事故发生。怎么办呢？也是有备用方案的——事先在上游修了一道木障拦河坝，里面蓄满水，在那里静静候着呢。打开闸口，坝里憋着的水汹涌而出。猛烈的冲击力，一下就把"插堆"淤堵的木材冲开了，河道重新恢复了通畅。

苏呼河的头道沟、二道沟、三道沟都设立了采伐铺。采伐铺得有个名字呀，是叫一铺、二铺、三铺吗？——不是。是按照队长的名字起的。邓林生回忆说，头道沟的采伐铺有郭长明铺、李木春铺、孙石头铺；二道沟的采伐铺有宋木林铺、杨云桥铺、董永刚铺；三道沟的采伐铺有万学山铺、刘长江铺、包金荣铺。铺下设组，有伐木组、造材组、打枝组、归楞组、流送组。伐木工具是快马子锯，也叫大肚子锯，也叫二人夺。伐木作业时两人对坐拉，嚓——！嚓——！嚓——！嚓——！锯末子从锯口吐出来，弥漫着木脂的香味。随着一声："顺山倒啦——！"轰的一声巨响，大树就躺在了地上。砸断的灌木、枯枝、枯草、枯叶四处喷溅。

接着，就开始打枝，造材了。锯掉梢头，锯掉枝杈，锯掉疤瘌疖子，就是通直可用的木材了。河岸上选平坦的场地，作为楞场，把造好的木材，集中到这里归楞，准备流送。从各采伐铺把木材运到河边楞场，主要是靠马爬犁。——这一工序也叫"倒套子"。

爬犁论张，不论辆。

每张爬犁由两匹马拉。林区冬季气温在零下四十几度，赶爬犁的人身穿羊皮袄，头戴狗皮帽子，脚穿棉靰鞡，也叫毡疙瘩，浑身上下包裹得还算严实。长鞭一甩，嘎——！

“嘚驾！——！”马爬犁载着滚圆的木材，在雪地里在冰面上就欢欢地跑起来了。

一张马爬犁一般运三五根木材，来来回回地跑，马跑得汗气腾腾。马鬃上眉梢上挂满了霜，鼻孔喷出一团一团的热气。爬犁是用柞木做成的。柞木结实，性子稳定，不易劈裂。爬犁脚的底部镶上铁条，在雪里或者冰上跑起来就轻快无比了。

那时候，伐木人的生产作业还是有一些行话的。比如：“磨骨头”就是用肩杠抬木头装车，“小套房”就是集材的意思，“大套房”就是运材的意思。“上楂子”是指从伐木、打枝、造材到归楞的多道工序的统称。而“下楂子”则是指顺着河道水运流送的过程。

楞场又分山楞、中楞、大楞。

山上伐倒的木头，简单集中到一起，叫山楞；把山楞的木材再集中运到路边，归成楞堆，叫中楞；把中楞的木材，用马爬犁运到苏呼河两岸归成楞垛，以备流送，称为大楞。据说，苏呼河大楞场，一个冬天要贮存木材达到三万立方米。

在阿尔山林区，像苏呼河那样的饱满丰盈的大楞场有若干个。楞场里木材堆积如山，一楞连着一楞，楞垛铺到天边。大楞场的木头，最后又通过苏呼河进入哈拉哈河流送到阿尔山林务分局伊尔施贮木场。再经过检尺、打码、编号、造册，这些木材就成了国家计划供应的物资了。在伊尔施经统一调配，装上汽车和火车运往全国各地。

在那个年代，贮木场相当于林区的“金库”。

林区人吃的喝的用的，全都来自贮木场里的木头。故此，林区的经济又被称为“大木头”经济。

哈拉哈河的上游除了苏呼河，还有大黑沟、小南沟、金江沟水系，在伊尔施都汇集到一起。河面宽阔，河水澎湃，流送的木排首尾相连，蜿蜒数里，盖满河面，甚是壮观。

至今，哈拉哈河流经伊尔施的南北两岸，还有用水泥制作的大墩子遗迹立在那里，这就是木材流送的终点站了。上下两根钢丝绳横穿河面，河中间用若干木头三脚架固定，钢丝绳的两端分别系在水泥墩子上，用锁头锁牢。再沿着两根钢丝绳排列木板，用铆钉固定住，防止被河水冲掉。如此这般，就形成了一道拦截木材的屏障。

木材截住后，就出河，用绞盘机往上拉，每次拉一捆，一捆三五根。拉上岸后还要归楞，抬木工就大显身手了。一一，二二，三三，四四，六六，要根据木头大小及其长短，确定几个人上手来抬。所用的工具有抬杠、扳钩、肩杠、把门子、压角子、小刨钩、油丝绳等。

一一就是两人一组，用一副扳钩，一副肩杠；二二就是四人一组，用两副扳钩，两副肩杠；三三就是六人一组，两副扳钩，一副把门子，三副肩杠；四四呢，就是太长太粗太重的木材要八个人一组，前面一副把门子，后面一副把门子，中间两副扳钩，四副肩杠。六六呢，就不说了吧。——反正那是更大更粗更长的木头，要十二个人上肩了。

如果是直接装火车的话，就在地面与火车厢之间还要搭跳板，有两节跳，有三节跳。抬木头时，动作要协调统一，步调一致，否则就会出差错，甚至发生危险。于是，喊号文化就在贮木场，就在抬木头的行进中产生了。领头人（杠子头）喊号，其他人接号。以号为令，便于抬木头行走时迈步整齐，使所抬的木头悠起来，从而平分压力，运走木头。在号子的节奏中，同时弯腰、挂钩、起肩、运行、上跳、置木。

每首号子的领号声调特别重要。号声的大小、高低、粗细、强弱都决定着其他抬木人的劲头、步伐步态，甚至运送距离和时间的掌握，都是靠号子控制。抬木是一种齐心协力的劳动形式，号子的作用就是用韵律来调节人的步伐，使大家“走在号子上”。

抬木号子是一种调律，多种内容的艺术。也就是说韵律是固定不变的，至于内容的变化，要看领号人触景生情，临场即时作词的能力和水平。

领号：弯腰挂呀——！

接号：嘿呦——！嘿呦——！

领号：撑腰起呀——！

接号：嘿呦——！嘿呦——！

领号：齐步走啊——！

接号：嘿呦——！嘿呦——！

领号：脚下留神呀——！

接号：嘿呦——！嘿呦——！

领号：上大岭呀——！

接号：嘿呦——！嘿呦——！

领号：加油上啊——！

接号：嘿呦——！嘿呦——！

人在重压下发声，这是一种生理需要，也是一种重体力劳动过程中寻求快乐的精神需要。

有数据记载，阿尔山林务分局中华人民共和国成立初期流送木材量是—— 一九五〇年，两万八千一百三十立方米；一九五一年，两千九百立方米；一九五二年，三万零八百一十立方米；一九五三年，三千一百立方米。

一九五四年，林区头一条森林铁路修通了，森林小火车取代了水运流送。之后，哈拉哈河上的木材流送场面，便渐渐淡出林区人的视野。不过，那些老一辈伐木人，总要在傍晚黄昏时分，来河边走走。他们望着空荡荡的哈拉哈河河口，总有一种说不出来的怅然的感觉。

喧嚣远去，哈拉哈河静静地流淌着，仿佛什么都没有发生过。然而，晚霞中，两岸的水泥墩子遗迹，以及几节锈迹斑斑的钢丝绳，还是那么真实地倒映在水里，若隐若现。

倒影是图景的回声，回声则是声音的图景。

“在森林里，最可靠的东西只有斧子和锯。”——这是早年间，阿尔山林区流传的一句话。然而，经过半个世纪的砍伐之后，斧子和锯也靠不住了。光荣消歇。哈拉哈河沉默不语。也许，沉默也是一种忧伤。

若干年前，阿尔山林区就告别了伐木时代，进入了全面禁伐时期。作为一个时代的标志物，斧子入库了，锯子入库了。伐木人变成了种树人和护林人。

哈拉哈河似乎有话要说，然而，它没有说。

黎明睁开了眼睛，在无奈和困惑中，林区人开始认真而理智地审视自己既熟悉又陌生的森林了。

森林是什么？—— 一个声音说：“森林是一个生态系统概念，绝不仅仅是我们所看到的那些树。”是的，在森林群落中包含着许多生物群体，它们各自占有一定的空间和时间格局，通过生存竞争，吸收阳光和水分，相生相克，捕食与被捕食，寄生与被寄生，既相互依赖，又相互制约，构成了一个稳定平衡的生态系统。

最早把森林视为生态系统的，是德国林学家穆勒。穆勒说：“森林是个有机体，其稳定性与严格的连续性是森林的自然本质。”不应把森林看成是木材制造厂，而应视为是土地、植物和动物的融合，是持久的生命共同体。它是河流的源泉，也是生命的源泉。

人类在反思自身与森林的关系中，不断调整着自身对森林的认识和行为。

穆勒还说：“如果说我们不再需要用干燥木材供人取暖，那么我们就更需要这些绿意盎然、青枝滴翠的森林来温暖人的内心。”

森林具有三个层次：遗传多样性、物种多样性和生态系统多样性。森林包含了区域中生物种类的组合、生物与环境间相互作用的过程以及经受干扰后的演变过程最为完整的记录。正如气候顶级类型提供的当地植被完整的演变历史那样。这些生态过程，是从人为干预下生长时间较短的人工植被中无法获得的。或许，天然林和人工林是完全不同的两回事。

森林就是森林。森林里没有多余的东西，更没有废物。即使森林中那些枯朽的老树也不是废物。只有父母儿孙的生存，而没有爷爷奶奶的存在，并不能算是一个完整的人类社会，而森林，同样是一个老中青幼连结着的群体，正因为有枯朽老树的存在，才意味着一座森林的生长有着不同寻常的历史，才构成了完整的自然生态系统。

何况，在哈拉哈河两岸的森林里，枯朽的空筒老树，还是紫貂、青鼬、艾虎、花鼠、灰鼠、鼯鼠等兽类和原生蜜蜂栖居的巢穴。大空筒树是黑熊蹲仓冬眠的极好场所。猞猁也常常借助于大树窟窿栖身。

森林的奥秘，也许就藏在那些枯朽老树的树洞里。森林有自己的秩序和逻辑。当一种现象超过某种确定的界限，森林就会调整内部的结构关系，重新确定秩序。——这就是森林法则。

阿尔山林区的朋友张晓超说："天然林的自我恢复能力超出我们的想象。"他说，"保护天然林最好的办法就是封山育林。在天然林采伐迹地上，只要原生树木的根系没有被毁垦，只要封山育林的措施科学、得当，给它们充分的喘息时间，天然林就可以恢复创伤，郁闭成林，达到森林群落的完好状态。"

春去春又来。

正是凭借美的力量，灵魂得以存活，并且生生不息。

林区大禁伐后，寂静取代了喧嚣。而那些能量积蓄已久的根，在哈拉哈河的滋润下睁开新绿的眼睛，并用力拱出地面，占据着一方属于自己的空间。

哈拉哈河上起雾了，渐渐地，雾吞噬了森林。

然而，终究还是森林吞噬了雾。

哈拉哈河向西奔流。向西向西向西。

据说，一二一九年，成吉思汗率领四十万蒙古铁骑西征欧亚出发之前，就是在哈拉哈河下游一带厉兵秣马，蓄势待发。至今，当年成吉思汗拴马的柱石，在哈拉哈河河畔还可以找到。高盈丈，合抱粗，风骨凛然。它孤傲的影子，每日与遥远的苍穹对望。虽然历经岁月的剥蚀，可是，它仍神一般矗立在那里。其实，即便它倒下了，即便它风化成了一堆土，那也无关紧要，因为它早已经矗立在人的心里。

"旌旗蔽空尘涨天，壮士如虹气千丈"——成吉思汗的蒙古铁骑所向披靡，摧其坚，夺其魁，解其体，向西向西向西，直至欧洲多瑙河。成吉思汗建立起一个庞大的帝国，打通了东西方交流之路，缩短了地球的距离，对世界产生深远影响。也许，正是哈拉哈河的火与水，哈拉哈河的坚韧、寡言与无畏，唤醒了成吉思汗的雄心和胆略。

可是，起初，成吉思汗西征的本意，并非为了占领和征服，而是简单的两个字——复仇。

此前，成吉思汗派往西域的一支四百八十人的商队，全部被西域人处死，货物被洗劫一空。“汗闻报，惊怒而泣。登一山巅，免冠，解带置项后，跪地求天，助其复仇，断食祈祷，三日夜始下山，亲征之。”

呼麦呜呜，长调响起。蹄声和鼓声激荡着草原，疾风掠过的地方，总有山丹丹花狂野地开放。然而，一切都化作了远古的烟尘，随风飘逝。

哈拉哈河依然在流，哈拉哈河依然是哈拉哈河。说长不长，说短不短。比起自然来，人类的风风雨雨，功过是非，不过是哈拉哈河里的几朵浪花而已。也许，文明是可以取代的，然而，自然是永远不可征服的。

哈拉哈河，向西向西向西，在阿尔山林区三角山北部流出国境，进入蒙古国，拐拐拐，向北向北向北，偏西偏西偏西，流入贝尔湖，歇口气，稳稳神，流出，继续向北，最后经乌尔逊河，汇入达赉湖。至此，才算画上了句号。这是一条多么有归属意识的河呀——流出去，是为了流回来。是的，它居然义无反顾地流回来了。

有多少河，滚滚滔滔，一去不返啊！

哈拉哈河，——这条从地球母腹中流出来的河，可能已经奔涌了一百万年。它，不同于别处的河流。别处的河流，无论怎样蜿蜒曲折，无论怎样澎湃汹涌，最终，都要流向大海。而哈拉哈河的终点——达赉湖并不通着大海。这一现象，不是一天两天，不是数月数年，不是几个世纪，也不是数千年数万年。哈拉哈河，从来处来，到去处去。方向从来没有改变，目标从来没有改变。

它，节制而深沉，稳健而自省，从不张扬，从不炫耀，从不喋喋不休地讲述。长期以来，它的意义，它的功用，它在生态系统中扮演的角色被我们忽略了，以至于我们很少有人知晓它的名字。它，在动态中平衡着其流域的生态系统，在平衡中控制着生物与生物之间的关系。

它是无可替代的。

从地球来看，哈拉哈河是一个单独运行的生态系统吗？

不，地球是个整体，地球是个球。正如喜马拉雅山上一颗雨滴，同印度洋上的一场风暴也有联系一样，其实，哈拉哈河与地球的整个生态系统也存在着微妙的关系。终点，并不意味着停滞和完结，而是孕育着新生和开始。也许，空间是可以留置万物的，而时间则是在舍弃万物的同时又创造了万物。哈拉哈河并置了空间和时间。周而复始，循环往复，永不停歇。

万物即自然。

哈拉哈河的自我净化，自我修复能力是惊人的。它的创造力更是无须证明——它涵养着其流域的森林、草原、湿地、滩涂和荒野；它滋润着其流域的时令、生命、情感、灵魂和精神。

哈拉哈河，承载着时间和传奇，奔流不息。

二〇二〇年一月二十七日至二月二日　写于北京

（节选自《相信自然》，李青松著，黄山书社2021年7月出版）

源启中国

——三江源国家公园诞生记（节选）

古　岳

心灵守望

——生活在国家公园里的人们

汉文字无比精妙，能用汉文字书写是一种造化。

我曾为青藏高原自然博物馆写过一段文字，其中两句是这样的：一座山和一条河加在一起，是山河。一条江和一座山加在一起，叫江山。

次旦和索保是两个老牧人，各自守望着自家门前一片山河。他们可能不大明白“江山”两个汉字的确切含义，但我相信，他们所守护的一定也是他们心里的江山。

其实，每个人心里都有一片山河，那是每个人的江山。

即便如此，在见到次旦的儿子江松和索保的儿子格儿代保之前，我对次旦和索保们一生苦苦守望的那个世界多少还是有些担心。那毕竟是父辈们的事，等他们都老去、离开了这个世界，那一份儿刻骨铭心的守望还会继续吗？

次旦心里的江山就是牧帐前绵延的草原和远处的雪山，还有从雪山脚下奔流而去的河流，还有那一片一片碧波荡漾的湖水和栖息于斯的鸟儿。

次旦家在长江源头一个叫丽日措加的地方，那是一片湖水的名字，意思是有一百个湖泊的地方。这里栖息着白天鹅、黑颈鹤等 12 种鸟类，成千上万只鸟儿整天在那里飞翔、鸣唱。次旦视其为友善的邻居和朋友。

这是一幅令人心醉而神往的画面。

无边的草原上，蓝天白云和雪峰遥相对映，手握经筒的牧人次旦正悠闲地走向一片湖水，他一边摇着经筒，一边念诵着经文。身后是他的畜群和吹送袅袅炊烟的帐篷，前方不远处是他每天都要一遍遍去探望的圣湖，那湖水一片连着一片。

次旦已50多岁了。在人们的记忆里他是这片湿地的忠实守护者，他说得出每一种鸟类的准确数量，知道每一种鸟儿什么时候飞来、什么时候产蛋孵小鸟，什么时候小鸟会长大飞翔，什么时候小鸟会跟随南迁的同类飞走。他会从鸟儿迁徙的时间变化看出这一年草原气候的变化和牧草的长势，并据此对转场及回迁的时间做出相应的调整。

每天，他必须去做的一件事，就是走向湖区，去看那些美丽的精灵。多少年来，他一直坚持着与大自然的这份约定，渐渐地，这便成了他生活的一大乐趣。

每天，有事没事，次旦都会摇着经筒，走向湖区，在那里一待就是大半天。有时候，他就坐在湖边的草地上，不停地摇着经筒，不停地念着经文，眼睛定定地盯着一群鸟凝望。望着望着，他像是突然想起了什么似的紧张起来，原来，有一只鸟儿不见了。

于是他会在天上地下四处张望，直到看到那只鸟儿的出现，他才又回到原来的状态中去，摇着那经筒，念着那经文。次旦们生活的每一个细节都与自然环境融为一体，他们是大自然的一部分，而大自然却是他们的全部。

丽日措加是长江源区最主要的湿地之一，四面环山，中间滩地草原开阔广袤，形成一个巨大的盆地，盆地中央有小山突兀，登上小山顶环顾四野，星星点点的大小湖泊点缀其上，像璀璨星辰，映照天地万物。说是有一百个湖泊，实则是一个概数，意在强调众多，其实，远不止一百，也许有上千个，堪称星海，与黄河源星宿海、星星海遥相辉映。

黄河源星宿海因地处平缓，只有登上四周某一座高山俯瞰，才能看到那浩瀚星海之一角，且只能看到眼前的那几片湖水，要看到更远处的湖泊，你得登上四面的山顶才能做到，而从山下，你只能看到几小片水域。

丽日措加不一样，因为中间有小山，山下所有的湖泊均可尽收眼底，即使最远处的湖泊也能看得真切。且湖泊多呈圆形或椭圆形，远远望去像一颗颗宝石镶嵌大地。阴晴雨雪，随天气变化，湖光山色也为之变幻着色彩，如梦如幻。

次旦一家人以前并不住在这里，草原承包到户时，次旦主动要求将自己的承包草原调整到这片湿地。因为有一片接一片的湖水，湿气重，长期居住对人体不宜，别人都不想承包这片草原，次旦如愿以偿。

次旦喜欢这里，不仅因为一片接一片的湖水，还因为那数不清的鸟儿。每天有无数的鸟儿在身边唱歌跳舞，对他来说就是一种享受。而且，跟一群鸟儿住在一起，他会有一种安全感。无论白天黑夜，从鸟儿的叫声里，他都能听出草原是否平静安详。哪怕有一点危险或风吹草动，很多鸟儿的叫声都会有明显的变化，那就像是警示，人会警醒，避免不必要的灾殃。

看上去，像是人在守护鸟儿，其实，鸟儿也在守护人类。

在各类鸟儿中，他尤其喜欢白天鹅和黑颈鹤。它们都有一个共同的特征，每年春上飞来时，它们都会集中抵达，而后，天鹅会六七只、十余只分群而居，黑颈鹤则一对一对地分开生活。之后，产蛋——一小群天鹅会集中把蛋产在安全的高地岩石上，而黑颈鹤则会在河洲与湖心小洲筑巢产蛋，而后，孵出小鸟，一天天喂养，等待羽翼丰满、展翅翱翔的日子。

每年 9 月 27 日到 10 月 10 日这段时间黑颈鹤会重新集结，而后要过一段时间的集体生活。10 月底到 11 月初的几天里，它们才会恋恋不舍地统一离开。

每年 9 月 22 日至 10 月 16 日，天鹅会再次集中起来，也要过一段时间的集体生活，相互熟悉后，集体离开北方高原，向南迁徙，离开的时间大约在 11 月底。各种迁徙的鸟儿中，天鹅是最后向南迁徙的鸟儿，黑颈鹤和黄鸭飞走之后，天鹅还要等待一些日子。因为产蛋晚，小鸟长大也迟，飞走的时间也晚。

这是 20 年前的一幕。

20 年后，次旦守护的丽日措加也已成为三江源国家公园的一部分，但他已经离开人世。他是 2007 年离开的，77 岁。那时，三江源刚刚成为国家级自然保护区，三江源开始国家公园体制试点是多年以后的事。

因为 20 年前的那一幕，20 年后，我再次前往丽日措加，专程寻访次旦的足迹和他曾日日守护的那些鸟儿。

2020 年 6 月 1 日，我在丽日措加见到次旦的妻子和二儿子江松一家五口，次旦生前一直与江松生活在一起。前一天大雪，这一天天阴，丽日措加地处高寒，前一天的积雪几乎没有融化。

江松的表哥欧沙开车穿过茫茫雪原，带我走进了江松在雪原深处的那座简易房子。这是一座不大的活动板房，可拆卸移动，除了材质，结构与新式帐篷无二。江松说，它的好处是可随意搬迁，适于游牧。

屋子里生着火，屋外寒风凛冽，屋内温暖如春。坐下，喝了点奶茶，吃了点糌粑和今年的新鲜酸奶，我们的交谈才开始进入正题，话题依然围绕他父亲与丽日措加的那些往事。我不时提问，也不时地看着窗外白茫茫的大地，像是感觉那个手摇经筒的牧人刚从窗前经过。

坐在我斜对面的江松是这次谈话的主角，他的三个孩子罗松才旦、才仁洛珠和卓嘎拉毛因为家中来了生人有点兴奋，都围在他身边，不时小声给他们的父亲帮腔——从他们的只言片语中我都能听出，他们已经记住了很多鸟儿的名字，比如鹑鹑（黑颈鹤）、阿热阿果雪（一种与鼠兔相伴而生的鸟）。江松的母亲独自坐在门口的一张沙发上，很少插嘴，只有江松遇到记不清的事情时，她才会参与进来说上一两句，他妻子桑忠尕和侄女成来曲忠则坐在另一边的椅子上捻着牛毛线，一直好奇地睁大眼睛看着我们，却不说话。

江松的父亲次旦是欧沙的亲舅舅，也许是年长几岁的缘故，对早前的有些事情，欧沙的记忆似乎比表弟更加清晰，对表弟所谈到的一些事，他也会帮着完善。当江松说到他们家的草原网围栏时，欧沙说，那些网围栏是舅舅去世之后才拉上的。

丽日措加属于索加乡雅曲村的地盘，与他们家相邻的却是多彩乡一户牧人的草场，因为次旦一直坚决反对自己的草原被铁丝网分隔，父亲在世时，江松一家的草原都是敞开的。邻居家的牛羊就会经常进到他们家的草场吃草，草原纠纷在所难免。为避免没完没了的纠纷，次旦去世后，欧沙出面协调，征得两个乡政府的同意，以两条小河的流域为标志，在两家草场中间的山梁上拉上一道长长的铁丝网。从此，把索加和多彩两户牧人的牛羊畜群挡在网围栏的两侧，当然，也会挡住人和别的动物。

据江松和欧沙的讲述，老牧人次旦不仅反对网围栏，也拒绝其他的草原建设项目，但凡要挖开草皮、形成障碍、阻挡人畜自由活动的项目他都坚决排斥，拒绝接受。所以，江松几家一直没有牛羊圈、畜棚，也不通公路。在次旦看来，畜棚就是垃圾，围栏会伤害鸟儿和别的动物。

欧沙说，现在江松兄妹四户人家是整个索加雅曲草原唯一不通公路的一个牧业点。他舅舅说，公路用处不大，人和马能走就行。修路会破坏草原，湖泊会干，鸟儿会飞走。可草原上很多人家都有汽车了，江松兄妹几家也有汽车，因为没有公路，进出很不方便。如果别人家的汽车能用十年，他们几家的汽车用五六年就得报废。

前几天，欧沙带县扶贫和交通部门的人来查勘过给他们修公路的事，说公路得穿越那片湿地，中间还有十几个湖泊。对此，欧沙自己也很担心，那样那一片湿地就完了——公路和湿地很难两全。可江松他们的确想有一条公路通到自家门前，像其他牧户一样。

江松也知道，修路会伤害到这片湿地草原，还有那些鸟儿。像父亲一样，他也喜欢那些鸟儿。他哥哥才仁公保、弟弟才多和妹妹才仁尕忠几家人也都喜欢那些鸟儿，而且，他们每家还都有一个国家公园生态管护员，看护好草原、湿地和那些鸟儿是他们的职责——实际上他们看护的是自己的家园，国家还给他们发工资。可他们也确实想有一条公路，这是一个矛盾。虽然，至今路还没修，但他们已经开始纠结。

昨天，江松去放牛——他家也已经没有羊了，看见了几只黑颈鹤、几只黄鸭。还在小牛犊跟前看见了一只藏狐和一只沙狐——这几年已经发生过狐狸吃小牛犊的事。前天去哥哥家，看见了几只岩羊。黑颈鹤、丹顶鹤每天都见。

江松说，这几天，黑颈鹤已经产完蛋了，天鹅也准备产蛋了。黑颈鹤一窝顶多产三个蛋，再多的没见过。以前，他父亲还在的时候，每年到这个季节，总是告诉他们，去放牧时一定要绕开天鹅与黑颈鹤产蛋的地方。这几年天鹅变聪明了，会把蛋产在别的动物不易发现和很难够到的地方。他哥哥家后面山坡有一块高高的岩石，今年天鹅都在那岩石上产蛋。

这几年，草原上好像正在发生一些奇怪的事，比如狐狸吃小牛犊，这样的事以前从未发生过，也没听说这样的事。狐狸和狼一直就在跟前。这是前几天的事，夜里，他听见外面好像有动静，他出去，用手电筒晃了一下，看到一只狐狸。看到手电光，它不但没有走开，还向人跟前走来。它可能喜欢灯光，看上去不像是攻击的样子。

以前，狼和熊很少吃牛，现在也开始吃了。十天前，他哥哥家的一头小牛被棕熊吃了。“今年冬天，他们家有 18 头牦牛被狼吃了，最多的一天，一次咬死了 4 头牦牛。早上挤奶时，看见有 4 只狼在跟前。”说这话时，江松显得很平静，并未露出半点惊讶。

告别丽日措加时，看到门前雪地里有一只乌鸦——一只丽日措加的乌鸦，比我所见过的乌鸦都大，像一只黑色的鹰。想来，可能是离得很近的缘故，此前我所见过的乌鸦都离得很远。江松也看到那只乌鸦了。他说，今年的青草快要出来了。每年青草出来的时候，小乌鸦就可以飞了。

次旦曾住在长江源，索保却曾住在黄河源。

索保老人心里也有一片山河。

他家就在黄河源头的措哇尕则山下，山顶立有牛头碑，汉藏两种文字的“黄河源头”碑名。

山下一侧碧波荡漾，横无际涯，乃鄂陵湖。湖滨草原开阔，北面也有一道山梁，山脚有两三户人家，其中一户是索保家。

20 年前，我第一次去拜访时，索保老人还住在那里。

20 世纪 70 年代初，牧人索保开始用一幅水彩画记录山川万物的变化，一画就画了 20 多年，从 26 岁画到 58 岁还在画。

20 年前，索保已经 58 岁了。那个时候，他已经画完了那两幅水彩画。两幅画的尺寸大小一模一样，均约两平方尺，应该是有意为之，这样好细作对比。材质是白布，画的却不是油画，而是水彩，想来水彩也许比油画更能呈现画面细节的真实。两幅画的背景都是他家后面的那座山，山下就是他的家。家也在画上，他画的是自己的家园。

第一幅画的是 20 世纪 70 年代到 80 年代初的家园，他花 10 余年时间把自己山水家园的一石一草、一景一物都细心描摹其上。画面上，20 世纪 70

年代到 80 年代，草原碧绿，草地上缀满花朵，羊群在草丛中若隐若现，后面山顶白雪皑皑，雪峰之巅应该还有冰川。几朵祥云罩着雪峰，有白色的经幡在雪峰与祥云之间飘荡。

从色彩判断，他画的是夏天的草原景色。两条小河自山顶向他家的两侧呈斜线蜿蜒而下，奔流不息。两条小河都源于雪峰下，左侧那条小河流域更广，应该是干流，它从半山腰开始弯弯曲曲，一派汹涌之势。右侧应该只是从源头另辟蹊径分流而下的一条小溪，或者只是一泓泉水，流淌不远，就在山坡上消失不见了。

河水是宝蓝色的，在山顶白雪之下成一个宝蓝色的人字。

一大群牛羊就在那河溪之间的山坡上散落着，一个牧人正走向畜群，牧人穿着短袄，那可能是他自己的形象。

他们家的一顶黑牛毛帐篷就坐落在河水写成的“人”字下，牧帐升腾炊烟，帐前两条獒犬都在草地上安卧。帐篷后面网格状的一片领地应该是圈牛羊的地方。牛羊圈边上堆着四堆晒干的牛粪。

不远处，一匹枣红马拴在草地上。一个身着藏袍的牧女从河边打了水走向帐篷，那应该是家里的女主人，一个孩子正迎向母亲，是个女孩，当是二女儿。黑帐篷的右上方还有一顶白帐篷，帐顶的烟筒里也飘着烟，帐前也挂着经幡。帐后一个女子正俯身草地晾晒牛粪，那应该是他的大女儿——索保有三个女儿。

画面上，没看到男孩，他的两个儿子尚未出生。除了家园、家人和自己的畜群，再看不到别的，只有宁静安详。

索保用了十几年时间来完成了一曲自己家园的颂歌。这是牧歌，也是挽歌。

因为，接下来的丨几年里他就要画第二幅画了。

第二幅画，索保画的是 20 世纪 80 年代中期到 90 年代末的家园。才过了 10 余年，家园就变了。

画的也是夏天。山顶已经没有了白雪，雪线消失了。从山顶流下的小河也已经不见了，只在源泉处还能看到一丝清水，水源正在干涸。他们得走很远才能找到水源。山坡上大片的绿草地也不见了，只在山顶才有几片绿草生长。山下草原一片枯黄，黑土滩出现了，地表裸露，沙砾遍地。

山下的帐篷也不见了，山坡上的羊群也不见了。原来扎帐篷的地方已经建起一座房子，房子旁边还建了牛圈，牛群正从圈里出来，牦牛的数量明显比以前少了。门前的马也没有了。两只獒犬拴在铁链上，它们正用力拽着铁链，扯着脖子扑咬走过来的两个人——显然那并不是家人，而是陌生人，是行人，是过客。

门前不远的地方，已经建起一座寺院，有经堂，也有八座白塔。寺院前方已经有一条公路，有汽车正向这里驶来。公路的另一侧有座小建筑，应该是公共厕所。寺院边上还有一些别的院落，都是钢筋水泥建筑，当是其他社会组织或机构的建筑物……

索保用几十年时间完成的这两幅画像一部史诗。

21 世纪初那个夏日的骄阳下，索保望着灼热的大地焦虑万分："如果再这样下去，不出 10 年，我们将无法继续在这里生存。"如果他会接着画这幅画，以后的一个又一个 10 年里，大地又将变成什么样子呢？

我依稀记得他是要一直画下去的，但是，没有。画完第二幅画之后，索保再也没有画过。我曾问过，为什么没有继续？他想了想说："已经画完了。"我感觉这不是心里话。也许他对草原未来的变化心里没底，毕竟自己再也不能亲身经历一个又一个 10 年，身体状况也越来越差，严重的痛风很多时候使他不得安宁。

天地万物的变化如同人体生命，无常无处不在，生老病死的不仅是人，生灵万物亦然。

20 年后，我再次见到索保老人时，三江源国家公园体制试点已经开始，索保老人所在的扎陵湖乡及周边广袤的黄河源区都划在国家公园里面，索保老人也已经搬到玛多县城住了。从措哇尕则山下望去，他那个小院还在，房屋也还在。

我原以为他还住在那里，便去小院里看望。院门关着，四面院墙多处已经坍塌，不用费劲都能从院墙上直接进到院里。院内荒草萋萋，一派败落寂静。因为刚下过雪，化了的雪水已成泥泞。

我穿过庭院，上台阶，右拐，一直走到东头索保住过的那间屋子里。记得那里的一面墙上有他画的那幅画，画也不在那里了。

小院旁边还有一户牧人留守在草原上。看见我们走近，门前拴着的几只藏獒狂吠不已。很快，年轻的男主人迎出来，让我们进屋喝茶。他是索保的女婿，叫华旦。索保有两儿三女，华旦的妻子是长女。进屋时看到，华旦的小儿子丹巴雅吉正驾着一辆旧了的黄色塑料玩具车在屋里玩。他正在兴头上，顾不上看我，塑料车直开到我脚跟前才转弯儿。华旦有 5 个孩子，除了丹巴雅吉，都去上学了，两个在西宁的三江源学校，还有两个在县城民族小学。

附近大部分牧人迁离草原时，他选择了留下。

华旦说，自己可能会一直留守在这里，这不仅是他自己的主意，也是岳父索保的意思。这样，他们还有人住在原来的草原上，继续牧人的生活。如果都离开了，有时候想回来看看，连个坐下来喝茶的地方都没有了。他还有一群牦牛在草原上，90 头牦牛，大部分是他的，岳父索保也有几头牦牛在他的牛群里。

华旦家的牛群就在后面山坡上。那天，我在卓灵湖边也看到过一大群牦牛。没看到羊。华旦说，那是别人家的牛群。扎陵湖乡几个村，还有 20 多户牧人没有搬走。

他们是扎陵湖草原最后的牧人。其余都搬走了。

我记得，2004 年前后，三江源实施“生态移民”时，玛多县所属黄河源区扎陵湖乡、黄河乡等乡镇作为三江源首批移民区，区域内 80% 牧人在国家公园体制试点前已经迁离，分别集中安置在果洛州府所在地大武镇和海南藏族自治州同德滩，主要靠国家财政生态补偿生活。

2004 年的秋天，我去看过这些生态移民安置点，到过所有移民点的安置小区，有的在本县境内的城镇附近，有的在本州境内的城镇附近，还有的则跨区域安置在另一个自治州的草原上……

安置在海南藏族自治州的同德县境内的移民点在西久（西宁至久治）公路边的草原上。每次路过那里，我都会停下来，在路边走走。他们居住的地方虽然还在草原上，远处甚至还能望得见雪山，但那草原不属于他们，他们已经远离故土。

虽然他们的身份还是牧人，却没有了自己的牛羊畜群，曾经游牧的草原已经远去。他们不用去放牧了，也不用照看草原，靠国家的生态补偿生活，看上去，那好像是无忧无虑的日子，却无时无刻不在想念昔日的草原。

2020 年再次去玛多时，见到玛查理镇江措村牧人扎西，是一位村支部书记。今年 55 岁的扎西已经当了 27 年村支书，是个老支书，也是位出色的牧人。跟玛多牛羊已经很少的牧人相比，他家的牛羊一直保持相当的规模，现在仍然有 600 多只羊、200 多头牦牛。这还是为保护生态减畜以后的数字，最多的时候，他家有 1800 多只羊，300 多头牦牛。扎西一家七口，有 7 万亩承包草场，平均每人有 1 万亩承包草场。可以想象，这是 片辽阔的牧场，简直就是一个牧草的王国，足以养活成千上万的牛羊。

可是，最近这位老支书遇到一个棘手的新问题。当年江措村很多牧户响应政府号召迁离草原，到同德滩安家落户，成了一个独立的行政村，曰：果洛新村，可这些迁移牧户的承包草原还在江措村，在同德滩上他们只有一个家，或者只有一座房屋。

国家公园体制试点以后，为了转变传统生产方式和经营模式，县上开始组织成立生态畜牧业合作社，江措村也想成立一个自己的合作社。把一家一户分散的草场和牲畜通过入股的形式进行整合，统一经营，以提高效益，增加牧户收入。中间牵扯到很多已迁移的牧户，他们的草场与留守牧户的草场是交叉零散分布的。看上去是一个整体，但每一小片草原的承包者有的还在玛多，有的已经迁离。要动迁移牧户的草场，必须征得原牧户的同意。结果，大多牧户不同意，他们也想成立自己的合作社。这样整片草原就割裂成了一些碎片，根本无法整合。

据说，迁至同德滩的很多牧户已经重新回到玛多，大多住在县城，个别又回到了原来的草原。每个谈到这些牧户的人都觉得他们可怜，在同德滩他们只有一座房子，一个家，出了家门，都是别人的土地。没有家园。家门口捡牛粪，都是在别人家的草原上，人家都以为你是在偷，像贼。没法生活，就想回来。

回来了，至少自己的草原还在，是在自己的草原上。

2020 年 3 月 11 日下午 4 点，在三江源国家公园管理局的一个会议室里，我与国家公园三个园区的主要负责人就一次采访进行对接。我提到了一些需要重点采访对象的名字，黄河源区就提到了索保。源区管委会专职副主任甘学斌告诉我，他已经去世了。

索保是见不到了。

再次去黄河源时，我见到了格儿代保——索保的儿子。索保有两个儿子，格儿代保是老大，是个僧人，他弟弟是个聋哑人，也是一名僧人，都在自家门前他父亲坐过的小寺院里为僧。

跟格儿代保的交谈有点困难，我不大听得懂藏语，他的汉语比我的藏语稍稍好一点。一开始，我们之间还有翻译，但格儿代保总不顾及翻译的记录速度，一口气说很长时间，结果，翻译给我的总是概要，是个简略的提纲。

我就对格儿代保说，我们不要翻译说个话试试，他说好。一天下午，我们就单独说话。简单的交谈都没有障碍，可只要一涉及需要专业术语来表达的内容，我们都会卡住，便发挥想象力用肢体语言助力表达。有很多内心感受，难以言表，更难用肢体语言表达清楚。

格儿代保告诉我，他现在在班玛县的一座寺院进修，已经去了三年，再有一年就回来了。为了跟我谈话，他先从班玛打车到达日，再从达日打车到大武。大武到玛多，没打上车，他姐夫开车接他回来的。没想到跟我说个话这么困难。

我们之间的交流一直隔着一堵墙。这墙有时候像城垛，坚厚无比，我能听见墙那边说话的声音，却听不清说了些什么；有时候像透明玻璃，我能看见他说话的样子，却听不到声音。便陷入尴尬，他笑，我也笑。他无奈，我羞愧。

索保的世界就在眼前，于我却遥不可及。即便如此，我觉得自己还是感受到了一些什么。他带着一个印花的塑料皮日记本，是 20 世纪 70 年代末到 80 年代初流行的那种。日记本上是他父亲写的笔记，他逐句仔细斟酌后读给我听。

他说，父亲从扎陵湖、鄂陵湖、卓陵湖的变化观察玛多的季候变化。根据他父亲多年的观察，玛多对春夏秋冬的变化比其他地方更加敏感。冬天，卓陵湖结冰的时间比另两个湖早。卓陵湖大约在每年的12月10日前后结冰，5月初解冻。

每年12月15日前后，玛多的天气会突然变冷。

每年10月15日到11月头上，玛多会下一年里的第一场雪。如果雪如期而至，这个冬天玛多一定多雪，会经常下雪，来年春天，就会很少刮大风。

每年8月15日至20日，玛多的草原会变黄，一进入9月，灌木的叶子也会变黄。

每年3月15日前后，黑颈鹤会如期飞来，到10月15日（疑是藏历）前后，又会飞走。

白天鹅比黑颈鹤飞来得迟，离开也晚一些。根据天气变化，相隔15天到一个月……

据索保的观察，牛羊马以及狗都对应着一种地球元素，对众生世界起着重要的平衡作用，牛代表土，羊代表水，马代表风，狗代表火，缺一不可。

索保眼里的自然万物是一个整体，山水林草、风霜雨雪、鸟兽爬虫以及人类都是这个整体的一个部分。一片草叶缀着露珠映照日月星辰，一朵花吐露芬芳引来蜜蜂蝴蝶，泉水里能听见大地的脉搏，空气中能闻出苍穹的气息……

格几代保一再强调，所有这些并不是一个梦，也并非心血来潮的凭空想象，而是他父亲用了一生的心血观察体悟得来的。他父亲有两大爱好，坚持了几十年。一是，夜深人静了，会一个人到屋外的草原上独坐冥想——格几代保也曾陪他坐过；二是，隔几日就会到水源地的琼果（源泉）感受水世界的变化。

在草原之夜独坐时，他多半时间都在仰望夜空，看那些像鸟儿一样飞在天上的星辰。看着看着，他会深吸一口气。格几代保就问父亲，怎么了？他说，空气中好像有一种以前没闻到过的味道。在源泉处，他总是将耳朵贴近泉眼去静静地倾听，完了也用鼻子一遍遍闻水里面散发出来的味道，还会把眼睛凑近了久久盯着水源看。

有几次格几代保也学着父亲的样子去听，除了流水的声音，再无别的声音。他也闻过、看过，没闻出别的味道，也没看出什么特别的地方。可是，父亲好像真的听到、闻到和看到了他从不曾听见、闻见、看见的东西。

对父亲这些看似顽固的习性，格几代保的三个姐姐和一个弟弟似乎都不大理解，因而也没有太在意。格几代保也不是很理解，却很着迷，小时候总缠着父亲问这问那，深得父亲欢心，有事没事也总给他讲一些这方面的事情，虽然听不大明白，却喜欢听，喜欢记，总感觉父亲与一个他无法感知的神秘世界有着千丝万缕的联系，甚至一直保持密切联系。

父亲说，自然万物所有的奥秘都能从那源泉里听出来。他能从源泉里听出来年天气的变化，听出来年牧草的长势，甚至能听出草原上哪一种花朵开得鲜艳好看，能听出哪一种野生动物会增多或减少，能听出冬天是否多雪、春天是否多风……

他也能从星空看出一年中草原的变化——那是前一年夏天的一个夜晚，他坐在黑夜里，一直仰着头看天。突然，低下头来告诉他，明年黑颈鹤会来得晚一些了，因为明年，它本该飞来的那个时候，草原上那些沼泽里还结着冰，天气也还很冷……今年的雪会下得早，冬天到来之前，雪就会盖住草原。明年春天，牛羊的日子不好过，草原上到处是雪，它们吃不上草，很多牛羊马匹会死亡——他好像已经看见了很多牛羊的尸体。不过，到了夏天，草会长得比往年好，牛羊又比以往少很多，草就吃不完了……

格几代保总会留心记住这样一些事。接下来的日子里，他会记着去验证父亲给他讲的那些事。果然，从当年秋天一直到第二年夏天，所有的事都会依次发生，像是父亲安排了这一切，觉得父亲很神奇。

有时候，他就会对父亲说，既然你能知道会发生那些事，为什么不去避免那些不好的事情发生呢？每次听到他这样的话，父亲像是很开心的样子，对他更加疼爱。完了才说，人不可以去改变那些注定了要发生的事情，即使能做到，也不可以。所有事情的发生都是有原因的，这就是因果，等你长大了就会明白。

格几代保觉得现在他已经长大了，可他依然不明白。

他告诉我，可能自己学习还不够。从班玛进修回来以后，他会一直待在父亲待过的寺院和草原上，会去源泉处细细倾听水世界的声音，也会坐在草原上凝望夜空，也许时间长了，他也能听到父亲听到过的声音，看到父亲看到过的奇妙景象。要是那样，他就会非常开心——他觉得父亲也会非常开心。

索保家门前不只有鄂陵湖，还有扎陵湖和卓陵湖。虽然数量远不及次旦门前的丽日措加，但湖面水域辽阔，三个湖泊的总面积超过 1400 平方公里，像扎陵湖、鄂陵湖，一个湖的水域面积也比整个丽日措加大多了。

这里一年四季，蓝天白云之下，便是一派壮阔的湖光山色，圣洁无比，看一眼都让人心醉。至少有七八次吧，每次去那里，远远望见鄂陵湖的浩渺碧波时，我都有窒息的感觉。面对大自然的这等美景时，你会不自觉地屏住呼吸，生怕你的气息会对它有所惊扰。

那不是在星宿海，也不是在鄂陵、扎陵和卓陵湖边，而是在不远处的冬格措纳湖边，我对一个人说，请在这湖边立上一块牌子，上面写上这样一句话：请务必不要离湖水太近，更不要试图用你身体的任何部位去接触水体。我们并不是说你不干净——你非常干净，但是，对这片湖水而言，我们所有的人都还算不上干净。

黄河源区所有的湖水都如此圣洁！

这里多湖，著名的星宿海就在上游不远的地方。黄河源流出约古宗列和玛涌滩之后，广袤的草原上，数千大小湖泊点缀其上，从高空俯瞰，宛若星辰，故得其美名：星宿海。大半湖泊曾一度从眼前消失，当时，那一片片干裂的湖底就像是一块块伤疤。黄河的源头曾一度干涸。

那是布满星辰的山河，黄河是从璀璨的星河中流出来的。

即便黄河源头只有星宿海，已经堪称自然奇观了。而星宿海只是一个序曲，黄河源区景致的大幕才拉开一角。及至扎陵湖，黄河更宏阔的叙事才要开始，因为有无边无际的浩渺与波浪，黄河不见了。它隐身于一派万顷碧波，纵横肆意，流连曼妙，像是期待。

紧接着，更宏伟的场景出现了。鄂陵湖与卓陵湖一左一右拱卫着措哇尕则山，让黄河再次铺排成一片汪洋……

这是三江源国家公园黄河园区的核心区域，代表了中国首个国家公园的标志性景观。这也是索保一生所守望的湖光山色和家园。

扎陵、鄂陵、卓陵在藏语中的发音更接近“嘉洛”“鄂洛”“卓洛”，这是格萨尔王妃珠姆父亲三兄弟的名字，后来也成为黄河源区草原三个重要的部落，嘉洛就是珠姆父亲的部落。我以为，明清而来汉文典籍中一直将今天的“果洛”写成“俄洛”，应该就是源出“鄂洛”。

今天扎陵湖东北角的湖岸小山梁立有珠姆塑像，她身旁有石头垒砌的几座小塔。黄河源牧人的传说中，这里就是珠姆宫殿的遗址。冬日午后，站在山坡，透过黄草细细端详，宫殿石头筑成的墙基依稀可辨。从墙基的跨度判断，曾经的珠姆宫殿并不宏伟，至少占地面积并不很大，就比一个大点的农家院落稍稍大一点。

从山坡上散落的石头，我们也许能把它想象成一座石头建造的城堡，也许有三层或四层甚至更高，像今天的班玛和丹巴一带依然能见到的那些碉楼。如果是一座石头城堡，这样的占地面积则足以建造一座气势恢宏的建筑。

史诗中描述的格萨尔狮龙宫殿就是这样一座建筑，也在黄河源区，离此地不太远，位于今达日县黄河右岸台地。曾经也是一个传说中的遗址，现在一座新的宫殿已经落成，是藏族杰出建筑设计师扎西先生依史诗描述原样呈现，堪称经典。

从狮龙宫殿往西往北，约三五百里，便是珠姆宫殿。它傲然耸立于大河之源，头顶长空浩荡、光芒万丈，莽苍四野碧波荡漾，百鸟翔集，大有“纵一苇之所如，凌万顷之茫然”之气象。

今天，从狮龙宫殿到珠姆宫殿遗址已有公路，开车穿越黄河源区大峡谷，翻山越岭，至少需要七八个小时才能抵达。在一个大雪纷飞的日子，我曾走过这条路，早上从达日县出发，傍晚抵达玛多县城。玛多县城至珠姆宫殿尚有三个小时的车程。

我曾两次造访珠姆宫殿遗址，第一次去时，珠姆像已经立在那里，却不知那里还曾有一座宫殿。第二次去时，我已知道，那里是一座宫殿的遗址，然宫殿依然无从寻觅。

一个干净的世界，一直是人类的理想。不停地跋涉，就是为了追寻。

可以说，现在我们要把三江源辟为国家公园，也是为了让它变得更加干净乃至圣洁，使之成为家园的一个理想。

人类不断向远方跋涉的脚步从未停止过，自千年以前至千年以后，一直前仆后继。留下的脚印变成了路，路变成了信念。善与恶的较量随漫漫长路跌宕起伏，故事流传下来，传之久远，成了传奇和史诗。

想来，黄河源区这片神奇的土地即便不是格萨尔的故乡，也是格萨尔岭国的核心腹地，一片诞生过世界最长史诗的草原，一片史诗中称之为邻国的英雄草原。

传说，今玛多县花石峡一侧开阔的滩地就是《格萨尔史诗》中著名的“霍岭大战”主战场。今玛多县黄河乡政府一侧河谷滩地，就是格萨尔赛马称王的起点阿依地，今曲麻莱县麻多乡扎加村格拉扎神山脚下就是格萨尔赛马称王的终点和登基台。

除却了扎陵湖、鄂陵湖、卓陵湖以及玛多周边黄河源区的雪山草原，这里还有数不胜数的格萨尔遗址和遗迹……所以，这里的人都自豪地称自己是英雄格萨尔的后裔，并非没有道理。

2020 年 3 月 23 日，我去位于今玛多县黄河乡的阿依地，从那山坡上望了一眼那片开阔的河谷滩地。那里是格萨尔赛马称王的起点，遥望东北天地相接处，天边有一朵白云，终点今曲麻莱县麻多乡格拉扎神山，应该就在那朵白云之下。

据玛多县统战部华旦先生实测，其距离超过了 170 公里。沿途皆黄河源区河谷草原，以前没有路，后来有路了，也不好走。我头几次从玛多县去黄河源，每次都止步于鄂陵湖边，再往前，车便无法前行。只好往回，天黑了才回到县城。

华旦熟知玛域自然地理及人文历史，据他的实地调查，玛多境内，有名字的湖泊有58个，有名字的河流有57条，神山53座，历史文化遗迹30处，千年古道6条，石经墙37处，修行洞13个，野外煨桑台74个，拉则（祭山神处）35个，有名字的泉眼1892个……每一个名字、每一个地方都透着大自然的神性和灵光，现在这些都是国家公园黄河源园区的一部分。

我从未从玛多方向走到过黄河源头卡日曲和约古宗列曲的源泉处，试着走过很多次，每次都是半途而废。最后，我是翻过巴颜喀拉绕道曲玛莱，再又往回翻越巴颜喀拉走到黄河源头，走到格拉扎山脚下的。一处高台，垒有嘛呢石堆，飘着经幡，台前已有石碑，赫然写着：格萨尔王登基台。

今天从阿依地往格拉扎山下，大半有公路，可以直接开车前往。

2020年3月24日，我又试图沿着格萨尔赛马称王的路线，走向扎陵湖，过了扎陵湖再往前穿越一片开阔的草原，尽头就是格拉扎神山。走到太阳西沉，我们才绕过扎陵湖一侧，只好返回。

有一条沙土简易公路从黄河乡通往扎陵湖，如果没有河道冰坎，也只是颠簸，车都能通行。过冰河，车容易出故障。11点39分，前面的车陷到冰河，底盘下的护板给碰掉了。

那里是扎陵湖乡勒那村的地界，前面不远处有一户牧人，我们去他们家借工具修车，发现不好修，把护板整个卸下来了。这是莫洛一家，同伴们修车时，我进到屋里，看到房门一侧的大床上，两个孩子裹着厚厚的被子，睁大眼睛看我。大点的叫江白洋（音），小的叫格志拉毛（音）。对面墙根里码放着一米多高的几十个装口粮的牛皮袋，这是传统牧人家的必备之物，以前多装糌粑、青稞等，每一个牛皮袋都鞣出了黄铜色的光泽，看着温暖。

沿途，只要见到有牧户，家里有人，我们都做短暂停留，好让我跟这些牧人做些交流，说几句话。过了勒那村，我们访问过擦泽村的却美才让、尼玛才仁、让智等牧户，走了大半天都没走出一个行政村的边界。因为赶路，我只问一些简单的问题，比如，现在家里有几口人？多少亩承包草场？牛羊有多少？再问以前的一些事，最后一个问题是，家里有国家公园的生态管护员吗？管护员主要做什么？

得到的回答是：他们的承包草场都在，但都有退化，擦泽村一带草原沙化、退化严重，草原植被稀疏；每家每户的牛羊头数都比以前大幅减少；每家每户也都有一位家庭成员是国家公园的生态管护员，每一位管护员都说，他们主要是守护自己的草场，保护野生动物，看有没有人盗猎——几乎所有人都没发现盗猎现象，再就是捡拾草原上的垃圾——主要在夏天——我留意了一下，沿途草原均发现了很多地方随处可见的塑料垃圾。

见到尼玛才让的情景具有戏剧色彩。透过挡风玻璃，远远看见路边有一个雕像一样的黑影，造型奇特，以为真是个雕像。走到跟前，车停下，那个黑影站起来，是个人。他穿着一件黑衣服，头上套着黑色的编织帽，因为风大，腿伸直了直挺挺地背风坐着。不远处有他牧放的牛群，据说有80多头。

这样走走停停，走到扎陵湖边上时，太阳已经落向西面山头。格拉扎神山此去尚远。我们开着越野车，走了大半天还没走出扎陵湖的一个行政村。即使一路不停地往前开，要从阿依地到格拉扎山下，如果顺利，也得一整天的时间。如果骑马前往，即使马不停蹄，最快也得两三天时间吧。

两个月之后，我才第一次从玛多方向绕过鄂陵湖、扎陵湖，走到格拉扎山下，经过黄河源区，翻越巴颜喀拉，深夜抵达曲玛莱。越野车也走了一整天时间。

格萨尔却在谈笑间飞越过千里草原，一骑绝尘。

黄河源区大野在藏语中称之为玛域，这个地名在《格萨尔史诗》中不断出现，表明这里是格萨尔岭国的腹地，玛多又是玛域的核心。所有玛多藏人都知道《格萨尔史诗》，更知道史诗中“赛马称王”和“霍岭大战”都发生在这片土地上。

索保和他的儿子格几代保也知道这些。

那天在花石峡见到格几代保时，我还见到一个曲那麦寺僧人更桑尖措，他既是一位活佛，也是一名格萨尔国家级“非遗”传承人。玛域民间有“说不完的”“写不完的”和“画不完的”格萨尔艺人，他是一位“写不完”的格萨尔艺人。他13岁开始写记忆中不断自然涌现的《格萨尔史诗》，到目前已经写完17部，还能写多少部？卷目之浩繁无法想象，像是有无数部——他就是这么说的。因为它还不断在脑子里涌现，汹涌，像江河水。

也许这将是世界众多国家公园中独具魅力的一个中国样本——或者，就是世界国家公园的中国故事。一部世界最长的英雄史诗，一座世界海拔最高、面积最大的国家公园，二者互为表里，共同成就人类文明的现代史诗。

包括长江源区、澜沧江源区在内的三江源无疑是《格萨尔史诗》最主要的说唱流传地。每一个世代生息于斯的三江源牧人都是英雄格萨尔的后裔，也是这部史诗的传承人。

（原载于《中国作家·纪实版》2021年第8期，有删节）

野地灵光

——我住精神病院的日子（节选）

李兰妮

“娃娃太优秀”

23 床是“八零后”女孩。爹妈看她的眼神沉醉，几乎是崇拜的。老妈穿着朴实，长相朴实，说话朴实。动辄便称：“我家娃娃太优秀！可了不得。亲戚孩子里她第一，从小第一，没当过第二。”

女儿每天打吊针，老爸窝在床上陪。状似乡下老母鸡趴窝、孵蛋，半天不挪窝。恨不得帮“娃娃”把针打了，把药吃了。

老爸不能一陪到底，国企请假时间不能太长。离开前夕，女儿用幼儿说话的语气，嗲着说：呣呣……爸爸，哦，Papa 你不要走。唔唔唔……我就不让你走。就要陪陪。

老爸老妈秒变娃娃腔：我娃乖哩，娃乖哈。爸爸给你打电话，娃娃乖。妈妈陪我娃，爸爸过几天就回来陪，哦哦陪我娃哈……

老爸走了。女儿不分是否上班时间，想到要撒娇，立马打电话：呣呣……爸爸——呀，我要你过来陪我，Papa 呀，你想不想我……嗯嗯嗯我想 Papa 啦。

当妈的凑在手机旁，紧着汇报娃娃动静。她伺候女儿无比殷勤。每天给娃娃梳头编辫子。今天编成两条甜美可爱的少女辫，第二天拢在脑后编成娇俏四股辫。上午慵懒型独辫，下午古典型欧式公主辫。粉红色发箍、粉蓝色绸带、碎银式发夹、玉色发簪，轮番亮相。

老妈得意地夸：娃她爸可巧哩。编小辫数他手巧。

老爸给娃娃编辫儿发明的花样，惹得远近女孩儿都眼红嫉妒，别人家爸妈甘拜下风。两口子是国企职工，企业效益差，女人早早下岗，男人也想提前退休。两人都当过知青，各自的原生家庭孩子多，从小吃苦、挨饿、被忽视。

两口子节衣缩食。女儿吃什么穿什么上什么课外补习班，统统不输给同学和熟人。从小让娃娃记住：她就是人见人爱的白雪公主。

女儿自小聪颖、傲娇。学习成绩在班级一路领先。高考时，她从外省考入京城一个高校。高校有些冷门，男女生比例严重失衡。毕业那年，全校只有两个留京名额，她如愿争到其一。遇贵人相助，进入某行业公司，收入不菲。加上善于理财、兼做微商，等等，毕业十年后，她开始贷款，在京城供了一套房。

老妈口头禅：我家娃娃可了不得。都说她——太成功。

供贷的房子离医院特别远。坐地铁，不同的几条线路要倒来倒去，至少两个多小时。九点熄灯，老妈陪护到九点才离去。每天问：娃呀，明天想吃啥哩？妈回去给你做。第二天清晨，病人尚未起床，她就到了。手里提着保温桶，里面装着精心为娃娃做的半流食。

六院二楼，护士称呼病人直呼其名。病人之间称呼有点杂，用病床号、绰号、微信号、小名、代号相称。

原以为，精神病院的青少年患者，多是独生子女。后来发现，非也。全球青少年精神发病率都处于上升趋势。独生、非独生相差不大。

中国人富起来了，对自己、对孩子视若珍宝。条件一般的人家，可能比豪门富户更宠孩子。流行词：富养孩子。可惜，那些人只是在物质层面富养孩子，难免畸形。精神层面穷养，或索性忽略。

对面25床是“九零后”。女孩的父母，像灶王爷、灶王奶奶贴错了地方，总黏在对床的墙壁上，嘴巴总在嚼动，吃着各种水果和小零食。

两口子在附近旅社租了一间房。清晨，病房未到起床时间，两口子就进来报到了。起早贪黑，给女儿买各种零嘴，陪吃陪睡陪唠。俩人帮女儿排队、占位、打饭，孩子想吃啥立马出门买。一天出去几次买吃的，顺带着淘宝上网购各种日用品。病房熄灯后，俩人才慢慢不舍地离开。

25床的老爸白天黑夜杵在病房里，心思全在女儿身上。却不想想另两个女病人要在病房里换衣服。一天几次换来换去，这个大男人没有一点眼力见儿，不知回避几分钟。我只好头顶被子，全身蒙在被子里，摸索着换睡衣。病房太小，从我的病床一步就能跨到对面25床，不用跨大步，标准步子即达。每天如此尴尬。

我的床与23床的距离，就隔个小床头柜。病房小，塞满三张成人病床。若是每张床上躺三个人，就是九个人。打嗝放屁一清二楚。无隐私空间。

南方沿海城市，民众对个人时间、空间意识强烈。广、深两地，受习俗影响、海外礼俗熏陶，即使病人，也讲究尊重私人空间。病人之间、病人亲属之间，保持一定距离，尊重别人的作息时间。这是一种教养、文明。

北方习俗不同。尤其三四线城市的人们，界限模糊，不把人当外人。城镇里的人都沾亲带故的，几辈子、几代人知根知底，不分你我亲疏。张嘴就是：咱叔、咱姑、咱哥、咱姐、咱大爷、咱姥姥。

惠爱那边，同病房的不主动说自己，也不说自家事。这里的人喜欢说，乐于交流互动。光听不行，必须回馈表情、声音。

25 床不是独生子女，弟弟比她小一岁。当年她父母是国企员工，两年抱俩孩，违反计划生育政策，丢了公职。两口子索性下海拼搏挣钱。二十年过去，日子越过越滋润，两个孩子都考上大城市的高校。老家三四线城市装不下这家人的未来，盘算要在孩子上大学的城市买房。今后两口子要在大城市养老。

虽有儿子，但是老妈以女儿为荣。她要在女儿身上弥补缺憾，重活一遍。读大学，拿第一，争上流，得荣耀。

“荣妈”与丈夫同在一家私营公司做生意。头脑灵活，行动敏捷，百分百一家之主。她夸女儿，技巧高于“娃妈”。

护士长吧，说她是美女，非叫她领操。读报找她，领唱也找她。这孩子吧，就怕辜负别人的信任。这孩子吧，从小学到大学，都当班长。疼人，照顾同学。老师说了，如今讲的是培养领袖能力，就是……到哪个行业都要做顶尖的百分之一。

娃妈和荣妈喜欢唠嗑，明里暗里比拼自家孩儿，倒也相处和睦。得知我无儿无女，自己来住院，深表同情。

孩子最最重要，必须陪。重度焦虑，严重失眠嘛，整宿整宿不合眼，哭。怕出门，小脸儿一下就尖了下来。毕业实习给闹的。大四实习，去公司实习嘛，跟人学做广告做营销。

我家娃娃也实习过，她爸不放心，来北京陪。我娃儿运气好，招人疼，实习单位还想招她进公司。人才在哪儿都吃香。

哎呀！那是啥年代。现如今找工作甭提多遭罪！她吧，学的是工科，年级考试第一，男生分数比她低。找工作，那个专业人家不招女生。求职书递上去，人家就说招满了。孩子成绩好、思想好，班干部，哪儿哪儿都好。为什么人家公司看不上？

大学生难找工作是社会关注的热点。校园里，我常听到这类信息。无论本科生、博士生，用人单位普遍喜欢优先考虑男生。

我顺口提议：试试非对口专业……

非对口专业也试！去了一家什么公司，还是名气响亮、上过电视的。叫她去前台打杂。尖子啊，放在前台打杂，真叫浪费可耻。太黑暗了！我说了，找不到工作不要紧，妈养你。孩子咽不下这口气。好学生，样样好。到了社会上，人家统统不认。

病房里，晚上八点是美容时间。娃娃、荣荣、荣妈必往脸上敷面膜，按摩额头、眼角、脸颊。

娃娃住院不闲着，带来许多小瓶子，用精油调配各种美容液。抗皱紧致的，祛痘爽肤的，嫩肤美白的。她将精油和各种基础油做无数新配制。熟人、同事都向她定制购买。她只收成本费，包调配包指导。自己是活广告，三十多岁的人皮肤光滑、细白。

荣妈请娃娃给荣荣配制一小瓶祛痘美容液。用了几天，青春疙瘩痘似乎见小。母女俩深受鼓舞，美容液用得更勤了。荣妈请娃娃帮她配制一瓶嫩肤美白美容液。每天涂抹三次。荣妈四十多岁，眉眼活泼，比女儿耐看。母女俩美中不足是皮肤和身高。个子不高，要穿“恨天高”高跟鞋；皮肤不白，要狠下功夫改造。

病房里弥漫着一股沉沉腻腻的气味。娃妈不做美容，女儿畅谈美容诀窍时，她崇拜地痴痴地盯着女儿，脸上焕发出缕缕喜悦之光。

荣爸一个大男人，毫不回避这种场面。如今时兴男性美容，但是，老婆和女儿对他秉持放弃态度。他容貌、皮肤、个头太普通，没有改造、升级的必要。美容时间，他拿着一把苍蝇拍刷存在感，仔细寻找可恶的吸血蚊子，不时往床边墙壁啪啪拍打。或站在病床上、床头柜上，仰脸巡视天花板，要做护花使者。眼里始终有活儿，削苹果、削梨、剥橘子，切成块、掰成瓣，递到老婆、女儿嘴边。有时候太殷勤，烦人，老婆就打发他出医院去买串香蕉什么的，或者让他拿着女儿的换洗衣服先回旅社。

我对美容时间没兴趣。朋友知道抑郁症有芳香疗法，送我玫瑰精油、薰衣草精油、檀香精油、迷迭香精油。每次开瓶启用，不过十天就忘记了。

见我闲着，娃妈唠嗑。

我家娃娃……单位单位忙，她的活儿人家干不了，只认她，领导就信任她。回家回家忙，她喜欢整这些瓶瓶罐罐。太——优秀！她阿姨，你说说，你见没见过这么优秀的人？没见过吧？

她就等我说没见过，等我帮着夸。女儿人见人夸，已成思维定式。而我一贯谨慎，警惕捧杀。孩子优秀，当父母的心里美，头脑适当冷静很重要。我不相信富养孩子这一套。

我在深圳的住房七十七平方米，五楼。四楼住的是同事。她的独生女从小对公主装没兴趣，小学时期，就叫妈妈给她买衣服不要超过一百元。

中学时期，在舞蹈协会工作的老妈去开家长会，她还要求老妈穿着普通一些，不许太张扬。父母不同意女儿出国留学，女儿自己在网上申请海外大学奖学金，去了英国读书。暑假在海外打工，靠自己的努力进了剑桥大学读博，专业自己选的。走自己的路。

住我楼上的男孩，深三代。住着一九八五年建成的没有电梯的楼房，简朴、阳光。大学毕业后，去了华为工作。不到两年，他开始在网上申请海外读硕。母亲抱怨，这是脑子进水。华为这么好的大企业，工资高，福利好。即使在海外读了博士，有了工作，能比现在收入高吗？男孩说："我在华为不能做到高层，我不能因为钱多福利好就放弃追求。我年轻，不怕失败。尝试过，我接受结果。"这男孩靠自己申请，去了美国伊利诺伊州读硕士。他父母去探亲，回来见到我说，那里读书比在深圳苦，毕业未必挣大钱，但他自己高兴啊。就尊重吧。

我沉默。娃妈扫兴。

娃妈冲荣妈说：我娃太——优秀，追她的男孩子太多。不管比她大比她小，追。多得数不来。她爸说她挑花眼。

荣妈道：现在流行姐弟恋，关键要百分百爱。

荣荣道：姐，说来听听。我们帮你参谋参谋。

娃娃撕去面膜，用两只无名指轻柔地按按眼角、眼睛四周。表情坦然。

同事说我条件太好太挑剔。其实吧，三十岁以后，我已经不……不算太挑了。宠我爱我就行。

荣荣说：挣钱不能少吧？

中上就行。最重要的是必须浪漫，懂得逗我开心。要像我老爸那样，聪明，顾家，会过日子，听我的话。我要他帮我摘星星，他不会摘月亮。

姐，你这还不算挑？这种男人早叫人挑走了，哪能剩到今天？

你们"九零后"太现实，缺乏浪漫。大学你谈没谈男朋友？

她何止大学——

妈——不要乱说。姐，我要听你说。

我们"八零后"跟你们"九零后"是两个物种。你别听我的，听我的就成大龄剩女了。

经济独立才有资格剩下来。姐，打算啥时结婚？

本来……定了，后来……不想结。不说了。

给妹妹出出主意。她男朋友向她求婚，想毕业就结婚。俩人中学就好了。哎——她还犹豫。我给拿主意，她不听。

"九零后"急什么？多考验几年。人会变的，变起来快得很。我就太天真，太相信……呃，我胃痛……想吐。

娃妈扶住女儿，拍她的背部。又从床底下拖出脸盆。娃娃对着脸盆，呕出黏黏长长的口水。

荣妈跟娃妈打听究竟。

娃娃谈过好几段认真的恋爱。这种谈都是奔结婚而谈的。男的条件都不错，只是有缘无分，谈着谈着，就会突发一个转折，不可逆地分手。

眼看三十五岁将至，必须嫁出去，绝不能让外人看笑话。娃娃接受了一个小她几岁的学弟的追求，学弟爱得浪漫、热烈。学弟上大学前，死了父亲，母亲很快另嫁他人，与儿子渐渐疏远。学弟珍惜娃娃的爱，发誓要给她一个最浪漫最美好的家。娃娃分期付款买房，就是为了结婚。学弟升职比她慢，首付房款是娃娃一人垫付的。娃娃领着学弟去外省见过父母，父母对学弟人品、相貌认可。俩人一同买家具、装修新房。

偏偏此时，学弟的老妈杀到北京，投奔儿子。

老妈与继父彻底闹翻，离婚出走。铁了心下半辈子要跟儿子一起过。儿子心疼老妈，告诉妈，咱们北京有房，你要当婆婆了！老妈告诉未来儿媳，你们小两口放心工作，以后我替你们带孩子、管家。

娃爸担忧。心目中，贤惠女人要像他老伴，丈夫、女儿永远正确，自己渺小卑微。此亲家来历不明，早早克死了第一个夫，没几年又离掉了第二个夫，下半辈子来给儿子管家。娃娃攒的钱全用在房子首付和建立小家上，却突然空降一个婆婆。这个女婿不能要。

娃娃纠结。世上最疼爱她的人是老爸。但是，未婚夫总说：我要把你宠上天！我发誓，我会让你成为最幸福的人！

学弟暂时是青蛙，让她这个公主亲一口，青蛙就变成王子了。她跟老爸哭，老爸固执得可怕。老妈劝她放一放，放他三五个月。女儿不再哭闹，照常上班，只是气色渐差，曾经胃痛昏厥送院。经检查没有器质性病变。

老爸松口说：“那小子想当我女婿，必须约法三章。”具体哪三章娃妈没透露。每个城市无数角落都在上演这种剧。

女方说，婚可以结，前提是：一二三四五六七……

人啊，真的是会变的。男方说：“婚不要结了，我配不上你……”

没料想，大逆转。

娃娃停了吊针，抽空回了一趟北京五环外的家，周日回了一趟单位。她没有透露住在精神病院里，只说外省的家中有事要她去照顾。相熟的男同事告诉她，领导安排人手顶了她的位置。上位的女同事刚入职时像个小白兔，得过她不少关照。

娃娃回病房说，世上太多白眼狼。

荣妈说：要你卖命的时候，位置非你莫属；等你遇到事，立马安插其他的人。别多想。

怎能不想。社会多可怕，四十岁女人就被叫“大妈”。“大妈”意味着没人追你爱你，提拔、重用你没戏，新人上位旧人歇菜。世界急速变化。知识更新在加速，观念更新在加快。落后意味着出局。

娃娃病情转重。每天进食半流质，吃下去就会呕吐出来。状态时好时坏，好的时候，可以喝酸奶、喝水果茶，美容时间照旧，制作精油美容液照旧，还教人做瑜伽。

毫无预兆，胃痛开始。痛得在床上翻来翻去，披头散发，捶墙壁，蹬床架。她喊老妈打通老爸的电话。

她用幼儿的声音说：Papa 呀，我好痛啊，你们就让我死吧，死了就不痛了。爸爸我想死……想死啊。女儿不能伺候你们了，痛啊，痛死我了……

娃妈涕泪横流，抱紧女儿。

娃娃要求护士给她打止痛针，护士只给她打镇静针，还催她去隔壁三院做个胃检查。

母女俩在隔壁三院折腾了大半天，拿了两种常见药回来，三院也不给打止痛针。医生说，主要不是胃的毛病。

莫非，娃娃有进食障碍①？

荣妈跟我嘀咕：她喝了米粥偷偷抠喉咙，我看得真真的。

周末，荣荣一家四口游览颐和园，多了一口了。

荣荣的男朋友来探亲，俩人中学开始谈恋爱，一起复习功课，上高考提升班，一起考到大城市，同城不同校。从大一起，双方同学都将俩人看作一家子，未婚夫妻。

男友坐车来京探望，提出毕业立即领证结婚。男友想的是：先成家，后立业。荣荣很犹豫。

找工作严重受挫，她开始怀疑人生。像她这种成绩第一的班干部，投

---

① 进食障碍属于精神障碍疾病，进食障碍患者常共存人格障碍。精神障碍定义为：一系列临床可识别的、引起大多数患者痛苦和妨碍个人功能的症状和行为。人格障碍是指人格明显偏离正常，并具有稳定和适应不良的性质。二十世纪初，主要指“病态人格”。临床发现病态人格并非病理性，与通常意义的精神疾病有别。人格障碍的确切病因迄今尚未阐明。一般认为是生物、社会、心理及环境因素综合作用的结果。

简历不加分，实习屡受白眼。论学业男友不及她，却找到一家前景好福利好的私企，还能派驻北京分站。大学和社会，衡量人的标准大不一样。

荣妈对这小子刮目相看。毕业前成功找到好工作；听说荣荣在精神病院住院，半点儿没嫌弃。她催促女儿，毕业就领证，快把婚事办了。

女儿说：妈，你以前总想拆散我俩。你变得好快。

傻呀你，形势变了嘛。

万一我找到好工作，你后悔呢？

你有这病，先把婚结了。

妈你不要逼我。

妈是为你好。妈放下一切来陪你。

你说过，他不是当官的料。咱家没个当官的后台，特遗憾。

人家这次来，我和你爸基本满意。

荣荣手里拿着一串葡萄，一颗一颗揪下来吃，正要吐皮的时候，男友的手伸到她嘴下接。一个不停地吃葡萄吐皮，一个不断接吐出来的葡萄皮，配合默契似老夫老妻。走路时，男友很自然地拉着她的手。俩人的手前后摆动，一晃一晃很亲密。

这种状态在“九零后”男女身上常见。早恋未必结婚，结婚未必生育。

“九零后”“零零后”有个共同特质：早熟。早熟增添了自信，眉眼间少了“羞涩”“腼腆”。

周日晚上，荣爸奉命坐车回家，该回去打理公司了。男友坐车回校准备毕业典礼。荣荣病情反复，焦虑、失眠。

娃娃每天上午练瑜伽，肢体柔软，动作娴熟。荣荣跟着学，也在床上练。

娃娃喊：“九零后”，加油。跟我学瑜伽，包你漂亮一辈子。

荣妈一听，也跟着学起了瑜伽。

娃娃鼓动我跟着学。我摇头。

娃娃说：阿姨，你要学习捯饬自己。不做美容不做瑜伽，对不起自己。

我笑而不答。

娃娃说：我抗打击的方式，就是保持年轻。我发誓，回公司就把我的岗位夺回来。当然啰，我要叫跟我分手的男人后悔一辈子。

荣荣说：姐，他肯定后悔。

荣妈说：老妈他要管，没法子从早到晚宠你。他做不到。

娃娃冷笑说：他再也找不到比我更好的。

荣荣、荣妈连连称是。娃娃见我不附和，盯着我，问：阿姨，你怎么不说话？

犹豫片刻，我问：为什么一定要男人宠呢？

娃娃像看外星人，端详我。

娃娃说：女人嫁人，就是要男人宠的呀。不宠干吗嫁给他？

我说：人家默克尔当总理，没听说她要老公宠她上天。

娃娃不屑，头一扭，又扭了回来。肢体语言表示，默克尔不是她心中偶像。她的偶像是公主。

我说：没听说哪个公主，靠宠爱过一辈子。英国公主也离婚啊。当年戴安娜年轻漂亮吧，她……你也知道的。

娃娃面色阴沉下来。

娃娃说：时代不同了，妇女地位提高了。从我们这一代起，女人就是用来宠的，爱我就得宠我。

她仰起脸，表情傲娇，眼光微微下斜。以示绝不妥协。

我沉默。我外婆生于一九一一年，那一代妇女，渴望自立，以自强为荣。社会开始提倡妇女解放。怎么到了娃娃这一代，妇女解放成了男人必须宠女人，女人的成功就是嫁个宠她的男人？

如今流行“网红”，事事讲流量数据。女孩子热衷于追捧“国民老公”，活在社会营造的童话中。

童话结束后，她们怎么活呢？

午休过后，娃娃胃痛，捂住胃部蜷缩在床上。病房里气氛压抑。她开始哼，呻吟，哭泣，崩溃，嚎叫。病房里的人躲了出去。

娃娃哭声凄厉：Papa——爸呀——让我死，我死了就好了，女儿不孝不能陪……啊啊……我要死……马上死……死——就要，就要死　！

很怕听她这样哭。无处躲藏。神经受刺激，死亡的念头缠绕，喘不过气来。隔壁房病人面面相觑，眼神里溢出恐怖。

娃娃哭够了，闭上眼睛眯一会儿。其他人跟着缓一缓气。

晚饭时分。娃妈将保温桶拎出来，给女儿倒出一碗菜末粥，哀求她喝。妈妈用调羹小心喂。喂了几勺，女儿呕，吐出来的比吃下去的多。

当妈的不出声地哭，看背影很揪心。她默默给女儿擦脸、揉背、揉胳膊、搓捏腿脚，娃妈跪在床头疲惫得睁不开眼睛。女儿要去厕所，老妈忙不迭跪着给她穿袜穿鞋。连扶带抱，背着娃娃出病房去厕所，病房里气味腥浊。

娃妈拿来便盆，女儿不肯在床上拉，众人体贴地躲出去。

没啥可拉的。这么吐，人都脱水了。

恢复打吊针。娃妈求医生，加一支止痛针。医生不同意。

娃妈悲愤说：北京医生咋这样嘞，还不如我们省城的。

娃娃说：省城医院好，人家就给打止痛针。大不了回省城。

我提醒她：这里床位紧。出去万一不行，回就难回了。

纵使病得如此虚弱，娃娃的美容时间照旧。死也要做个美女鬼。

若请省城医院来救护车，花费太大，不能报销。娃娃让妈扶她下地，在走廊、饭厅练习走动。她手扶走廊墙壁挪步，老妈半扶半托。见者心酸。

二楼病区，多数病人住一个月左右，病情趋稳，调药合适了，就要准备出院。荣荣不敢想“出院”二字。她不想回校参加毕业典礼。

荣荣对副护士长诉苦：我废掉了，修不好了。一辈子不能上班了。

她抹眼泪。

荣妈把女儿抱在怀里，说：他们年级要照毕业相，老师同学不知道她住院。她这样子怎么回学校？

副护士长把荣荣从妈妈怀里拉出来，说：怎么不能回学校？你现在吃的两种药，我也在吃。护士长也吃抗抑郁药，我们不也照样上班？该干吗干吗。

荣荣惊讶。她怔怔地仔细打量副护士长，似乎半信半疑。

副护士长道：这种事本来不想跟你说。你连毕业照……怕什么？听好了，打扮得漂漂亮亮的。记住，往中间站。

荣荣挺直腰，笑：站C位。

荣妈特意告诉我，荣荣吃的香蕉接不上，看我买了香蕉不吃，就拿了两个让荣荣先吃掉，以后买了再还。

我说：不用还，吃吧。

荣妈跟着说：是啊，我看你也不吃，索性我们帮你吃掉。

我点头。忽然想起海伦，十六岁，喝了我一小盒柠檬茶，非要还。广州人，界限分明。阿仔曾将妈妈带来的山竹送给海伦、辛迪等人吃，却遭遇拒绝，并受到嘲笑。

这时，荣荣从外面冲进来，喊：姐姐摔倒了！厅里好多人，姐姐就这样……软软地、慢慢地往下倒。她妈撑不住，好几个人去扶姐姐，她不想起来。护士叫大家散开，不要扶，让她自己起来。

荣妈说：她自己怎么起得来？

荣荣道：嗯……她自己起来了。

有一种病人，围观的人越关心，病人发病状况越严重。没人围观，病人自己定定神，就没事。娃妈扶女儿去护士室，提出：必须给打止痛针，不给我们就出院。

护士说：你可以申请出院，签字就行。

话赶话，一气之下，娃娃逼老妈签字申请出院。

娃娃说：我到省城医院住，那里比这里好一百倍！

第二天，护士来通知，赶快去办出院手续，新病人来了。

娃娃说：不行，我爸今晚才跟车来接我。

护士说：晚上不办出院手续。有病人进来，最晚人家午后要入住。

娃妈说：她爸没到，我们就不走。

僵持不是办法。娃娃打发老妈去办手续。叫滴滴出租车，先回北京小家。

十几年北京打拼，娃娃做事很麻利。下午两点多，母女俩下楼。娃妈借了一辆轮椅，推着女儿。

做操时间，荣荣是领操员。我一人帮着拎包到六院路边，目送娃娃母女上车、离去。

但愿她们少走弯路。

“她说管我一辈子”

新病人像一朵小蘑菇。那种灰色菇面、矮脚壮实的小蘑菇。

皮肤有点黑，淡淡灰黑色，脸蛋未脱婴儿肥。身边的女人一个是妈，一个是二姑，一个是小姨，一个是表姐。

“小蘑菇”在北京上学，大一，西班牙语专业。家在天津，有一爸、一姐，都是中学外语老师。小姨家在北京，帮她联系到六院二楼床位。

小蘑菇表情漠然，女医生问话，她眼皮不抬，好像不是她住院，全由妈妈替她答话。姑、姨、表姐不时抱抱她、搂搂她，鼓励她住下来。她不想住院，胳膊不时甩一下，头扭到一旁。肢体语言就是“我很不乐意”。

“蘑菇妈”指着荣荣说：你看小姐姐多懂事。住下，妈妈和二姑陪你住。

本以为娃娃出院，病房能安静些，谁知更嘈杂。我往屋外躲。

隔壁病房也进了新病人。女孩呆坐在病床上，妈妈穿一身又紧又窄又短的旗袍，扭扭搭搭往病房外柜子塞旅行箱。

“旗袍妈”哼着“十五的月亮升上了天空哟，为什么旁边没有云彩……”

旁边病床躺着一个极其胖大的女人；她的陪护很瘦小，愁眉苦脸，可能是她妈。另一张病床躺了一位年龄难以目测的老太太，陪人是二十岁上下一女一男。小两口手不离 iPad，秀恩爱、追剧、叫外卖，跟老太太少有交流。

“旗袍妈”入住后，民歌小曲轮番唱。

夜晚。荣荣说：“姐姐出院走了，心里灰暗，就怕十年后自己比姐姐还悲惨。”她求妈妈留在病房陪睡。

“蘑菇妈”也在床上陪女儿睡。妈妈抱着女儿，就像抱着个大婴孩，轻轻摇晃安抚。二姑矮且胖，腰粗得没有腰身，走路费劲。

“蘑菇妈”告诉女儿，爸爸也住院了，万一要做手术，妈妈就要回天津。这里由姑、姨、表姐陪。“小蘑菇”身子乱扭，反对。

二姑摸她的头，说：好孩子，姑陪你。你看那阿姨没人陪。

她们发现，24 床孤零一人从广东来。顿时觉得我最可怜。

“蘑菇妈”找到护士，买了一张陪人折叠床。打开之后，靠在病房门外走廊边。来不及买枕头、被子，二姑就这么干睡。

第二天，病房混乱。“小蘑菇”大声哭叫，双手抱住妈妈不放。她的姑、姨、表姐都在劝。我和荣荣母女躲到门外透气。

荣荣说：她比我还大一个月。她姑说的，她上学晚，留级耽误了一年。

她闹啥？

她爸住院，肿瘤，要开刀，她妈要赶回去。

隔壁“旗袍妈”端着洗脸盆，白底镶了金边、绣了红花的短旗袍，裙边在膝盖上，高唱着“那就是青藏高——原”，踩着细跟高跟鞋，婀娜地朝盥洗室走去。

荣妈怒视她背影，唱什么唱！要唱回家去唱。女儿住精神病院了，她还成天唱唱唱。我看她女儿挺正常，她倒是该住院。

我说：母女俩躺病床上，她躺里面，女儿躺外面，随时会掉下来。

病房里传出医生的声音：这样的话，她出院别住了，你们想清楚。

这病区医生编制四人。主任、副主任、两个主治医生。管我的是男主治医生，管“小蘑菇”的是女主治医生，管荣荣的是副主任医生。主任、副主任都是女医生，还有住院医生、进修医生。

往里看。“小蘑菇”双脚蹬床，嘴里胡乱哼哼。亲友们紧张地围住她，商量着去留。本打算留下姑姑、小姨陪孩子。医生说，总是一堆人围着，就别在这里住院。

“小蘑菇”要跟妈妈、姑姑回天津。

小姨说：不能走，让姑姑试着陪两天，实在不行再出院。

屋里乱哄哄的。

午饭后，回病房。荣荣和妈妈躲到旅社去了，“小蘑菇”的病床上没人，难得安静，屋子就我一人。才眯了一小会儿，听见走廊有哭声，仿佛是理直气壮地哭，就要哭给所有人听。听不出伤心，听得出是故意捣乱，就不让所有人睡午觉。

二姑进来，又累又气，说：行了行了……别哭了……谁来管管，管管吧。

她哭啥？

她要吃辣酱，我去买。医生说，她吃药别吃辣，我就买罐榨菜给她。她张嘴就哭。不怕人笑话，大学生啊。还说要出国读书，这个样子怎么出国？大学生，就这样的大学生。她哭她的，看她能哭多久。

二姑躲了出去。

午休结束。病人陆续起床。

听见“小蘑菇”进屋。听见她摔鞋子、摔枕头。不一会儿，“小蘑菇”睡着了。

我坐起来揉太阳穴，烦躁。头痛，心脏痛，胃痛。

二姑悄悄进来，在我床头说：这是哭累了，一会儿醒来还要哭。从小倔，她爸太宠她，她姐总让着她，不是好事。我说了这不是好事。

女医生叫“小蘑菇”身子坐正，说：我问你，你爸要开刀你知道吗？

“小蘑菇”不吱声。

你爸的肿瘤是良性恶性还不确定，你妈多着急啊，你不能替她分忧，还在这里哭闹。

“小蘑菇”沉默。

你爸最疼你，对吗？那……他明天就要开刀了，你不担心吗？

嗯……不担心。

你——不——担心？为什么不担心？

不知道。

你想他吗？

想……想吧。

你一个大学生，父亲要开刀了，你说想吧……看着我回答。

应该想……可是没有感觉。脑子里面……不想这个。

这就是病，要治。你休学半年了，想回学校吗？

想。老师不让我回，老师叫我妈妈带我回家。

你干扰同学上课，老师是对你负责。

我没干扰。

你在宿舍晚上不睡觉，哭闹；白天睡。同宿舍的人都怕你。

那是……夸大。我好了，老师刁难我，不让我回去。

老师说，你回校可以，要有医院证明。

你帮我开一张呗。

你住院就要守纪律。病好了，拿着出院证明，就能回学校。听明白了？

哼。

你不小了。再耽误下去，就要退学了。你想让父母养你一辈子？……你再闹，就出院。

女医生出去了。

“小蘑菇”横躺在病床上，双脚搭在地上，眼睛盯着天花板发呆。

随后两三天，“小蘑菇”没再折腾别人。

二姑欢天喜地告诉她，她爸手术成功，肿瘤不是恶性的。

“小蘑菇”脸上没见喜色，也无忧色。她跟着荣荣参加读报、做操、下楼散步。荣妈发现她四天不洗澡，不换衣服，身上散发出汗馊臭味。

今天三十六度，出汗多你不难受哇？

不难受。

两点到四点洗澡时间，去洗洗，洗洗身上舒服。

不洗。

哎哟这孩子。那你换换衣服，你看看扣子……对，就那里，一摊啥玩意儿？你是个大学生大姑娘噢。

晚上就寝前，“小蘑菇”特意举着穿了四天的大格子上衣，到荣妈跟前说：阿姨，我洗掉了。

“小蘑菇”只洗了扣子污渍那一小块地方，没洗整件衣服。

荣妈笑：这叫洗衣服？

嗯。

你妈没教你洗衣服？

我衣服寄回去，妈妈洗。

所有的……都寄？

我到北京上学的时候，妈妈给我准备了好多好多衣服和袜子，我每个星期往家里寄一次。快递很划算。

我插嘴道：我听说过有这种事，没想到你就是这种大学生。

我妈说了，我负责读书，她负责我的衣服袜子鞋子，还有所有的事。

你妈管你一辈子？

她说管我一辈子。她喜欢管。

荣妈很欣慰地摸摸自己女儿的面颊。在精神病院，人比人，不气人。

“小蘑菇”穿着小背心、大裤衩。将大格子上衣挂在床边，以便晾干那一小块湿处。

第二天早晨，“小蘑菇”照样穿上这件衣服。二姑习以为常，看见“小蘑菇”不哭不闹了，心中窃喜。

我逮着个机会，病房里只有我和“小蘑菇”。

我探问：你什么病？

厌学症。

阿姨听不懂。就是……？

不想上学，不想看见教室，不想做作业，还有……不想听老师讲课。嗯……不想见到同学。

小蘑菇毫无避忌，我欣赏。有病不是罪，大可直说。

我跟你相似。就是不想上班，不想见人，对什么事情都不感兴趣。脑子反应迟钝，智商低，情商也低。

阿姨，我智商一时低一时高。我跟你不一样，我对玩儿特别感兴趣。嘿嘿，对吃也感兴趣，我还踢球。

踢球？

足球。从小我爸就陪我踢球，可惜，我没进过校队。我爸总陪我玩，教我英语，我爸我姐都帮我做作业。小学中学，我成绩班上前五。

冒昧问一句，你不想回答就不答。

你问吧，问吧。

听说，你留过一级？

不是留级。我高考考砸了，在家玩了一年，我不想再考，爸妈一点儿不逼我。我做点小生意，挺好玩的。

怎么又来北京读大学了？

就是……就是吧，为我妈读的，她没有逼我复读考大学。有一段时间，我觉得我妈怪怪的。她本来是清早去菜市场买菜，那里很多熟人。我发现，她清早不去买菜了，换了个时间，很晚去菜市场。我就想，我妈难过呢，我高考考砸了，我妈嘴里不说我，心里……她在熟人面前抬不起头来。我要为我妈争口气，不能让我妈心里总憋屈。第二年，我拼命做题复习，哎，一考就考到北京来了。我妈……嘿嘿，好玩呢，接到入学通知书第二天，大清早五点钟，她就到菜市场买菜去了，逢人就说女儿要去北京读书了。好玩吧？

“小蘑菇”率真可爱。耽误一年，还能考上北京一所好大学。

为什么会厌学？

谁知道……凡事不要想太多。

喜欢你的专业吗？

喜——欢。我姐说，我的专业比她的好。她现在教书也不错，离家近，每年还有寒暑假。

你病好了，就能回校读书。

老师也这么说。同学叫我抄她的上课笔记。我想过了，不要攀比……

我没听明白。

隐约觉得，住进精神病院的孩子，病根多少与父母有关。我丁克，不敢随意论断为人父母的事。

广州中大校园，我是租房居住。楼上有个特别聪明的小女孩，跟乐乐是好朋友。乐乐生日时，小朋友特意给他画了一张图画祝贺。女孩父母分别是留德归国博士、北大博士。家境富裕，却不娇养女儿，孩子才八岁，就学着自己煮面条。家里有保姆，孩子每天仍要做家务。洗碗、倒垃圾、收拾屋子、遛狗。女孩小时候有点任性，当妈妈的奖罚分明。妈妈教法律，女儿明事理。周围生老病死这类事，不瞒孩子，有意叫她多看。教她懂得这是人生常态。教她懂得人性有善恶两面。这样的母爱，是真爱。

又听见“小蘑菇”大哭。她一哭，像夏日雷雨，不下透停不下来。

充电宝丢了。头一天晚上，放在饭厅电视机旁充电。病房里没有插座，那里每天有几十部手机、剃须刀轮番充电。“小蘑菇”一大早发现，新充电宝不见了。二姑挨个儿病房问有没有人拿错，没问出名堂来。

午休时间，“小蘑菇”在走廊哭：妈妈呀——他们很坏呀——妈妈——你快来——我的充电宝被偷啦，妈妈呀——我好气好恨，你快来……

护士帮她查也没结果，二姑飞快通知天津家里。

“蘑菇妈”接报紧急赶到，拿出一个新买的充电宝安慰她。妈妈坐在病床上，靠着墙壁，把“小蘑菇”抱在怀里。女儿很享受，妈妈也很享受，谁也离不开谁。

二姑说：来了就别走了，你在这儿她好很多。

不料，副护士长叫她别待在这儿，否则，女儿毛病改不了。“蘑菇妈”答应坐晚班车回天津，“小蘑菇”张嘴想哭，瞥见副护士长正看着她，撇撇嘴，忍住不哭。

副护士长立即表扬：懂事了。你妈又上班又照顾你爸，多辛苦。快跟妈妈说放心，让妈妈早一点坐车回去。

“小蘑菇”不愿意。

二姑从门外柜子里拎出一个粉红色学生背包，拿出一本又大又厚的西班牙语专业课本，说：书包、课本都带来了。说要复习，要回学校读书。

副护士长拿起大课本，道：多少人羡慕你。赶紧治好病，回去读书。我看你有好转，昨天早上打乒乓球了呢。

“小蘑菇”紧倚在妈妈怀里。

妈妈说：带你去外面吃晚饭，吃完饭我就走。想吃什么？妈奖励你。

“小蘑菇”转忧为喜，跟着妈妈、姑姑出去了。

如此解决“小蘑菇”充电宝丢失，并非上策。许多家长小心翼翼护着孩子，不让孩子摔跤。不摔跤就总当婴儿抱着。

听过一首童声合唱，记得几句歌词，大意是：未曾应许，天色常蓝，不遇苦难，任意驱驰；却曾应许，生活有力，危难有爱，行路有光。

“小蘑菇”比入院初时活泼多了。吃药很积极，吃完药，回到病房，说：吃的药还是那几种药，在这里医生搭配不同、药量不同，就见效了。哈，有点神奇，她有明显转变。告诉二姑，不用二十四小时守着她，不必每晚睡走廊边。隔天来一次，跟她一起睡在病床上。

姑姑岁数大了，腰椎有毛病，要多多保重。

二姑感慨道：知道心疼人啦。

我独自一人在病房。“小蘑菇”从门外进来，偷着乐。好像干了一件什么神秘事。

她对我说：阿姨，我把姑姑的加护床卖掉了。

卖给谁了？

隔壁新来的。

你笑什么？

我觉得自己是个做买卖的高手。那张床，我妈花了六十块钱买的，本来，我想，能卖个五十块就可以了，对吧？二手的。

卖了多少钱？

新来的不是着急吗，不知道去哪里买这种床。她跟我打听，我就说，我买了一张还没用，用不上了，可以考虑转卖给她。

她马上求你？

对。我没有骗她。我原来没打算卖的，她急着要。我就说，我是六十五块钱买的。我多说一点，就是等她讨价还价嘛。做生意就要讨价还价对吧？

然后呢？

她就讨价还价，说，六十块，你卖不卖？我假装犹豫一下，说，六十就六十。

厉害。你脑子已经激活了。

我要是想骗她，就会说原价八十块，还价到七十块，我还能赚钱呢。

如果是我，你说原价一百块，我肯定相信。

万一不能回去上学，我做生意是不是也能成才呀？哇哦，我要不要去创个业？

创业的人容易抑郁，尤其青年人。我不是瞎说，真有报道。

我就说说。我出院就能回学校，我想参加期中考试。

期中考还有多少天？

二十多天。

来不及。别给自己加这么大的压力。

我在这里复习。

你别吓我了。万一病情反复，你又在走廊哭，哭得大家不能睡午觉。

哎呀不会的，不会的了——

按二楼规矩，病人不许进入供应室接热开水，也不能穿过这间供应室到阳台晾衣服。我习惯一年四季喝热开水，我站在供应室门外，求二姑帮接一杯热开水。二姑从阳台收完衣服，走过来打开门，叫我进去接。

二姑说：你到阳台看看，楼下全是探亲的。

快快接了杯热水，跟着二姑去阳台。

楼层很矮。往下看，一楼就是草坪，平日早晨散步的小园子。下面大大一圈围坐着封闭区病人和亲属。

封闭式病区规定，病人亲属每周可探视一至二次。这天正是探视日。病人穿着蓝白相间的病号服，坐在低矮的小板凳上。一家分成一组，坐在板凳上说话。多数是三人组。

一家三口。儿子年龄像“小宽子”，呆坐在矮凳上不说话。妈妈剥开橘子，一瓣一瓣塞到儿子手里。儿子握着，没吃。轻轻推他叫他吃，没反应。爸爸戴一副眼镜，嘴里不停地唠叨，像班主任考试前叮嘱学生注意事项。

“咣当”“咣当当”，响声大作。随响声望去，一个女病人激动地站起来大发脾气。年龄跟娃娃相仿，个子高大。探视人可能是母亲，不慎激怒了病人。病人举起小板凳，往地上又摔又砸。凶巴巴地冲母亲嘶叫。满脸攻击性怒气。母亲紧缩身子，憔悴无奈。旁人急忙躲开，怕遭误伤。两个监管护士冲过去，架着病人的胳膊，迅速带离探视现场。母亲小跑步跟随。

二姑摇头。嘴里“啧啧”声、“嗐嗐”声来回转换。庆幸托老祖宗的福，“小蘑菇”没惨到这种地步。

“小蘑菇”加码锻炼，每天要走三万步。还约几个年轻病人去北航操场踢足球。其中有一个新病人，这人入院那天身穿一件梅西的10号球衣，一身运动员打扮。吃饭时，饭桌上有人问他职业，他答厨师。再问几级厨师，他有点尴尬：还……还在学配菜。

“梅大厨”的毛病令人讨厌。在盥洗室，他一待待很久。脸盆一直占着一个水龙头。别人都自觉侧身让人接水，或赶紧洗漱让开位置，他却无视他人。一洗脸就洗头，擦抹全身。脱了球衣赤裸上身，打量自己的胸肌和腹肌。他擦洗比女人还细致。对着大镜子久久观看自己的脸，精心往脸上一点一点涂抹白色护肤品。

他总跟女孩子说：我没病。

“小蘑菇”问：没病你干吗来住院？

“梅大厨”张张嘴，又把话咽了下去。

“小蘑菇”说：你什么病？

“梅大厨”道：我……他们非要送我进来。我好好的，吃饭、走路、踢球，全正常。

每天在盥洗室照镜子，把自己的脸瞧了又瞧，时间都耗在顾影自怜上。哪个老板会留下这样的员工？如果他真在跟人学厨，师傅怎么带这样的徒弟？学着刀工练切菜，人转眼不见了。去哪儿了？

男厕镜子前面呢。

（选自《野地灵光》，李兰妮著，人民文学出版社 2021 年 8 月出版）

隔离记（节选）

李朝全

2020 年 2 月下旬至 3 月底，根据铁凝主席的提议，中国作协党组派出了一支赴武汉抗疫前线采访创作小分队，由我担任领队。3 月 27 日，由中央指导组统一安排，我随赴汉采访的央媒记者一道，乘高铁 G66 次 13：41 从武汉站出发，于当晚 6 时顺利抵达北京西站，随后乘中巴车转运到房山区，入住北京天湖会议中心进行为期 14 天的集中隔离。

第 1 天

2020 年 3 月 28 日，星期六，北京天湖会议中心，晴，有风

回到北京第 1 天。

6 点天就亮了，碧空万里，阳光明媚，心情愉快。祝愿每个人每天早上醒来都能拥有一份明媚的心情。

昨日中午，我在我们已经居留了一个多月的武汉吃过午饭，司机黄师傅把我和《中国青年报》的一位女记者送到光明万丽酒店。湖北省委宣传部在这里举行了一个简单的送行仪式。宣传部负责人对临行的记者表达感谢，称赞大家都是英雄，都是战士。

昨日，报纸的责任编辑说：“看了你写的文章，在我心目中你就是个英雄。”

在返京列车上，列车员找我们每个人签名留念，由衷地说：“你们都是英雄啊！”

回首在武汉的一个多月，也有许多的朋友称赞我们四位赴汉采访创作的作家是英雄。

我不是英雄。

到武汉去，我只是去完成自己的一项工作。我对武汉的朋友说，“我们只是路过，而你们是驻扎；我们是过客，而你们是住户。”因此，谁是英雄一目了然。真正的英雄是人民，是千千万万在这场疫情防控斗争中做出牺牲和贡献的普通人。42000 多名支援湖北和武汉的医护人员，他们是英雄，

他们是战士，这是毫无疑问的。但是，从疫情刚开始，至今还坚守在战斗一线的湖北和武汉的十几万名医护人员，他们更是此次战疫的中流砥柱，他们更是英雄。有些英雄会被授予各种荣誉，受到表彰，接受各种礼遇，向全社会宣传倡导和推广，使得家喻户晓，人人尊崇，他们是英雄群体的代表。然而，更多的英雄都是默默无闻的，他们可能终其一生也没有获得多么崇高的荣誉，甚至也没人夸赞他们是英雄，但是，在他们的内心却永远秉持着自己的那份良知、责任与担当，永远没有忘记自己的初心、使命和誓言。他们是无名英雄，他们是无名战士，他们的数量千千万万，无以计数。这些千千万万的无名英雄同样值得我们铭记与尊崇。

在抗疫斗争中，武汉人和湖北人做出的牺牲是最大的。这一点，我希望每个中国人都能够牢记。我也希望我们能够从这场壮烈的牺牲中汲取教训，深入反思，重建责任意识与担当精神，重建社会道德和精神家园，让我们将来能够少走一些弯路，少付出一些代价。

黄师傅把我们送到了武汉站。一路上，各个路口都有交警值守，因为我们没有跟着大车走，所以无法进入主路。快到武汉站时，看见前面有很长的车队，黄师傅一调头，居然正好跟在了车队的最后，我们都暗暗庆幸，因为怕交通管制，而我们又和大部队“失联”，怕进不了车站。

前面的车队是前期撤离的中央指导组的部分工作人员，多为各个部委派来的。

进站时，收到了一张特殊的纪念车票。正面印着：“贵宾号 WHZ2020-03091，武汉站—凯旋号—美丽家乡，抗疫胜利日开。”车票背面用红色字体印着：“援鄂抗疫高铁纪念卡，您用无畏，书写诗篇，凯旋而归，感恩此程。”

大厅里准备了一排排的矿泉水和苹果，需要者可以自取。这有什么寓意呢？如果是苹果加柑橘，寓意是“一路平安”，那么苹果加矿泉水，寓意是“萍水相逢”吧！

2020 年春天，我们四位作家从北京、邯郸、长沙汇聚于武汉，相互守望互助一月有余，彼此都结下了特殊的情义。人生百年，人的一生就算有 1200 个月，那么你生命中的千分之一是与谁共度，这事意义的确非凡。即便是我们的至爱亲人，也很难有能共度 100% 人生的，能够有 50% 以上的人生重合共度已是相当难得，有 70% 的人生共度，那是此生之幸，有 90% 的人生共度，那是至美人生，而那些能够同日生同日死从小青梅竹马白头偕老的夫妇，那大概是上天最特别的垂青。因此，珍惜每一个和我们擦肩而过的人、每一个与我们同舟共济的人，更珍惜那些与我们并肩战斗、共度难关的人，珍惜那些给与我们爱、希望、信心和力量的人。

距开车时间还有十分钟，有专门的车站引导员举着写有车厢号的牌子带领我们进站。3 分钟后列车开动，我的武汉之行即告结束。

在离汉前，宣传组同志通知我们上车后补票。车到了郑州还没人过来给我们补票。这时看到一名乘务员走过来，我后面坐的女孩对她说要补票。我也赶紧说：我也要补票。乘务员马上用对讲机报告。过了一会儿，售票员来了，她对我们说：你们手里都有一张车站给的纪念票，凭这个就可以乘车；如果不是单位报销需要凭证，你们就不用买票。

这，是我从未享受过的一种优待！乘车买票，天经地义，而这一次，我们三个车厢一百多号人，居然都被免了票。如果要算票款的话，得要四五万元吧！

经过 4 小时 19 分钟的旅行，我们乘坐的 G66 次于晚 6 时准时抵达北京西站。这趟列车是否也是铁路部门精心安排的？

找到接站的北京市房山区委宣传部的人，跟着从专门通道走出去，到最外侧的月台上，已有三辆中巴等候多时。因为大伙儿的行李都不少，虽然一辆车只坐十四五个人，仍然显得特别拥挤。车内用塑料布将司机室与车厢严密无缝地隔开，窗户也用透明胶粘住无法打开。小心防护确保万无一失，这是让人安心的。

经过一个半小时的行驶，三辆中巴鱼贯进入集中隔离点。每人把身份证放在小桌上，人直接进房间。关上门，要求 14 天内不准出门。4 月 10 日解除隔离后，我们就可以回家了。

留汉的三位作家兄弟李春雷、纪红建和曾散已经得到 3 月 31 日分别随同河北和湖南援鄂医疗队返回的指令。

祝愿兄弟战友们一路平安，此生珍重！

早起，许多人都说睡了一个好觉。有一位说：这是两个月来睡得最踏实的一次，夜里没醒来，心率降低了 10 个点。

我们住的地方离马路有点远，听不到车喧马嚣，也没有什么噪音。夜里屋外有路灯但不刺眼，即便不拉上窗帘亦无大碍。

一早，负责健康监测的值班大夫要求大家报体温。有一位记者在群里请教水银体温计怎么看温度，然后拍了一段视频发到微信群里，请大家帮忙给看一下是多少度。我仔细一看，水银柱还趴在大约 30 度的地方，可见他就没把体温计放对地方，或者是没夹好。

群主是酒店的服务人员，她说：大家可以到阳台透透气，我们这里的风景与空气都非常好，建议大家早起看日出、傍晚观晚霞，非常美。

马上就有卫生服务中心的大夫提醒：记得戴口罩噢。

一位问：阳台在哪？

我马上接话：太阳在哪？我这一面看不到它。我的房间朝北，基本上见不到阳光。

按照要求，返京人员须在“京心相助”小程序上填报个人信息，以获取北京健康宝上的绿色通行码。而且须向住处所在社区和街道报到。我昨日在回京火车上就向社区和街道报告了。

群里有一位问：社区主任说，我们在酒店隔离完回去还要在家隔离 14 天。悲催了！

另一位回应：我们社区也有类似说法。

更多的人问：隔离结束能否给出具一份书面证明？

经过请示卫健委的同志，大夫的答复是：可以统一给大家出具证明。

这下，大伙儿回自己家所在社区的问题大概就可以解决了吧。

中午，青龙湖卫生服务中心的大夫还专门给每位送来了一个小香囊。

我致谢说：真贴心，够暖心！

第 2 天

2020 年 3 月 29 日，星期日，晴

早起，阳台的角落里尚能晒到点太阳，我赶紧利用这点宝贵的时间，站在那里晒晒自己。

医生在微信群里说，每天晒太阳有助于提高免疫力，晒太阳还能补钙，强筋壮骨。其实，在我看来，晒太阳最实际的好处是可以取暖。屋里还是冷，如果整天都能晒到太阳，身上暖洋洋的那一定是很幸福的。这让我很怀念家里洒满阳光的阳台。同时，阳光和温暖肯定有助于驱除人们心理上的阴霾与郁闷，对于人的身心健康必定是有益的。

昨天在天湖中心隔离群里，有的记者提出要健身，索要瑜伽垫和哑铃。酒店方面立即响应，回复：这个可以有。

傍晚时，每个房间门口就都放上了瑜伽垫和哑铃。男士的哑铃大而重，深黑，女士的哑铃小而轻，浅黄。群友们笑称：哑铃还分男女！

酒店的服务人员说：你们是英雄，奔赴前线战疫，我们也要为战疫做点贡献。

下午，酒店方面主动提出：要给各位前线归来的战士免费准备夜宵，有需要者请报名。夜宵品种竟有十几个选项，几乎所有的食客都能找到自己想吃的。

夜宵原定晚上十一点提供，应群友们的要求，提早到了十点。

唯一的缺憾是不能出门，不能到美丽宽敞的院子里散步，看看夕阳，闻闻花香，吸吸春天的气息。

青龙湖卫生服务中心很贴心地送来的小香囊，一直在书桌上默默地散发出淡淡的药香。

第3天

2020年3月30日，星期一，晴

按照社区卫生服务中心的要求，我们每个人每天上午、下午分别要测量一次体温并上报。同时，“京心相助”小程序上还要记得每天上去健康打卡。今天我在隔离群里提醒了一下各位朋友，结果发现还真有一些没有每天在上面打卡的人。

单位每天也要求上报身体状况，幼儿园也要求每天上报孩子和家人亲属的身体状况。长到这么大，我从来没有过像现在如此认真地每天测量体温，关注自己的身体状况。这是一件好事。它至少时刻提醒我们要在乎自己的身体，要用好自己的身体，身体的使用必须在保障健康的前提之下。

早晨醒来得早，琢磨了几句话，算是一种由衷的祝福：

江城去病，
荆楚弃疾。
毒灭则徐，
中华天祥。

回想起当初在武汉，听司机师傅介绍，酒店这一带原先是武汉的刑场，人称“煞气”重，因此，在这里建造的宾馆外墙都刷成红色，屋顶也都是红色的，有辟邪之意。刚到酒店，我一眼便注意到隔壁的花园宾馆外墙全都刷成朱红，当时还纳闷着呢。如今再仔细一看，果然，酒店的主建筑墙壁也是红砖砌成，屋顶也都是红色的。

酒店提醒，大家到阳台上溜达要戴口罩，以确保万无一失。于是，每天早晨趁太阳能够晒到阳台上时，我都要抓紧时机戴好口罩去晒一会儿。阳光，阳光也是很值钱的啊。

昨天，有位“隔友”给每个人分别赠送了两只小芒果，说是外面的朋友送来的。真是隔离半月，同舟共济，有福同享！

每天都有人托亲友或者在网上购物送快递到酒店门口。因为进入隔离区工作人员都要穿戴齐全防护装备：防护服、护目镜、口罩等，因此，快递一般都要等到早中晚送餐时一并送进来。

昨日，酒店为没有电暖气的房间全都配上了电暖气。群主还专门给我房间打电话问我有没有电暖气，服务真是周到。其实我早在抵达的次日就跟前台要了一台。

隔友中有一位央视记者小蒋，自称在武汉金银潭医院待了73天，40多次进入红区。被大家誉为“红区冠军”。这确是当之无愧的。他把自己的采访照片和视频发到群里，说是要给酒店的工作人员科普一下：只要做好了防护，一切都很安全，没什么可恐惧的。

是啊，从战疫一线回来的人，每个人似乎都变得更自信，更坚强。这确是一段终生难忘的经历。

第 4 天

2020 年 3 月 31 日，星期二，晴转雷阵雨

昨晚得到一个确凿的好消息，春雷他们仨今天都将离汉返回。这是等了足足三天才等来的消息。兄弟们终于圆满完成任务就要踏上归程了，祝愿战友们一路顺风一生平安！

今日一早 6：30，春雷和援鄂河北医疗队同机返回石家庄，8 时许飞机着陆，接受了水门洗尘的礼遇。看到这一幕，春雷非常感动。我称他是：战士归来，英雄还乡！随后，地方疫情防控部门专门安排了 120 救护车接送春雷返回邯郸。他说这是他平生第一次搭乘救护车，这种经历终生难忘。

晚上，我向铁凝主席报告赴汉作家小分队已全部平安撤回，并对主席在我们赴汉采访期间的关怀和鼓励表示感谢。

铁主席回复：“朝全好！信收到。知你们已平安归来，想让你们安心休息调养，就未打扰。此次朝全率队出征，真是辛苦啦！说感谢的应该是我。真诚感谢火线归来的作家战士！休整好，和家人、和可爱的女儿团聚！铁凝祝福。”

又想起 3 月 9 日晚铁主席第二次来电向我们表达问候时，逐一询问了我们四个人的状态。当听说春雷的居住条件简陋影响创作心态时，她和我通完话便立即给春雷去电。后来春雷告诉我，铁主席的电话足足打了 40 分钟，两人回忆起春雷从汶川大地震以来历次参与中国作协组织的创作取得突出成绩的情况。他真的很受鼓舞，此言非虚，在随后的时间里，他竟然连续五天都没吃午饭，一鼓作气拿出了 5 篇报告文学！

隔友们每天都有人在群里呼叫群主，请她帮助接收和递送快递。看来，网购和快递是当今众人生活中须臾不可或缺的东西。在武汉水神客舍酒店居留时，每天也有好几个快递员往酒店送快递，通常都把快递物品放在大厅外的桌子上，喷洒一遍消毒液消毒，然后由物主各自取回去。也有一些人吃腻了酒店的饮食，自己叫了外卖回屋或是在外面的阳光棚底下三五一伙聚在一起吃。返京前，还有几位女记者将自己的冬天衣物打包让快递寄回北京。没承想，在我们离开武汉的当日气温骤降，那几位女士穿着夏天的裙子结果冻得直哆嗦。

还有几位隔友提出需要除尘器，说是地板上落的毛发有点多，还有灰尘。一位用完了，放回到门口，然后服务员需要穿戴好防护服拿去消毒后再交给下一个使用者。他们相当的小心谨慎，感觉在防护方面也很专业。

群里有卫生服务中心的医生为大家解疑答惑。

有位隔友在群里问：我每次量的体温都是36.2℃，这正常吗?

医生回答：你这个很正常。然后又详细地给大家科普了一下，每天休息好6-8小时测量出的体温通常是一天中最低的，随着运动量增加，体温会小幅升高；体温在36℃-37℃之间都是正常的，云云。

医生是24小时值班。两班倒，一人值12小时班。真不容易。

昨日下午，有隔友在群里发了几张没戴口罩趴在阳台栏杆上的照片，当值医生立马就在群里吆喝：大伙儿到阳台上去，一定要戴口罩！希望大家支持我们的工作，特殊时期，请大家相互谅解，为防万一！

凡事皆不能抱侥幸心。司其职，担其责；在其位，谋其政。医生、宣传部门和酒店方都既要对44位隔离者的健康安全负责，也要对自己的每一位工作人员的安全负责，必要且到位的防护无可厚非。

昨天，国内发生了两起令人痛心的事情。一是T179列车行驶至郴州永兴县境内时撞到塌方体，六节车厢倾覆，发电机车起火，1人死100多人伤。其实，早在撞车之前，有当地村民已经报警并朝火车挥舞衣服，然而最终还是没能拦下火车。实在令人痛心！以身殉职的是26岁的乘警长，说好的等到武汉解封他要去接大家回去，他自己却先走了！

更令人心痛的是，四川大凉山西昌再次发生火灾，19名扑火队员可能因为遭遇风向突变而葬身火海。就在去年的几乎同一天，也是在大凉山的木里发生了火灾，有31名救火队员也是因为遭遇山上风向突变而身亡。呜呼！一年过去了，同样的事故再次重复，同样的剧情再次上演，能不令人扼腕叹惜乎！

第5天

2020年4月1日，星期三，晴

昨天傍晚，响起了北京今年第一声春雷，下了一阵子雨。

宾馆工作人员很不容易，每天变着花样换着口味给大家准备饮食。上午又添补了纯净水和餐巾纸。下午还给每个人另外送上一袋水果和一盒新鲜采摘的本地草莓。

其实，前些天送的水果我都还没吃完，而且，每餐都配有一小盒水果丁、一盒酸奶。我算是比较能吃的，但也还吃不完。我估计那些打算减肥的隔友更不可能吃完。果不其然，群里有人陆续提出：不要午饭，晚餐不要主食，早餐给一碗粥一点咸菜就中……

晚餐，工作人员又给每个人送上了一张彩色的小贴士纸条，提醒大家今天是入住第五天，问候大家吃得可好，过得可舒心，他们的目标是要把大家养胖。酒店方确实很用心，也很贴心。

在房间外的马路上，还有两个人在值守。告示牌上贴着的粉红纸上写着大大的“9”字，提醒我们还有 9 天就可以解除隔离恢复自由了！

在群里，有位隔友呼叫群主，他的指甲剪从阳台上掉到下面去了，请服务员帮忙捡一下。在隔离期间，隔离人员不准离开房间，所有的困难和需求都得服务人员帮助完成。

下午，又有人提出，房间里太干，能否送台加湿器来？但是宾馆没有预备这类设备。

说实话，这里的食宿条件相当不错：房间宽敞，视野开阔，写字台、桌椅、电视、无线上网……一应俱全，基本可以满足各种生活需求。住在这里，每日饭来张口是很幸福的。

（原载于《美文》2021 年第 7 期，有删节）

时代风流

仰望星空（节选）

黄传会

引　子

他站在那里，仰望着星空——蔚蓝色的苍穹明净如水，广阔无垠。一轮弯月银光淡柔，几多星辰若隐若现。

他雕塑般地站在那里，久久地仰望着星空——此时的星空，已经不仅仅是一张简单的关于星星和月亮的图景。日月星辰都在他的脑海中重新组合、排列、运行……

六十多年来，他主持了以我国第一颗人造地球卫星“东方红一号”为代表的四十五颗卫星的研制和发射，创建了中国航天史上多个“第一”的辉煌；主持了我国月球探测、北斗导航重大航天工程的研制工作，为我国突破人造卫星技术、卫星遥感技术、地球静止轨道卫星发射和定点技术、卫星导航组网技术和深空探测技术作出了重大贡献。他是我国人造卫星技术、深空探测技术和卫星导航技术的开创者之一。

他曾荣获国家科学技术进步奖特等奖、“两弹一星”功勋奖章、国家最高科学技术奖、“改革先锋”称号。他是著名航天技术专家、中国科学院院士、国际宇航科学院院士、国际欧亚科学院院士。

仰望星空，他是在寻找那些他和航天人一起亲手送上苍穹的华夏之星吗？它们都是优秀的“中华儿女”，此时此刻正分分秒秒在天际履行着自己的职责。他怎能不魂牵梦萦、牵肠挂肚？

仰望星空，他在描绘着“中国星座”新的蓝图，他在期待着中华民族新的腾飞……

德国哲学家黑格尔有一句名言：“一个民族，有一群仰望星空的人，他们才有希望。”

他，就是共和国勋章获得者孙家栋！

天上有颗北斗“星”

自古以来，北斗七星就是中国人辨明方向、把握时节的标志。孙家栋说自己最初的天文知识，除了太阳和月亮，最早认识的便是北斗七星。

让我们将时间拉回到半个多世纪前。

一九五七年十月，苏联成功发射第一颗人造地球卫星。在对这颗苏联卫星进行观察的过程中，美国约翰斯·霍普金斯大学应用物理实验室的科学家发现了卫星运动引起的多普勒频移效应，并提出可以用来实现卫星定位导航。随后，美国海军启动研制子午仪卫星导航定位系统，并于二十世纪六十年代获得成功。

彼时，我国科学家钱学森、赵九章也敏锐地预见到了卫星导航的重要性，并适时提出研制导航卫星、建设中国卫星导航系统的规划和构想。一九六八年初，经钱学森提议，灯塔一号导航卫星开始研制。可是到了一九七九年底，因为种种原因，研制任务被取消。

中国工程院院士、北斗一号卫星系统总设计师范本尧参加了当年灯塔一号的研制工作，并担任卫星结构的技术负责人。

他告诉我："这件事情最早是由海军提出来的。一九六七年七月，海军呈报中央军委《关于研制和建设对潜艇指挥通信、导航系统》的报告。报告中提出了对卫星通信和卫星导航系统的使用要求。要求通信和导航实现全球性、全天候、高精度、高可靠和不间断的工作；要求至一九七二年完成卫星微波通信、卫星导航系统的建设，一九七四年完成超长波通信、导航系统的建设。钱学森高度重视，组织科学院和空间研究院进行认真研究。他认为要完成这一重大任务，无论在技术指标还是在进度要求上，都存在着较大的差距。"

一九六九年一月六日至二月十一日，海军司令部受国防科委委托，在天津召开关于卫星导航战术使用要求论证会。会上，海军表达了发展中国卫星导航系统的必要性和迫切性，提出具体的战术使用要求。经过论证，会议认为，由于技术原因，近期内不可能满足潜艇部队水下导航要求，可先发展水面卫星导航系统，以解决海军和一般用户的急需。

钱学森将这项任务交给了孙家栋。其时，"东方红一号"还没发射，孙家栋正忙得焦头烂额。钱学森让孙家栋主持水面导航系统方案论证。孙家栋带领技术人员在进行导航卫星的总体方案设计时，对导航卫星的技术途径等提出了两种思路。一种思路是分两步走：第一步，利用现成的"东方红一号"卫星备份星，拿掉短波发射机、《东方红》乐音装置等仪器，换上双频测速导航系统，快速研制出一颗试验导航卫星；第二步，边试验边研制应用导航卫星。另一种思路是一步到位，即不经过试验导航卫星阶段，直接安装海军等用户要求研制应用卫星，这样可以减少投入，加快研制周期。

钱学森对孙家栋说："此事欲速则不达，搞导航卫星应该采用试验星、应用星‘两步走’的方式。我们曾经有过研制导弹的重要经验教训，搞科学必须符合客观规律，要分阶段、按部就班地循序渐进，搞卫星和搞火箭一样，都要按研制程序办事。”

钱学森强调，导航卫星是关系到国家战略防御和空间技术发展的重大问题，涉及火箭、舰艇、远洋测量船等多项国家重大工程的全局。导航系统的高度综合性和技术复杂性，依靠空间技术研究院一个部门是难以胜任的，必须依靠国家的力量，依靠全国各有关部门和地区协同支持。

一九七七年四月，灯塔一号初样卫星达到了设计要求，六月转入模样研制阶段，九月进入正样研制阶段。遗憾的是，一九八〇年十二月三十日，国防科委正式通知，撤销灯塔一号卫星的研制任务，从一九六八年底开始研究、历时十二年的导航卫星研制计划中止。灯塔一号虽然下马了，但它作为我国导航卫星的先驱，为北斗卫星导航系统积累了经验，培养了一批素质较高的科研人员。

范本尧分析说：“灯塔一号导航卫星计划中止，主要有两个原因—— 一是卫星本身性能不够先进，只能为海军和其他海面用户提供二维定位，平均定位时间间隔达三至四小时，限制了应用的广泛性，导航定位精度也低于当时美国子午仪导航卫星的水平。而且，由于美国于一九六七年就解密了子午仪卫星导航资料，世界各国都可以使用。当时，国内许多用户在我国导航卫星上天遥遥无期的情况下，通过各种渠道购买了子午仪卫星接收机。二是发射导航卫星的入轨精度要求较高，需要发射精度较高的运载火箭，而由于研制经费不足，火箭研制计划搁浅，也严重影响了灯塔卫星计划的实施。”

山重水复疑无路，柳暗花明又一村。

一九八三年，“两弹一星”功勋、中国工程院院士、航天测控专家陈芳允提出“双星定位系统”理论。

陈芳允一直关注着导航定位问题，希望解决利用卫星对地球上运动物体的定位导航问题。美国的全球定位导航系统，为了满足全球、全时间工作，需要十八颗以上卫星，而“双星定位系统”用两颗地球同步卫星上的一段频带，即可确定地面目标任一时刻的位置和海上移动物体的定位导航。一九八三年八月，陈芳允参加国际宇航联（IAF）会议后回国，向中国工程院院士、雷达与空间电子技术专家张履谦介绍了会议情况，提出用“双星定位”原理，研制火车定位调度指挥系统的计划，设想如果采用“双星定位”原理，加上简短的报文通信，我国有望实现区域性的导航定位通信。

双方一拍即合，我国可用东方红二号卫星平台研制两颗卫星，在卫星上安装一副宽波束天线，采用450-1微波统一测控C频段收发设备进行导航信息交换，在地面配上计算机，研制用户终端，即可实现定位功能。

只是当时这个超前、先进的设想，还暂时未被人们认识。

一九八五年，在南京紫金山天文台召开的全国测地会议上，陈芳允再次提出“双星定位系统”。他将这一系统与美国导航卫星全球定位系统（GPS）、苏联全球导航卫星系统（GLONASS）相比较，美、苏的卫星系统具有导航定位能力，但需要布设多颗卫星，且精度不够高，还无通讯功能。而“双星定位系统”，用星少，精确度高，既可定位、定时，还有通信功能。此后，“双星定位系统”引起了国防科工委和总参测绘局的关注，并于一九八六年开始预研。

一九八九年九月二十五日，在国防科工委司令部的组织下，由总参测绘局、成都电子部十所、计量科学院等单位，一起在北京进行“首次双星快速定位通信系统”的功能演示。

在一个临时机房里，设置着信号接收和定位计算中心。北京某地的用户设备，利用我国定点于赤道上空东经 87.5 度和 110.5 度的两颗通信卫星进行试验，经计算机处理参数，一秒钟后显示屏上就出现了这个用户的精确地理位置，与档案记载的误差在二十米以内。“首次双星快速定位通信系统”的功能演示获得成功，该系统同时还可以进行简单报文通信和时间播报。

同时，中国空间研究院 503 所牵头进行的双星快速捕获技术试验也在紧张地展开。这些都为验证陈芳允提出的“双星定位系统”构想进行关键试验验证。

新华社为此发布消息：利用两颗卫星将快速定位、通信和定时一体化并获得理想的试验数据，这在国际上还是首次，快速定位精度达到了国际先进水平。这项卫星应用尖端技术，标志着我国独立开发利用卫星通信资源有了新的突破。

孙家栋是陈芳允“双星定位系统”理论的坚定支持者。“双星定位系统”理论使我国迈出卫星导航自主研发第一步，可以弥补资金不足的困难，少花钱办成事。

一九九〇年八月，美国 GPS 系统第八颗卫星发射升空。紧随而来，美国发动以“沙漠风暴”为代号的“海湾战争”，对伊拉克发动进攻。GPS 尽管尚未“发育成熟”，但美军果断地将它提前投入使用。

那些日子，每当荧屏上播放有关海湾战争的视频消息时，孙家栋便会双眉紧蹙。他思考的是另一个问题：一个国家假如没有自己的卫星导航系统，等于把国防拱手送给他人；这个系统如果使用他人的，无异于将高楼大厦建在他人的地基上，无异于将命运的绳索交给他人。何况，卫星导航系统对于国家建设、民间应用市场的经济价值也难以估量。

中国航天人坐不住了，建设自己国家的卫星定位导航系统，不容迟疑，迫在眉睫！

孙家栋拨通了沈荣骏中将电话。沈荣骏时任国防科工委副主任，长期从事航天工程管理与航天测控工作，是中国航天测控网和某试验场建设的主要奠基人之一。

孙家栋说："将军，我们这么个泱泱大国，怎能没有定位导航系统？"

沈荣骏立刻表示支持："孙副部长，咱们想到一块儿去了。这个事情没办成，让人夜不能寐啊！"

"和平时期，我们当然可以用别人的。"孙家栋说，"可一旦出现不可控局势，别人将信号给你中断了，我们所有相关的军民设施将全部失灵，那就像大白天突然走进一个黑咕隆咚的山洞里，后果不堪设想。此事必须未雨绸缪。"

"对！历史已经多次证明，凡是事关国家核心利益的，都必须靠自己的能力去创造。"

孙家栋说："这样吧，我带些人先做一些前期论证。"

沈荣骏朗声应道："好，我们全力支持！"

把自己变成"天梯"上的一根根横木

论证时出现两种观点：一是参照美国、苏联、欧洲的做法，一开始就搞全球定位系统；二是采用"双星定位理论"，先发射两颗卫星，尽快解决我国自主卫星导航系统"有无"问题。

经过几次论证研究，孙家栋坚持第二种观点，提出了中国卫星导航工程实施"三步走"发展战略。

第一步，二○○○年采用"双星定位系统"理论首先建成卫星导航试验系统，使我国成为继美、俄之后世界上第三个拥有自主卫星导航系统的国家，解决我国自主卫星导航系统"有无"问题。第二步，二○一二年建成拥有十颗以上在轨运行卫星，组成区域卫星导航网络系统，形成区域覆盖能力，开通亚太地区的正式运营，为亚太地区民众提供定位、导航、授时以及短报文通信服务。第三步，二○二○年左右拥有并陆续发射补齐五颗地球同步轨道卫星和三十颗非静止轨道卫星，建成全球卫星导航定位网络，形成全球覆盖能力。与此同时，完成全球运营管理及用户终端开发工作。

我专门向他请教关于"北斗"工程"三步走"的问题。

孙老解释说："搞航天工程，需要有气吞山河的气势，但具体制定实施计划时，必须脚踏实地、扎扎实实。就像跑步一样，你先要把中长跑跑好了，才能考虑马拉松。我国起步晚、底子薄，工业基础和科技储备不足，第一步先要解决‘有无’问题，满足国内的急需；再考虑区域；最后才能部署全球。”

孙老又说：“我们在制定目标时，可以稍微高一些，但必须是跳一跳、蹦一蹦能够够得着。如果目标定得过高，跳起来根本够不着，那便是不切合实际的。所以，我们的‘北斗’只能一步一步走，不能三步并作一步走。当年，钱学森院长带着我们，就是这样一步一步走过来的。”

论证基本成熟后，孙家栋和沈荣骏联名致信中央军委委员、总装备部部长曹刚川，阐明了他们对国家发展卫星导航系统重要意义的分析以及实现方法和途径的建议。曹刚川对此予以高度重视和支持。

北斗卫星导航系统工程顺利立项，并列入国家科技重大专项。

一九九四年十二月，孙家栋被任命为北斗导航试验卫星工程总设计师。

“国家需要，我就去做。”没有出征仪式，没有鼓号齐鸣，有的只是满腔热血，满怀激情。

这是一项堪比登天的工程，每位科研人员把自己变成“天梯”上的一根根横木，托举起第一代北斗。

北斗一号卫星系统总设计师范本尧告诉我：“北斗一号卫星最初计划在东方红二号甲卫星双自旋卫星平台基础上研制一种导航卫星专用平台。因为没有经验，卫星平台没有太阳翼，功率又比较小，根本达不到导航卫星的要求，费了好大劲，走了很多弯路……”

我问：“后来是怎么解决平台问题的？”

“有一天碰到孙老，他见我皱着眉头，猜透了我的心思，说：‘本尧啊，遇到难题了吧？’我告诉他想了很多方案，一直找不到好平台。孙老说：‘我这些日子也在考虑平台问题，看来得换个思路，换个平台啦。’换平台？这可是大动作，关系到改变研制规划。我问：‘换哪种平台？’孙老说：‘你们的东方红三号平台怎么样？’我说：‘东方红三号平台比起东方红二号平台当然强多了。’他继续问，‘那你们为什么不考虑用东方红三号平台？’我一愣，因为前不久第一颗东方红三号卫星发射后出现故障，发射失败了。这时候我怎么还敢提用东方红三号平台取代东方红二号平台。孙老像是看出了我的矛盾，问我：‘老范，你是东方红三号的总设计师，你说说这次失败主要原因是什么？’我回答说：‘东方红三号的失败是卫星的质量问题，一些关键部件达不到设计要求，而不是设计问题。’孙老说：‘好了，既然不是设计问题，而是质量没有达到要求，我们把质量问题解决了，完全可以用东方红三号平台取代东方红二号平台。我们再仔细论证一下，此事不能再拖了。’”

孙家栋当即决定，北斗一号卫星平台转而采用东方红三号卫星的三轴稳定平台。核心问题解决了，卫星的研制进度大大加快。

SADA 是太阳帆板的驱动机构，它如同人体上的肩关节，可以带动太阳帆板向着太阳的方向转动，获取太阳能源，并将能量传递到卫星内部。SADA 看似不起眼，却被誉为“卫星的生命线”。

北斗一号研制起步阶段，一边是国外的技术封锁，另一边是国内的技术储备的不完备，几家部件厂家的技术和产品并不成熟。为了将“生命线”牢牢把握在自己手中，502 所研究员高星带着团队开始了攻坚战。

费尽心血，光手工画制的零件手稿就累积有上百张。当高星他们研制出首个长寿命、高轨道太阳帆板驱动机构的初样产品时，发现驱动机构转动部分与固定部分温差将近 60℃。为了验证产品的可靠性，高星着手设计了实验设备，展开了国内首次梯度实验。在实验持续了三天三夜后，他们终于成功了。

一九九九年五月八日清晨，美国使用隐形 B-2 轰炸机，对我驻南联盟大使馆发射了五枚激光精确制导导弹，造成新华社和《光明日报》驻南联盟三名记者不幸壮烈牺牲，二十多名使馆人员受伤。

面对电视荧屏上那惨烈一幕，孙家栋握着拳头，暗下决心：这是一个屈辱悲剧性事件的结点，也将是中国“北斗”跨越式发展新的起点！

二〇〇〇年十月三十一日，长征三号甲运载火箭将第一颗北斗导航试验卫星送入地球同步轨道。

十二月二十一日，长征三号甲运载火箭又将第二颗北斗导航试验卫星送入地球同步轨道。这一天将载入中国航天史册——我国终于拥有自主研制的第一代卫星导航定位系统。双星组成的北斗卫星导航系统能全天候、全天时地提供卫星导航信息，还具备短报文通信服务能力，主要为公路交通、铁路运输、海上航行等领域提供导航服务。它打破了我国长期以来依赖国外导航定位技术的被动局面，将极大推进我国空间信息基础设施的建设，为国防建设和国民经济建设作出重大贡献。

同时，我国也成为继美国、俄罗斯之后，第三个拥有自主卫星导航系统的国家。

那天，平日少言寡语的孙家栋满脸笑意，喜上眉梢。他对秘书李钢说：“打开你的手机，看看我们在什么位置？”

李钢愣了一下，此时，卫星刚进入轨道，系统尚未开始使用。但他马上意识到这是孙老高兴，故意与他开玩笑。于是，他也装模作样地打开手机，报告说：“我们现在位于西昌卫星发射中心宾馆前的小花园里。”

“精准位置相差多少？”

“应该不到十米吧。”

孙家栋爽朗地笑了：“我们的秘书同志都成半个航天专家了！”

“让我们自己也成为‘巨人’”

仰望星空，孙家栋的眉心微微蹙在了一起，无形的压力和紧迫感不由得爬上心头。

此时，美俄两国已经完成卫星导航系统的布设。

一九八九年二月四日，美国全球定位系统发射成功第一颗卫星；一九九四年，达到全球百分之九十八覆盖率的 GPS 系统，已将二十四颗卫星布置在六条地球轨道上，轨道高度两万零两百千米，实现了在地球上任何一点均可监测到超过四颗卫星的目标。

俄罗斯于一九九五年完成了格洛纳斯系统卫星星座的组网布局。该系统由三十一颗卫星组成，其中二十四颗工作星和七颗备份星均匀布置在相隔一百二十度、高度一万九千一百千米的三个轨平面上。

欧洲紧随其后。伽利略卫星导航系统计划于一九九九年二月由欧盟公布，由欧盟和欧空局联合负责。该系统由三十颗卫星组成，其中二十七颗工作星和三颗备份星的轨道高度为两万三千六百一十六千米。二〇一一年十月，第一批两颗卫星发射升空；二〇一二年十月，第二批两颗卫星发射升空，计划于二〇一三年完成全系统组网。

我们在埋头紧追。

或许为了使追赶的步子更快一些，出于学习和交流的目的，中国科技部与欧盟能源交通总司二〇〇三年九月在北京草签了合作协议，双方商定在伽利略计划过程中广泛合作，包括卫星发射、卫星制造、无线电传播环境实验、地面系统及无线电频率、接收机标准等，并直接注入二点三亿欧元资金，占该计划总投入的百分之五。十月，中欧正式签署《中欧伽利略计划技术合作协议》，这是当时中欧最大的合作项目之一。随着项目的不断推进，中国虽然是投资方，却横遭排斥，欧盟把中国排除在很多核心技术的研究之外，并最终以保护知识产权为由，将中国从伽利略卫星导航系统核心成员国中排挤出。

中国人在交了一笔昂贵的学费后清醒了：核心技术等不来、买不来、要不来。

中华民族奋斗的基点是自力更生，攀登世界科技高峰的必由之路是自主创新。

北斗一号与美国的 GPS、俄罗斯的格洛纳斯相比，仍有不小差距。二〇〇四年，北斗二号卫星导航系统工程立项研发时，中国工程院院士、解放军信息工程大学导航与空天目标工程学院教授许其凤承担起了我国第二代卫星导航系统的星座设计工作，包括发多少颗卫星、卫星的发射高度以及怎么进行排列等前期设计。

许其凤在分析判断国家发展需求与国际态势后，发现在卫星星座设计中，GPS 的中高轨卫星组成的卫星星座是绕全球转的，这对于中国来说只有不到百分之四十的利用率。凭借对卫星和 GPS 的全面了解，许其凤认为中国必须“另辟蹊径”。能不能选择别的轨道，既满足国防和经济建设的需求，又少发射几颗星？几经精心设计、严密推算，许其凤提出采用倾斜同步轨道代替 GPS 的轨道，设计八颗星的最小卫星星座的建议。

不过，也有异议：“外国人成熟的路不走，我们却新开一条路，是不是可靠？是不是能达到最后的设计目标？”许其凤没有动摇，经过反复的试验测试，他的方案最终获得通过。这一方案推动了我国卫星导航系统完成了从零到一的突破，并为国家节省了二十亿元科研经费。

北斗二号卫星相对于北斗一号的技术跨度更大。北斗二号第一颗导航应用卫星，在技术方面遇到的“拦路虎”之一是星载原子钟的研制。

时间和空间位置信息，是一个国家重要的战略资源，获取卫星位置信息和星上精准的时间信息，是导航卫星最核心的两大参数。

星载原子钟被称为导航卫星的“心脏”。

天地间时间必须同步，如果原子钟误差一纳秒（十亿分之一秒），就意味着卫星定位会偏离三十万千米。

当时，国内还没有生产原子钟的厂家，尽管有几家单位在研制，却一时半会儿拿不出来产品。着急！等下去也不是办法，只好先去国外买。价格昂贵的两只进口的原子钟用在北斗一号上，只能满足最低的指标。

北斗二号一上马，国内还是拿不出原子钟。自己没有，还得去国外买。这回不行了，几家外国厂商像是商量好了似的，口径一致，你出再高的价码也不卖。满世界找，好不容易找到欧洲一家厂商，答应卖给一款产品，技术参数基本够用。合同还没签，价格却一涨再涨，更可气的是，对方还附加了一系列的霸王条约：比如卖给我们的产品，档次要比他们用于伽利略导航系统低一个级别；发货时间必须等待他们国家有关部门批复；因无法按期交货造成的风险要由中方承担等。

孙家栋实在是忍受不了：“做生意起码讲究个诚信和买卖公平，这也太欺负人了！”

孙家栋对现北斗三号系统工程副总设计师、时任北斗二号卫星系统总设计师谢军说：“星载原子钟必须下决心自己搞，就是砸锅卖铁也要做出自己的品牌。决不能再依赖国外了。”他还对原子钟提出四条标准：全面满足任务性能指标，确保满足产品可靠性要求，必须满足八年在轨寿命的设计、验证，实现核心元器件全部国产化。

孙家栋用热切的目光望着谢军。谢军深知造出“中华牌”星载原子钟的意义，同时，他更知道这四条标准的分量和难度。

采访谢军时，我问他："从学校走进研究所，航天团队最初给你的印象是什么？"

谢军回忆说："……刚到所里，干的第一个活儿是卫星上的波导同轴转换设备。当时调节试驻波的仪器设备非常简陋，需要用手一点点垫模片，把模片垫得合适了，指标才能满足要求。这些看似单调和枯燥的工作，对我们这些刚刚走出校门的大学生，理解课本上的基础理论非常有帮助。不久，我被分到了天线技术研究室。那时候，测试天线要爬到野外一个很高的测试塔架上——有些像是高压线的塔架。我不知道自己有恐高症，只觉得年轻人应该上塔架，但爬到一半就眩晕了，浑身没劲，差不多是被老师傅架下来的。从此，师傅再也不让我上塔架了，就让我在地面负责转动转台上的天线，手转一度、测一下，一次次地记录数值和参数。无论刮风下雨，一蹲就是一天。接着赶上天线产品缩比试验，要加工一个抛物面。为了赶进度，我们没有找加工厂，而是自己在场区地上挖出一个凹透镜的土坑，然后拿一块平整的铝板放上去，用木槌一槌一槌地敲，直到敲出光滑的抛物面，表面的形状和精度必须符合试验要求。任何简单的零部件，都一定要做到极致，后来，我慢慢理解了，其实这就是追求卓越的'航天精神'。"

东方红二号通信卫星、风云二号气象卫星、海洋二号卫星……经过二十年来在几个型号的科技攻坚中摸爬滚打，谢军已经成长为航天科技领域的一名领军人物。

当时，参与原子钟研发的有北京大学、中科院武汉物理与数学研究所、中国空间研究院西安分院、航天科工集团203所等。一有时间，孙家栋就带着谢军往这几家科研单位跑，尽管孙家栋没催促，但大家的压力一个比一个大。他们都知道孙家栋的态度："拿不出国产原子钟，卫星不可能上天。"

中国空间技术研究院西安分院星载铷钟首席专家贺玉玲，回顾原子钟数十年艰难曲折的研发之路，感慨万分。

二〇〇四年六月，贺玉玲从北京大学物理学专业毕业，当时她面临两种选择：一是留在北京，科研条件优越，前途无量；二是去西安504所，参与原子钟的研发。当她获悉我国正在开展进行的北斗卫星导航工程急需原子钟时，便义无反顾地奔赴西安。

进所第一次见到雷文琦研究员，贺玉玲有几分悲壮感。雷文琦是我国第一代原子钟研制的带头人，二十世纪六七十年代，便开始对原子钟的研究。面对西方对中国的高科技禁运，在科研设备少之又少的情况下，他们初步走出一条自主创新的道路。

贺玉玲立即投入这个能吃苦敢攻坚的团队之中。贺玉玲告诉我："当时，孙家栋总设计师明确提出原子钟必须是国产的，留给我们的时间太紧张了，密密麻麻的任务节点就贴在墙上。大家都是吃住在实验室，哪怕是凌晨两三点钟，我们也要爬起来去测试，去试验。记得我好几次答应带孩子去公园玩，却因为临时脱不开身爽约了。孩子问我：妈妈，你们是做‘钟’的，怎么这样不守时？我无言回答。”

三家科研单位终于分别研制成功各有特色、具有完全自主知识产权、满足“北斗”工程要求的星载原子钟正样产品——中国终于有了自主研发的原子钟。

当四台完全符合技术要求的国产原子钟装载在北斗二号第一颗应用星上时，平日里难得一笑的孙家栋，脸上终于露出了笑容。他郑重地对谢军说：“小谢啊，请你一定要转达我对所有参加原子钟研制的人员的敬意，大家为中国人争了口气！”

二〇〇七年四月十四日，西昌卫星发射中心。凌晨四时十一分。

“……五、四、三、二、一，点火！”

长征三号甲运载火箭托举着北斗二号第一颗应用卫星，直插长空，揭开了我国建设北斗二号区域导航系统的第一步。

“星箭分离！”

“卫星进入预定转移轨道！”

指挥控制大厅的调度扬声器里不断传来报告声。

孙家栋注视着面前的大屏幕，神色淡定，但心中波涛翻涌。他知道，一场真正的考验才刚刚开始——再过不到七十二个小时，我国向国际电信联盟申请的导航信号频点就将过期作废。

我国想真正在北斗一号的基础上提升卫星导航系统的精确性和扩大覆盖区域，必须要发射更多卫星，而卫星上天的前提，是要拥有合法的频率轨位。太空虽然漫无边际，但太空中的频率资源却十分有限。要想获得合法的轨位，需要先向国际电信联盟申报。二〇〇〇年四月十七日，我国向国际电信联盟申请导航卫星轨道位置和频率资源时，美国的GPS和俄罗斯的格洛纳斯已经占有国际电信联盟配给的五个频段中的四个，优质频率资源所剩无几。经过艰苦谈判，终于推动国际电信联盟从航空导航频段中辟出两小段资源，作为卫星导航合法使用频段。不到两个月后的六月五日，欧盟也提出频段申请。根据国际电信联盟“先得先用”“逾期作废”的原则，有效期以申请日期开始计算，只有七年时间。于是，中国与欧盟开始了长达七年的竞争。

能不能获得这来之不易的太空频率资源，仅仅靠发射成功还不算，卫星必须在七十二小时内顺利开机、正常运转，否则，前功尽弃。

二〇〇七年大年初三，北斗卫星导航工程副总设计师李祖洪和北斗二号卫星系统总设计师谢军，带着试验队将北斗二号第一颗卫星运到西昌卫星发射中心。

检测设备安装就位，开始了两百个小时的不间断加电测试，模拟卫星和有效载荷在太空连续工作的状态。

两个多月，每天都是精益求精、一丝不苟。

那天快中午时，李祖洪手机铃声响了，谢军在电话里急火火地说："卫星发动机出问题了，李总！"

"什么？你说什么？再说一遍！"

"卫星发动机出问题了……"

李祖洪一听，头皮好像都要炸了，这都什么时候了，卫星发动机竟然会出问题？

从北京来的孙家栋马上就要飞抵西昌，李祖洪也顾不上接机了，连忙往厂房跑。

谢军告诉李祖洪，试验队员在发动机底部裙边发现了一个疑点。

李祖洪皱着眉头，问："离开北京总装厂时，不是好好的吗？"

谢军说，卫星运到西昌厂房后，一直盖着红绸布，今天掀开绸布才发现。

孙家栋闻讯后，连宾馆都没去，直接赶来了。他问了问情况，没吭声。他围着发动机转了一圈，然后弯下腰，想看看到底是什么情况，但因为个头高，发动机底部离地面只有五六十厘米，看不清楚。孙老索性蹲下身子，躺在地面，脸朝上，身子往发动机底部慢慢蹭，终于看清楚疑点情况。

大家将孙家栋慢慢从发动机底部拉了出来，他缓了口气，说："擦了点儿皮，问题不会很大，马上请厂家的专家来鉴定一下。"

发动机厂家的专家急忙赶来了，经探伤仪探测机体没有裂痕，高温涂料也没擦坏。几方评估后，可以按原计划发射。

卫星转场到发射区，与火箭对接，进入卫星状态检查，整流罩合上。

也是好事多磨。卫星在测试时，在最后的总检查中，应答机里面的一个震荡器工作临界，时而停震，时而正常，卫星上天后，有可能影响信号的正常传输。这个应答机，相当于人们用的手机，它让天上的卫星和地面接收站形成互联互通。应答机坏了，卫星就发射不了无线电信号。

发射场无法修复，试验队员像抱着婴儿一样，将应答机火速送到成都。

几天后，孙家栋又赶到了西昌卫星发射中心。在接站口，他问李祖洪的第一句话是："应答机问题解决了吗？"

李祖洪苦着脸。

孙家栋没言语，片刻，又说："光着急有什么用，关键是要把故障点找到。"

应答机终于修复，此时已是四月十三日中午。

四月十四日凌晨，北斗二号系统第一颗卫星，顺利升空。

五时十六分，太阳翼帆板成功展开。

此时，一个新的矛盾紧随而来：卫星入轨后，按规范操作，卫星要在真空环境下暴露五天后再开启设备。提前开启，很有可能引发微波信号大功率微放电，导致卫星报废。可再等五天，势必错失国际电信联盟规定的最后期限。

十六日二十时十四分，离我国申请的空间频率只剩下不到四小时。

李祖洪将目光投向孙家栋，谢军将目光投向孙家栋，大家都将目光投向孙家栋。整个发射指挥中心变得悄无声息。

大屏幕上电子钟的秒针在一秒一秒地跳动着，仿佛忽然发出了巨大的声响："嘀嗒、嘀嗒、嘀嗒……"

孙家栋从座席上站了起来，又坐下，片刻，与身旁有关专家会商后，果断地下令："加电开机！"

"加电开机！"扬声器里传来洪亮的声音。

傍晚，夜幕慢慢拉上。发射场大操场上人来人往，十几家研发厂家把接收机摆成一大排，技术人员默默无语，不时地交流着眼神，又不时地仰望着夜空，都在等待着一个"精灵"的到来——那个来自远方的信号。

"嘀嗒、嘀嗒、嘀嗒……"大屏幕上的电子钟等不及了，也在催促着。

"有了！"有人大声喊了起来。

二十一时四十六分，地面系统正确接收到了卫星播发的 B1 导航信号。二十一时五十四分，接收到了卫星播发的 B2 导航信号。二十二时零三分，接收到了卫星播发的 B3 导航信号。

整个大操场人声鼎沸，大家又是鼓掌，又是拥抱。有人领头唱起了国歌："起来，不愿做奴隶的人们……"

此时，离国际电联限定的时间仅剩两小时。

中国"北斗"在最后时刻，拿到了进军全球卫星导航系统俱乐部的"入场券"。发射指挥中心里，所有人都长长地松了口气。

一旁的李祖洪擦着脸上的汗水，对孙家栋说："孙老，我觉得我的心都快蹦出来了……"

孙家栋准备回北京。在宾馆吃早餐时，大家有说有笑，都显得很轻松。

李钢秘书问孙家栋想吃什么，孙家栋笑着说："今早好像胃口特别好，我自己取吧！"

孙家栋打了碗小米粥，要了根油条，还要了个煎蛋，外加一杯酸奶。他让李钢把李祖洪、谢军还有几位骨干招呼到一起，鼓励了一番，又交代了下一步工作。然后，不紧不慢地对李祖洪说："祖洪啊，最近我听说了一段话，你帮我查查，不知道是哪位哲人说的，说得特别好。”

李祖洪连忙放下了手中的筷子，说：“孙老，您稍等片刻，我找支笔记一下。”

“不用，不用。”孙家栋摆了摆手，又对大家说，“大家都听听。”

大家都放下筷子。

孙家栋认真了起来，说：“这段话是这么说的，在‘北斗’工程起步之时，我们也希望站在‘巨人的肩膀上’，但‘巨人’可不是这么想，他对我们技术封锁，不让我们站在他的肩膀上。所以唯一的办法，就是我们自己成为‘巨人’。”

李祖洪一听愣了一下，轻轻问道：“孙老，您是什么意思？”

孙家栋望着他，认真地说：“没什么意思，就是想让你帮我查查，这是哪位哲人说的。”

有人突然想起来了：“孙老，这话是祖洪总师说的。”

大家都笑了，孙家栋却变得严肃了。他说：“前几天，有人告诉我祖洪总师讲的这段话，我觉得讲得特别棒，说出了我们的心里话。这些年来，我们想站在‘巨人的肩膀上’，‘巨人’不仅不让我们站，而且还卡我们、压我们。我们终于醒悟过来了。靠别人靠不住，只有靠自己拼搏努力，让我们自己也成为‘巨人’，让中国的航天也成为‘巨人’！”

大家心里铆足了劲：让中国航天也成为“巨人”！

二〇一一年七月二十七日，西昌卫星发射中心，第九颗北斗导航应用卫星即将发射。凌晨四时，距离预定发射时间不足两小时。

长征三号甲运载火箭已经进入不可逆转的倒计时程序。此刻，发射场上空乌云翻滚，电闪雷鸣。

对于卫星发射而言，西昌有着优越的地理位置，然而其复杂的气象条件，特别是雷雨季节的复杂气象，又常常给发射带来麻烦。

发射中心主任李尚福默默地坐在孙家栋身旁，没有言语。

在这个发射场中，李尚福已经指挥了近百次发射，有着丰富实践经验。但每遇大型航天发射任务，李尚福仍有一种千斤重担压在肩的沉甸甸之感。

又一道闪电像要撕裂长空般地一闪，紧接着一阵响雷在窗外滚过。

李尚福轻声说道：“看来这老天爷赶来凑热闹了。”

孙家栋也听到了惊雷轰鸣声：“雷声还不小呢。”

卫星发射不怕下雨，就怕打雷。发射场上空的实时云图传来了，气象部门报告：根据雷电云层的变化趋势和移动速度，两大云团大约会在五时至六时之间在发射场上空形成一道缝隙。

李尚福命令气象团队严密跟踪气象变化，每隔十分钟报告一次未来十分钟的天气情况。

孙家栋把火箭总设计师姜杰叫到身旁，问：“小姜，火箭方面情况怎样？”

姜杰肯定地回答：“孙老，火箭一切正常！”

姜杰共参加了长征三号甲系列二十四枚火箭的研制，成功发射了通信卫星、气象卫星、导航卫星、探月卫星和国外商业卫星，为长征三号甲系列火箭进入世界同类火箭发展前列做出突出的贡献。

姜杰迅速给出了火箭发射经过的空域范围。

五时二十分，气象团队报告：发射专区未来十分钟，雷电交加！五时三十分，气象团队报告：发射专区未来十分钟，雷电交加！

五时四十五分，是发射窗口的最后边缘。就在这千钧一发之时，气象团队终于觅得良机：五时四十三分至四十五分，发射场周围二十千米空域没有雷电，满足发射条件。

李尚福两眼一亮，对孙家栋说：“孙总，看来老天还是要助我们一臂之力。发射吧？”

孙家栋将两张图对照看了一眼，说：“你是总指挥，你定夺。”

与孙家栋打交道多年，李尚福早摸透了这位老专家的脾气，如果这时候发射风险过大，他立刻会给予制止。他让一线指挥员自己拿主意，是在实战中锻炼、打磨、提携他们。李尚福心中也有底气了：“好，按计划部署进行。”

孙家栋点了点头：“按计划部署进行。”

五时四十四分二十八秒，扬声器里传来指挥员的“点火”口令。

大屏幕上，只见长征三号甲运载火箭底部翻滚起一团烈焰，箭体像一枚巨大的炮弹腾空而起，从两块雷电积雨云的缝隙间穿越而过，那姿态是如此的摇曳多姿。待这一切几乎完美无缺地完成后，两块云团又汇合在一起，顷刻，又是电闪雷鸣。

孙家栋与李尚福的双手紧紧握在了一起。

孙家栋说：“这次发射创造了恶劣气象条件下中国航天发射新纪录。我们的指挥官有气魄，我们的操作人员技能高，我们的火箭抗干扰能力强。”

“孙老，遗憾的是这么精彩的发射瞬间，却无法目睹。”李尚福说，“我在发射场工作近三十年了，在这里差不多实施了七十多次发射，还从来没在室外目睹火箭升空的壮丽情景。”

孙家栋笑了：“我也一样，五十年了，我也没在室外见过火箭起飞，甚至还没有亲耳听过火箭升空时的轰鸣声。”

孙家栋又说：“司令员同志，等我们退休吧。退休以后有时间了，每次发射，你给我发张通行证，到时候我搬张小马扎坐在山边，好好看看发射。”

李尚福连说：“好好，孙老，到时候我也带张小马扎，陪您一起去看发射。”

大家都笑了。

后来，李尚福曾对人感慨地说：“每次发射与孙老在一起，遇到问题，尽管他已经有了解决问题的办法，但不急于表态，而是认真听取大家的意见。大家说得差不多了，他才总结、归纳一下，让大家都有收获，都得到锻炼。他实际上是通过每次发射来培养队伍。”

在发射窗口内抢占乌云雷电窗口发射——这次堪称经典式的发射，被写入了航天发射的教科书中。

二〇一二年十月二十七日，中国卫星导航系统新闻发言人宣布：北斗二号导航系统向亚太部分地区正式提供区域服务。

五年多时间，“北斗”系统实现了第一代到第二代的跨越，北斗二号在兼容北斗一号系统技术体制基础上，增加无源定位能力，集精密定位、实时导航、精准授时、位置报告、短报文通信等功能于一体。定位精度为十米，授时精度五十纳秒，短报文通信单次可发送一百二十个汉字。

茫茫天际，十五颗北斗二号卫星在轨提供服务。

星耀全球

“我是谁？我从哪里来？我要到哪里去？”古希腊思想家、哲学家柏拉图提出的哲学命题，被西方人称为哲学上的三个终极之问，至今依然没有一个标准答案。

其实，对于普通老百姓来说，谁会整天思考哲学问题　那是哲学家的事情。日常生活中，人们问得最多的是：“在哪里？”“什么时间？”人类百分之九十以上的信息都与时间、空间相关。

而时间与空间这两个信息都关联着卫星导航系统。

二〇〇九年，北斗三号工程正式启动建设。

与其他全球卫星导航系统采取单一轨道星座构型相比，“北斗”系统独树一帜，坚定地选择走混合星座的特色发展之路。在国际上首次实现由地球静止轨道卫星提供导航定位服务。

北斗二号系统充分继承北斗一号用地球静止轨道卫星实现区域导航定位覆盖的成功经验，在国际上首创以地球静止轨道和倾斜地球同步轨道卫星为骨干，兼有中圆地球轨道卫星，组成混合导航星座。这种“混搭”组合可以用最少的卫星数量，实现最好的覆盖效果。

北斗三号仍是“混搭星座构型”，建成了拥有二十四颗中国地球轨道卫星、三颗地球静止卫星和三颗倾斜地球同步轨道卫星，共三十颗卫星组成的全球系统，为全球卫星导航系统提供全新范式。

在第一次分系统协调会上，孙家栋明确提出："我支持工程大总体提出所有星载产品必须百分之百国产化的意见和建议，真正做到'北斗星、中国芯'。"他的态度非常坚决，丝毫没有商量余地。

这是一位老科学家集大半生科研经历的亲身感受，包括曾经有过的深刻教训。核心技术引进不来、买不到，唯有自主创新，大胆突破。作为"北斗"工程的首任总设计师，孙家栋除了要为这项巨大的工程擘画科学蓝图，还必须为整个工程划定一根底线——"百分之百国产化"，它也是"北斗"工程的"生命线"。

孙家栋带领中国"北斗人"，坚守着这根生命线！

二〇一四年十月，因年龄的原因，孙家栋不再担任北斗卫星导航系统总设计师，时任北斗系统工程副总设计师杨长风接任总设计师，孙家栋被聘任为高级顾问。

杨长风也是航天战线上的一员骁将。

我请他谈谈对孙家栋的评价，他立即归纳了几条："在孙老身边工作了十几年，他的言传身教一直影响着我。孙老站位高、格局大，很多事情都是站在国家安全、国计民生的高度做决策。他的总体意识强，善于搞综合，方方面面的各种因素都能考虑到。他敢于担当，敢于拍板，敢于负责任。作为总师，他既把握全局，又深入一线，耄耋之年还往基层跑。"

杨长风深情地回忆道："交班的时候，他一再对我强调，'北斗'导航系统必须是中国的'北斗'、世界的'北斗'、一流的'北斗'。而要达到这个目标，必须创新、创新、再创新。"

杨长风形容"北斗"系统是个"复杂的活性的巨系统"，通俗地说，"北斗"系统在建设过程中，就一直处于不断的变化之中。

创新，首先必须是观念的创新。

在航天领域，过去曾有个不成文的规矩，新技术的使用不超过百分之三十，否则风险增大不可控。新技术不等于不可靠。一项新技术往往要花七八年攻关，攻关成功研制卫星又要七八年，等把卫星打上天，已经是十几年前的老技术了，必须突破传统观念，采用长板理论，大胆使用新技术。北斗三号卫星采用我国新型高精度氢原子钟，比北斗二号采用的铷原子钟，提高了一个数量级。稳定度为每一万秒误差十至十五秒量级，定位精度由十米量级向米级跨越，测速和授时精度同步提高一个量级，综合指标达到国际领先水平。

北斗三号对星上产品的质量提出了更苛刻的要求，专门对关键单机安排可靠性专项实验。某一产品在轨工作的温度可能在正负 10℃ 的范围内，对同类产品同样设计生产状态要进行加严20℃、25℃实验；某一产品四十度的工作范围，平时要做到60℃，而且是全寿命周期来做。

突破！突破！在一系列核心技术难题上的突破，使得“北斗”科研团队由国外先进团队的跟跑者变成并行者，甚至领跑者。从跟跑者到领跑者，这是一种飞跃！

创新！创新！一项项骄人的科研成果，让自主创新成为“北斗”精神不可或缺的重要组成部分。

杨长风曾经在央视《开讲啦》做了一期节目，掀起了一阵“北斗热”。

杨长风告诉观众：北斗三号全球卫星导航系统最大的亮点是星间链路。

星间链路—— 一个有些绕口的专业术语。

卫星通信系统中，卫星有两种通信链路。一种是空间—地球链路（空地链路），另一种是空间—空间链路（星间链路）。空间—地球链路不仅需要在全球建立一定数量的地面接收站，且由于无线电波要穿过大气层，加之雨衰因素，大容量通信不易实现；而空间—空间链路，可实现大容量数据传输。

星间链路是航天器与航天器之间，具有数据传输和测距功能的无线链路。

有了星间链路，不依赖于全球建站，就可以跟星座中的所有卫星相连。即便和地面中断联系，卫星也能继续提供服务。有了星间链路，依靠境内的地面站，我们就能管理全球卫星。

西方国家不允许我们在他们的国土上建立地面接收站，因此，星间链路成为我国“北斗”由区域迈向全球的关键，也是一个少有经验可借鉴的新难题。

有一天夜里，很晚了，杨长风接到了孙家栋的电话：“长风啊，刚刚看了你做的《开讲啦》节目，讲得好呀！”

杨长风说：“孙老，在您面前，我这不是班门弄斧吗？”

“我想问你，你们那个星间链路搞得怎么样了？”

杨长风与孙家栋谈了自己的担忧。兹事体大，星间链路万一失败，将严重影响“北斗”系统全球组网建设进度。

孙家栋又问：“长风啊，你是名将军，你一定认识咱们酒泉卫星发射中心首任司令员孙继先中将吧？”

杨长风说：“怎么不认识，打过多次交道了。”

孙家栋又问：“听说过孙司令员在长征中的故事吗？”

“听说过呀！”

“好，那你给我讲讲他的传奇。”

杨长风不知道孙老是什么意思，便说：“长征中，孙司令员是红一军红一师红一团一营营长。那年五月，部队到达大渡河，前有堵截，后有追兵。过不了大渡河，中央红军将全军覆没。刘伯承、聂荣臻首长亲临前线指挥，孙继先从二连亲自挑选并带领十七勇士组成突击队，硬是在被敌人视为插翅难飞的天险防线上，打开一个缺口，为中央红军北上开辟了一条通道……”

还没待孙家栋开口，杨长风突然明白了过来，接着说：“孙老，对于我们来说，无法去国外建站，只剩下星间链路这条路了。我们前面也遇到了‘大渡河’，别无选择，我们只能强行渡过去。”

孙家栋不紧不慢地说：“这些年，我们经历了多少次被‘逼’的境况啊？但我们不都靠着自己的智慧和胆魄，每次都绝路逢生了吗？”

浩瀚星河遥相望，星间链路搭桥梁。国防科大、中科院、中国空间技术研究院分别组织队伍攻关。

中国空间技术研究院攻关星间链路的突击队是由一群八〇后、九〇后的年轻人组成的。

领头的小伙子叫康成斌。二〇〇七年，他在北京理工大学读完研究生后，考上了中科院微电子所，继续读博。二〇一〇年，他的博士课题成果是一台卫星导航接收机。当他打开屏幕，上面显示的大部分是外国卫星的信号，我国仅有的几颗卫星显得有些孤单。康成斌的心被强烈地震动着，或许从那一刻起，他下决心，参加“北斗”团队，做中国自己的导航卫星。康成斌博士一毕业，即成为了“北斗”团队的一员。

在艰难攻关的关键阶段，康成斌大胆提出了模拟星间链路在轨工作场景的新型试验方案，得到了专家们的一致认可和支持。

试验在紧缩场进行。首次的测试数据处理后，结果出乎意料，误差比预期大了近一个数量级。年轻的试验人员反复研究试验数据，制定排查方案，最终发现了由于测试仪器微弱的电磁泄漏引入了干扰信号，致使测试误差变大。对于普通测试，如此微弱的干扰可以忽略不计，但是对于精度要求极高的星间链路而言，却不能放过。在对测试系统进行改进后，测试结果得到大幅改善。

类似的各种突发问题仍然频频出现，那几个月，康成斌他们日夜兼程、通宵达旦地奋战在紧缩场，困了靠在椅背上眯一会儿，饿了吃碗泡面。最终他们成功完成了此次试验，验证了星间链路方案的可行性，并摸索形成了一套星间链路的有效测试方法，也为后续其他卫星星间链路的测试验证提供了重要的实践经验。

二〇一五年三月，由中科院微小卫星创新研究院研制搭载星间链路的卫星发射成功，正式开启星间链路验证工作。

八月，由中国空间技术研究院研制的两颗北斗三号试验卫星成功在轨建立星间链路，标志着我国成功验证了全球导航卫星星座自主运行核心技术，为建立全球卫星导航系统迈进了一大步。

那天，孙家栋到一线了解星间链路的验证实况。

听了杨长风和谢军的介绍，孙家栋非常高兴。他说："长风总师曾经告诉我，你们的面前遇到了像当年红军长征途中遇到的'大渡河'，别无选择，只能强行渡过去。今天，我高兴地看到，你们已经渡过了'大渡河'。我又一次感受到了自主创新的蓬勃生命力。"

站在身旁的都是朝气蓬勃的年轻人，孙家栋十分欣慰，他说："经过大家的攻坚克难，星间链路验证取得关键性的突破。但让我更高兴的是，听杨总说你们这支年轻的队伍平均年龄还不到三十岁，了不起啊，这说明八〇后、九〇后已经挑起了重任，支撑起了大梁；说明我们的'北斗'事业永远年轻，中国的航天事业后继有人，永远朝气蓬勃！"

新华社二〇二〇年六月十五日讯：据中国卫星导航系统管理办公室消息，按照发射技术流程，我国北斗三号全球卫星导航系统最后一颗组网卫星已在西昌卫星发射中心完成最后技术区测试、推进剂加注和发射前状态设置，执行发射任务的长征三号乙运载火箭也已完成加注前的全部测试工作，将于近日择机发射。

六月十五日傍晚，长征三号乙运载火箭已按流程完成常规推进剂加注，开始进行射前功能检查。

发射测试大厅内，火箭、卫星"两总"（总指挥、总设计师）和试验队员坐在各自工位观看技术数据，只有0号指挥员洪亮的口令声不时响起。

二十时，火箭三级发动机的一分机中减压阀的压力数据，比正常情况下的数值相差了一点儿。火箭低温发动机副总设计师罗巧军和试验队员陈明航不由得交换了一下眼神，这可不是好预兆，因为中减压阀的压力数据，直接关系到三级发动机能否正常工作，关乎发射成败。

罗巧军自言自语："会不会是测量设备出现故障，造成数据异常的极端情况？"陈明航快速跑到测试间求证数据的准确性后，被"当头泼了一盆冷水"：测试设备工作正常。

情况立即上报。几分钟后，发射中心指挥员召集"两总"和各方专家紧急研究对策。专家们一致认为：测试设备工作正常，说明问题出在阀门上，需要迅速更换同类产品，继续实施后续发射流程。按照这样的操作，十六日清晨的发射窗口仍可赶上。

长征三号甲系列火箭总指挥岑拯、总设计师姜杰带领技术人员，迅速梳理出问题排查步骤和应对处置需要准备的备份产品。

发射塔上，操作人员按流程进入火箭舱体对中减压阀进行检查，发现壳体上有一个鸡爪形的细小裂纹。消息传来，在场人员都惊出一身冷汗。

临近午夜，新更换的同批次产品经检测工作状态正常，具备实施任务条件。十六日凌晨一时，对产品抽检件的材料分析结果从北京传来，问题得到复现。坚持慎之又慎、万无一失原则，坚决做到不带疑点加注、不带隐患上天，任务指挥部果断决定：发射任务推迟，发射时间待定。

当天清晨六时，新华社向社会公布了这一消息。

十六日上午，问题产品被迅速送回北京接受材料检测。当晚，经过前后方结果对比，证明了问题发生的机理。此时，北斗三号卫星已在箭上，必须迅速拿出符合要求的替换产品。与此同时，围绕问题的归零工作也在紧张推进。

十八日上午，航天科技集团召开视频会，邀请火箭卫星研制专家、中国钢研的材料专家对问题进行剖析定位，达成了可以归零的结论，决定使用合格替代产品继续执行发射任务。

十八日晚，技术人员将从北京运来的替换产品安装上箭，经测试，指标符合任务要求。但由于夏季气温较高，加注常规推进剂的火箭贮箱内的燃料温度和气枕容积出现变化，已不满足发射实施条件，近四百吨火箭常规推进剂必须安全泄出。

不泄出显然不行，泄出后再重新加注，万一出现新的问题怎么办？

危急时刻，加注分队连续三天反复研究推进剂泄出技术难点，分析了近五百个阀门、一千六百米管道等设备实施状态，组织八次泄出演练，把泄出方案细化到分秒级，精细到每个动作、每一句口令，力争将风险降到最低点。

从十九日到二十日，火箭一级、二级及四个助推加注口以上的氧化剂、燃烧剂分别安全完成泄出操作。粗略计算，泄出量约占加注燃料总量的四分之三，泄出量之多世所罕见。

一波未平，一波又起。夏季高温条件下燃料加注后推迟发射，带来了新的难题。技术人员在对助推器氧箱进行检查时，发现连接传感器的法兰盘螺栓出现轻微腐蚀现象，需要尽快更换。

在狭窄的箭体内更换法兰盘螺栓，操作人员要身着防护服从仪器舱舱口钻进火箭内部，以俯卧的姿势迅速精准地完成拆除和新产品安装，同时还必须对箭体内的危险物保持高度警觉。

一院 211 厂产品装配年轻技工闫磊、刘永宁穿好防护服，拿着工具，沉着果敢地更换好了四个助推器氧箱上的二十四个螺栓。

姜杰总设计师说：“危险时刻，紧急关头，211 厂的工人师傅过硬的技艺和敬业精神，让我敬佩。”

长征三号系列火箭本身具有很强的适应性。在执行“北斗”工程发射任务期间，火箭共进行了四百零三项技术改进，平均每枚火箭进行技术改进二十八项，单枚最高达四十三项。二十年来，它创造了“突破非全对称火箭设计技术”“一箭双星发射高轨卫星”“将卫星直接送入中地球轨道、倾斜地球同步轨道”等一系列创新项目。

六月二十三日九时四十三分，西昌卫星发射中心，长征三号乙运载火箭成功将北斗三号最后一颗全球组网卫星发射上天。

从北斗一号系统立项伊始，三十万人接力奋斗了二十六年，梦想终于实现。

五十五颗“北斗”星耀全球。

从“区域服务”到“全球指路”，从埋头追赶到昂首领跑，从受制于人到自主可控，期间攻克了星间链路、高精度原子钟等一百六十余项关键核心技术，突破了五百余种器部件国产化研制，长期依靠进口的行波放大器组建、微波开关、大功率电源控制器、动量轮组建、星敏感器等关键产品全部国产化，实现了北斗三号卫星核心器部件国产化率百分之百。

追求卓越，世界一流。北斗三号具有导航定位和通信数传两大功能，可提供定位导航授时、全球短报文通信、区域短报文通信、国际搜救、星基增强、地基增强、精密单点定位共七类服务，是功能强大的全球卫星导航系统。性能指标先进，全球范围定位精度优于十米、测速精度优于零点二米每秒、授时精度优于亿分之一秒、服务可用性优于百分之九十九，亚太地区性能更优。

北斗三号的短报文通信服务进行了升级拓展，区域通信能力达到每次一点四万比特（一千个汉字），既能传输文字，还可传输语音和图片，并支持每次五百六十比特（四十个汉字）的全球通信能力。星基增强服务具备一类垂直引导近（APV-i）能力，填补我国星基增强空白。国际搜救服务检测概率优于百分之九十九。此外，地基增强、精密单点定位还能提供最高厘米级定位服务。

北斗卫星定位系统体现出中国速度，凝结着中国智慧。

让航天人感到自豪和欣慰的是：“‘北斗’就在你的身边，在地球的任何地方。”

通过遍布于国内的两千多个“北斗”地基增强站，接收“北斗”卫星信号，实时结算卫星定位误差，从而为用户提供更高精度的定位服务。

交通运输、公共安全、农林渔业、水文监测、天气预报、通信报时、电力调度、救灾减灾……“北斗”系统正深深融入国家核心基础设施，并产生显著的经济效益和社会效益。随着“北斗”高精度和人工智能、大数据、云计算、5G通信等新技术的结合，“北斗”应用从卫星导航定位延伸到了工业互联网、物联网、车联网等新兴应用领域。

二〇三五年前，中国还将建成以“北斗”系统为核心的更加广泛、更加融合、更加智能的国家综合定位导航授时体系。“北斗”将以更强的功能、更优的性能服务全球，造福人类，为构建人类命运共同体做出中国贡献。

那个时候，无论在城市、乡村、茫茫大海抑或高山之巅，北斗卫星导航系统的影响将无处不在。无论我们身处何地，无论我们身处何时，“北斗”都在遥远的苍穹之上指引着我们前行之路……

“北斗”闪烁，泽沐八方。

一个民族的智慧，一个国家的创造力，往往需要一些标志性的成果来证明。“北斗”系统体现出中国速度，凝结着中国智慧，展现了中国志气，而这些，是任何东西都不能替代的！

此时此刻，坐在轮椅上的孙家栋，尽管神色平静，但一想到“北斗”璀璨，他怎能不思绪万千。

（原载于《人民文学》2021 年第 5 期，有删节）

中国海水稻背后的故事（节选）

陈启文

一个稻作界的哥德巴赫猜想

对于海水稻，而今有不少专家首先从名字质疑。而在此前，很多人想当然地认为，海水稻就是生长在海水里的水稻，或是用海水直接浇灌的水稻。这虽是想当然，却也算是挨着了边。海水稻大多生长在海滨滩涂或内河入海口，在一定程度上能够抵御海水的侵袭。科学界认为，凡是能够在盐分浓度为千分之三以上的土壤里正常生长的水稻便是耐盐水稻。若能在盐碱含量千分之六的盐碱地生长，则是耐高盐碱的水稻。而在盐浓度千分之八的环境下，大部分水稻品种就会枯死。在人类开始有意识培育海水稻之前，它属于野生稻与栽培稻之间的一个水稻品种。若从严谨的科学定义上为海水稻正名，应当称之为耐盐碱水稻。而海水稻这个名字，其实只是对它的形象化称呼，也是俗称。很多的名称都是约定俗成的，海水稻这名字叫了多年，人们早已习惯了，习惯成自然。

海水稻和杂交水稻一样，从一开始就是一个世界性的难题，这一难题也被公认为"一个稻作界的哥德巴赫猜想"。

2013 年是中国海水稻研究的一个转折点。这年，袁隆平院士正率领科研团队向"中国超级稻育种计划"第四期目标攻关，但他没有忽视陈日胜的海水稻试验。10 月中旬，袁隆平委派国家杂交水稻研究中心副主任马国辉专程到湛江海水稻发源地考察，并参加了由中国科学院、国务院食品安全办、农业部和国土资源部等单位领导和专家参与的考察会。

北部湾的秋天，天空和大海蓝得跟明镜似的，那海水稻正在抽穗灌浆，在咸涩的海风中散发出一阵一阵的稻香。一个农人正戴着草帽在田间忙碌着，而一顶被风吹得翻来覆去的草帽又怎能遮挡住头顶上的烈日，那脸和手臂早已被阳光晒得如锅底一般黑黢黢的。马国辉还从未见过陈日胜，但他一眼就认出了。他叫了一声老陈，就把一双手伸了过去。这一握，他立马就感觉那双手不是一般的粗糙。由于常年在海水中浸泡，陈日胜的双手早已粗糙龟裂了。当陈日胜听说马国辉是袁隆平院士派来的，那被汗水浸湿的双眼里闪烁出一种喜出望外的光芒。这天下稻田，谁都想得到一位“当代神农”的关注啊。

马国辉是师从袁老的博士研究生，他研创了杂交水稻高产栽培、三熟制双季稻高产栽培等技术成果和技术体系，为科技部国家支撑计划专家组成员。他仔细察看着陈日胜的试验田，尽管这片海水稻在两个月前遭受了台风的袭击，很多水稻还倒伏在泥水里，但也有不少稻子挺过来了。他数着稻穗上的谷粒，捏在手里一粒粒还挺饱满。在转了几圈后，他选取一片长势较好的稻子，数着稻穗上的谷粒，随机估测了一下，亩产应该超过两百斤。是的，这个产量还很低，但对于现有的海水稻产量来说已经相当高了。若是没有遭受台风袭击，这一茬稻子的亩产甚至可以超过三百斤。

这次考察以中国科学院院士谢华安为组长，他对海水稻的生物学价值、社会价值、经济价值予以充分的肯定。专家们一致认为这是一种特异的水稻种质资源，建议国家加强全面保护。他们还联合签名，将这一建议上呈农业部，申请海水稻项目国家立项。这也是陈日胜多年来的梦想。他有一种强烈的感觉，海水稻的命运从此将被改写。

袁隆平院士虽说没有亲临陈日胜的试验田考察，但看了马国辉用手机在现场拍摄的照片和视频，那一双饱经沧桑的眼睛还像孩子一样好奇。他还用手指划过屏幕把那尚未成熟的稻穗放大了，几乎是一粒一粒地看着，许久，他才慢慢抬起头，连声说：“好家伙，真是好家伙！”

这一茬稻子收割后，陈日胜又带着收获的种子去拜访袁老。他向袁老讲述了从海水稻的发现到这么多年的试验经历，回数流年岁月，不禁涌出了满眶咸涩的泪水。袁老感叹：“搞农业科研实在太苦了，想搞出一点名堂又实在太难了。”他老人家也是从最艰苦的岁月中走过来的，何况陈日胜这么多年来还是一个人单打独斗，那就更难了。

陈日胜这次来当然不是为了向老前辈诉苦，他是带着许许多多的困惑和难题来向袁老请教的，但这么多的难题也不是一下就能解决的，更不是一个袁隆平就能解决的。当科学试验发展到了一定的阶段，尤其是到了瓶颈了，就必须集结更多的科研人员进行全国性协作攻关。袁隆平被世人尊称为“杂交水稻之父”，但在杂交水稻攻关路上从来不是一个人在战斗，从三系法、两系法到超级稻，他都是率科研团队协作攻关。这也正是陈日胜的想法，若能由袁老领衔组成一个协作攻关团队，势必会大大推动海水稻的研发进程。然而，袁老此时已是一个早该颐养天年的老人了，此时还在向超级稻的极限挑战，而海水稻眼下还是命运难测的一潭浑水，他老人家愿意来蹚吗？

陈日胜的担心其实是多余的，一个科学家到了袁隆平这样的境界，已不再是为个人得失而计较，一切都是从国家战略和人类利益出发。袁老没有直接回答他愿不愿当这个海水稻协作攻关的领衔人，他习惯性地摸了摸自己的脑袋，问陈日胜："中国有多少盐碱地？"

这个陈日胜心里早有数，他一张口就答出来了："大约有十五亿亩。"

袁老又不动声色地问："全国有多少盐碱地可以开发来种粮食？"

这个陈日胜也说不太清楚，他估计最少有两三亿亩。

袁老突然提高了嗓门："有一亿亩就不得了！如果每亩能达到三百公斤的产量，就能增产三百亿公斤粮食，这相当于湖南目前全年粮食总产量，可以多养活八千万人口！"

陈日胜忽然发现，袁老刚才其实是明知故问，对于中国有多少盐碱地，有多少可开垦的盐碱地，这些盐碱地能打多少粮食，他老人家心里早就有了数。而陈日胜一听心里也有了数，为了多养活这么多生命，袁老对担当海水稻协作攻关的领衔人绝不会推辞，也义不容辞。

这里不妨来算算账。无论中国还是世界的粮食安全问题，说穿了就是一道简单而又复杂的数学题。中国是一个拥有十四亿人口的大国，耕地面积只有十八亿亩，人均耕地就是俗话说的一亩三分地，除了种粮，还要种植瓜果蔬菜。这就意味着，在人口不再增长的前提下，无论遭遇怎样的天灾人祸，每一亩田地都必须生产出足够养活一个人的粮食。一旦人口增加，就意味着人均单位面积的缩小，一亩地就必须以提高单产的方式生产出更多的粮食。为此，袁隆平从三系法杂交稻到两系法杂交稻，再到超级稻从一期到五期的攻关，只有一个目标，就是在保证稻米质量的前提下不断提高单产。而在这两个前提下，中央提出"两个绝不能"，一是已经确定的十八亿亩耕地红线绝不能突破，二是已经划定的城市周边永久基本农田绝不能随便占用。人多地少的基本国情，决定了我国耕地资源的特殊重要性和战略性，粮食安全的特殊战略地位任何时候都不能动摇，而耕地是国家粮食安全的根本保障，是农业发展和农业现代化的根基和命脉。

中国农民是世界上最勤劳的农民，而中国耕地是世界上最疲劳的耕地，由于人多地少，一直难以得到休耕。而土地和人一样，若长时间得不到休耕也会疲惫不堪，越种越贫瘠，用农人的话说就是越种越瘦了。

袁隆平院士在向水稻高产的极限发起挑战的同时，也一直在关注着另一粒有可能改变世界的种子——海水稻。如果能培育出可以在盐碱地上大面积推广种植的水稻，那又将是一次改变中国和世界的种子，对于人类将是巨大的福音。

对于陈日胜在海水稻上的开拓性贡献，袁隆平院士给予了严谨的科学评价，称他为"国内最早发现耐碱性强、抗病性强、生命力强的野生海水稻的专家之一"。他也以同样严谨的方式给科技部部长写信，提出"海水稻是一种非常宝贵的水稻种质资源，具有极高的科学研究和利用价值”，海水稻的产业化发展必将对有效解决国家粮食安全、土地和水资源及全国盐碱地开发等领域产生一系列重大影响。袁隆平设想，若能在超级稻之外，再大面积推广高产耐盐碱水稻，中国的粮食安全保障就有了两座长城，共筑中国粮食安全堡垒。

袁隆平还有一个多年来的梦想——禾下乘凉梦：水稻长得像高粱一样高，稻穗像扫帚，人可以坐稻谷下乘凉。近年来，袁隆平还提出超级杂交水稻未来要走“超模”路线，高度要达到一米八到两米左右。而湛江海水稻株高已达到甚至超过了这一标准，如此独特的“身高基因”，还有抗涝、抗盐碱、抗虫害的特有基因，或有助于袁隆平实现“禾下乘凉梦”，而杂交水稻的优势基因也可有助于海水稻提高产量和抗逆性。

中国缺少的不只是土地资源，还有水资源。我国是一个干旱、缺水严重的国家，在沿海地带若能利用一部分海水资源灌溉，就可以节约大量宝贵的水资源。

无论从哪方面看，推广种植的耐盐碱水稻都是大势所趋。

陈日胜也做了一个近三十年的长梦，那就是实现“海水稻种子产业化工程”，把盐碱滩变成米粮川。到了 2014 年春天，他的梦想又往前迈进了一步，农业部受理了“海稻 86”品种权的申请，该品种正式在农业部“农业植物新品种保护公报”上公布，这意味着“海稻 86”进入由农业部推进的试验阶段。这年，陈日胜将下洋村承包的千亩海滩盐碱地全部种满了海水稻，而试验是用常规水稻和海水稻做比照。当又一年秋天来临，那常规水稻是金黄色的，而海水稻是青白色的，看上去就像大片大片的金镶玉一般，一块一块地镶嵌在一起。来这里考察的专家被眼前这如金似玉的田野深深地折服了。他们一个个弯下腰身，拿着放大镜察看着这两种稻子的区别。那金黄色的稻穗低着头，株秆矮，谷粒也比海水稻小多了。而青白色的海水稻比常规稻子高出了一大截，一棵棵长得挺拔劲健，连稻穗也是直挺挺的，顶着满头结实的谷粒。

陈日胜看着这稻子，那微微驼着的背脊也下意识地挺了起来，他笑着说：“到下个月开镰收割时，这海水稻会有两米多高，谷粒会比眼下还饱满些。”

专家们听了这话，一个个竖起大拇指啧啧称奇。还有人说，袁隆平院士把这种耐盐碱、易倒伏的海水稻终于扶起来了！

这一年，陈日胜的海水稻亩产达到了三百斤。对，是市斤。而袁隆平设定的最低标准是亩产超过三百公斤，这个产量还只有最低标准的一半，不过已是百尺竿头更进一步了。

一粒种子若要大面积推广，先必须在不同的区域内大范围试种。一方水土养一方人，对于种子也是这样，你在某个地域发现和培育的种子，往往只适应当地的小气候和小环境，只有因地制宜才能茁壮成长。若是换了一个地方，气候和环境变了，就会出现典型的南橘北枳现象，“橘生淮南则为橘，生于淮北则为枳，叶徒相似，其实味不同。”袁隆平院士则按照全国一盘棋在大江南北布局，南方已有了湛江这个海水稻试验基地，而袁隆平将北方试验基地选择在青岛。有人问袁隆平为什么首选青岛？袁老说，一个青岛市就拥有五十多万亩盐碱地，又环拥胶州湾，这是北方最适合作为耐盐碱水稻科研育种的试验基地。

袁隆平院士作为海水稻研发团队的首席科学家，首先提出了一个三年计划：三年内，在现有自然存活的高耐盐碱性野生稻的基础上，选育出可供产业化推广的、盐度在千分之六的海水灌溉条件下、能正常生长的“耐盐碱高产水稻”。而在推广种植耐盐碱水稻的同时，还有望逐渐修复改良海水倒灌农田盐渍化土壤。一般认为，海水倒灌农田后至少五年内无法进行农业生产，而根本等不到五年，每年都有多少次台风啊，海水往往会接二连三地倒灌农田，造成大面积农田撂荒。而根据科研人员此前的试验，一般在种了几年海水稻之后，盐碱地就可能转化为良田，常规水稻、大豆、棉花等其他农作物就可以正常种植了。这是推广种植海水稻的另一大功能，功莫大焉，如果所有的盐碱地能改变为良田，中国和世界上又该增加多少良田啊。

袁隆平的每一次科学决策，都是从反思开始。想想，从二十世纪到本世纪，那么多国家和专家都在搞耐盐碱水稻研究，那些专家都是水稻领域的一流专家，为什么搞了六七十年还只有一百多公斤的亩产？如何在关键技术上有所突破？袁老思来想去，其主要原因就是在耐盐碱水稻里边打转转，只是在海水稻种子中优中选优，但没有跳出耐盐碱这个圈子。而中国在水稻领域的强项就是杂种优势利用，若是将耐盐碱水稻基因与水稻杂种优势利用结合起来，将其耐盐碱基因转育到第三代杂交稻（超级稻）上，会不会有所突破？

按袁隆平院士设计的技术路线，一个是采取常规育种——筛选良种，选取抗涝、抗盐碱、抗倒伏、抗病虫害、分蘖力强、偏大穗的海水稻品种，再经过去杂去劣，进一步挑选籽粒饱满，粒形整齐的种子，然后把海水稻的特性转移到高产品种上面来；另一个是利用分子技术，通过基因测序，筛选出天然抗涝、抗盐碱、抗倒伏、抗病虫害的基因，在现有自然存活的高耐盐碱性海稻的基础上，选育出可供产业化推广的、利用初级淡化海水灌溉条件下能正常生长的优质稻种。在确定技术路线后，接下来分两步走，第一步是培育出亩产量能达到三百公斤的耐盐碱水稻品种；第二步是在八至十年内，选育出可供产业化推广、亩产一千公斤以上的耐盐碱的超级杂交稻新组合。

从袁隆平设定的第一期产量指标看，亩产三百公斤，乍一听，这个产量实在不高，比当下的常规水稻还低，更不能跟现行的第三代杂交稻——超级稻比，但用袁老的话说，这已经“非常了不起”了。迄今为止，世界水稻的平均单产为亩产三百余公斤（4.5吨/公顷），这个产量已经接近世界平均值了。而现有海水稻一直徘徊在亩产一百至三百斤的低产状态，如果第一期产量指标能实现，从市斤变成公斤，将比现有海水稻单产翻一番。不过，从接下来几年的试验结果看，袁隆平设定的第一期目标对海水稻的产量还真是大大低估了。

2015年，袁隆平团队培育出了YC0045水稻材料（凡品种审定前均称为材料），开始进行田间试验。“Y”是“袁”字的第一个拼音字母，即袁氏。凡是以“Y”打头的水稻试验材料和品种，都是袁隆平海水稻团队研发培育的。这一试验材料在2016年试种，使用含盐量千分之六的咸水灌溉，小面积试种的最高亩产突破了五百公斤。对于一直萎靡不振的海水稻产量，这已是惊人的奇迹了。但袁隆平显得很低调，他比谁都清楚，一两年的小范围试验还不能说明问题，那么接下来的结果又如何呢？很多人都在拭目以待。

自2017年起，袁隆平海水稻团队组织开展国家耐盐水稻联合体试验，分北方中早粳晚熟组、黄淮粳稻组和南方沿海籼稻组三组，在全国沿海滩涂及盐碱地不同生态区进行试种。

黄海之滨，胶州湾畔，有一片寸草不生的白泥地，整片滩涂一片苍白，往这儿一走，连脑子都是一片空白。袁老一声不吭地走着，又四下张望着，这地方就在海边啊，竟然连一只海鸟也没有。几个助手跟着袁老转了一圈，又偷偷地打量着袁老的表情。

袁老说：“你们看我干吗？好好看看这地方，能种水稻吗？”

几个人都连连摇头。袁老盯了他们一眼，“你们连试都没有试，怎么就断定不能种？”

那些助手一下被问住了，一个个面面相觑。袁老还要说什么，一股海风忽地吹来，扬起一阵灰土，那味道就像海风一样咸涩。袁老被那呛人的味道冲得眯了一下眼睛，随即又睁大了，他坚定地说：“凭经验，这儿确实不能种水稻，但我们不是凭经验，而是搞试验，先试试看嘛！”

这年春夏之交，袁隆平团队在白泥地开辟了一片海水稻育种试验田。对这一片土地，最了解的就是当地老乡了，他们在这白泥地上种过七七八八的东西，任你播下多少种子、栽下多少秧苗，过不了多久就死光光了。这也是实情，无论种什么都要灌溉，而灌溉后在阳光下就有蒸发，这海水在陆地上灌溉，那田地就变成了白花花的晒盐场，在持续蒸发后还会形成卤水池，别说水稻，连海带都长不活。当老乡们看着那些戴眼镜的专家在这里弯腰播种、埋头插秧，一个个都来好心好意地提醒他们，“唉，这地方连咸水草也不长啊，哪能种水稻？你们这简直是拿种子打水漂啊！”

这些专家抓着秧苗笑着说：“老乡啊，我们是搞试验，试试看嘛！”

那神情，那口气，就跟袁老一样，形似神更似，一看就是袁老带出来的学生。

专家种田和老乡们还真不一样，他们就是在这里搞试验，哪怕颗粒无收，那也是试验的结果，而失败的比率往往比成功率更高，但你必须试。而科学种田与老乡们种田也不一样。他们培育的海水稻秧苗能够在盐碱地及滩涂上存活生长，具有抗涝、抗盐碱、抗倒伏、抗病虫害等能力，但这个能力也是有限度的。全球各地海水的平均含盐率为百分之三至百分之五，基本是陆生植物的禁区。据试验，海水稻耐盐碱的基本值为千分之六，超过了基本值就必须用淡水冲淡，即采用海水和淡水勾兑混合浇灌，这也在一定程度上节省了淡水资源。还有一点很关键——对土壤进行改良，将其盐分控制在千分之六的基本值之下。

若要生产出优质高产的海水稻，说穿了就是两条途径，一是改良品种，二是改良土壤。

在袁隆平院士的指导下，海水稻团队摸索出了一种盐碱地改良技术——四维改良法，这也成了他们的独门绝技。他们先对这片土壤进行反复检测，也可以说是解密土壤的生命密码，而后以海水稻等抗逆性作物为核心，以综合排灌系统、物联网传感器系统、大数据农业信息服务系统为基础，建立起的一套全新的盐碱地稻作改良技术。这一套技术有多先进，还得透过现象看本质。袁隆平院士最爱打比方了，他把海水稻试验田比作一座冰山，浮在水面以上的是一眼就能看见的海水稻，而大部分则是在外人看不见的水面以下秘密进行。

这秘密的核心要素就是物联网——结合传感器量化控制的排灌网络系统。你想要控制盐，先得控制水——合理灌溉。海水稻也是喜水性的植物，在水稻的不同生长期，需要的水量也是不同的，时多时少，这就需要良好的排灌系统，既能充分满足泡田和冲洗盐碱的需要，也能做到灌排自如。袁隆平团队在试种海水稻时，采用海水+淡水混合的方法，配置出不同浓度的咸水，来模拟自然界中不同盐碱地的情况。相比种植普通水稻，海水稻非但不会耗费更多淡水资源，还可以节约宝贵的淡水资源。那物联网传感器系统能根据水稻不同时期需肥特点、土壤环境和养分含量状况，控制喷头和喷枪定时定量喷洒水分和养分。它主要由两根搭载了多种传感器的管道构成，第一根管道根据传感器反馈需求，将所需水肥自动送达水稻根系部，供水稻生长；第二根管道是将土壤中渗出的多余水肥回收，运送至回收池供第一根管道循环使用，节省了宝贵的水肥资源。此外，要素物联网模组在地表还有智能喷洒灌溉系统，能根据水稻不同时期需肥特点、土壤环境和养分含量状况，精准控制喷头和喷枪定时定量喷洒水分和养分。运用这项技术，既可以对水稻实施精准浇灌，又能降低盐碱地盐分、改善土壤结构、提高土地肥力等。有了这样一个物联网，关键技术解决了，接下来还要用土壤定向调节剂，如改性有机质吸附土壤中的盐分、重金属，改善板结的盐碱地，调节土壤的酸碱盐含量（PH 值），通过有机肥来定向调节和改良土壤。然后加入植物生长调节素，使用小分子有机化肥。这一切，都是从海水稻品种、营养搭配、水盐管理系统等方面出发，因地制宜，量身定做针对目标土壤的最优解决方案，让土壤和作物"活"起来。而你最后看见的，便是那拥有耐盐碱基因的海水稻。

除以上四维之外，还有其他辅助体系，如现代化栽培和机械化植保，这也是真正的高科技农业，有人形容为"科幻级的智能农业"。对此，袁隆平院士充满了期待，他一直期待这样的"科幻级的智能农业"成为解决粮食问题的终极方案。

不能不说，这种科学种田是需要高成本投入的，每亩地改良成本约一万元，这是一般庄稼人投不起的。但若从长远看，一年的改造可以赢得十年的功效，十年内不需再进行土壤改良投入，而一般在两到三年内可以将盐碱地逐渐被改造成良田，除改良沿海及内陆盐碱地外，"四维改良法"还可对重金属污染及农残土地进行修复。经过改良后，也就具备进行大规模推广海水稻的可行性。

那么，白泥地试验基地的结果又如何呢？这才是人们最关心的。

当秋风带着大海咸涩的味道一轮轮吹起来，白泥地的稻香一阵一阵扑鼻而来，那稻子如海浪般起伏。这里种植的海水稻跟普通水稻相比，末梢有一些卷曲发黄，穗子也不大，但远看齐刷刷的一片，近看一棵棵丰硕茁壮。袁老就像一位即将收割的老农一样，数了穗子又数谷粒，然后默了一会儿神，心里仿佛有了数。当几个助手请他估测一下产量时，他又盯了他们一眼，说："我说了不算数，最终的结果还得等专家来检验，咱们就等着大考吧。"

测产，是非常严格的，一切都是在众多专家的监控下进行的，几乎如同高考一般。

9 月 28 日，中国科学院等单位的评测专家来到白泥地，他们抽签选择了 7 号和 8 号地块，又挑选了四个试验品种进行评测。在测产之前，还要先通过盐度计测试，这两个地块的灌溉用水盐度达到千分之六，符合耐盐碱水稻试验的标准。随后，便进入测产环节。为保证数据的准确性，在专家的严密监督下，采用人工收割的方式。随着一把把镰刀在稻海里闪亮地划过，那昂扬的稻穗唰唰唰地飘落，又被工作人员一捆一捆地从田里抱了出来，经脱粒、称重、去杂和水分测定等多道工序，评测专家组组长、扬州大学农学院教授刘世平宣布了测评结果："最高亩产 620.95 公斤！"

现场顿时一片惊呼，那些老乡们一个个把眼睛瞪得比牛眼还大，很多人种了一辈子水稻，在那良田里也没种出这么高的产量，这些戴眼镜的专家可真是牛人啊，在这鸟不拉屎的地方竟然种出了这么高产的水稻，牛啊！

刘世平教授在宣布结果后还有些难以置信，他揩拭了一下眼镜，又把刚才宣布的数字再次确认了一遍，连小数点后边两位数都没错啊！他不可思议地摇了摇头说："在盐度千分之六的条件下种植的海水稻，最高产量和大面积种植的淡水稻基本持平，这个产量具有超乎寻常的意义。"

袁隆平乍一听这个结果，也是猛地一愣。这些年来他创造了一个个水稻高产、超高产的世界纪录，但对于海水稻达到这个产量还是有点不敢相信，这足足比他预期的三百公斤亩产翻了一番多！看来，海水稻的增产潜力很大啊。当有人问他这个结果怎么样，这个老顽童做了一个鬼脸，然后咧嘴一笑，那黝黑的脸加上一口雪白的牙齿，这就是他那典型的"刚果布式的笑容"，很多人对袁老的这笑容都很熟悉了，每次他露出这样的笑容，就表明他很满意，甚至有些得意。

果不其然，袁老咧嘴一笑后便连声说："很满意，很满意，可以打个优秀，希望再接再厉，接下来要大量制种，明年再选两个点进行大田种植，看看怎么样。"

白泥地试验让袁隆平团队信心倍增，而在接下来的试验中，他们还远不止是选两个点，而是在全国东南西北多个省份进行大田试种。每一粒种子从科学界的试验田走向农民的田间地头，都要经历小面积试种、大田试种、区域试种（区试）和生产性试种等几个阶段。这一年春天，袁隆平团队在海南三亚南繁基地通过杂交的方式，将耐盐碱水稻的优良基因进行重新组合，从中挑选出 176 份优良品种作为试验材料，在不同区域进行试种。袁隆平团队经过前期考察，发现我国的盐碱地大致可分为五大类型，并按照这五大类型开辟了青岛城阳、黑龙江大庆、陕西南泥湾、新疆喀什、浙江温州等五个耐盐碱水稻试验基地。其中，青岛城阳为黄河三角洲盐碱地，大庆为东北苏打冻土盐碱地，南泥湾则是次生盐碱与退化耕地的典型代表，喀什为干旱半干旱地区盐碱地，温州属长江三角洲盐碱地。这也是袁隆平团队首次在全国五大基地同时进行千亩片的区域试验。

青岛城阳，桃源河畔，这一带原本是良田沃土。20 世纪 60 年代以前，河流沿岸"十里桃源、万亩稻香"，不是桃源，胜似桃源。这里有个上马村，早先是一个香飘四野的稻香村。谁知到了 1963 年，正当稻子扬花抽穗的季节，一场台风裹挟着海水席卷而来，海水从河口漫过了堤坝，倒灌进了稻田。台风，海水倒灌，是沿海农田最常见的灾害，而它带来的不是一次性灾害，而是长年累月的灾害，乃至万劫不复。那一年上马村的老一辈村民没齿不忘啊。一个姓张的老汉十二三岁就在这里种水稻，如今年过古稀了，那牙齿掉了好几颗，说话有些不关风。说起那一年，老汉猛地抽了一口冷气，“咱们村里那时候有四千多亩稻田啊，那一年的水稻比哪一年的长势都好，但水稻哪经得住海水的浸泡，过了三四天，海水退了，稻子全都泡死了，那一年颗粒无收，只能吃政府的救济粮。原本以为挨过了灾年，第二年就会好的，哪知道接下来又是连年干旱，田里的盐分一直排不出去，这稻田全都变成了白花花的盐碱滩，从那以后这些田地就荒废了，种庄稼根本就没什么收成，只能长些稀稀拉拉的狗尾巴草了……”

而今，在上马村还流传着一首民谣：“春天地碱白茫茫，夏天地涝水汪汪，秋天十种九不收，冬天地冻硬如钢。”这盐碱滩别说种水稻，什么也种不了，村里人只能干别的营生，或是下海去打鱼摸虾，或是在盐碱滩上挖鱼塘，养鱼养虾。年轻一辈早已不知道往日的桃源河畔有多美，老一辈人还时不时梦见那“十里桃源、万亩稻香”，端的是好景致啊，却也只能在梦里头看见了。张老汉做梦也没想到，而今这里又要种水稻了，而且不是一般人来种，而是那个像神农一样的袁隆平袁大爷来种。张老汉简直笑得合不拢嘴了，“咱们这个地方叫上马，只等袁爷爷这个项目上马了，咱们的好日子也会很快就上马了啊!”这老汉说话还挺风趣呢。

这是一个大项目，比白泥地大多了。2017 年 11 月份，袁隆平便派助手考察了桃源河畔这块荒废多年的盐碱地，在测定了桃源河两岸的土壤养分、盐碱度等指标后，袁隆平团队便与当地政府签约，合作打造“万亩国家级滨海盐碱地稻作改良示范基地”，桃源河畔将建起“十里桃源、万亩稻香”的田园综合体，打造乡村振兴的新标杆。这上马村的老老少少谁不知道袁隆平啊，但谁都没见过他老人家，更没有见过那传说中的海水稻，大伙儿一个个都盼着他老人家赶紧来啊。

袁隆平就在上马村人的翘首期盼中走进了上马村。那已是 2018 年 5 月 28 日，正值芒种，“时雨及芒种，四野皆插秧”，青岛市城阳区政府在上马村举办了首届“海水稻插秧暨中华拓荒人计划”启动仪式，他们将“开拓亿亩荒滩，增加亿亩良田，多养活一亿人”作为拓荒人的梦想。除了青岛主会场，全国五个实验基地也将同时举行插秧仪式，这秧苗就由袁隆平院士来传递了。

看啊，老爷子来了！一大早，那村口早已密密匝匝地挤满了人，老爷子在老乡们心中就像一个神啊。看上去，这位“当代神农”从头到脚都像一位老农，可那双眼里闪烁着智者的光芒。那黝黑的脸上布满了故事，每一个故事都像神话。只要他老人家走过的地方，哪怕是不毛之地，转眼也会绿意荡漾。他一边跟老乡们亲热地打招呼，一边仰起头来看太阳。这也是一个老农的习惯了。而每到一个地方，他立马就把手一挥，“走，去田里看看！”

那田坎上滑溜，一个年近九旬的老人，比张老汉还大二十岁呢，倘一时收不住脚，滑倒了怎么办？但人们的担心是多余的。这位在稻田里走了六七十年的老人，那一双脚板还走得稳稳当当。忽然，他身子猛地往前倾了一下，把几个跟在后边的助手吓了一跳，赶紧上去搀扶老人，他却稳稳扎扎地蹲在地上，像个老农一样，先抠起一把泥土，在手里搓着、揉着，又放在鼻子下深深地嗅着，一脸迷醉的神情。这是一个农人对土地的迷醉，也是一位农业科学家对土地的把握。在插秧之前，袁老抓着一把一把鲜嫩的绿色秧苗，向参与“拓荒人计划”的每一位拓荒人传递下去。这一株株秧苗就是去年在白泥地测产产量最高的 YC0045，每个人都盼着这秧苗在新的一年里创造出更惊人的奇迹。

袁隆平团队把在白泥地摸索出来的经验和技术都搬到了这个国家级的示范基地，还采用了比白泥地更高端的技术，这是依托华为公司的物联网、大数据、移动互联、云计算技术等为支撑的智慧农业 4.0 样板。

如果你想亲眼看看智慧农业是什么样，这里就是一个样板。

尽管袁老向每一位拓荒人传递了秧苗，但这只是象征性的，而插秧的是一台无人插秧机。若是一般插秧机也不稀奇，而无人插秧机却还鲜为人见，这也是第一次在海水稻插秧中实验应用。当袁老宣布插秧仪式开始后，它就独自在水田中开始工作，将一株株的秧苗整齐地插进水田中。它可以熟练地进秧、插秧，到了田埂还可以自动转弯、掉头。一台无人插秧机一天可以完成五十亩的作业面积，相当于上百人干一天。中国传统农耕文明最大的特色就是精耕细作，而无人插秧机也延续了这一传统，不仅效率高，而且作业精细化、标准化、程序化。人工插秧只能凭经验、靠感觉，但由于人的情绪和精力的变化而造成间距不齐、深度不匀，无人机插秧秧苗间距整齐，深度均匀，质量更稳定。

当然，无论多么高超的技术，最终还要看试验的结果。那海水稻经过四五个月潜滋暗长，到了这年金秋十月，桃源河畔的海水稻渐渐散发出了成熟的气息，又迎来了测产验收的时候。这对于每一个试验品种都是一场大考。10 月 10 日下午，青岛农业大学林琪教授等七名专家组成验收小组，按照严格的程序进行了测评，但奇迹没有出现，结果令人大失所望，这次测得的最高产量为编号 1803 的水稻材料，实打实亩产只有 261 公斤，比去年白泥地的产量低了一大半，也没有达到袁隆平院士设定的最低标准。对于这样一个结果，袁隆平并没有太多的失望，这样一位饱经沧桑的科学家，对各种结果都有心理准备，科学探索之路就是这样，有起有伏，有高峰也有低谷。而这片荒废几十年的盐碱地，在首年种植就获得这样的产量，也算是不错了。接下来还要进一步探索，到来年秋天再看收成吧。

其他几个试验基地也相继进行了测评，大庆市的苏打冻土盐碱地改良示范基地，编号为1807的水稻材料现场实打亩产210公斤，没有达标；新疆喀什示范基地的土壤含盐量高达千分之六至千分之十五，原本是五大基地中最不被看好的一个，经测评，其编号为1805的水稻材料理论亩产达549公斤。这是一个出人意料、令人震惊的结果，一下子引起了周边地区、有关单位和援疆干部的关注。若能在这样的高盐碱地上种水稻，对辽阔的新疆大地将是巨大的福音。而从南泥湾传来了更令人惊喜的消息，经测评，其编号为1802的水稻材料亩产为636公斤，比去年白泥地的亩产多了15公斤。

这些测评数据无论高低，无论惊喜与失望，都为下一步的区域试种和生产性试种提供了重要依据和参考。一个品种，在经过了小面积试种、大田试种后，至少要经过两年区试及一年生产性试验后，才能通过国家新品种审定，而品种审定后就具备了大规模推广的资质。这是极为严格的。袁隆平团队根据2017年、2018年的大田试验和区域试验数据，又筛选出表现优良的材料，在2019年进行生产性试验。

这年，袁隆平团队又增加了山东潍坊、东营，江苏南通通州湾，浙江瑞安、台州等多个海水稻试验基地。

潍坊海水稻种植基地位于白浪河畔。白浪河原名白狼河，为渤海莱州湾独流入海河流，由于源短流急，“平地泉涌如轮”，历史上多次决口泛滥，又加之海潮频发，土地大都盐碱化，大量粗细砂砾沉积于河床及决口扇形地带。20世纪90年代，由于上游厂矿排放大量废水，河水污染严重，到本世纪，这里已沦为一片寸草不生的重度盐碱滩，到处都是结满盐霜的水凼凼，那海滩上的死鱼死虾招来了纷飞的苍蝇和臭虫，海风中弥漫着呛鼻的腥臭味，十几里外都能闻到。潍坊人一直梦想把这片充满了死亡气息的盐碱滩打造成一个绿色生态农业示范园区，他们在这里试种过多种植物，但这盐碱滩上连生命力最顽强的芦苇也长不活。当他们听说袁隆平团队正在全国多地试种海水稻，便决定试一试。

2018年，袁隆平团队进驻潍坊，与当地合作打造“袁隆平海水稻一二三产业融合发展示范区”，规划总面积十八万亩，海水稻示范区近四万亩，2019年试种一千亩。这年春天，随着第一茬秧苗插下去，这片荒凉死寂的盐碱滩终于浮现出了一片淡淡的绿意。这不是一次单纯的水稻试种，袁隆平团队瞄准的目标是跨界解决土壤改良和种植问题，力求方法生态、循环利用、产品绿色，田间秸秆就地还田并用于生物质排碱沟，变废为宝。在试种海水稻的同时，还采取鱼、稻、鸭立体式生态改良实验，这是一举三得，在增加土壤肥力的同时保护生物多样性。

为了将一片脆弱的绿意维系下去，袁隆平团队几乎把他们的独门绝技“四维改良法”发挥到了极致，一片淡淡的绿意渐渐变得青勃勃的。那周边的老乡往日是很少走近这片盐碱滩的，就是不得不路过这里也是掩鼻而过，而现在他们都被这青勃勃的气息吸引过来了，一个个张大嘴巴呼吸着，这是一个可以让他们深呼吸的地方。当一个地方渐渐恢复了生机，那各种各样的鸟儿也飞来了。这稻田养了鱼，放了鸭，在水稻的拔节声中，鱼在水中活泼地游动，鸭子追逐着飞来的虫子。它们嘎嘎嘎的叫声和鸟儿的叫声此起彼伏，那海水稻也在随风起伏。到了9月下旬，这海水稻连风也吹不动了，一串串饱满的稻穗沉甸甸地垂下来，更引来了无数人的观望。这一年的收成怎么样，几乎都不用测产了，一看就知道。然而，一场十七级的超强台风突然逼近山东，那海上掀起的巨浪和暴风雨一起席卷了稻田。这一场台风让东南沿海地区的农作物遭受重创，很多稻子几乎绝收了。而这片海水稻还真是让人见证了奇迹，它们表现出坚韧的抗倒伏能力，在暴风雨过后又挺挺拔拔地站起来了。它们的耐盐碱性也得到了一次灾难性的考验。

10月25日上午，一台台联合收割机开进了金黄色的稻田，一株株稻子被卷进滚轮，随着谷粒源源不断地涌出，田野里弥漫着扑鼻的稻香。当地的老乡还是第一次嗅到稻香味，一个个都敞开了肺腑，深呼吸。经专家组实测，此次试种的海水稻亩产达536公斤，这也标志着海水稻在渤海莱州湾盐碱滩试验成功。

这不只是一次海水稻种植试验，更是一次综合性的、立体式的生态试验。海水稻的种植不仅仅利用滩涂地生产粮食，还能防风消浪、促淤保滩、固岸护堤、净化海水和空气，具有如红树林一般的生态和社会价值。海水稻的根系深三四十厘米，有效地滞留陆地来沙，减少近岸海域的含沙量，而且增加土壤有机质。随着海水稻项目的初步实施，通州湾也初步实现了滨海盐碱地的快速有效和生态化利用，那大片盐碱化的滩涂湿地环境得以优化恢复，这为渤海滩涂综合开发利用和耕地占补平衡工作提供了样板，也为东南沿海广袤的盐碱地改良提供一个可推广模式。

这一年，不只是潍坊的海水稻示范园区夺得了丰收，还是耐盐碱水稻的一个丰年。山东东营海水稻示范种植基地收获了迄今为止的最高亩产，高达800公斤；江苏南通通州湾海水稻亩产约340公斤；浙江瑞安丁山二期一号海水稻试验基地经评测，平均亩产达到330公斤；台州基地实现最高亩产670公斤……这些数据表明，袁隆平团队通过耐盐碱水稻跨区域试验，初步验证了海滩盐碱地能种海水稻，内陆盐碱地也能种海水稻。一些盐碱地原来连生命力顽强的杨树也栽不活，但海水稻不但种活了，还夺得了高产。

永恒的课题

当袁隆平海水稻团队在阿拉伯沙漠上不断拓荒时，袁隆平院士正率全国协作攻关的团队组建一个国家级的耐盐碱水稻技术创新中心。为抢占国际盐碱地利用技术领先地位、培育粮食生产新的增长点，这一中心得到了国家的鼎力支持，并被纳入了国家粮食安全保障体系。

2019 年，由袁隆平院士倡议发起成立的“国家耐盐碱水稻技术创新中心”，于当年 11 月在三亚崖州湾科技城开建。该中心是由国家杂交水稻工程技术研究中心牵头，联合海南大学、三亚市南繁科学技术研究院、湖南省农业科学院、广东海洋大学、湖南农业大学、江苏省农业科学院、黑龙江省农业科学院、青岛海水稻研究发展中心等研究单位多方共建的高水平科研平台。针对我国盐碱地分布广、类型多样，研究优势单位、平台和人才队伍分散、难以集中的特点，该中心将集结全国优势力量，对接各地方政府支持，充分调动人力、物力、平台协同攻关。中心设立一个总部，拟设置三个中心、四个区域分中心及一批典型区域合作试验站或试验基地。

中心将总部科研基地设在三亚，几乎是不二选择。这里海水和淡水资源丰富，而且有许多咸淡水交汇处，又具有极佳的光热条件，一年四季均可开展水稻试验研究。三亚也是全国南繁育种集中地，对于聚集人才和种质资源、加强行业技术交流，进而统领行业发展具有得天独厚的优势。而海南地处中国水稻种植区与东南亚稻区的过渡地带，随着中国（海南）自由贸易试验区的加速推进，对于辐射带动“一带一路”沿线国家和地区开展耐盐碱水稻种植，也将起到重要的桥梁和纽带作用。

如果说“中国人要把饭碗牢牢地端在自己手里”，三亚南繁育种基地就是“中国饭碗”的底座。袁隆平与一粒种子有不解之缘，一粒种子又与三亚有不解之缘，早在 2002 年，他就被授予“三亚市荣誉市民”，这片土地也确实是他的第二故乡，在长达半个多世纪的时间里，他几乎年年都来三亚，每年至少有五个月时间在海南南繁基地培育杂交水稻新品种。袁老说：“杂交水稻能成功，一半功劳在海南。”

袁老住在三亚荔枝沟镇的一幢四五十平方米的筒子楼里，院子外面就是南繁育种基地的试验田。除了超级稻试验田，“国家耐盐碱水稻技术创新中心”，还在宁远河入海口、崖州区大蛋村征用一百亩近海土地，开辟了三亚总部科研基地的试验田。宁远河是海南岛的第四大河，在三亚崖城镇注入南海，是崖州的母亲河。河口为冲积平原或台地，河道平缓，河床淤积，汛期排洪不畅，经常造成崖城一带发生严重洪灾，河水盐度稳定在千分之十八左右。这并非一个适合种水稻的地方，却又特别适合用来检验耐盐碱水稻的抗逆性和生命力。

2019 年 12 月 18 日，袁隆平和助手在大蛋村试验基地播种了十五亩耐盐碱水稻，以“超优千号”为主打品种，另有来自中心共建单位、海水稻重大专项协作单位的 94 个新品种在各自的区域中同期试种。科研人员为它们设置了盐分浓度为千分之六的土壤环境，以“超优千号”为对照，考验鉴定这些不同类型的常规粳稻、杂交籼稻、常规籼稻品种的耐盐性。

每次播种后，袁老就会再三提醒自己的助手：“水稻育种有时就是那一秒钟的事情，错过一瞬间就要再等一年。”每当种子发芽、出苗的关键时刻，就要片刻不离地盯着，一旦出现意外就要在第一时间处理好。袁老这么大年岁了，在田间地头一蹲就是好几天，谁都劝不走他。他喜欢喝椰子水，在蹲守时他手里抱着一个大椰子，这家伙特别解乏、提神。在苗头冒出来之前，他那身子一直紧绷着，那黑黢黢的脸颊显得更黑了，两眼微闭，似乎陷入了沉思。这时候谁也不敢打扰他。眼看着出苗了，他微闭的双眼睁开了，那紧绷的身子也终于放松了。这时候，你感觉他又像一个天真的老顽童了，还可以跟他开开玩笑。

袁老也爱开玩笑。他在去稻田的路上时常被一些陌路人认出来，却又不敢相认，便试探着问：“你老跟那个袁隆平长得很相像啊!”

这样的情景袁老经历多了，他哈哈一笑道：“是吗？很多人都说我们长得像!”

说来，那海水稻和超级稻长得也很像，但还真的不一样。这一茬种子在 2020 年 1 月 8 日移栽。袁老每天都要走进自己的试验田，像看着自己的孩子一样，那神情既充满了疼爱，却又故意让它们经受各种各样的考验。只有经历了种种考验，才能鉴定出真实的效果。由于受降雨量、地下水返盐量的年度间、季度间的变化影响，土壤和田间水的盐碱度差异较大、极不稳定，这给水稻品种耐盐碱性的标准化鉴定带来了极大挑战。为解决这些问题，在袁隆平院士的指导下，科研人员们探索建设了两套由地下井淡水、近海河口盐水、供水管道、提水泵、盐水配水池、供电系统等组成的盐度可控可调的盐水配兑系统，每小时可供给 120 立方米灌溉水，能同时实现千分之三、千分之六盐度的灌溉需求，并通过机电设备及防雨设施，构建一套盐度可控可调，且不受降雨、地下水返盐影响的鉴定体系。

经过四个多月的精心培育，这一茬耐盐碱水稻表现出了顽强的抗盐碱、抗倒伏和抗涝能力，即使海水完全淹没了水稻，只剩若隐若现的叶尖，在退潮后依然生长清秀。清明过后，这一茬水稻迎来收割日。经测产，“超优千号”平均亩产 508.4 公斤，高产丘块达 547.5 公斤，其他品种也大多达标。

对于这个结果，袁老说出了自己的评价：“满意，但不满足。”这也是他说得最多的一句话。

这次试验，采用的是袁隆平团队独创的鉴定技术体系——“稻品种耐盐碱性规模化鉴定体系”。这一体系也获得了专家评议认可：“该体系实现了盐水浓度的可调可控，具有高效实用、简便低成本等特点。”其他系列工作成果也达到了育种材料筛选、品种鉴定、品种示范等科研工作预期目标，为下一步提高种植盐度或者更大面积试验示范奠定了基础。这次试验后，科研人员从近百个品种中挑选了六个耐盐碱水稻苗头品种，堪称百里挑一。

这些年来，陈日胜也一直在湛江不断试验。从 2014 年到 2019 年，他通过近五年的种植试验总结出海水稻的种植特性与培育规律：广东、广西、海南三省区因存有大面积临海滩涂，且部分滩涂位于热带气候地区，可直接种植“海稻 86”。而对于北方，基于海水稻耐盐碱的不同特性，是否适合种植推广正在研究。无论南方、北方，海水稻都必须共同攻克的一个难题，就是突破现有的低产量现状。目前他已经研制出 17 种海水稻种子，亩产最高达到 350 公斤，而“海稻 86”的产量在其中是最低的，依然只有 300 斤（150 公斤）左右。陈日胜说，由于其他种子他还没有申请专利，暂时他还不方便对外透露。屈指一算，陈日胜试种研发海水稻已有三十多年的时间，他也以三十多年的时间验证了，科研创新，注定是一个漫长而艰辛的过程。

而今，对于海水稻很多人都不再陌生了，对于海水稻的科研价值、生态价值也多少有所了解，但一旦有新农作物研发出品，在中国就躲不过质疑和关切。甚至有人问，大海是咸的，海水稻是不是咸的？

对这些想当然的、莫名其妙的问题，袁隆平总是微笑着给予通俗易懂的回答，海水稻在海滨滩涂或盐碱地生长，富含钠元素，这是人体必不可少的重要元素，控制细胞、组织液和血液中的电解质平衡，使神经和肌肉保持适当的应激水平，而普通水稻的大米中钠的含量几乎为零。作为一种微量元素，它并不像人们想象的那样咸。袁老就时常品尝试种出来的海水稻，他一边吃一边笑着说：“你们可以放心吃，好香啊，一点也不咸！”

如今，随着现代社会经济的发展以及人们生活水平的进一步提高和饮食结构的变化，人们对稻米的消费需求已经趋向追求稻米的营养价值、保健功效等，这海水稻就是能满足高端需求的水稻。而海水稻的抗病性较强，没有常规水稻的病虫害，可不使用化肥，不喷洒农药，加上其盐碱度和耐盐基因，海水稻的“体质”是相当不错的，属于特别难得的健康有机绿色食品。

那么海水稻好不好吃？实话实说，在改良之前，天然的海水稻米质粗糙，确实不好吃，难以下咽。而在改良之后呢？这里就以内蒙古兴安盟出产的“袁蒙米”为例。这种米已经上市，你可以试一试。

2018 年，袁隆平院士应邀在兴安盟设立了院士工作站，先后建立了种子繁育、耐盐碱水稻科研基地，这是袁隆平院士在国内挂帅的三处水稻实验基地之一。袁隆平团队通过品种改良和土壤改良，采用第三代杂交水稻育种技术，以之前筛选出的优质耐盐碱水稻为亲本，经过无数次试验，培育出了适合兴安盟土壤、气候条件、积温环境的“兴安粳稻系列16”等耐盐碱的水稻品种。此前，兴安盟盐碱地的水稻亩产量只有两百多公斤，袁隆平团队在科右中旗盐碱地综合利用基地试种，平均亩产达到了508.8公斤。

这里重点不说产量，而是人们最关心的米质。袁老为兴安盟耐盐碱水稻起名为“袁蒙稻”，其谐音为“圆梦稻”，稻米则为“袁蒙米”。这款大米看上去米粒均匀、饱满，色泽如玉一般晶莹剔透，用东北老乡的话说是“一水儿漂亮”。这可不是表面上的光亮，而是从大米内部焕发出来的光泽。一般来说，稻米中脂类含量越高，煮成的米饭的光泽性越好，米饭的适口性越佳，延伸性越好。用“袁蒙米”做的米饭，米粒颗颗分明，还闪着自然油亮的光泽，一开锅，那醇正的米香味溢满整个屋子，其口感软硬适中，筋道不粘，紧致有嚼劲，在回味中带着明显的甘甜。有人品尝后赞叹道：“那新鲜劲儿，感觉每吃一口，都能呼吸到内蒙古大草原的新鲜空气。”

袁老香喷喷地吃了一碗又添一碗，像个小孩子一样咂嘴直呼：“好吃，好吃啊！”

不过，眼下想要吃到海稻米还真不容易，迄今为止，国内海水稻试种面积还只有两万亩左右，还在生产试验性阶段。那么，这些优质耐盐碱水稻品种，接下来是不是就可以推广到农民的田地里了？这也是许多人最关心的一个问题，有些人甚至急不可耐了。每次面对这些焦急的面孔，袁老总要习惯性地摸摸他那白发苍苍的脑袋，又连连摇摇头说：“莫急啊，心急吃不得热汤圆。我们现在已经选出了耐盐碱能力突出的六个苗头品种，但还需要经过区域试验、生产试验等程序才能通过品种审定，各项特性及其配套技术还需进一步研究探索，只有通过品种审定这一关后，才能成为农民可以种植的耐盐碱水稻。”

袁隆平用一粒种子改变了世界，但每一粒种子都来之不易，更不会一劳永逸。即便通过品种审定，那也仅仅说明海水稻达到了在千分之六以下盐度的土壤中种植的要求，之后还要不断完善、优中选优，不断优化种质资源，这确实是一个永恒的课题。

张桂梅，用生命点燃希望之光（节选）

木　祥

2020年8月，又是一个秋天，又是一个收获的季节。在这个关系到中国无数学子前途和命运的特殊季节里，云南省丽江大山深处的华坪女子高中，传来振奋人心的消息——全校参加高考的159名女生，有150人上本科线，其中70人达一本线，综合上线率百分之百——丽江市名列第一！

成绩公布以后，校长张桂梅激动地对人们说："这是我们献给脱贫攻坚决战决胜之年的特殊礼物！"

是的，这所地处滇西北地区的中国第一所免费女子高中，创办12年来，招收的大多为山区贫困家庭的女生。这份沉甸甸的礼物，不能不让人们眼前一亮，心里感到温暖。因为，这些学子上大学、上好大学，会关系到不少贫困家庭命运的改变，并且关系到不少山区家庭的后代走出愚昧。

成绩公布以后，大家欢欣鼓舞，庆贺来之不易的骄人成绩。同时，那个全身上下都有病痛，每天用饭下药的63岁的女校长张桂梅，也成了网红人物。

当然，也就是在这个季节，荣誉和光环也不断落到这位校党支部书记、校长张桂梅的身上，她除了过去获得的"全国十佳师德标兵""全国五一劳动奖章"等荣誉外，又先后荣获"全国优秀教师""全国三八红旗手标兵""全国教书育人楷模""全国脱贫攻坚贡献奖""全国优秀共产党员""时代楷模"等荣誉称号。

有记者采访张桂梅时问道："对这样的成绩，您满意吗？"

面对镜头，张桂梅面容消瘦，眼睛却透出明亮的光泽，她迟疑了一下，说道，不满意。

回答让人感到意外。

面对人们的困惑，张桂梅说："这成绩与大城市相比，与先进地区相比，还有很大的差距。我的梦想是，要让就读女子高中的贫困山区的女孩，全部上最好的大学，最好让她们也能上清华北大！"

"是的，要让贫困山区的女孩上最好的大学，因为她们能上大学，可以改变三代人的命运。"张桂梅说。

多么博大的情怀，多么远大的理想！一位63岁的女共产党员、女校长，心里装的，是大山里的女孩，她们的命运，她们后代的命运。她的愿望，就是要让这些大山里的女孩和其他孩子站在同一条起跑线上，最后彻底地摆脱贫困。

我要让大山里的女孩上得起高中

张桂梅创办华坪女子高中的想法由来已久，创办过程，历经风雨。

中央电视台《面对面》节目主持人董倩问张桂梅："你出于什么原因或动机，考虑创办这样一所女子高中？"

张桂梅提出创办华坪女子高中的想法是在2001年，人们都觉得好奇，新世纪开始，历史已经翻开了崭新的一页，中国人民正以饱满的热情迈进新的世纪，而张桂梅却想在这大山深处创办一所全免费的女子高中。有人说，都什么时代了，还要把男生女生分开，这不是有点突发奇想吗？有必要吗？人们都怀着各种各样的疑虑。

然而，张桂梅认定了自己的主意没有错，她一直在努力，一直在实践。所以，张桂梅也就能不假思索地回答董倩的问题，她说："因为在贫困山区，女孩与男孩的命运不一样。在山区贫困地区，教育好一个女孩，就是教育出了一个优秀的母亲，她至少可以影响三代人。"

张桂梅解释道："想想看，如果培养出有文化、有责任的母亲，大山里的女孩就不会轻易辍学，更不会把自己生出的女孩遗弃成孤儿。创办女子高中，我的目标是阻断贫困愚昧的代际传递。"

继续往下聊，基本上都是贫困山区女孩的话题，这个话题，越说越让人感到沉重。

2001年，张桂梅还在华坪县民族中学任教，当时，县里成立了一所福利孤儿院，捐资方推荐张桂梅为福利院院长。张桂梅觉得这是投资方对自己的信任，她得百倍努力工作。于是，她白天在民族中学上课，下课后就到福利院照顾孩子。没有儿女的张桂梅，把所有母爱都倾注给了这些孤儿。时间不长，孤儿院的孩子们都亲切地称呼她"妈妈"，这让她内心深处感到无限的温暖。

在照顾好孤儿的同时，张桂梅也在思考，为什么孤儿院成立时间不长，就接收了54名孤儿，而且以被遗弃的女孩居多。是啊，一个小县城，为什么会有这么多被遗弃的孤儿，这么多被遗弃的女婴。慢慢地，她开始了解这些孩子的身世，越了解，她内心的触动越深。福利院接收的弃婴中，有一个女孩是家里的第四个女儿，因为父母不想要女孩，她先后被遗弃了三次。受重男轻女的陈旧思想影响，那对父母生了四个女儿，还想生个儿子，于是，就只能把女孩扔了。

重男轻女——这个历史的问题，世界的问题，似乎也是老生常谈的问题，在张桂梅脑海里不断地翻腾，让她联想起了自己教书的华坪县民族中学的一些女生。她知道，学校的学生大多来自偏远山村，她也发现了一个奇怪的现象——很多女学生读着读着就不见了。哪里去了呢，为什么不来读书了呢？她们的学习成绩也不错，姑娘也聪明啊，然而，就是这样无缘无故地不见了，不来上学读书了。

带着这些疑问，张桂梅开始了漫长的家访之路。这些辍学女孩，大多生活在山区，山区的路不好走，有的压根儿就没有路。张桂梅有股子韧劲，再高的山也要爬，再深的水也要蹚，一定要弄个水落石出。身患重症，爬山困难，有人劝她别去了，她边吃药边向大山深处走。山路走多了，把鞋都爬破了，脚走肿了，她依然坚持。通过家访，她发现辍学的女孩，有的被叫回去干农活、打工，有的是父母收了彩礼，就让孩子辍学结婚。

有一位上高三的女孩，父母让她在家干活，而女孩还上初中的弟弟却被送去县城补习。张桂梅生气地对她的父母说："这不是反其道而行之吗！"

女孩的父母说："因为她是女孩啊。"

张桂梅说："因为不是男孩，山里有的女孩从出生到长大，父母就没有想到要让她们读书，爷爷奶奶压根儿就看不起她们，甚至不和她们说话。"

在大山里，"男女平等""男生女生站在同一条起跑线上"就是空话。

在一次家访途中，张桂梅走到乱石嶙峋的山头，看到一个女孩呆呆地坐着，身旁放着一个箩筐，满脸忧愁地望着远方。她觉得有点奇怪，仔细询问才知道，这女孩才十三四岁，父母就不让她继续读书了，并以三万元的彩礼将她"出嫁"远方。

张桂梅知道了这情况，当场气得直打战，对女孩说道："你跟我走！"

她要把女孩带到县城读书。

然而，女孩的母亲怎么也不同意，一把拉住孩子就往家里走，并锁上了房门，无论女孩怎么哭喊，都无济于事。

张桂梅走上前去，耐心地和女孩的母亲讲道理，她怎么也听不进去。

张桂梅说："孩子的学费、书费、生活费都由我负责，你只要把孩子交给我就行。"

女孩母亲说："你帮我女儿读书，那我收到的三万元彩礼怎么办？我家穷，没有人干活，没钱盖房子，没饭吃，你管得了吗？"

张桂梅一下子蒙了，她说："我向妇联汇报，请示政府帮你解决问题。"但女孩母亲怎么也不同意女孩读书，并以死相逼。女孩母亲说，自己已经等不得孩子读书成才的那一天了。

张桂梅悲痛无奈只能放弃，但她对妇联和身边的同事说："贫困！贫困！贫困让我们的山区女孩上不了学；知识的短缺，让山里的乡亲们目光短浅。这种状况再不能继续下去了。我不能在经济上帮助山区人民，我是党员，我看到了，我听到了，我了解到了，我觉得自己能办的事，我就要千方百计地去办，只要是对消除贫困有利，对山里的女孩们有利，我不能坐视不管，我相信知识能改变她们的命运。”

张桂梅说：“在我的班里，不能出现一个孩子因贫困而辍学。”她同时感慨地说：“我们经常说，要让每一个孩子拥有公平的起跑线，可这些女孩却连站上起跑线的机会都没有!”创办一所全免费女子高中的念头，也在她的脑海里闪现了。她要创办一所女子高中，招收九年义务教育后读不起高中的女孩，让她们有机会圆梦大学。

为了进一步印证自己的想法，用事实向有关部门反映情况，后来的日子里，张桂梅一个山头一个山头地调查，一个村庄一个村庄地了解当地的贫困情况，孩子们受教育的情况。一年多的走访，山区的贫困面貌让她触目惊心。有的山区村民，一家人的全部财产总共不到一万元，许多人一辈子没有到过县城。她说，一个共产党员难道能让这样的状况继续下去吗？

张桂梅彻夜难眠，思前想后，终于把自己大胆的想法提出来——办一所免费的女子高中。贫困山区的女孩，不管中考分数高低，只要愿意读书，都可以来这里免费读书，考上大学，走出大山，通过知识改变命运。

报告交到了华坪县教育局，时任副局长杨文华一页一页地翻看了张桂梅的报告，第一反应是：太难了。要创办一所女子高中，为什么这样难？

华坪县是云南丽江市人口最少的一个县，全县常住人口只有 17 万。全县有 4 个镇，少数民族乡多达 4 个，境内有 26 个少数民族，由于是边疆农业县，经济基础较差，底子薄，新建一所高中，太难!

张桂梅不死心，又把报告送交给华坪县政府的主要负责人。党委政府领导都很重视张桂梅的报告，请来一些很有权威的教育专家进行了可行性论证。结论是：不行。

为什么不行？一是华坪县本来就属于小县，已经有了高中，再办女子高中没有必要。二是学生免费就读，作为一个边远的贫困县，经费来源难以解决。三是山区女孩文化基础差，靠三年时间考上大学，不容易也不现实。

消息传到社会上，有人说张桂梅太疯狂了，自不量力，凭她的本事，创办一所免费女子高中，让山区女孩子上大学，是异想天开。

一位领导劝张桂梅：“你要在中学教书，又要负责儿童福利院，身上的担子已经不轻了，教好自己的书，管理好孤儿院，已经很优秀了。”

张桂梅知道领导是关心她，但她不死心，她说：“教育好贫困山区的女孩比我现在的荣誉重要。再说，荣誉属于过去，不改变现状，我过去的荣誉管什么用？”

张桂梅已经横下一条心，不办好女子高中，为山区女孩找一条出路，自己死不瞑目。

社会上有一些人听了张桂梅的想法，都说她是想出名想疯了，说道，贫困山区那么多女孩，她一个人哪里救得过来？

张桂梅义无反顾，坚定地回答：“我能救多少算多少。我就是要创办一所免费的女子高中，让贫困山区女孩也能上高中、考大学，改变命运。”

关键时候，党和政府是我们的靠山

张桂梅一直在努力，但希望一直很渺茫，创办女子高中的事，眼看就要付诸东流，她心情十分沉重。

夜深人静的时候，张桂梅一次次思考，自己创办女子高中的想法有没有错？思绪万千，去山区走访贫困家庭的状况、女孩的辍学、女婴被遗弃等事件，一幕一幕像电影一样出现在脑海里。她觉得，自己的想法没有错，如果不培养出新一代妈妈，即使再到下一代，山区女孩的命运依然不能改变，贫困还将继续。作为一名共产党员、一名人民教师，她没有理由看着这种现象继续下去。

那么，这种自己认为是功德无量的事，为什么会得不到支持呢？华坪县地域特殊，边境地区经济落后，再加上没有先例，办一所女子高中要承担风险，况且需要不少的资金，人们都有多一事不如少一事的想法。然而如果都怀有这样的想法，山区的贫困，女孩的命运，永远也无法改变。张桂梅想，自己做的是对人民有利的事，没有为自己谋半点私利，应该坚持自己的理想和信念。

决心已定，2002 年初春，她就为人们断言的“不可能实现的梦想”四处奔走呼吁。她走在人口密集的昆明街头大声说：“我想创办一所专供山区贫困女孩就读的免费高中，朋友们，请支持我。”

张桂梅想通过社会力量实现梦想。她明白创办女子高中首先是资金问题，只要筹集到资金，有了钱盖教室，有了钱盖学生宿舍，事情就会好办一些。她希望人们捐资，她希望能碰到一位慈悲的企业家，向她伸出援助之手。

张桂梅似乎胸有成竹，21 世纪以来，国家经济水平大大提升，人们对知识的渴求大大提高，她希望向社会募捐，向企业求助，也许会得到他们的资助，这样就不难找到创办女子高中的出路。

然而，情况出乎她的意料。在昆明城里摇旗呐喊，没有得到更多的响应，于是，她就在流动人员密集的街道摆摊筹款。张桂梅摆摊筹款的方法也是经过深思熟虑的，她拿上自己的奖状、报刊上的报道、身份证、教师资格证等摆在路边。她觉得，凭借自己的老师身份，还有一大沓证件、证书，肯定能打动人们，但是依然效果不大。

第二天，张桂梅又带上了弃婴的照片、失学女孩的照片、贫困山区破旧房屋的照片，把它们同自己获得的各种奖状摆在一起，逢人便请求捐款。

张桂梅想，云南这么大，全省这么多人，每人只要捐十元钱，创办女子高中就没问题了。然而，从 2002 年开始，五年的假期都用上了，捐款只有一万多元，现实与理想的差距太远。

张桂梅得到的回应是：骗子，年纪也不大啊，普通话也讲得好，不好好劳动，出来招摇撞骗。有一次去一家企业求援，她甚至还被狗咬过。五年下来，她募集的资金微不足道。张桂梅难过地想，创办女子高中的梦想，难道就这样破灭了吗？然而，每当她想放弃的时候，那些失学孩子的面容就在她脑海里不停地闪现，让她彻夜难眠。别无他法，张桂梅只好把这个梦想藏在心底，如果实在不行，她只好放弃了。

然而，就在 2007 年，转机出现了。这一年，党的十七大召开，张桂梅当选为党的十七大代表，准备去北京参会。当年丽江有两位党代表，张桂梅就是其中一位。这是荣誉、是肯定，张桂梅心里十分高兴。就要去北京参加全国代表大会，她心潮澎湃。然而，心里却放不下自己的梦想，创办女子高中的梦想。

参会前，华坪县委、县政府知道张桂梅十分节俭，把工资都花到了儿童福利院，用在了孤儿身上。要去北京了，她舍不得买衣服，还是穿着那身旧衣服。为了改善她参会的形象，华坪县政府特意拨了 7000 元让她买衣服。

钱拿到手里，张桂梅没有想到买衣服，钱虽然不多，但她舍不得花，把这笔钱留给了福利院。

后来，张桂梅还和人聊起这件事，她笑着说：“我总是觉得买新衣服浪费，我本来就是基层，为什么要穿西装开会？我回来还穿着西装去山上家访吗？舍不得穿，只能压在箱子底，等到我死了以后穿，那烧掉多可惜！”

她是这样说的，也是这样做的，她穿着一身平时穿的旧衣服前往北京参会。会议紧张地进行，没有人关注一个代表穿什么，张桂梅也觉得很正常。一天早晨，她下了车，急急忙忙往会场里赶。正要进大会堂，一位女同志突然把她拉住了。

就要到开会时间了，张桂梅怕耽误了开会，说：“你要干什么？我忙着呢！”女同志把她拉到一边，悄悄对她说：“你看看你的裤子。”张桂梅掉头一看，她的牛仔裤上有两个破洞！

张桂梅觉得很难堪，她专心开会，没有注意裤子破了。这是张桂梅平时最爱穿的牛仔裤，因为耐磨、耐脏，平时上山家访走累了，可以在石头上、墙角边随便坐，由于忙，也不知什么时候把裤子磨破了。

要在平时，张桂梅也不觉得怎么样，回家换一下就行了，但这是开会，是开党代会。由于要进场了，女同志也没有再说什么，只是告诉她，散会后她来接她，了解一下这个基层教师的事。张桂梅答应了。

原来，这位女同志是新华社的记者。那天散会后，张桂梅应约找到这位女记者。两人从傍晚一直聊到深夜。张桂梅与记者谈边境山区的贫困，谈山区女孩的命运，谈自己的理想、工作、生活……她要把自己家访时的全部见闻和学校的情况都告诉记者。说到弃婴女孩，说到辍学早婚的山区女孩子，她忍不住落泪，记者听了也感动，也泪流满面。

张桂梅最后说："我一直想建一所免费女子高中，让大山里的女孩能够上高中、上大学！"

张桂梅没有想到，2007 年 1 月 15 日新华社一篇题为《"我有一个梦想"——访云南省丽江市华坪县民族中学教师张桂梅代表》的报道，引起了与会代表和社会广泛关注。这篇真情的报道让张桂梅和她的梦想引起强烈反响。从北京回来后，丽江市、华坪县分别给她拨了一百万元，让她筹建女高。

梦想马上就要变成现实，张桂梅欣喜万分，她说："这一天，我等了五年！"

张桂梅也深深地感到：五年来的结果证明，个人奋斗当然重要，但个人的力量是多么的渺小，关键时候，党和政府是我们有力的靠山。

在党旗下宣誓的党员教师们

修建华坪女子高中的资金落实了，张桂梅欣喜若狂。多年的梦想，马上就要变成现实。她希望学校尽快建起来，尽快招生，早一年招生，少一些贫困女生流失。

建一所高中，事务繁多，张桂梅一项一项去落实，都是快马加鞭的速度。领导和同事看到她着急的样子，便劝她，修建一所学校，程序复杂。征地选址、建设施工、师资力量的配备等工作，都得一步一步来，急有什么用？

张桂梅说："这一天，我等了五年了，不能再拖了。"

在张桂梅的催促下，特事特办，在民族中学外建教学楼、建宿舍。由于是教育部门的土地，华坪县委县政府大力支持，可以一边建设，一边办后续手续。

施工队伍以最快的速度开进了工地，寂静的大山里沸腾了。每天，张桂梅在民族中学上课，在孤儿院带孩子，还要到工地检查建筑质量和进度。她对建筑老板说：“老板，我们学校的资金来之不易，山里的孩子都眼睁睁看着我们呢，建设质量更要上乘，速度越快越好！”

老板知道张桂梅的脾气，也知道学校的工期紧，不敢怠慢，只好把其他工地上的工人都调过来，不分昼夜抓紧施工。

建筑工地上，随时可见张桂梅的身影，连建筑工人都说：“我们修建过不少私人的房子，业主也没有像她这样检查质量，关心进度。”有人问张桂梅：“又不是你自己的房子，何必这样细致认真？”

张桂梅说：“这比我自己的房子重要不知多少倍啊！”

经过一年时间的努力，教学楼和宿舍楼完工了。招生工作也不能滞后，张桂梅提前向教育部门提出了招生计划，经过审批，同意于 2008 年招生，同年 9 月，学校正式开学。

第一批到华坪女子高中任教的一些老师回忆说，当时，学校除了一栋教学楼和宿舍外，其他工程都还在修建中，连厕所、食堂都还没有建好。操场上，沙子遍地，灰尘随风起舞，有些到学校应聘的老师，看到这情况，都打了退堂鼓，11 名外地应聘教师，最后只有 4 人报到。

一些领导和同事觉得开学条件不成熟，都提出等一等。

“哪些条件不成熟？”张桂梅问道。

华坪女子高中建于华坪县城东山腰上，从坡脚爬一道陡坡，才能到达学校。教学楼是在一个大深沟里修建起来的，学生宿舍和教师宿舍却在深沟外的两座小山包上，学校的操场，也是利用芒果园改造的，而校园旁边的小花坛过去是垃圾场……道路也还没来得及硬化，起伏不平，坡大路滑，雨天是泥，晴天是灰。老师学生上课，除了身上是灰，脚上也是泥。

张桂梅说：“这些都不影响招生。食堂、厕所都可以从民族中学借用，一个县的学校，好商量，不影响。条件不成熟？条件是干出来的，不是等来的，我们招生了，施工也快了，如果我们等，明年、后年都还会有不完善的地方。我们可以等，学生不能等了，山区的贫困女生不能等了。”

张桂梅通知，华坪女子高中招收的华坪、永胜、宁蒗三个县的 100 名女生，如期开学。

为建设学校和招生准备工作张桂梅已经累得筋疲力尽。然而，开学前十天，她还振作精神，带着老师花了十天打扫卫生。首届高中生终于如期开学。

由于招收的大多数是贫困县里山区女孩和贫困家庭女孩，她们就读的初中，大多也是在山区，学习条件无法与其他学校的学生相比。张桂梅和老师们面临巨大的教学压力与挑战。

要让这样的学生考上大学吗？难。能上职校、技校或者拿张高中文凭就不错了。

张桂梅说："不行，至少要二本。如果不让她们考上大学，我们要这所女子高中干什么，我们的努力不是白费了？"

老师们面面相觑。他们看到学生薄弱的文化基础，看到恶劣的教学环境，开学不到3个月，调到女子高中的老师纷纷申请调走，最后只剩下8位。老师们似乎看不到希望，这种情绪难免传递给学生们，她们更看不到希望。学校招收的100名学生也开始流失，有6个学生提出申请退学。

外界流言蜚语不断，有人说："我们华坪的高中教育升学率排名一直在丽江领先，这样下去，名次会让女子高中给拉下来。"

张桂梅一下子蒙了，事实摆在她面前，她必须面对。无奈之下，她做了两个安排，一是继续上课，二是来个缓兵之计：老师自主选择学校，学生分流到其他高中。先把这届学生分流到其他高中"寄读"，条件准备好了再招生，到时候"寄读"的学生再回来。由于是贫困学生，张桂梅承诺招收的女生继续免费学习。

张桂梅找到时任教育局局长，教育局也意向性同意了这个方案。她开始整理教师资料，做交接手续的准备。然而，就在她整理教师档案时，发现自己的教师队伍里，8位教师中有6位党员！看着这些教师的履历，张桂梅顿时热血沸腾，感到从来没有过的底气。"我们学校有这么多共产党员，团结起来，还有什么困难不能克服！"

张桂梅情绪激动地通知教务处主任说，请老师们来办公室开会。

当老师集合到一起后，张桂梅说道："我们在座的，都是共产党员。学校面临的困难，大家都清楚，我们办学的初衷，大家也是清楚的。现在，我们面临着巨大的挑战，我们怎么办？"

老师们沉默。张桂梅继续说："如果是在抗日战争时期和解放战争时期，只要有一个党员在，阵地就不会丢失。我们6个党员，却要把党交给我们的这块扶贫阵地给丢了。你们说，我们应该怎么办？"

党员教师们说："张老师，你说吧，你说怎么干我们就怎么干！"

张桂梅说："我们先重温入党誓词。"

新建的学校，又才开学不久，设备不完善，没有党旗。张桂梅把几位老师带到二楼，在黑板上画了一面党旗，写上了誓词。党员教师面对党旗，举起了右手，重温入党誓词，在党旗下宣誓。当宣誓到"为共产主义奋斗终身，随时准备为党和人民牺牲一切"的时候，大家都热泪盈眶！

张桂梅和她的老师们就是凭着对党的忠诚，对人民高度的责任感，重新开始了女子高中的教书育人工作。

目标还是没有改变，张桂梅说："我们招收的学生大多来自农村、来自大山，文化起点不高，基础薄弱。但我们办女子高中的目的，就是要改变她们的命运，是要让她们上最好的大学，我们要努力，想办法，让她们上一本，至少要上二本。”

老师们决心已定，要为完成张桂梅老师下的“死任务”而拼搏。

榜样的力量是无穷尽的。张桂梅不只是这样对老师提要求，她自己也是带着她的教师团队这样做的。为了管理方便，她把“家”安到了学生宿舍三楼，和学生住在一起。她说：“我既是校长也是班长，睡在门口，可以挡风雨，还可以管理学生，万一其他宿舍有什么情况，也可以在第一时间冲过去。再就是可以带领学生出操、吃饭、上课。”就这样，她与学生一样，睡在一米宽的木板床上，床上是简单的行李，床头上摆着教科书、教案、手电筒、小喇叭、闹钟、止疼药。

闹钟定在每天凌晨5点，闹铃响起来，她便起床，打开手电筒，在校园内外巡视一圈，看看有没有特殊情况。然后，一路把每一层教学楼的路灯都打开。学校里便灯火通明，张桂梅的小喇叭也响起来：“姑娘们！起床啦！马上洗脸，吃早点，上早自习啦！”

张桂梅病多，小喇叭里声音沙哑，但又不失严厉。学生们应声而起，起床后跑步去洗脸，然后争先恐后地跑到操场，跑步锻炼以后，跑到食堂吃饭，吃饭后，又跑步到教学楼，进入教室。这时候，校园里归于平静，安静的学习氛围开始形成。

就这样，学生们几分钟内起床，几分钟从教室赶到食堂，几分钟内打扫完卫生……都有严格的规定，完全是军事化的行动。在女子高中，张桂梅不希望学生们拖拉、散漫，她认为学生们只有能遵守纪律、珍惜时间，才能有学习的信念。

华坪女子高中严格的管理制度，与任何学校都不同，有的学生说张桂梅是“半夜鸡叫”，还给她取名叫“魔鬼”。不管谁怎么说，张桂梅认为，时间就是效率、就是成绩。

在张桂梅的影响下，每一位老师也都全力以赴，把教学放到了首位。一位男老师结婚，上午举行婚礼，下午就回教室上课。为了不让同学们知道，他脱下了西装，穿着平时的衣服上课，放学后又换上西装招待客人。

一位男老师回忆说，报考大学填志愿时，父亲主张他读师范专业，说当老师工作稳定、轻松，而且有两个假期。可他毕业后来到女高工作，发现一切都和父亲说的不一样。在华坪女高，老师们每天忙得连家都照顾不了，晚上12点多还要带着孩子来学生宿舍检查。除了上课，还要备课，在学校管理学生。

有一天，这位男老师经过张桂梅的办公室，看见她手里拿着勺子和烧饼，下巴托在键盘上睡着了，不由得鼻子酸了，眼泪在眼眶里打转……“张老师实在是太辛苦了，我们没有理由不拿出决心和干劲！”

一位女老师做肿瘤手术，在医院接受治疗。张老师去看她，对她说："你多请几天假吧。"女老师说："张老师，只要医生说我可以穿衣服，可以下地走路了，我就去学校上课。你多数时候都是带病坚持工作，难道我们年轻人就不应该拼一把?"

拼一把，是的，华坪女子高中的成绩是拼出来的。张桂梅校长拼，老师拼，学生也在拼。

女高的学生，五点半起床，很多时候学到晚上十二点。大山里的孩子，如果不抓紧学习，不把小学、初中的课补回来，她们怎么考大学？张桂梅说，在这里 3 年，相当于要学 7 年的知识。

老师和同学们都说，学生除了中午有 40 分钟午休时间外，其他时间都要用来上课或自习，连吃饭、洗碗的时间都被严格限定在 15 分钟以内。为了节省时间，张桂梅甚至不允许学生在吃饭时聊天。由于都是女生，学生爱美、爱干净，但这明显影响学习。张桂梅就规定所有学生留齐耳短发，不允许逛街浪费时间，就连她们洗衣服的时间，都严格限定在每周六的晚饭后……

学生的时间，除了补基础，就是刷高考试题。

开始有人质疑，女高搞的这一套，不是应试教育吗？

张桂梅说："我们就是奔着应试教育去的。我知道靠刷题提高成绩的方法并非上策，但这是没办法的办法。"她看到学生没日没夜地刷题心里也难过，但苦一点、累一点，大山里的学生就可以考到浙大、厦大、川大、武大，那一切都值了。

2011 年，华坪女子高中迎来第一届学生高考，本科综合上线率 100%。成绩公布以后，华坪女子高中一炮打响。

党旗下宣誓的党员教师们，终于给党交出了一份满意的答卷！

通过家访，我对这片土地爱得深沉

华坪女子高中向人们交了一份满意的答卷，终于站稳了脚跟。但要进一步提高学生成绩，让更多的女孩子进大学，进更好的大学，就要提高山区群众用知识改变贫困现状的观念，稳定生源，杜绝学生流失，张桂梅还有许多工作要做，而这些工作中，家访显得十分重要。

利用寒暑假进行家访是张桂梅从教二十多年养成的习惯或者说是教育风格，从任教于华坪民族中学，到担任华坪孤儿院院长，再到成为华坪女子高中的校长，张桂梅一直保持着这个习惯。她的家访，不在坝区，不在城里，而是在山区。她要了解山区学生的家庭状况，家长们对学校的意见、建议和学生在家里的思想动态。去山区家访，她有时候是一个人，有时候带上同事。她对老师们说，要增强学生读书的积极性，提高成绩，就要掌握她们的家庭状况，让家长与老师、学校一条心，这就不能不去家访。

在家访过程中，张桂梅总是想方设法帮助山区女生解决困难，提高她们的信心。

多年来，她爬遍了华坪、永胜、宁蒗这些贫困县的大小村落。

有人对张桂梅说："了解学生家庭情况，与家长沟通，一贯的方法就是开家长会，你为什么非得家访?"张桂梅回答："你不亲眼看到山区的面貌，不亲眼看到他们的家庭，不了解他们面临的困难，你就无法与家长进行情感上的交流，难以与他们真情相通。"

其实，张桂梅家访的意义，远远超出了一般意义上的家访。她不仅帮助学生家庭解决困难，更是将党和政府的温暖送到大山深处，点燃了贫困群众教育脱贫的希望。

她总是怕自己只是浮在表象上，她说，不到山区，仿佛自己就没有了"根"。所以，特别是张桂梅担任女高校长后，工作再忙，身体再差，她的家访都雷打不动。

二十多年时间里，丽江市一区四县的贫困山区都留下了她的足迹，行程超过 10 万公里。

贫困山区的女生住在偏远的大山，许多村子都没有公路，没有公交车，进村的路不好走。去很多学生家，张桂梅是走路或搭乘老乡的拖拉机去的，沿途的颠簸和灰尘是难免的。下雨天，在崎岖泥泞的山路上，张桂梅脱下胶鞋，卷起裤腿一脚深一脚浅地进村家访。学生家长深受触动，他们说："张老师，你为我们的孩子不辞辛苦，我们用家里的马驮你下山吧!"张桂梅不愿耽误村民的时间，坚持走路下山了。

一位老爷爷含着热泪对张桂梅说："张老师，我现在可以安心地死了。"张桂梅不明所以。老爷爷接着说道："因为我的孙女读高中了!"

"为什么我的眼里常含泪水?因为我对这土地爱得深沉……"张桂梅喜欢吟诵艾青的这段诗句，望着茫茫大山，想起贫困山区里女孩的命运，她总是满含泪水地指着一片贫瘠的山村说："明年，我要把那个山村里的女生也要招到女子高中来。"

张桂梅家访，随时都有可能有新发现。一天，她来到荣将镇，准备到山上家访。汽车路过街上，她突然看到了自己的学生小燕在街上摆摊。小燕家住华坪县荣将镇龙头村，由于家庭经济困难，又是寒假，一大早从家里背着甘蔗来街上摆摊。街上有一个转盘，人来车往非常热闹，小燕为了生计大声地吆喝着。

张桂梅马上叫车停了下来，她知道，这学生已经读高三了，虽然是假期，但她有许多作业要做的，如果不是家里困难，她应该在家里看书复习。

小燕看到张老师，知道张老师会生气，但已经来不及躲避了，低下了头。张桂梅说："高三学生眼看就要高考了，不在家好好复习做题，还来做生意？"

小燕无可奈何地看着老师，张桂梅很生气地说："你不争气，永远都别想看到希望。"张桂梅当然理解自己的学生，但还是狠狠地说："如果不做完寒假作业，成绩往下掉，你就永远不要来见我。"

车开出去了一段路，张桂梅又叫停下来，她怕自己话说重了，又回去给小燕打气，好孩子，要争气考上大学，以后就不用为生计发愁了！

上了车，她对同行的人说，今天就去龙头村，去小燕家。

到了小燕家，张桂梅得知小燕父亲身体不好，无法下地干活，母亲在水泥厂打工。小燕上学的车费、零花钱都得她自己上街去挣。家里没有劳动力，每到寒假，小燕一早就要去田里砍甘蔗，然后背到镇上卖。对于小燕家的情况，张桂梅默默记在心里，每到发工资，就悄悄地塞生活费给她。

后来，小燕一直对人们说："在女子高中，我们不仅可以通过努力考上大学，更重要的是学到了张老师的为人。"

张桂梅跋山涉水到离华坪县城一百多公里的丁王村去家访，路过丁王民族小学。三个小时的山路颠簸，他们的车开到了大山深处，张桂梅被颠得头昏脑涨。快到中午，进了村，张桂梅看到简陋的木门上有学校的牌子，便叫司机停下车，她要进去看一看。

丁王民族小学在一座大山的褶皱里，是一所用旧房子改造成的学校，大门破旧，教室简陋，门窗都没有玻璃。张桂梅皱着眉头走进教室，发现教室的地板摇摇晃晃，课桌板凳都高低不一，东倒西歪。张桂梅知道，丁王村是民族文化村，招收的学生都是附近的少数民族，一想到此，她心里只觉得隐隐作痛。

没过多久，学生下课了，准备吃中午饭。张桂梅说，去看看他们吃的是什么。到了食堂，她看到学生的碗里没有肉，油荤非常少。再看一下学生身上的衣服，已经到了冬季，穿得也单薄。

张桂梅感到很沉重，但她当时没有说什么，慰问了一下老师们，就离开了。

没想到，张桂梅看在眼里，记在心里。那一年，她获得云南省政府的"兴滇人才奖"，这次的资金比较高，奖励了她 30 万元。奖金是奖励给对云南做出贡献的人，目的是改善他们的工作生活条件。然而，张桂梅没有想到自己没有房子、车子，没有好一点的衣服，她首先想到的是丁王村的学生。回到华坪，她便迫不及待地向教育局提出，拿出全部奖金修建丁王村民族小学教学楼。

2007 年 1 月，在张桂梅的帮助下，教学楼终于盖好，350 多名师生搬进了崭新的教室。

家访路上，张桂梅说，我不是来走马观花的，我是来发现问题、解决问题的。

经常陪张桂梅家访的华坪女高的老师和县里的其他同志都说，张老师家访，一路上看到老乡有什么困难她都解决。见到没有吃的，她给面包，给零用钱。走在大山里，看到老乡没衣服穿，她会把外套脱下来，披在老乡身上。有时候，张桂梅还把随行熟悉的老师的衣服扒下来，送给衣服单薄的老人。自己带的钱都送出去了，她又问随行老师带钱没有，直到把钱都掏完了，才下山去。

家访时，她从不在学生家吃饭，带去的面包、方便面、馒头也会分发给路边的老人、小孩，所以她家访的时候经常饿肚子。

得到她帮助的村民都感谢她，张桂梅连连摇手说："不要感谢我，是党和政府派我们来的。"

在千里迢迢的家访路上，张桂梅总是会有新发现。有一次张桂梅去通达乡检查落实学校建设情况，汽车颠簸在滔滔的白姑河边。车子转过几道弯，她看见一个女孩在路边放羊，汽车比较快，女孩一闪而过。当时，张桂梅脑子里似乎闪现出一个熟悉的面孔，等车子继续开了一段山路，她突然说："师傅停一下车！"

车停下来，同行的人问："什么事?"张桂梅回答说："那个女孩很面熟。"

白姑河水白浪滔滔，奔腾不息。张桂梅站在河边一棵古老的松树下，摇了摇晕车后发昏的头，继续回忆。突然，她轻声叫出了一个女孩的名字，对了！就是她！没等人们反应过来，她就往回跑了。

路边，站着蓬头垢面的放羊女孩，女孩眼睛呆滞，一脸茫然。张桂梅喊着女孩的名字跑过去，女孩也认出了张老师，一下子哭了起来，抱着张老师泣不成声，哭得很伤心。原来，这个女孩是孤儿院的孩子，在孤儿院生活了一段时间，突然被亲戚接走了，亲戚承诺回去后让女孩读书并抚养成人。然而，回家不久，女孩就辍学了，回到村子里干农活、放羊。

张桂梅知道这情况，说："不行，你跟我走，回孤儿院去。一个聪明的女孩，不能就这样毁了。"随后，张桂梅记下了女孩亲戚的电话，让女孩留了地址。回到华坪没几天，张桂梅又重新回到大山，把女孩接到孤儿院，让她重新开始新的生活。之后，张桂梅又根据女孩唱歌跳舞方面有天分，就把她送到艺术学校学习，从此，这个女孩的命运完全改变了……

当选党的十七大代表以后，张桂梅家访的路就变得更宽了。她关心的不只是学生家庭，她同时关心山区的贫困户、五保户、特困户，关心乡村的道路、农村的产业。她把自己的爱，倾注到了大山的每一个角落。

张桂梅老师多年的山区家访，坚持“扶贫必扶智，治贫先治愚”。走到村民家里，她知道他们穷，经济条件困难，但她始终鼓励村民、学生要有理想、有信念、有向上的精神和力量。

那是2018年的金秋，张桂梅来到荣将镇腊石村，虽然是贫困村，但她建议进行一次“小手拉大手红领巾助党建”活动。村领导说，没有经费。

张桂梅二话没说，捐了1000元钱给村党支部，又代表学校捐给腊石村学校1000条红领巾。她对老师们说，学校的小学生都得戴上红领巾，并要让他们知道红领巾的意义，不要让他们因贫困而失去生活的信念。

一户贫困建档立卡户中，有个小学生叫小龙，张桂梅家访时，亲自为正在读小学的小龙戴上红领巾，教他唱少先队队歌《我们是共产主义接班人》。张老师还鼓励小龙努力学习，要有远大的理想和信念，用知识改变命运。有了张桂梅的帮助带动，腊石村的孩子们戴上了鲜艳的红领巾，胸前似飘着一团火红，有了信心和希望，对人生充满了动力。

张桂梅家访的足迹踏遍了大山，是因为她对这片土地爱得深沉。每次家访路上，望着无边的崇山峻岭，她总是深情地说：“只有大山里的孩子，特别是女孩们有了希望，我的心里才真正感到有希望啊！”

希望之光

多年来，张桂梅不忘初心、牢记使命，她和她的老师们，一直践行着一定要把华坪女子高中办好的誓言，努力培养着大山里的女孩，让她们走出大山，走进大学。多年来，他们改变着越来越多的大山里的女孩的命运，为她们点起一盏盏希望的明灯，这一盏盏明灯绽放着希望之光，照亮她们前行的征程。

当然，张桂梅和她的老师们不只是片面地追求升学率，他们教育女子高中的学生，考上大学是目标，但心中要有信仰，脚下才有力量，才有责任与担当。在学校里，张桂梅和老师们常常和同学一起唱红歌，讲信仰、讲道德、讲理想信念，传播革命的情操，为女子高中学生们成长的道路打下坚实的基础。张桂梅教育鼓励孩子们考上更好的大学，但她教育学生，高考只是人生的起点，为祖国贡献力量的道路还很漫长。

为了培育有道德有理想的学生，张桂梅鼓励女子高中的教师争取入党，有担当，讲奉献、讲师德、讲爱心。多年来，在华坪女子高中，老师勇挑重担形成了一种新作风。

罗梦华老师，他是学校的工会主席，是数学老师，还兼任全校的体育课，并义务做学校的绿化工作。他以张桂梅为榜样，帮助学生克服学习上的困难，学生生病，他代付医药费，资助学生零用钱，低调奉献着。

勾学华老师，一直兢兢业业，敬业奉献，结婚当天，上午举行婚礼，下午就到学校上课，为了不影响学生学习，他主动提出不享受婚假。

王振波老师，有先天性脑血管狭窄疾病，随时都要打针扩充血管，去医院的时间很多，但从来不接受减少课时的安排，她主动写下申明，说自己的病与学校无关，不愿意减少课时。她默默地以张桂梅为榜样，克服着自己的病痛，每天坚持在讲台上，为培养大山里的女孩默默工作着。

教师杜朝仙，上班途中右脚骨折，到医院包扎，医生要求她静养，不能下地。但学生很快就要高考，为了不影响上课，她让在企业上班的丈夫辞职，每天背她来教室上课……许多人都劝她说："你丈夫的工资远比你高，而且你可以正常请病假，完全没有必要这样做。"她说，华坪女子高中的教学任务，是不能用金钱来计算的。

女子高中建校十多年来，上千名学生已经大学毕业，奋斗在全国各行各业。值得欣慰的是，她们当中的很多学生毕业后，理想远大，吃苦耐劳，主动前往艰苦的地方，前往祖国最需要的地方去。

华坪女子高中第二届学生陈法羽，毕业后考上公安干警，她把第一个月的工资全部捐赠给母校，同时，每年还资助两个学妹完成学业。

第七届毕业生李欣坪，考上了云南中医药大学，毕业后又考上了研究生，成为她们村子里第一个研究生。李欣坪 2016 年加入中国共产党，现在已经是学校一个支部的党支部书记。在张桂梅思政大讲堂上，她介绍说，入党时，书记问她为什么要入党？她说，就是要像华坪女子高中的老师一样，像张桂梅老师一样，不忘初心、牢记使命，让梦想薪火相传。

小丽是女子高中的第一届学生，大学毕业参加考试，以面试第一名的成绩被录取为正式教师。当她听说女子高中紧缺数学老师时，便主动给张老师打了电话，放弃正式教师资格，要求到女子高中当临时聘用教师。聘用以后，她努力工作，试用几年后才被正式录用。几年后，她结婚怀孕，直到生产当天，上午还在教室上课，下午就进了产房。她说："张老师，如果学校有什么重要任务，马上打电话给我，我立即返回学校。"

华坪女子高中毕业考入大学的小燕，大学毕业后在上海一家企业工作。工作后，只要稍有结余，她都会向女子高中捐款，资助学妹。小燕说："我的捐款不多，但由于张老师帮助，我已经走出了贫困，我希望我们大家都举微薄之力，帮助更多的贫困姊妹走出大山，改变人生。"2015 年 9 月 15 日，华坪县城遭遇了百年不遇的洪涝灾害。小燕家处于重灾区，她从上海赶回华坪后，首先跑到女子高中看望张老师，准备向学校捐款。张老师说："小燕，你家也受灾，正是困难的时候，我们不能接受你的捐赠。"

小慧是女子高中的第一届毕业生，毕业后考取华坪县第二中学教师。一个周末，华坪县儿童之家员工因事请假，张老师打电话让她帮忙照看孩子们。小慧教学任务很忙，但她还是牺牲了休息日，马上去了儿童之家，一直照看孩子们到深夜。

还有不少从华坪女子高中考上大学的毕业生，加入了祖国新时代建设事业中，有的教书育人，有的成为边防公安干警，有的在其他行业打拼。

这就是张桂梅老师播撒出的爱的传递，这人间之爱不断流动，薪火相传……

十年树木，百年树人。华坪女子高中取得了骄人的成绩，但张桂梅和她的老师们不满足、不懈怠，他们正满怀豪情，播撒正能量，传播新知识，正以百倍的信心培育着祖国的希望之光！

（原载《北京文学》2021 年第 6 期，有删节）

深海“奋斗者”

——中国“奋斗者”号潜水器挺进万米深渊（节选）

许　晨　臧思佳

突破“极限”

在美丽的太湖之滨——江苏省无锡市滨湖区，坐落着一所名闻遐迩的船舶研发制造单位。

我国首台大深度载人潜水器“蛟龙”号，就研发于此所，总设计师徐芑南和他的学生、副总设计师胡震，首席试航员“载人深潜英雄”叶聪等人，就是在这里团结奋斗、终获成功的。不用说，这也是4500米级“深海勇士”号和万米级全海深“奋斗者”号的“诞生地”。

全海深载人潜水器是一项难度极高的工程装备，涉及设计技术、材料技术、密封技术、工艺技术、通信技术、安全技术、集成技术、试验技术等，每一项都是极限技术，并且必须高度安全可靠。历数一下，大概需要有十几项国际顶尖高新科技成果。

作为总设计师的叶聪，就像一位连台大戏的总导演似的，从上到下、由左至右，方方面面都要考虑周全：做好顶层策划，把握技术方向，多方协调参研单位，组织研究解决各种难题，严格掌控项目进展。同时，他也像当年老师们培养自己一样，积极推进我国载人深潜研制梯队的建设，给年轻的各分系统设计师压担子，并且以身作则全身心投入技术攻关中。

载人球舱一直牵扯着总设计师的心弦。

在妥善安排好其他事项之后，叶聪不辞劳苦，一趟一趟地飞往北京、沈阳和宝鸡等地，与科技部、中科院有关领导和专家一起，协调研究事项，把控工期进度。那是一段怎样的日子啊，他们完全没有了节假日，也没有了上下班的概念，甚至不知道季节的更替，只是看到窗外的树叶绿了、又黄了。

眼见着离成功越来越近，最后一道焊接关却始终难以突破。因为载人球舱由两个半球组成，需要实现超大尺寸与厚度材料的全电子束一次性成功，同时具有高强度和高韧性，保证最为关键的“赤道缝”严丝合缝。这一障碍如果克服不了，则前功尽弃。为此，金属所独辟蹊径，提出了一些新的焊接思路，设计了两种不同的焊接方案，计划用两个球舱试制。

“接力棒”转移到负责焊接的中国船舶集团洛阳船舶材料所，又是一个全力攻关的战场。试验初期，由于种种原因，项目遭遇到重大挫折，负责研发的人员坐卧不宁，寝食难安。新任所长刘艳江迅速调兵遣将，另辟蹊径，不放过一丝一毫的问题，动员全所提供支援，以巨大的勇气和担当拍板决策，确保军心不乱，斗志不减。

正是在这个时候，第一种焊接方案失败了，试焊中的载人舱球壳达不到要求，无法使用。消息传到总牵头单位702所，犹如晴天响雷，都感到震惊：因为留给他们的时间不多了——计划于2020年开展总装联调、出海试验，现在已是2018年底，载人球舱还无法成型，这可如何是好？总设计师叶聪十分焦急，立即启程前来查看，与前方同志商讨解决办法，寄希望于第二种方案。

洛阳材料所的技术骨干胡伟民、吕逸凡等人反复推敲技术方案，精心筹划组织实施。在预热焊需要开展数轮试验以获取必要数据而试验用料无法及时到位的情况下，勇于创新，提出了“试块镶嵌”的方法。这是一种专业术语，意思就是对不易于握持的微小金相试样，用镶嵌方法镶成标准大小的试块，然后进行焊接、抛光等。这样既保障了研制进度，又节省了大量试验用料。

拼搏奉献，勇攀高峰，正是载人深潜精神的体现。经过近半年的潜心研究，反复试验。具体试验了多少次，已经记不清了，只记得胡工他们三四个月吃住在车间里，完全没有了上下班的概念。功夫不负有心人，2019年6月17日，精心优化的第二种焊接方案终于取得了成功。随着一阵阵“嗡嗡”的电子束焊声，攻关组一次性完成“赤道缝”焊接，焊缝质量和强韧性能全面达到设计要求。

科研路上犹如怒海行船，闯过一个惊涛又会迎来另一个骇浪。

载人舱观察窗也是这次攻关的重点。项目组本着严谨求实、团结协作的态度，精益求精，细之又细，工程设计周到稳妥，能工巧匠精心打磨，将观察窗安装包括底座焊接等关键部位，做到材料均衡，控制精细，一举攻克了道道难关……

载人球舱建成了，能不能经受万米海水的压力呢？要知道，全海深潜水器是到世界“第四极”——马里亚纳海沟下潜。潜水器必须在陆地上经过抗压检测，达标后才能真正放到海底去，这就需要有一个“深海超高压模拟试验装置”。

又是一个严峻的考验：因载三人全海深潜水器本身就是全球唯一，那么这样的装置也无先例可循，完全需要自主创新设计建造。于是，就在其他计划启动的同时，研制“深海大型超高压模拟试验装置”的计划也启动了。

最终确定：由四川航空工业川西机器有限责任公司负责预应力弹簧钢片缠绕，中国第二重型机械集团公司德阳制造基地负责压力桶和主副框架锻造加工。

如今，他们迎来了一场硬仗。国内外现有的研制深海压力模拟技术，多采用筒体整体成型焊接的方式，俗称一体式压力桶，但对于大容积、超高压力的试验装置，难以克服应力集中的问题，技术风险和安全隐患都很高。怎么办？就像前面介绍的各个环节攻关团队一样，也是集中优势兵力，迎难而上。

这是一个全球个头最大、工作压力最高的模拟装置，由三组操场形状的机架直立，中间包裹着一个高 4.8 米、内径 2.8 米的大圆筒，载人球壳就将放在其中试验，里面可以自动升降压。其中 9 类 15 件关键零部件，都要经过严格的冶炼、锻造、热处理、精加工等 4 道工序后才能完成。

“轰、轰、轰……”在锻压车间，通过锻压机强大的压力作用，使高性能普通的金属材料在模具内流动，细化内部晶粒，实现大型模锻件的整体精密成型。

建成后，由位于三亚的深海科学与工程研究所现场测试。

问题又来了：从四川德阳到海南三亚相隔“千山万水”，这样一个大家伙运输十分不便，即使克服困难运来了，万一有个返修加工，再来回跑一趟，全耽误在路上了。全海深项目专家组组长、中科院深海所所长堪称“学贯中西”富有远见的人，不但最早确定了技术路线，还做出了将工厂“搬”到三亚的决策：就地建一个临时车间，运来锻件加工缠绕预应力钢丝，制造安装这套装置。

说干就干，本来三亚市规定海滨景区严禁建房，尤其鹿回头山海一线，是旅游的黄金地带。但在所长一班人积极争取协调下，深明大义的三亚人破例给予了大力支持，允许建设，完工后再拆除。一时间，南海之滨摆下了热火朝天的战场。深海所项目组蒋磊具体负责对接协调。所长对他说：“这个任务交给你了！既要干好，又要安全！”

“好，请老师放心，我一定尽心尽力完成任务。”蒋磊像大家一样，喜欢称他们的所长为老师，这是一种发自内心的尊敬。

正值 2017 年春节期间，大家根本没有了过年的概念，一门心思地扑在这个模拟装置建设上。所里投入数百万元加紧基建，一边是临时加工车间，一边是模拟装置永久性安装地。双管齐下，同时推进。全所上下全力投入，一天一次小总结，一周一个调度会……

与此同时，他们还派出项目组成员林觉智，赶赴德阳工厂里，现场监督配件的机加工。一次例行检查中，他发现一个加工好的重达100吨左右的工件，按图纸要求开孔是尖角面，可实际做成了圆角，询问对方。加工人认为没什么问题，打磨一下即可。

林觉智不放心，打电话报告了蒋磊组长："这一点虽说差别不大，但会不会有问题呢?"

"啊?你拍张照片发来看看。"

等到看了照片，再对照设计图纸，蒋磊出了一身冷汗，别看只有几丝的不同，打压时就可能漏水。立即通知对方：马上返工!

就在这样热火朝天的日子，深海所的压力模拟工作室建好了，深海超高压力模拟装置也竣工了，下一步安装调试好即可正常使用。

越是接近成功越是最让人担心的时候。那些天里，项目负责人蒋磊干脆搬把椅子，坐在安装现场紧盯着：在保证工期前提下，千万不能出任何事故。装置大都是高达数米、重达十几吨的机件，吊装地点又面临大海，比较狭窄，人身和设备安全成了重中之重。

进行压力测试那天，专家组长、总设计师叶聪，结构设计师李艳青以及相关研制人员都到了现场。到底行不行呢?大家手心里都捏着一把汗。机器开动了，看着压力表一格一格地上升，直到超过了预期压力值，载人舱毫无问题。

一阵海浪般的掌声响起来……

从"国产化"到"国产"

后来，当"奋斗者"号成功下潜万米海底、载誉返航回到海南三亚南山港时，海试团队受到了英雄般的礼遇。欢声笑语，鲜花簇拥。各路媒体记者纷纷举着长枪短炮，分别冲到领队、总指挥、部门长和每个队员身边，开始了一场欢快而敬业的"抢新闻"大战。

其中，一位电视主持人把话筒举到钛合金载人舱项目负责人、中科院金属研究所杨锐研究员前面："杨教授，我们听说'奋斗者'号国产化程度很高了，请你介绍一下这方面的情况好吧!"

"好，不过应该修改一下你的说法。"参与研发全过程的杨锐自豪地说，"不是国产化，而是国产，这个'化'字可以去掉了。"

一字之差，彰显了中国载人深潜事业艰辛而奋进的历程。是的，最初的"蛟龙"号研发，虽说是自主设计集成，但大部分零部件需要依靠进口——比如载人舱、机械手、浮力块，等等，国内无论从材料还是工艺尚不能完成，个别还受到外国限制。痛定思痛，这些中国"深潜人"决心奋起直追。

历经8年，研制出了“深海勇士”号，各个团队积极攻关，自主创新，一举实现了95%的国产化。而到了全海深的“奋斗者”号，则百尺竿头更进一步，走在世界深潜技术的最前列，创造了同类型载人潜水器的诸多纪录：空间大、载人多、巡航时间长、科考成果多。如果说“国产化”，是为了解决进口“卡脖子”问题，那么，“国产”就是指我国科学家和工程师的首创。

潜水器要浮到海面，一般有两种方式：一是消耗柴电动力，这既浪费能源，又会缩短作业半径；还有一种是无动力上浮，也就是安装固体浮力材料，使其在抛掉压载铁后轻于水的比重，返回海面。此类材料必须绝对可靠，否则会出现浮不上来的灾难性事故。

2012年5月，美国导演詹姆斯·卡梅隆乘坐“深海挑战者”号，深潜到马里亚纳海沟后，潜水器在水压作用下浮力材料竟然开裂，好不容易浮上来后，再无法使用。而我们研制的潜水器不仅要绝对安全，还应满足反复深潜要求，因而需要安装上千块像砖头一样的固体浮力材料，每一块都要经过严格的测试。

简言之，固体浮力材料，是为潜水器顺利上浮提供保障的核心材料，性能直接关系到潜水器与潜航员的安全，其关键技术是既要密度低又要耐高水压。因制备技术难度大，世界范围内只有少数发达国家掌握，而且对我国实行技术封锁。当年，我们的“蛟龙”号深受其害。

21世纪初以前，我国无法生产这种材料，只能在国际市场上采购，经过考察，选中美国一家公司生产的浮力材料球。它由硼硅酸盐原料经高科技加工而成，具有质轻、低导热、强度高、良好的化学稳定性等优点，亦称“玻璃微球”。

不料，合同签订了，货款交付了，却在进口材料时遇到了麻烦：虽然我们的载人潜水器是作为民用科研项目立项，承诺不用于军事目的、不转让第三方。但由于其应用范围的敏感性，还是引起了美国军方的猜忌，最后按下了停止键。经过反复交涉，作为折中和让步，美方出口审查小组答复：必须将浮力材料性能降低一个等级，才能出售给中国。

那家公司负责人找到中方，双手一摊：“没办法，我们必须服从政府的决定。”无论我们如何解释，对方只是耸耸肩，表示爱莫能助。

为了不影响安装工期，我国决定接受这一现实，但这对潜水器整体设计产生了巨大影响：等级降低就得多装材料，将意味着增加潜水器的体积和整体重量。由此，总体布置、设计图纸必须重新再来，布放回收系统的起吊能力和母船的改装，也都要另行复核论证……

没说的，大家憋着一口气，想方设法，逐一克服。

一波刚平，一波又起。根据合同约定，这种材料需运到美国公司设在英国的工厂，按照中国的设计方案加工成型。合同生效后，第一批顺利完成交货运抵上海，而第二批在机场发运时却遇到了麻烦：英国海关决定重新打孔取样，测定实际比重。如此，数箱已经加工成型的浮力材料被扣押在伦敦希斯罗机场。

消息传到北京，时任项目总体组长刘峰坐不住了，会不会再节外生枝？他立即用最短的时间办妥手续飞往伦敦，找到中国驻英大使馆科技参赞，说明了情况："请赶快帮助想个办法，就这么扣在机场，可真耽误大事了！"

"别着急，先坐下喝口水。"参赞一边倒水一边思考，"如果进入了检查程序，是不能取消的。但我们可以督促海关方面加快速度。"

终于，在中国驻英大使馆的积极沟通协调下，检测和审核过程还是耽搁了近两个月的时间，才予以放行。

这种现象再也不能继续下去了！核心技术是买不来的，中科院理化技术研究所研究员、女科学家张敬杰听说了这个故事，心里很不是滋味：自己就是研究材料学的，绝不能让国家受制于人！她主动请缨，勇挑重担，带领研究团队卧薪尝胆，夜以继日地开始攻关。

1966 年 5 月出生在北京的张敬杰，是改革开放之后的大学生，1989 年 8 月硕士毕业就来到理化所工作，一直在导师宋广智研究员带领下，投入开发"软化学"法制备空心玻璃微球技术。当时条件很差，甚而连必要的高温设备都没有。张敬杰就搬来自家的煤气罐，和老师一起手工制作了简易喷枪，一点点烧制球形粉体。

不久，这项制备技术获得成功，十分先进，并且拥有自主知识产权。接下来，他们建起了新的课题组，专攻具有浮力作用的空心玻璃微球。这是一种轻质无机非金属多功能材料，不仅密度小、导热系数低、介电常数小，还具有机械强度高和耐腐蚀等优良性能，应用极为广泛，大到航空航天，小到护肤品，无处不在。

由于它奇特的几何形貌——微米尺度的薄壁完美空心球体技术含量极高，被国外少数公司垄断，他们连续多年没有大的突破。2004 年，宋广智老师退休了，张敬杰担起了课题组长的重任。21 世纪的海洋是大国角力的战场，大规模开发利用海洋必须有高端海洋装备和材料支撑，否则一切都是空谈。固体浮力材料是由空心玻璃微球加上树脂基材，通过混合和热固化形成。这种复合材料必须又轻又强，才能既提供浮力，又能承受海底高压。

由此，深海浮力材料梦、海洋强国梦就从一个小小的空心玻璃微球开始了。"小微球"托起了大梦想。开始，一些业内人士不免担心：一介弱女子、一位没有国外留学经历的学者，她能够担负这样的重任吗？实际上，那是太不了解这位巾帼英豪了。张敬杰性情温柔，但一点也不弱，别看是地道的本土科学家，与那些哈佛、牛津出身的人相比，丝毫不逊色。更为难能可贵的是，她有一颗强大的“中国心”。

当时，缺乏科研经费，很多研究和测试都没有条件进行。可她与同事们毫不气馁，没有厂房，就到郊区去租；没有设备，就自己动手研制、改造；没有测试仪器，就去其他单位借用。为进一步提高空心玻璃微球的强度，张敬杰带领得力助手严开琪等人组成了攻关团队，日夜奋战在通州基地。正值寒冬季节，他们在没有暖气的厂房里吃住工作，条件十分艰苦。

有天突降大雪，寒风刺骨，年轻的严开琪早上准备实验，发现各种容器硬成了一个个疙瘩，惊呼道：“张老师，不好了，全冻住了!”

张敬杰赶忙过来一看，笑道：“没什么大惊小怪的，冬天嘛还能不结冰？来，烧开水化开它。”

自此，大家每天早上起来第一件事，就是先烧几壶热水，把冰化开后才能配溶液、做实验。

连续攻坚了 4 个月之久，微球的强度大大增强了。2013 年，张敬杰团队自主研制的固体浮力材料模块，在南海进行了长达 155 天的海试，样品吸水率小于 1%，性能达到国际先进水平。这标志着我国掌握了浮力材料的核心技术，但能否承受超强压力并且实现量产呢？还有待于进一步研究试验。

2015 年，机遇和挑战同时到来。科技部决心国产化第二台载人潜水器“深海勇士”号，要求中科院理化所提供合格的浮力材料。项目交给了张敬杰团队。时间紧、任务重，有关协作单位不无担心地问道：“你们行吗？要不我们也预订进口材料，万一……”

张敬杰掷地有声地说：“没有万一。在国家的重大需求面前，我们只有一个理念——勇于担当，责无旁贷！这就是中国科学家存在的意义。”

为了如期完成任务，不至于拖海试后腿，理化所全力支持，紧急调配了河北廊坊园区场地，中科院先导项目匹配了部分经费。张敬杰率领团队一边科研一边生产，工作量巨大，失败也是一个接一个，前期几乎每天都在打击中度过，望着堆成小山的废品，有人犹豫了，有人失望了。

张敬杰睁着布满血丝的眼睛，只说了一句：“咬牙坚持，胜利就在眼前!”

苍天不负有心人。2016 年 12 月，张敬杰团队研发的固体浮力材料完全合格，交付给 702 所的“深海勇士”号潜水器总体集成，如期安装，顺利海试。这使我国成为世界上为数不多的具备从生产核心原材料，到构件加工，全链条固体浮力材料开发能力的国家。

一鼓作气，乘胜前进，全海深载人潜水器立项后，张敬杰带领严开琪等人与 702 所、金属所等团队一起，又转战研制承受万米水压的浮力材料。

在多年技术积累的基础上，他们采用自主知识产权的软化学制备技术，把核心原材料高强空心玻璃微球与轻质高强树脂基材结合起来，制备出了具有高安全系数的万米级固体浮力材料，同时进行了批量化生产。

2017年3月份，中科院深海研究所“探索一号”搭载着“万泉”号深渊着陆器——这是一种无人无动力的探测仪器，其中就采用了全国产的浮力材料，首次下潜马里亚纳海沟挑战者深渊：7000米、8000米、9000米……随着它的下潜，身在北京密切关注的张敬杰把心提到了嗓子眼上：浮力材料能否承受住万米海底压力？能否顺利上浮？

虽说已经在陆地上经过了打压试验，结果接近完美，但谁也无法保证真正到了海底会万无一失。一旦失败，这台深渊着陆器就会“泥牛入海无消息”，许多人数年的心血汗水将付之东流。直到传来了“万泉”号放到了10000米海底，并且顺利上浮到水面的佳音时，张敬杰心中一块石头才落了地。

在此次综合科考中，“万泉”号20次挺进10800米深的海底，作业时间超过90小时。这宣告着，国产万米级浮力材料过关了！紧接着，张敬杰又率领团队为“全海深载人潜水器”量产浮力材料，不辞劳苦，东南西北地测试、安装。

“理化所在北京，负责材料测试的深海所在三亚，粘结加工、装配在湖北和江苏，为了做固体浮力材料，我们跑了大半个中国。”张敬杰笑称，正是团队的集体努力，使得固体浮力材料在时间节点内顺利交付，且性能比同类产品有很大提升。不仅实现了万米深潜，还能多次往返，质量可靠，完全打破了外国垄断，再也不用看某些“洋人”的脸色了！

中国工程院院士、“蛟龙”号总设计师徐芑南给予了高度评价：“张敬杰教授带领团队，短时间研制出国产化浮力材料，它的性能达到了国际先进水平，为我国深潜器系列化发展提供了强有力的支撑。”

而她当年的导师、中科院理化所研究员宋广智十分了解自己的弟子，一语道破张敬杰成功的奥秘：“她很自信，但不自负，敢于实践，这样才能真正找到科学问题的关键，否则她也不会取得这样大的成就。”

虽然经历许多波折、吃了不少的苦，但张敬杰毫不在意，面对笔者欣慰地说：“现在回头看，再艰辛的付出都是值得的。这一切都来源于继承和坚持。能够解决国家所需，让祖国更加繁荣富强，这是我们科研人最大的荣耀！”

无独有偶，支持全海深载人潜水器下潜万米的国产“神器”，还有国际最尖端的水声通信系统。

如果我们是在陆地上开车，手机上随便一个地图导航都可以告诉我们怎么走，走第几条车道，所以一般不会迷路。哪怕方向感不好，真的迷路了，拍个照片，给亲人朋友发微信或打个电话，他们肯定会帮上忙。夜晚还可以打开车灯，照亮前方的路。

但是到了深海，伸手不见五指，电磁波受海水的吸收影响，电话肯定是打不了，更别说地图导航和微信了。而光学辅助成了“近视眼”，一般是几十米开外就难以看清了。潜航员怎么才能找到正确的路线呢？

不要担心，我们还有声波！声波在水中传播时衰减远小于电磁波，成了潜水器的通讯导航利器。中国科学院声学研究所作为我国载人潜水器声学系统的总负责单位，从“蛟龙”号开始，就一直为载人潜水器研制必需的声学系统，为潜航员安全驾驶提供可靠的技术保障。研究员朱敏和他的团队付出了辛勤的心血汗水。

经过多年探索研究，他们自主创新研发了先进的水声通信机，成为潜水器与母船之间沟通的唯一桥梁。它支持 4 种通信模式，分别是相干水声通信（用于图像等数据高速实时传输）、非相干水声通信（用于数据和文字等传输）、扩频通信（用于恶劣条件下的指令传输）、单边带调制技术（用于语音传输，实现水下打电话）。

看似寻常最奇崛，成如容易却艰辛。当年他们在涉猎水声通信技术时，遇到了难以言传的尴尬和愤懑——

陆地、天空通信主要靠电磁波，但海水是电的导体，电磁波在海水中衰减得很快，特别是到了深海就没了用武之地。另一种水中通信的宠儿——声波，可以在海水中传播很远，因此水声通信技术应运而生。它的工作原理是首先将文字、语音、图像等信息经过编码、调制处理后，将电信号转换为声信号。通过水这一介质，将信息传递到远方的接收换能器，再转换为电信号，还原成声音、文字及图片。

打个形象的比喻，有了水声通信技术，浩瀚无垠深不可测的海洋立即就变得“透明”起来，大洋的各种观测数据可以实时呈现在面前，这是人类认识深海、研究海洋技术手段的一次重大突破。正因如此，水声通信技术是当今海洋高技术领域最前沿的技术之一。由于它的敏感性以及巨大应用价值，国外长期将之列为禁止向中国出口的高技术产品。

20 世纪 90 年代初，我国科技部“863 计划”访问团去法国考察，中科院声学所研究员朱维庆随同前往。一次洽谈会上，他向法方提出想了解一下水声通信技术，那位热情有加的法国人突然变了脸色，生硬地拒绝了：“对不起，其他什么都可以谈，就是水声通信不能谈！”

这句话严重地伤害了中方科学家的自尊心。

20 多年过去了，朱维庆等水声研究人员仍难以忘怀，西方人那句话经常在耳边回响。从那时起，他们就暗下决心：一定要把中国的水声通信技术搞上去！

从“七五”时期开始，在国家“863 计划”的支持下，声学所一直持续不断地进行着水声通信核心技术的研发，取得了一系列进展。在“八五”和“九五”期间，他们与沈阳自动化所、中船重工 702 所合作研发，针对 6000 米无人潜水器等设备，开展了基于多相移键控技术的相干水声通信机关键技术研究。

2002 年 6 月，7000 米载人潜水器正式成为“863 计划”重大专项。搞了大半辈子水声技术的朱维庆，深知水声通信技术对载人潜水器的重要性。经过层层申请和筛选，朱维庆和他的弟子朱敏带领声学团队，承担起了水声通信系统的研制重任。

这个项目应该走什么样的技术路线？朱维庆第一时间就想到了“高速数字水声通信技术”。这是当今一项代表大深度水声通信的前沿技术，目前世界上只有美国、法国、日本等少数国家掌握。它在语音通信的基础上，还可于大洋深处实现对数据、文字、图像的高速即时传输。

在朱维庆教授的指导下，由他的得意弟子朱敏带领杨波、张东升、刘烨瑶等一批年轻人奋力攻关。经过几年的不懈努力，他们设计制造出了完全自主知识产权的水声通信机，能够在不同的水声环境下实现图像、文字、指令等数据的传输。安装在 7000 米载人潜水器“蛟龙”号上，经过了陆地水池的试验，证明完全可以胜任水下联系。

然而，这与海上的各种噪声环境，比如海浪噪声、潜水器噪声、母船噪声，等等，不能同日而语。虽然在它与整个系统装配到一起前，经受了各种环境的试验，但还是不能确保万无一失。当初这套精心研制的通信系统出师不利，遭遇了“海上滑铁卢”……

那天，“蛟龙”号初次布放入水，首先进行水面检查。随船下潜的声学技术员启动声学系统调试，很长时间与母船联系不上，潜水器通信机里一片嘈杂声，根本听不清楚。急得舱内三人抓耳挠腮，一筹莫展。故障反馈给随同海试的声学负责人朱敏，他同样忙得满头大汗，却始终解决不了问题，后来信号干脆中断了。

按照海试规范，水面与水下通信建立不起来，潜水器是不能下潜的。总指挥不得不下令：回收潜水器。当晚，指挥部深入分析，认为水声通信不畅是主要问题，必须立即解决。否则海试将无法进行下去：潜水器入海如果没有建立通信联系，等于“盲人骑瞎马，夜半临深渊”，相当危险。

水面与水下的通信问题，成了制约海试的最大挑战。如果不彻底攻克这个难关，整个潜水器试验将半途而废。每当指挥部召开各部门负责人例会时，声学设计师朱敏就成了大家“炮轰”的对象：“这套系统到底行不行啊？说个准话！在家里试验不是好好的吗，怎么一到海上就不行了呢？”

"是啊，通信联不上，啥也干不成。"

"这套水声通信系统是可靠的，水池和湖泊试验都正常啊！我们分析可能是船舶噪音影响通信质量，目前正在积极想办法……"

生于1971年6月的朱敏，浙江青田人，中等个头，平头短发，鼻梁上架着一副无框眼镜，温文尔雅，平常就说话声不大，这时被问急了，更是像被什么堵在嗓子眼里，声音低低地听不清楚。他和他的声学团队肩负着巨大的压力。

初次参加海试，这支由朱敏负责的声学系统团队还很青涩，多是毕业没几年的70、80后硕士生、本科生，被称为"娃娃兵"。当时很多条件不具备，一切都是靠他们自己摸索；加上试验时正值台风多发季节，海况很差，试验母船又是一艘有30多年船龄的老船，船体噪声大，所以母船与潜水器的通信就成了大难题。

面对大家焦灼的目光，年轻的朱敏心情十分沉重。这是自从参加工作以来，前所未有的挑战啊！个人名誉事小，影响了海试那可是不可原谅的。他成宿成宿地睡不着觉，眼睛里布满了血丝。恰在此时，怀孕的爱人预产期也快到了，可他一点也顾不上，一门心思扑在攻坚克难上面了。

好在朱敏团队并没有惊慌失措，也没有怨天尤人，而是沉下心仔细剖析检查了整个系统，并随时与朱维庆老师、声学所领导联系请教。一连十几天，他带领队员白天顶着烈日参加海试，废寝忘食；晚上则挑灯苦战，查问题、改软件、编程序，几乎没有在凌晨1点前休息过。终于，他们彻底解决了这个问题，海试顺利进行下去。

同时，一直令朱敏牵肠挂肚的另一大事也传来了好消息：朱敏的妻子在北京生下了一个健康的女孩，体重5斤6两。而朱敏正随着母船在海上攻关，直到回到三亚凤凰港时才得知。科考母船政委在大喇叭里广播了这一喜讯，这是海试期间增添的第一个宝宝啊，大家纷纷向朱敏表示祝贺。炊事员煮了一锅红鸡蛋，交给朱敏。当晚，他高兴地带领声学组助手，给每个队员分发了两个喜蛋，海试队洋溢着浓浓的喜气……

此后几年，"蛟龙"号一路过关斩将，水声通信技术越来越成熟，一步步下潜到1000米、3000米、5000米。负责水下调试的张东升、杨波一直随同下潜，直到突破了7062米大关。两人与叶聪等人一起被国家授予"深潜英雄"光荣称号。

后来，朱维庆老师逐渐退了下来，朱敏和他的水声"娃娃兵"们挑起了大梁，沿着已经闯出来的创新之路不断前进，进一步补充完善研发方案，又在4500级的"深海勇士"号上大显身手，完全配置上了中国人自己设计制造的声学系统。

这次"全海深载人潜水器总体设计、集成与海试"中的声学系统项目，又是中科院声学所作为牵头和承担单位，由朱敏研究员带领的海洋声学技术中心团队负责完成。包括全海深水声通信机、地形地貌探测声呐、多波束前视声呐、多普勒测速仪、避碰声呐的自主研发以及定位声呐和惯性导航设备的系统集成。

令人可喜的是，当年那名时常晕船的声学工程师杨波，成为领衔挂帅的声学总设计师，还带点孩子气的刘烨瑶则担负起主任设计师，并兼任下潜试航员。他们带领着几名更年轻的"声学人"前往深海大洋接受风浪的考验。水声系统是潜水器与母船"探索一号"之间沟通的唯一桥梁，有了它，才能让潜航员放心大胆地遨游万米海底，畅通无阻。

首先，潜水器到达海底开始作业之前，要通过各种声呐"侦察"一番：测深侧扫声呐安装在潜水器的两侧，通过感知海底反射声波来获取海底的地形地貌。前视成像声呐则安装在潜水器前部，负责探测前方的目标和海底地貌，最远探测距离超过 200 米。简单来说，它们为潜航员绘制了方圆 200 余米的海底地图，根据地图就可以规划潜水器的行走路线了。

但是这还不够。开车行驶在公路上时，我们常会看到"前方施工，请绕行""前方隧道限高 3 米"等提示标语。在海底，载人潜水器也会碰到这样的状况，谁来提醒潜航员呢？这时候，避碰声呐开始显神通了。避碰声呐安装在潜水器四周各个方向，实时监测自己到各个方向障碍物的距离，为潜航员提供"路况"信息，避免发生碰撞。

此外，还有定位声呐和多普勒测速声呐。海面上的母船安装定位声呐基阵，水下潜水器安装应答器，它们之间借助声波互相喊话。母船的定位声呐基阵有很多只"耳朵"，它收到潜水器的喊话后，通过计算每只"耳朵"与潜水器之间的距离，就可以精确定位潜水器，再把定位结果通过水声通信机传递给潜水器，实现导航。依靠它们，潜航员就能随心所欲地驾驶潜水器，想去哪儿就去哪儿。

当潜航员到达某个区域展开作业时，发现罕见的海底生物，拍摄值得纪念的瞬间，怎么实时分享给在海面上的人们呢？这就又到了水声通信机施展才能的时候，它的水声电话功能和相干水声通信模式支持语音、图片的实时可靠传输，俨然是反应灵敏的水下微信。

潜水器顺利完成科考任务之后，根据测深侧扫声呐和前视成像声呐所绘制的海底地形地貌图，加上定位声呐、多普勒声呐以及避碰声呐的保驾护航，还有水声通信机与母船的紧密沟通，就能够让它载着潜航员和科学家安全返航、回到海面。

坐镇声学所大本营的项目负责人朱敏，比前几年更加稳重成熟了，面对我们的采访，他推推近视眼镜，自信而自豪地说："相较于前两代的'蛟龙'号与'深海勇士'号载人潜水器，万米潜水器的声学系统实现了完全国产化，突破了全海深难关，技术指标更高，为全海深范围内的持续巡航作业提供了可靠的技术保障。”

除此以外，这台“全海深载人潜水器”下潜深渊作业，获取大量生物、地质等海底样品，离不开聪敏智慧的大脑和灵活有力的机械手。过去，这些关键部位，我们大多需要外国技术和进口部件。如今，已经全部“自给自足”了，这是中科院沈阳自动化研究所的杰作。

研究员赵洋作为万米潜水器副总设计师、控制系统负责人，带领赵兵、孟兆旭等人执行了创纪录的万米海试任务。他感慨地说：“我们设计的神经网络优化算法，能够让全海深潜水器在海底自动匹配地形巡航、定点航行以及悬停定位。其中，水平面和垂直面航行控制性能指标，都达到了国际先进水平。”

潜水器前面两只像“螳螂举大刀”似的机械手，也出自他们的精心设计。这是两套主从伺服液压机械手，具有 7 个关节，可实现 6 自由度运动控制，持重能力超过 60 公斤，能够覆盖采样篮及前部作业区域，具有强大的作业能力。

它突破了超高压密封及超高压油液环境驱动与控制等技术，在深渊海底顺利完成了岩石、生物抓取和沉积物取样器操作等精准作业任务，填补了我国应用全海深液压机械手开展万米作业的空白。就连深海中滑溜溜的海参和狮子鱼，也能灵巧地抓住。

再者，万米潜水器还有一个难关：每次下潜上浮、坐底巡航，以及科学考察，大都要工作 10 小时左右，舱内舱外所需电力，完全由“动力心脏”——全海深高比能电池组供应。它是载人潜水器成功下潜的能量来源，也是生死攸关的安全保障。

在深海高压下，一般锂电池会因温度过高引发自燃，抑或能量不足以支撑长久待在海底。以前，我国没有万米深海直接承压的高比能电池技术，国外也无公开可借鉴的相关研究经验。此前，中科院青岛能源研究所崔光磊团队创造性地提出了“刚柔并济”聚合物电解质的设计理念，研发出全新高能量密度的“青能-Ⅰ”型全固态锂电池，可还没有经过深潜的检验。关键是按照海底着陆器的要求，在抗压力和小型化上下功夫，而且时间紧张，满打满算只有两个月。他们组织攻关，加班加点，符合海洋条件的电池系统很快做出来了，拿到基地测试，一直打压到 120 兆帕，毫无问题。这个带有考试性质的系统如期装在着陆器上，随着“探索一号”科考船在南海进行了海试，经受住了严格考验，顶住了水下 4000 米的压力，且供电正常。深海所领导和科学家十分高兴：这完全甩掉了原来长长电缆的麻烦，为“万泉”号以及后来万米“沧海”号等着陆器提供了可靠能源。

同时，作为水下特种动力电池的“国家队”，中国船舶集团 712 所勇担重任，火速成立深海电池研发团队，由项目负责人朱刚和技术负责人张祥功带队，展开了全力攻关。

如何让电池系统承受住深海 11000 米环境下 114 兆帕的极端压力？这是摆在研发团队面前的第一道难题。张祥功研究员在水下特种电源研发一线奋斗了十几年，具备丰富的极端特种蓄电池工程研发能力。经过种种磨砺，他带领大伙突破了原有的技术瓶颈，设计了多套研制方案，最终选定“全海深承压高比能锂离子电池系统”作为“动力心脏”。

这种电池组的研制涵盖高分子、电子、电化学、机械等多学科专业，整个过程中不可避免地会面临挫折和失败。2018 年首组电池工程样机研发出来了，可是在模拟压力筒试验过程中，耐压试验失效，引起整个团队高度紧张，甚而灰心泄气。

“完了完了，几年心血一朝崩盘，唉……”

“遇到挫折不能气馁！咱们电池的可靠性是基于科学原理设计出来的，只要坚定信心、仔细分析，一定能彻底排除隐患！”关键时刻，张祥功的话坚定了团队的信心。

紧接着，大家仔细验证故障位置与最初设计要求之间的微细差别，齐心协力，最终完成了故障归零。此后，在多次系统考核验证中沉着应对，他们牢牢把握了电池组深海安全运行的要领。由于电芯压力筛选工作一旦开始，多个循环考核就必须持续进行，节假日也不能停止。队员们往往天没亮赶到实验室，一直埋头干到深夜才收工。

每批锂电池在成组前，都要严格进行撞击、针刺、海水浸泡、短路、过充、过放等十几项安全抽检，而且还要进行超万米压力环境下的严格检验。只有通过层层测试，才能最终成为一块合格的“能量包”。就这样，一种超耐压、高安全、长续航的深海锂电池研制出来了，最大耐压深度可以达到 15000 米，为载人下潜深海提供了安全保障……

如此这般，在这台全海深潜水器身上，还有其他种种中国人独创的高科技、新动能，此处不再一一赘述了。一方面填补了我国在深海装备方面的许多空白，另一方面极大提高了我国科学工程设计、制造、实验的能力，可以让我们的载人潜水器在水下有更长作业的时间，也就有更大的机会去发现海洋深处的奥秘。

一晃四年过去了，好似西天取经经历了九九八十一难，全海深载人潜水器各项指标全部合格，并且在 2020 年春天经历了总装联调、水池试验，具备了出海海试的条件。回顾一路走来的艰辛，总设计师叶聪感慨地说：

“能够做这个项目，想着要去挑战万米，做这个世界上独一无二的事情，我整个人状态非常兴奋，甚至有一点亢奋的这样一个状态。如果说当时有什么疑虑的话，那就是技术挑战和时间限制这两点对我来讲，是有很大一个不确定度。因为有一些设计已经到达了设计方法的边缘了，我们叫作极致设计。通俗地讲就是，我们这一块地板砖上面有一万吨的重量，或者是相当于在后背上压着几千只大象。

“设计图纸完成以后，在沈阳拼它的材料，然后去陕西去做轧板，到四川去进行加工，到江苏去成型，到河南去焊接，最后到海南来做试验，再回到无锡把它安装起来。像这个球壳的安装精度都是毫米级的，观察窗玻璃安装精度都是零点零几毫米的级别。可以说通过一个球壳就能看出来，它代表了我们国家设计的力量，也代表了我们国家制造的力量。两年时间完成设计，两年时间完成建造、总装、联调和水池试验，在多个关键技术和重要材料领域拥有国产化核心技术，国产化率 96. 5%。这台全海深潜水器代表了当前深海工程技术领域的顶级水平……”

马里亚纳海沟：中国“奋斗者”来了！

天有不测风云。

正当全海深载人潜水器团队夜以继日、紧锣密鼓之际，意外发生了——

时光的车轮刚刚驶进农历庚子年的大门，一场突如其来的新冠病毒肺炎疫情袭击了武汉三镇、乃至整个华夏大地。本来正在准备欢度新春佳节的人们，脸上的笑容瞬间被严酷的“倒春寒”冰封了……

毕竟是来势汹汹的病魔，人们不禁谈“疫”色变。一时间，从大江南北到长城内外，城市村镇、大街小巷人心惶惶，除了紧急运送医疗物资的车辆外，几乎路断人稀，大都自我封闭在家，躲避病毒。可是，原计划要在 2020 年进行潜水器的海试验收，还能不能如期完成呢？

能！全海深载人潜水器领导小组、专家组和总牵头单位中国船舶 702 研究所下定了决心，一边做好防疫工作，一边全力以赴完成项目。按计划，这期间到了总装联调、水池试验阶段。一声令下，所有参研参试单位派出精干人员，在做好检测防控的前提下，全部汇集到无锡总装车间里。无锡有“戏”了！

2020 年 2 月 9 日，庚子年正月十六大清早，正值疫情日益严重之际，一辆家用轿车奔驰在几乎空无一人的高速公路上。这是中国船舶 702 所高级工程师、万米潜水器的电气设计师兼试航员张伟在开车——本来大年初一才从单位赶回安徽六安老家过年，突遇疫情到处封闭，可张伟心急如焚，因为潜水器联调不停被耽搁，他决定自行驾车赶回无锡单位。

在高速公路入口处，六安交警得知情由，善意提醒他：“各地都在严防死守，你这一去很可能滞留在公路上，进退两难。”

“是吗？那也得走！”张伟没有丝毫犹豫。

32 岁的张伟，2009 年毕业于南京理工大学自动化专业，来到 702 所，主要从事潜水器的电气系统、控制系统的研发、设计与调试工作。这年 8 月，我国第一台自主设计、自主集成研制的“蛟龙”号载人潜水器首次进行 1000 米级海试。晚来一步，他未能参与“蛟龙”号工作，内心很是遗憾。

时光转到 2017 年，张伟终于有机会作为技术人员和主驾驶，随同“深海勇士”号出海了。就这样，他见证了我国大深度载人潜水器在曲折中一步步突破的历程，也把深潜进行到底的信念，深深埋在了心底。而今，他除了作为技术人员参与“奋斗者”号的研制任务外，还是“奋斗者”号潜航员，负责在陆地上的联调和水池试验。

此时太湖之畔的 702 所，犹如攻坚克难的“702 高地”，从所长何春荣、顾问徐芑南，到总设计师叶聪、副总设计师胡震、项目办主任侯德永、水下工程室主任杨申申等人，带领各路人马组成了一个拳头，向着前方山头发起了总攻。外面进来的人员，一律隔离 14 天；而运送材料配件的货车只到大门，全部消毒清洗完毕再进来。

一连几个月，负责控制的自动化所赵兵、孟兆旭等人都成了 702 所的“员工”了，每天“泡”在车间里，没黑没白地“连轴转”。还有深海所潜航员叶延英、罗红武等更是扎在这里，跟随潜水器一起成长，既熟悉调试各种设施，又是学习体验实际操作。

立项四年来，潜水器原定 2020 年 2 月完成总装建造和陆上联调。突发的疫情，让节奏变得更为紧张。陆上联调环节原计划于春节后继续开展，邀请诸多合作单位、外协厂家来无锡现场进行各系统的调试。疫情阻断了常规的交通和人员往来，作为负责人之一，张伟内心比谁都着急。当他到达无锡高速下道口，因为检测需要，等待了七八个小时，终于在 2 月 10 日凌晨 3 点左右回到单位，并在隔离 14 天后投入工作。

因受疫情影响，有些合作单位的技术人员无法到现场，整个团队便天天、时时线上沟通，一点点推动调试展开、一步步完成最后冲刺……

此时潜水器已总装成型，从外观看，它像是一条可爱的小鲸鱼，有着滚圆和流线型的身体。首部开置三个观察窗，像是神话中“二郎神”的三只眼，明亮而智慧，可以洞察海底。前面装有两只灵活的机械手，如同螳螂高举的“大刀”。尾部装有 9 个推进器，好比这条大鱼的“鳍”，可使它在海里自由移动。舱内设置 3 套供氧系统，能够完全保证乘员安全。

能不能畅游万米海底呢？需要在陆地上经过严格的水池模拟试验，这是前往大洋深渊的最后一步了。总设计师叶聪、副总设计师胡震等人格外谨慎，每天都早早来到水池试验室。负责电气设计的张伟兼任首席试航员，率先进舱潜水。30 多米深的水池，有时一连调试考核 12 个小时，紧张而艰辛。

为了掌握第一手情况，总设计师叶聪不但一直盯在现场，而且在每一个新深度，都是最先下潜。有人劝阻："叶总，现在不是当年'蛟龙'号了，你是主帅，不一定自己上前线。"

平常爱开玩笑的叶聪却正色道："正因为我是总师，才更要带头上！这是对自己的设计最大的负责和信任，有了问题也便于解决。"

从立春到初夏，一连进行了多次水池联调、模拟下潜，整个团队始终保持着昂扬的战斗姿态，"两耳不闻窗外事，一心只调潜水器"。针对暴露出来的疑点、难点，全力攻关，就像部队攻打敌方阵地似的，炸掉一个个火力点，再打下一个个地堡群，终于将胜利的红旗插上了山巅。

万事俱备，只欠东风。

潜水器在水池模拟了海洋环境下的多种工况，进行了各类测试。圆满完成全流程考核、潜航员下潜培训等 25 项重点测试，所有指标表明，潜水器性能良好，状态稳定。它雄赳赳地挺立在 702 所车间里，涂装完毕，下部绿色中间白色，这是因为绿光在海水之中衰减比较强，容易捕捉到它的身影；上部头顶喷涂成了橘黄色，非常醒目，上浮到海面时与蓝色海水相对照，容易被母船发现。哈，它就像一个刚出生的胖娃娃，漂亮壮观，人见人爱。大家围着它，喜不自禁。

接下来就是要出厂送到工作母船上，准备出海试验了。按照惯例，应该有个正式名字。当年首台载人潜水器曾起过几个名字：和谐号、海极号，最后确定"蛟龙"号，一鸣惊人。现在更是不能含糊。

一直关注这个项目的新闻媒体捕捉到这个信息，与科技部、21 世纪议程管理中心和全海深载人潜水器项目组联系公开征名，一方面激发全民关注深潜、热爱海洋的热情；另一方面真正取一个新颖、形象而蕴含深意的最佳名称。这还是深海高科技装备首次全社会征名呢，体现了深海工作者的自信和自豪。

2020 年 4 月 22 日，中央电视台"朝闻天下"栏目公开发布消息，瞬间吸引了全国观众的视线，进而推上了各大网站、媒体客户端的"热搜"。

"中国万米载人潜水器征名：由我国自主研发建造的万米载人潜水器已经进入出海试验前的最后试验阶段。这艘凝结着无数科研工作者心血的'大国重器'还没有属于它自己的名字。今天起，央视新闻开启在线征名！一起为中国万米载人潜水器起名！"

同时，配发了一幅简明扼要而又生动有趣的示意图——背景是满屏蓝幽幽的海水，水母鱼类自如游弋，由上到下赫然写道，中央电视总台，国家重点研发计划深海专项：我的名字由你决定，万米潜水器有奖征名。那台凝聚着全国相关科研院所和企业联合心血的全海深潜水器迎面驶来，旁边是它“说”的几句话：

“嗨，我是中国自主研发的万米载人潜水器！”

“即将出征全球最深处——马里亚纳海沟。”

“4月22日至5月1日，给我一个响亮的名字，让它陪我打卡海底一万米。”

活动一经在央视新闻频道、客户端、微博、微信上推出，立时掀起一波“起名才艺大比拼”网络热潮，大江南北数以千万计的“粉丝”踊跃参加，脑洞大开，各显神通，形形色色的名字雪片似的飞向征名邮箱，无形中做了一次深海事业大普及。

2020年6月19日，经由专项总体专家组、业主单位、科研团队代表组成的评议组评议。中国万米载人潜水器从中选定并正式命名为“奋斗者”号。完美！这个名称符合时代精神，充分反映了当代科技工作者接续奋斗、勇攀高峰的精神风貌。用它来称呼全海深载人潜水器，可以体现中国载人深潜团队“最美奋斗者”的形象。既表达了大家对载人深潜团队的褒奖，也代表着人们对深海科技工作者的赞美与祝福！

2020年6月21日晚上6时，“奋斗者”号离开了“娘家”——从江苏无锡的中国船舶702所出发，按计划转运到福建福州马尾造船厂，与正在那里改装的“探索二号”工作母船汇合，进而前往三亚南山港。这条庞然“大鱼”重达36吨，装上特种载重车辆足有两人多高。因公路运输限高的要求，无法封装转运，因此保障潜水器的旅途安全成了重中之重。

为了万无一失，江苏、浙江、福建的交警全程保驾护航，接力护送。不巧，出发不久遇上风雨，车队顶风冒雨一路前行，在晚上10时左右到达杭州萧山服务区。为了守护好“奋斗者”号潜水器，大家决定就在车里休息过夜，全力保障安全。

第二天早上6时，车队又出发了。在浙江金华到丽水路段，上下坡明显增多，车队整体降速行驶。来到福建省逐渐进入山区，过隧道开始考验车队的安全行驶能力了。大家前后将“奋斗者”号护在中间，把隧道最高的通过空间留给它。人说“蜀道难”，实则闽道也不容易，有心人数了数，这一路上，车队钻了80多个长短不一的隧道，最密集的时候隔着几十米就要穿越一次。

下午2时，奋斗者们又停了下来，这次是给车队中的集装箱加固，潜水器头回出远门带了很多行李，也就是它的备品备件装满了一整个集装箱。第二天下午6时左右，进入了福州境内。横在空中的一根电线拦住了去路，车队队员拿出专门准备的绝缘长杆，把电线挑过潜水器头顶，让这条“大鱼”小心翼翼地钻了过去。

终于，车队到达了此行的最后一个收费站——福建福州琯头东收费站。潜水器随后稳稳地进入福州马尾造船厂。这一路，从无锡出发，跨越苏、浙、闽3个省的15个地级市。最终潜水器吊装到了全新的载人深潜科考母船“探索二号”上，毫发无损地扑进了“妈妈”的怀抱。

几天后——2020年6月28日，在一片礼花盛开、锣鼓齐鸣中，支持保障母船“探索二号”，搭载着“奋斗者”号载人潜水器，缓缓驶进三亚崖州湾科技城南山港，在赫然印着“立足三亚、探索奋斗、挺进深海”的背景牌下，正式入列了。

由此，“奋斗者”号开始了海试征程。

从科技部21世纪议程海洋专项组、全海深潜水器技术专家组，到所有相关合作单位的科研院所，组成了精干得力的海试团队。项目专家组组长、中科院深海所所长为总负责人，深海所首席顾问刘心成为“探索一号”船领队和现场验收专家，中国船舶702所副所长、总设计师叶聪为海试总指挥，试航主驾驶则由张伟、赵兵、叶延英等人担任。

整个海试分为两个阶段：第一阶段分别下潜1000米、3000米直至4500米，认真检测各个系统、各项设备，水面保障人员熟悉布放和回收程序，潜航员熟练掌握操作规程，演练意外应急措施。

第二阶段就是挺进太平洋马里亚纳海沟，简称“马沟”，进行全方位检验测试，严格按标准验收。这是此次海试的“重头戏”，只有通过了它的考核检验，才能向全世界宣布：中国“奋斗者”号载人潜水器研制成功了！

为什么选择在“马沟”海试呢？

因为它是地球海洋最深处，可达到万米深度。

如果把南极北极称为地球两端的第一、第二极地，而珠穆朗玛峰为最高极——第三极的话，那么马里亚纳海沟就是最深极地——第四极！它位于太平洋西部马里亚纳群岛以东，是一条洋底弧形洼地，大约长2550公里、宽69公里，平均水深在8000米左右，最深极点为挑战者深渊。

这是1951年英国“挑战者二号”科考船来此考察，以回波定位方式测深10900米而得名。后来又有美国、日本等国家的深海科学家，通过无人的和载人的潜水器，不断测量调整为11000米左右，也就是说把8848.86米高的珠峰放在里边，还要加上一个西岳华山的高度才刚刚填满。

这里黑暗、冰冷、压力巨大，环境条件极其恶劣。有史以来，只有三次人类足迹抵达的纪录。不过，严格来讲，他们多是探险型的，搭载一至两人，短暂停留便需紧急上浮。

而我们的“奋斗者”号是工作型的、科考型的，可以搭载三人潜入万米海底，能够自主巡航，进行生物矿物和地理物理等科学考察。空间大、时间长、乘员多，难度远远超过类似深潜器。此次前往马沟“挑战者深渊”

海试，就是对这台全海深载人潜水器设计与制造的全面验证。

按照计划，这次海试的关键词是“双船双潜”：“双船”，是为“奋斗者”号深潜护航的双母船——“探索一号”和“探索二号”；“双潜”是指两台潜水器：一个是主角“奋斗者”号，另一个则是它的“御用摄影师”——深海视频着陆器“沧海”号。

2020 年 10 月 10 日上午，三亚南山港码头鼓乐喧天，群情昂扬，一个隆重而热烈的启航仪式在此举行。“呜——”随着一声长长的汽笛鸣响，“探索一号”和“探索二号”满载着人们的祝福出征了。首先，“探索一号”搭载“奋斗者”号前往马沟海试，而“探索二号”则在南海科考，而后搭载“沧海”号前去与“奋斗者”号汇合。

正值夏秋台风肆虐之时，“探索一号”的航路风高浪大，海况十分恶劣，许多队员晕得一塌糊涂。好在船长和船员们艺高胆大，既巧妙避开浪涌，又迎风顶流勇往直前。在波峰浪谷中，海试团队召开了动员誓师会，海试团队总领队、现场验收专家组组长语重心长：

“大家有没有想过在中国有 14 亿人口，为什么是我们这几十个人来做呢？我们真的比别人强吗？这是机遇和挑战，荣誉与责任！希望每个人做好自己岗位上的工作。就像我们‘刘司令’多次讲过的，要做到‘只有岗位，没有单位’‘我的岗位无差错，我的工作请放心’。只有每个人都如此做，才能确保任务的顺利进行，达到最后的成功。”

人们静静地听着，心潮澎湃。

紧接着，海试总指挥叶聪讲道：“小别两个月，我们再一次踏上万米载人深潜海试的征程。接下来的 40 天内，在‘挑战者深渊’方圆 100 千米范围的海域，我们将从浅到深，稳步推进潜水器的海上试验，以及与其他装备的联合试验。在充分确认潜水器的状态和能力后，‘奋斗者’会向万米发起冲击，争取在地球海洋的最深点留下中国奋斗者的足迹。只要我们坚持严谨求实、团结协作、拼搏奉献、勇攀高峰的中国载人深潜精神，我相信胜利一定会属于我们这支英雄的集体！”

动员会开成了誓师会，掌声一阵接着一阵，海试队员们的心潮就像浩瀚的太平洋一样，波涛汹涌、激情澎湃……

2020 年 10 月 21 日，“探索一号”科考船劈波斩浪，搭载着“奋斗者”号潜水器到达马里亚纳海域，当天便进行了适应性下潜。此后 5 天连续 5 次大深度下潜，从 5454 米一直到 9163 米，均获得圆满成功。

激动人心的一天到来了——10 月 27 日，“奋斗者”号将首次突破万米大关：由海试现场总指挥、总设计师叶聪，主驾驶叶延英和声学设计师刘烨瑶执行这个光荣任务。这不仅仅是一个深度从 4 位数到 5 位数的变化，也是中国人要逼近地球最深海底的挑战极限。

“各就各位，准备下潜！”

“明白，潜水人员已就位！”

“报告指挥部，船舶准备完毕，距离布放点 6 米！”

“报告指挥部，水面支持系统准备完毕！”

随着一系列口令下达及反馈，载着“奋斗者”号的轨道车移动、保障人员拆除限位销、挂主缆、起吊、A 架外摆、挂龙头缆、布放入水，预先等候在小艇上的试验员——俗称“蛙人”，适时冲上去解主缆副缆，一气呵成。潜水器逐渐漂离母船尾部。潜航员在舱内进行水面检查，确认各设备的状态。

“一号、一号！‘奋斗者’一切正常，水声通信已建立，请示下潜！”

“一号明白！同意下潜！”

现场指挥部一声令下，漂浮在海面的潜水器注水加重，瞬间便如游鱼一样潜入水下。主驾驶叶延英坐在中间，叶聪和刘烨瑶分坐两边注视着观察窗和各项设备，潜水器以每分钟 60 米的速度下潜，光线从蓝色慢慢变暗，在微光相机里能看到一些发光的浮游生物在游动。深度值在不断增加，3 个小时之后，多普勒测速仪、避碰声呐先后显示距底高度为 130 米左右，叶延英开始抛下潜压载，叶聪眼睛一眨不眨盯着仪表盘，刘烨瑶通过水声通信语音向母船汇报：“‘奋斗者’已突破万米深度，目前已抛载，准备坐底。”

“太好了！祝贺你们，祝贺我们的深潜事业！请密切关注潜水器状态，保证各方面的安全！”

“坐底”是指潜水器安全主动落至海床上。海底越来越近了，10 米、7 米、5 米，在照明灯光下，马沟海底清晰地呈现在三位潜航员眼前，作为总设计师的叶聪十分兴奋，但他没有表露出来，而是叮嘱同伴调节潜水器均衡、近底航行观察、做好相关的试验记录。万米海底是如此地深邃和静谧，它能让一切嘈杂的心随之沉静下来，随处可见有透明的海参、多毛类生物、海绵，等等，不由得让人感叹生命力的顽强。

深度 10124 米！中国人首次到达万米海底了！

消息传到母船“探索一号”指挥部里，正在屏幕前观看的队员们喜形于色，鼓掌庆贺！但并没有电影中那互相拥抱和热泪盈眶的情景，这与当年“蛟龙”号突破 7000 米时全船振臂欢呼不一样了。因为，经过几年的拼搏，中国深潜科技早已突飞猛进，大家相信“奋斗者”号一定会成功！这种平和的心态体现了强大的自信。

当然，其间并非一帆风顺。

在后来一次万米海试中，主驾驶张伟就遇到了特殊事件：那是他们潜到 8850 米左右的时候，忽然听到了“砰”的一声闷响，这是从未有过的声音，三人面面相觑，都很紧张。张伟连忙把舱内的设备都检查一遍，没有发现异常，心里放松一些。

按说应该马上返航，可那样一来这次海试任务就“泡汤”了。下潜一次很不容易，哪能轻易放弃呢！张伟与另外二人商量后决定：指标显示没有异常，应该继续下潜！

“奋斗者”号海底试验继续进行。

读者诸君，这一举动不亚于战场上冒着炮火冲锋，如果没有过硬的心理素质，是根本不行的。当年“蛟龙”号海试时也发生过类似故障，那时主驾驶正是今天的总设计师叶聪，同样咬紧牙关鼓足勇气坚持下潜，终于闯过了道道难关。

听到这样的故事，我们的眼睛总是热辣辣的，深深为中国“深潜人”大无畏的科学献身精神所感动、所敬佩。当然，他们不是蛮干，而是建立在对自己研发的潜水器性能的无比信任之上。

此次深潜顺利结束回到母船后，科研人员对潜水器进行了全面检查，查找异响来源。结果发现尾部有一块通过螺栓拧在框架上的浮力材料，连接处由于高水压作用出现一条小裂纹，在静谧海底破裂的声音传到舱内就很大。通过严格评估，出现裂纹的浮材并没有带来致命伤，修复之后毫不影响海试。

随后在 10 月 30 日、11 月 2 日至 5 日，“奋斗者”号又分别四次深潜超过 10000 米，进一步验证和巩固了深潜成果。喜讯传回国内，立时引来海南省委、三亚市委、中科院深海科学与工程研究所、中国船舶 702 研究所、全海深载人潜水器海试领导小组和中国船舶集团等单位雪片似的贺电。在此背景下，向全国乃至全世界公开报道的一天到来了！

（原载《北京文学》2021 年第 7 期，有删节）

桃李不言

——“时代楷模”段江华的故事

李金山

谚曰：“桃李不言，下自成蹊。”此言虽小，可以谕大也。

——《史记·李将军列传》

1

2015年3月4日，举世闻名的橘子洲寒风凛冽，一片肃杀的景象。在寒冬即将过去春风还没来得及吹拂的季节之交，人们迫不及待地纷纷走出家门，借助传统的元宵佳节举行一个迎接春天的仪式。

自2010年始，长沙市委、市政府确立了推进城市国际化、把长沙打造成具有国际影响力文化名城的目标，着力把旅游业打造成战略性支柱产业。长沙下辖有浏阳市，所产烟花爆竹久负盛名，素有“花炮之乡”美誉。此后，橘子洲周末音乐焰火晚会逐渐发展成为长沙重要的旅游名片。特别是燃放焰火一项，每逢元旦、除夕、元宵节都要如期进行。这一年的3月4日，正是元宵节前夜正月十四放焰火的日子。

下午3点多钟，岳麓山风景名胜区新生主题景区的签约艺术家段江华老师协同夫人吴涛和弟子萧彬赶往橘子洲去和弟弟段海华一家三口会合。

弟弟段海华由于早年的一场事故，严重地影响了身体健康，后来就放弃了外边的事情，在家专门侍奉年迈的母亲。儿子大学毕业后，一家人定居在深圳。每年老母亲需要去海南的外孙女家过冬，弟弟一家便和侄儿得闲来浏阳河哥哥这里看灯。一来是看灯，二来也是和哥哥一家团聚一下。

这些年，段江华整天忙于自己的艺术创作和教学，顾不得照顾老母亲。他之所以能够安心工作，全靠弟弟代他恪尽人子之责，把老母亲照顾得心情舒畅。弟弟的到来，对于段江华来说，是一个很好的机会，所以他特别重视。这一天，段江华极力推掉了几个应酬，准备请弟弟一家吃顿丰盛的晚餐，然后再陪他们在橘子洲头转一转，看看花灯，再观观焰火。

约好晚上6点钟，在橘子洲的西餐厅见面聚餐，然后再一起活动。段江华特意约了自己的得意门生萧彬一同前往，早早从后湖的家中出发。

为了提前赶到做一些准备工作，段江华下午3点多钟就驾车离开了家。车拐过临江的路，一到口子那里，车就过不去了。车不能前行的原因不是路上塞车，而是好多人堵住了路口。车不得不停下来。这时对面有人跑过来，说有个小孩子掉湖里了。

听到这个消息，段江华马上下车，没来得及询问孩子是否有人营救，就边跑边脱衣服。过后想来，当时就是一种下意识的反应。似乎有人落水自己就应当冲上前去，其他的根本就没有时间细想。

这时，段江华发现，学生萧彬已经跑在了自己的前头，并也和自己一样，边跑边脱衣服。段江华大声问前边的萧彬："你会游泳吗?"

"不会!"萧彬边跑边说。似乎话音刚落，萧彬就已经跳到了水下。坡很陡，水很深，萧彬一下去没走两步就已经没了顶。段江华站在岸边一把把萧彬拽上了岸。这时，他的衣服已经脱掉，扑到水里就朝那个溺水的孩子游去。

小孩子漂在水上，离岸边10米左右的样子。段江华的水性，其实也不算太好。虽然说体魄强健的段江华早年是一个运动健将，身手敏捷，精力充沛，既能踢足球，又能打篮球，整个球场上，他常常驰骋如飞，但一离开陆地进入水中，他就会显得十分笨拙。要说不会游泳，也不对，只是游得不好，慢且吃力，总觉得找不到支点，这一身的力气，越是尽情使用，越是不往前走。既然水性难识，干脆就不下水好了。转眼，段江华已经20多年没有游过泳了。本来并不熟练的技艺，就更加荒疏。

好在此前不久他和家人一同去了一趟越南。在越南，游泳资源丰富，驻地就守着大海，不是海就是游泳池，闲来无事，段江华和女儿两人每天游泳。上午到海里游，中午到游泳池里游，晚上又到游泳池里游，冥冥中好像早有安排，10多天的密集训练，就是为了今天这次能派上用场。从越南回来8天，就遇上了救人的事情。

段江华边游边估算着自己的力量，他自信还有力量把这个孩子救上来。当他游到孩子身边时，他有点儿激动，忘记了水深，想站立起来把孩子拖上岸。可是刚一直立，水就没过了自己的头顶，双脚根本就难以到底。呛了一口水之后，他又开始朝孩子游过去。此时的孩子已经漂在水上失去了意识，所以他很顺利地就拖着孩子游到了岸边。

游到岸边之后，新的问题出现了，由于河岸陡峭，再加上水温极低，他根本没有力气在水中把孩子举上岸，甚至连自己都爬不到岸上去了。岸上的人一阵紧张之后，有人找到了一根塑料管子。岸上的人把塑料管子伸过来，他一手拉着塑料管，一手夹着孩子，挣扎了好一阵子，才勉强上岸。

这时孩子已经停止了呼吸，脸上黑黑的没有一点血色。是否能抢救过来已经没有把握。见此情景，等在岸上的萧彬立即接过孩子倒背着，开始来回跑动，浑浊的水开始从孩子的口中流出。稍后，他把孩子放在地上。段江华的夫人吴涛开始用她早年学的一点儿急救知识给小孩子做心肺复苏。可是由于过度紧张和自身力气不支，做了两组就做不了了。她就让萧彬负责呼气，她来按压。这样做了三四分钟。人群中有人脱下了自己的棉衣裹住湿漉漉的孩子。

刚从水下爬上来的段江华忘记了自己的寒冷，虽然身体在不停地打着哆嗦，却浑然不觉。那小孩子刚被救上来的时候，额头有划伤，伤口都是白的，一丝血都没有，三分钟以后，开始一点点往外渗血。大约四分钟，“哇”的一声哭出来了。救活了，这个时候大家才如释重负。

难以言表的喜悦过后，段江华才发觉自己已经无法支撑自己的身体了。原来他下水时还穿着内衣内裤，大冬天的，他已经水淋淋地在寒风里站立了很久。孩子恢复意识之后，段江华的妻子、学生便转过身来照料他。可是孩子虽然醒了过来，还没有脱离危险，一旦再次发生意外，就前功尽弃了。他临时决定，兵分两路，立即由萧彬开车将孩子送往医院，他自己步行回到工作室去换衣服。

稍后，各个媒体的记者蜂拥而至，对他进行了详细的采访。面对记者的询问和镜头，段江华显得异常冷静，他一字一句地说：“抢救孩子的不止我一个人，那是大家共同努力的结果。当时现场很多人以各种方式参与了救助，直到孩子脱险，在这场爱心接力中，每个环节都对挽救生命至关重要……”

这一天，他虽然没有对远道而来的弟弟一家尽到当哥哥的地主之谊，但他并没有感到太多的内疚。他知道，也相信自己弟弟一家能够理解，拯救了一个鲜活的生命比什么都令人快慰。

事情过后，当落水女孩的家长通过媒体找到了段江华工作室，他才有机会详细地了解孩子的背景。孩子叫陈溢扬，当时在读一年级下学期，学校离家比较近，走路 10 分钟。孩子的爸爸妈妈都是湖南省湘乡市翻江镇人，“80 后”农民工，来长沙打工。平时两个年轻人在外边做事，婆婆在家照顾孩子。当天，女孩从学校返回家中，由于没有大人接，不慎落入水中。孩子的母亲发现孩子应该回来却没有回来，才开始四处寻找，找了很久也没有找到孩子，最后是医院给孩子家长打了电话，孩子的父母才赶到医院的急诊室把孩子接回家。

2015 年 10 月 15 日，在文艺工作座谈会召开一周年之际，中央宣传部通过中央电视台公开发布了“时代楷模”段江华的先进事迹。发布活动由央视主持人敬一丹主持，活动现场宣读了中宣部的表彰决定。决定称赞说：“段江华同志从事美术教育 25 年来，乐于奉献社会，多次捐画义卖，捐赠灾区、资助学生……”直到这时，人们才发现，段江华不顾个人安危抢救落水儿童并不是一个偶然事件。“冰冻三尺，非一日之寒”原来竟然有着那么深厚的精神和文化积淀。

2

段江华1963年生于湖南省麻阳市苗族自治县，少年时期师从著名画家钱德湘、雷宜锌、王金石、李自健等；1985年，考入中央美术学院，师从詹建俊、朱乃正等名师；1989年，毕业回到湖南长沙，执教于湖南师范大学美术系至今；执教于湖南师范大学美术系期间，业余时间与人合办高考美术培训班燕舟画室。

2013年，段老师50岁生日的时候，得到他悉心指点的49个学生，自发策划、组织了一场别开生面的艺术展览，来为他庆祝生日并表达敬意。此次展览的作品后来汇集成册，由学生们作序，精心印制，流传于世。

翻开这本厚重的纪念册，扉页上是这样一行字：谨以此书献给师长段江华。

纪念册的显眼位置有幅肖像画，是位青年，眉宇间似乎有股淡淡的惆怅，卷发及肩，潇洒飘逸。段老师说那个青年是他。这使我很吃惊，画中的青年和眼前的段老师，完全就是两个人。段老师笑笑说那是他年轻时的肖像，当时正就读中央美术学院；年轻时头发多，自来卷，后来头发掉得差不多了，索性就剃了光头。艺术贵在创新，而艺术家的创新，往往从形象开始；我们常说艺术源于生活又高于生活，艺术与生活本来密不可分，在艺术家身上，生活与艺术往往水乳交融，艺术家的超凡形象是生活艺术化的表现。

可夫是段老师在湖南师范大学的学生，1981年出生，湖南永州人，现为职业画家、独立策展人。他在序中，首先提到韩愈《师说》中的名句：“师者，所以传道授业解惑也。”韩愈位列唐宋八大家之首，他致力于重振师道，可以说是唐代最著名的老师。韩愈所说的老师，不仅教给学生某项技艺，更重要的是教给学生“道”，也就是如何做人。在学生们的心目中，段江华就是这样的老师。

谭小平，1993—1997年就读于湖南师范大学美术系，现居湖南长沙。他回忆说，段老师教学的特点之一，就是因材施教，根据学生的不同个性、不同方向加以引导。三年级时，段老师教油画写生课，当时谭小平对表现主义感兴趣，粗看一眼模特，有个大致印象，然后就涂抹颜料。段老师也不说什么，取来《德库宁画册》和《王玉平画集》，递到他的手里，说：“好好看看吧。”谭小平仔细琢磨一个多学期，受益良多。

关于段老师的因材施教，燕舟画室学生郑敏也感触良多：“首先他尊重并保护学生质朴的个人感受，然后将这种独特的个人感受，与艺术史上某些大师的风格建立联系，并持续鼓励学生，以勤奋和智慧去拉紧这种联系之间的链条，最后找到自己的道路。”同为燕舟画室学生的于铁文补充道：“尽管当时我们面对的是应试高考，但是他强调的是一种艺术家的自由，注重启发学生直观体悟、切身感受的潜能，这一点一直影响着我后来的学习和创作。”

因材施教培养出来的学生，不是老师的翻版，而是独特的艺术家。笔者翻看纪念册发现，49 个学生的作品，样式可谓多种多样，包括架上绘画、影像、雕塑、装置，等等；作品风格也迥然相异，学生风格与段江华的不同，49 个学生的风格也不同，各自有着不同的理念与方向。

谭小平提到段老师教学的第二个特点，是善于营造浓郁的艺术氛围。他会在办公室里，带着大家一起读大师画册，或者就是神侃，讲自己在中央美院学画的故事。通过这些似乎并非刻意的方式，营造出浓郁的艺术氛围。在这种艺术氛围之中，学习由被动变为主动，学生精神极为专注。

段老师努力营造的氛围，是轻松和自由的。他甚至允许学生们不称呼他老师。谭小平回忆说，当时大家叫段老师的少，似乎约定俗成，都是叫老段。老师是有距离感的长辈，老段是亲密无间的朋友，段老师将师生定义为朋友。初次见到段老师，印象是有点凶，微胖，光头，八字须，不怒自威；但交谈起来，感觉截然不同，推心置腹，无话不谈，豪放直爽。段老师的长相和他的性情是相反的，这可真应了那句话：人不可貌相，海水不可斗量。于铁文说：“他的这种教育方式打破了我来自山村的自卑和背负压力的阴影，激发了我内心的原动力。”

段老师还会在经济上帮助学生，良好的艺术氛围之中，更增添了温馨。

于铁文，1980 年生于湖南邵阳，2003 年考入中央美术学院，2007 年以优异成绩毕业，2009 年又以专业第一的成绩，考取中央美术学院硕士研究生，2013 年毕业后，执教于湖北美术学院油画系。于铁文出生在邵阳山村，家里经济拮据，而学画开销很大，常常捉襟见肘。2002 年他选择了补习，段老师知道他面临的经济困难，就免除了他的学费，并把工作室二楼的一个小房间腾出来，给他们几个补习生住。于铁文感激地说：“段老师对于我，是恩师！恩人！段老师重情义，义字当先，没有段老师，就没有今天的我。”据于铁文回忆，当时有很多优秀的同学，都被段老师减免过学费，段老师还给学生买衣服、鞋子等生活必需品，当看到优秀的学生因为家庭困难没钱报考或者去考试时，段老师还会主动拿钱给他们。

郑敏也是段老师资助过的学生，1982 年生，2007 年毕业于广州美术学院雕塑系，2010 年考取中央美术学院雕塑系研究生，现执教于广州美术学院。郑敏出身农民家庭，2001 年秋，他去长沙学画，师从段老师，一共有两期，从 2001 年到 2003 年，前后 10 多个月，只交了一次学费，两三千元，相当于一两个月的学费。但为了让他在班里抬得起头，段老师会给他指派一些工作，比如给大家请模特，收拾画架、画板，摆放静物之类。第二期学习的时候，因为是复读，家里更负担不起了，段老师就让他搬到画室来住，也非常照顾他的自尊，每个月赞助他的300元伙食费，是以他为画室守夜的名义给的。段老师的画纸、油画布、颜料从来都随便他用，没有的时候就给钱让他再去买，但是会把他的画选一些好的收回去，作为他免费使用画材的条件。

石富1986年生于湖南永州，2004年开始在燕舟画室学习，2008年考入清华大学美术学院雕塑系，2012年，他的雕塑作品《中国孩子》被评为优秀毕业作品，本人则被评为清华大学年度人物。石富命运坎坷，爷爷奶奶、外公外婆很早就去世了，到了六七岁时，父亲去世了；13岁时，哥哥去世了；17岁时，母亲去世了。家里只剩两个姐姐和他，大姐比他大6岁，二姐就比他大一岁。姐姐都有家庭，自顾不暇，他是吃百家饭长大的。“本不该学画的，家庭支持不起。”他在燕舟画室学画，从2004年到2008年，只交了900元学费，而正常学费一年上万元。那时候他得了肺结核，身高1.74米，体重只有90斤，段老师看了心疼，就把他叫到教师食堂免费吃饭，直到他考上清华大学。2007年，考上清华的前一年，段老师又让他在燕舟画室当老师，每月1500元工资，这样他报考学校的费用就都有了。“我非常感恩段老师!”石富说。

“学艺术对于农村的孩子来说是非常奢侈的，每次发现一名艺术方面的可造之才，但是又家庭贫困，交不起昂贵的美术学习费用，我就觉得不能浪费了学生的才华，不能让他看不到未来。”段老师这样说。

疫情期间，段老师创作了油画《脊梁》，在国旗红的背景上，钟南山院士表情无比坚毅，给人以战胜疫情的信心。段老师将《脊梁》发表在朋友圈，鼓励亲朋好友无数，亲朋好友又纷纷转发，让更多人受到鼓舞。段老师又拿出两件作品，在微信朋友圈拍卖，拍卖所得资金全部用来购买口罩，捐给需要的人。段老师还呼吁学生们积极参与，他登高一呼，应者云集，其中，学生石富作画拍卖，为家乡的儿童购买口罩，又为援鄂医生现场写生，并创作了雕塑《逆行者》《家人》。

段老师不仅教给学生绘画技巧，而且教给学生如何做人，他与学生相处的时间是有限的，但对学生的影响是无限的。于轶文说：“段老师对于学生，最重要的是人格上的感染。”郑敏则说：“对学生们来说，段老师的帮助不仅是给予，更是典范。”

段老师爱生如子，关注他们的成长，关心他们的生活，这已成为他的一种习惯，进入了他的潜意识。所以在听到学生落水的时候，他的第一反应就是要救起她，这是他的一种自然反应，是他日常状态的延伸，完全不需要思考。

3

“时代楷模”颁奖词中说：“誉之为‘最美画家’。揆以其人其行，盖无愧焉。赞曰：美之在画，美之在心。”

1993年，在被称为“中国油画界科举大考”的“中国油画展”上，段老师作品《王·后2号》获得金奖，并被中国美术馆收藏。时年30岁的段老师，三十而立，一举成名。1995年，段老师作品《捆扎的王和后》又获得第八届全国美展优秀奖。

《王·后2号》和《捆扎的王和后》，使西方的绘画表现主义，与中国厚重的历史文化，建立了直接的联系。这种联系使绘画表现主义中国化，也使当代艺术的文化深度得到拓展。将表现主义创新性发展，表现中国的本土内容，这是段老师的创作思路。段老师当年的老师、中央美术学院詹建俊教授评价说：“段江华是一位非常具有独立性、创造力、探索精神和思想深度的艺术家，是一位具有独特位置、独特审美取向和独特艺术面貌的艺术家……《王·后2号》系列显露了他的创造性才华，开启和形成了他的艺术观念和思想。”

此后，段老师沿着这条创新之路，不断探索前行。

段老师喜欢摇滚乐，他有时会听着摇滚乐作画，朋友相聚酒酣耳热之际，他也会自告奋勇，来上一段摇滚，据听过的人描述：飞沙走石，地动山摇。段老师说：“我们年轻时，崔健刚刚出道，影响了我们这一代人……他身上有一种力量，深深地吸引我，也影响了我。”艺术是相通的，段老师对崔健摇滚乐的喜爱，大概因为崔健作品表现了雄浑与壮美，而这正是段老师想在作品中表现的，也正是他想要灌注进当代艺术中去的。

段老师作品中既有丰富的浪漫精神也有强烈的忧患意识。2007年起，段老师创作了一系列以建筑为题材的作品，这个系列包括楼、墙、碑、塔、广场、城、遗址等，共100多幅。2009年，段老师以“天空”为题，在北京今日美术馆举办了个人油画展。

为什么创作这个系列呢？段老师说：“（‘天空’）从关注我们的生存环境出发，来体现一种人文的关怀，在物质高度发达的今天，人们可能缺失了某种东西。有幅作品《浦东》，你看浦东正在建设，但在我的画里已经变成废墟了，这种隐喻是我从个人角度对世界表达的关注和忧虑……在物质文明达到一定高度的今天，我们更应该去反思接下来怎么走。”“天空”系列同样充满忧患意识，他的目光超越美术界，关注到人类的生存环境：人类的生存环境应该是什么样？人类与生存环境应该是什么关系？人类如何与生存环境和谐相处？一般人着眼当下，段老师放眼未来。

2019 年 8 月末，笔者来到兰里镇海燕村。那个秋天的下午，夕阳西下，晚霞映红半边天。在村口，笔者看到一通修路功德碑。碑文载，2009 年出村道路硬化，众人出钱出力，在外工作人员捐款实行自愿原则。段老师名列榜首，捐款 8000 元，是最多的。下了公路进到村里，狗吠深巷中，鸡鸣桑树颠，一派田园风光。沅江从村边流过，水有齐腰深。孩子们放学归来，丢下书包，从坡上飞奔而下，叽叽喳喳，腾空而起，跃入江水中，男孩们一堆，全身赤裸，离岸较远，女孩们一堆，穿着裙子，离岸较近。离开江边返回村里，正是晚饭时间，村中炊烟袅袅，大人三五成群，聊家常，话桑麻，孩子们湿着头发，端着碗在门口吃饭。段老师就是在这条沅江里学会的游泳。“出门 20 米远有一条清澈的河流，河宽约 30 米，我能一口气游上一两公里。”段老师回忆说。

1970 年，段老师 7 岁，他离开麻阳县，去了邻县芷江县。当时父亲在芷江县武装部工作，任宣传科副科长。从小学到高中一年级，段老师是在芷江度过的。在那里，段老师接受了艺术启蒙。当时，芷江的下放知青中，有雷宜锌、钱德湘、王金石等人，他们后来都成为知名画家。父亲负责宣传工作，爱惜美术人才，将他们抽调过来，画宣传画等。段老师很崇拜他们，对绘画的热爱就是从这个时候开始的。芷江是历史文化名城，1945 年 8 月，抗日战争胜利受降仪式在该县举行。此外，芷江还有飞虎队纪念馆，是国内唯一全面反映飞虎队援华抗战的专题纪念馆。

段老师的青少年时期在芷江县度过，他常常听人们讲受降故事，绘声绘色，日军投降代表今井武夫穿的是什么样，态度又是什么样，不可一世的日寇，在这里像阶下囚一般投降；他也听人讲起飞虎队的故事，细节丰富，陈纳德将军的鼻子有多高，当年芷江的天空有多热闹，飞机成群结队，多得像是蜂群。这些故事让年少的段老师热血沸腾，国家的概念烙印在他的心里，家国情怀成为他最大的情怀。

当代画家刘小东评价说：“段江华是一个宏大叙事的艺术家。”又有评论家评价说：“在现世的物质实利引领人间万象的时候，段江华以他的绘画探索，拓展当代中国艺术的思想境界，使我们看到当代中国艺术家在文化深度方面的努力。”段老师则这样说：“无论是救人，还是作画，都是一个目标，让生活更有质量，让社会更加文明、美丽。”如果把家国情怀比作内核，艺术和行为就是这个内核的外在表现，内核决定表现；表现为艺术就是宏大叙事，表现为行为就是助人救人，两者目的又是一致的。

美之在心，美之在画，这样的画家堪称“最美画家”。

（原载于《中国作家·纪实版》2021 年第 10 期）

2021 年中国报告文学作品存目

李朝全　整理

作品名称	作者	发表或出版单位	发表或出版时间
中国海水稻背后的故事	陈启文	《北京文学·精彩阅读》	2021 年第 1 期
向肥胖宣战	长　江	《北京文学·精彩阅读》	2021 年第 2 期
绝对控制	丁一鹤	《北京文学·精彩阅读》	2021 年第 3 期
舌尖下的中国外卖小哥	杨丽萍	《北京文学·精彩阅读》	2021 年第 4 期
春天的芭蕾	余　艳	《北京文学·精彩阅读》	2021 年第 5 期
大别山：一家人的朱鹮保卫战	连忠诚	《北京文学·精彩阅读》	2021 年第 5 期
张桂梅，用生命点燃希望之光	木　祥	《北京文学·精彩阅读》	2021 年第 6 期
深海“奋斗者”——中国“奋斗者”号潜水器挺进万米深渊	许晨、臧思佳	《北京文学·精彩阅读》	2021 年第 7 期
咬定青山——记 95 岁入党的世界著名麻风病防治专家李恒英	长　江	《北京文学·精彩阅读》	2021 年第 8 期
97 颗星，我送你们去太空——记中国卫星燃料加注师白崑顺	长　江	《北京文学·精彩阅读》	2021 年第 8 期
探路者——爱奇艺，一张有爱有艺的国家名片	沙　林	《北京文学·精彩阅读》	2021 年第 9 期
铸剑戈壁滩——“两弹结合”参试官兵的那些事	张仲全	《北京文学·精彩阅读》	2021 年第 10 期
走出心灵的地狱——抑郁症调查实录	故　乡	《北京文学·精彩阅读》	2021 年第 11 期
当你老了——我陪老伴的求医经历	龚　玉	《北京文学·精彩阅读》	2021 年第 12 期
革命者	何建明	《中国作家·纪实版》	2021 年 1 期
武汉保卫战	李朝全	《中国作家·纪实版》	2021 年 1 期

初心——粤港澳合作中的横琴故事	曾平标	《中国作家·纪实版》	2021 年 1 期
昭通：磅礴之路	沈　洋	《中国作家·纪实版》	2021 年 2 期
马首要回家	长　江	《中国作家·纪实版》	2021 年 2 期
扶贫助弱的世纪回响	王宏甲	《中国作家·纪实版》	2021 年 3 期
湾区“驯水”写传奇——深圳拯救城市母亲河纪实	赵　川	《中国作家·纪实版》	2021 年 3 期
追梦中国	叶　梅、赵晏彪	《中国作家·纪实版》	2021 年 4 期
中国宁红	徐春林	《中国作家·纪实版》	2021 年 5 期
信仰——韶山中共特别支部百年历程	胡启明	《中国作家·纪实版》	2021 年 5 期
赤魂	谢友义	《中国作家·纪实版》	2021 年 5 期
谷文昌之歌	钟兆云	《中国作家·纪实版》	2021 年 6 期
打歌的将军	卜　谷	《中国作家·纪实版》	2021 年 6 期
端水打井的人	宋明珠	《中国作家·纪实版》	2021 年 6 期
湘路	方欣来	《中国作家·纪实版》	2021 年 7 期
源启中国	古　岳	《中国作家·纪实版》	2021 年 8 期
中国饭碗	陈启文	《中国作家·纪实版》	2021 年 9 期
心与心没有距离	胥得意	《中国作家·纪实版》	2021 年 9 期
天下无孤	张一涵	《中国作家·纪实版》	2021 年 10 期
延安窑洞	厉彦林	《中国作家·纪实版》	2021 年 10 期
桃李不言——“时代楷模”段江华的故事	李金山	《中国作家·纪实版》	2021 年 10 期
净土之净——缘起于甘南的“绿色革命”与人文传奇	任林举	《中国作家·纪实版》	2021 年 11 期
在那高山顶上——“最美奋斗者”李桂林陆建芬夫妇智力扶贫大凉山纪实	陈　果	《中国作家·纪实版》	2021 年 11 期
火焰蓝再出发——“时代楷模”望城区消防救援大队纪实	欧阳伟	《中国作家·纪实版》	2021 年 11 期
黄海森林	徐向林	《中国作家·纪实版》	2021 年 11 期
太阳湖	姜耕玉	《人民文学》	2021 年 1 期
索洛湾答卷	邢小俊	人民文学》	2021 年 1 期

匠心筑梦——记最美奋斗者窦铁成	高　鸿	《人民文学》	2021 年 1 期
夹金山下的玫瑰	蒋　蓝	《人民文学》	2021 年 2 期
在生命前沿	朱　镛	《人民文学》	2021 年 2 期
仰望苍穹	黄传会	《人民文学》	2021 年 5 期
沂蒙壮歌	厉彦林	《人民文学》	2021 年 7 期
我国第一台万吨水压机诞生记	程树榛	《人民文学》	2021 年 7 期
满目青山遮不住——记“时代楷模”孙景坤	周建新	《人民文学》	2021 年 8 期
百万大搬迁	徐　剑、李玉梅	《人民文学》	2021 年 9 期
躬身	任林举	《人民文学》	2021 年 9 期
独龙江春风	潘　灵、段爱松	《人民文学》	2021 年 11 期
靠山	铁　流	《当代》	2021 年 3 期
故宫文物南迁	祝　勇	《当代》	2021 年 4 期
梁庄十年	梁　鸿	《十月》	2021 年 1 期
孕育	海　江、凌　翼	《十月》	2021 年 4-5 期
人民的保护神——“漳州 110”纪事	张宝中	《啄木鸟》	2021 年 1 期
一盏警灯照清平——绵竹市公安局清平派出所纪事	衣向东	《啄木鸟》	2021 年 2 期
我的声音，唤你回头：与《民法典》关联的女性权益故事	李燕燕	《啄木鸟》	2021 年 5 期
疫线突击——2020 年武汉公安抗疫纪实	侯国龙	《啄木鸟》	2021 年增刊第 1 期
彭士禄：核动力事业的“垦荒牛”	杨新英	《神剑》	2021 年 3 期
长征八号，入列！	邹维荣、马艳茹	《神剑》	2021 年 3 期
美丽山花	红　日	《民族文学》	2021 年 10 期
大地海洋之子	亓凤珍、张期鹏	《时代文学》	2021 年 5 期
生命谱就脱贫歌——追忆时代楷模黄诗燕	贺为民、李支国	《湖南报告文学》	2021 年 1 期
与帕共舞	张　伟、危　丹	《湖南报告文学》	2021 年 1 期
袁隆平和他的农民徒弟	邓宏顺	《湖南报告文学》	2021 年 2 期

生命大决战	韩生学	《湖南报告文学》	2021年4期
红色基因密码——桑植县贺氏家族红军烈士后代生存备忘录	王泽贤	《湖南报告文学》	2021年4期
寻找坚守的答案	李朝德	《人民日报》	2021年2月8日
走在上山的路上	李明春	《人民日报》	2021年9月1日
群山不会忘记	李春雷	《人民日报》	2021年9月29日
生死救援	徐锦庚	《人民日报》	2021年11月10日
当阳光照进柴房《宣言》响彻东方	徐锦庚	《光明日报》	2021年6月18日
家在二坪村	陈　果	《光明日报》	2021年09月10日
破壁记——山东港口青岛港“连钢团队”科技创新的故事	铁　流	《光明日报》	2021年11月12日
德清清地流	何建明	浙江摄影出版社	2021年1月
大战“疫”	纪红建	湖南人民出版社	2021年1月
给流浪儿童一个家	杨辉素	河北人民出版社	2021年1月
国瓷之光：李国桢传	萧根胜	河南美术出版社	2021年1月
永不言弃——消防英雄成长记	傅宁军	江苏凤凰少年儿童出版社	2021年1月
滇池治水记	冉隆中	云南美术出版社	2021年2月
诗在远方：“闽宁经验”纪事	何建明	宁夏人民出版社、福建人民出版社	2021年3月
走向乡村振兴	王宏甲	中共中央党校出版社	2021年3月
江山如此多娇	欧阳黔森	百花文艺出版社	2021年3月
主战场：中国大扶贫——贵州战法	蒋　巍	贵州人民出版社	2021年3月
生命大决战	韩生学	湘潭大学出版社	2021年3月
英雄九章	朝　煜	江苏人民出版社	2021年3月
生命卡点	普　玄	作家出版社	2021年4月
大国小康	杨　豪	甘肃文化出版社	2021年4月
人民的胜利——新中国是这样诞生的	丁晓平	江西高校出版社	2021年5月
热血在燃烧：大三线峥嵘岁月	鹤　蜚	北京十月文艺出版社	2021年5月
用爱吻你的痛	彭名燕	海天出版社	2021年5月
铭记：我的小康志	李春雷	河北人民出版社	2021年5月

钢铁之城：中塞企业合作协奏曲	王立新	外语教学与研究出版社	2021年5月
铁血旅顺	刘长富	人民文学出版社	2021年5月
国家至上	赵　韦	陕西人民出版社	2021年6月
乳娘	唐明华	安徽人民出版社、山东人民出版社	2021年6月
不废长江万古流	陈松平	长江出版社	2021年6月
国家行动：麻风病防治中的中国模式和世界样板	杨牧原、杨文学	山东文艺出版社	2021年6月
一个女孩朝前走	阮　梅	河北少年儿童出版社	2021年7月
红船启航	丁晓平	浙江教育出版社	2021年7月
相信自然	李青松	黄山书社	2021年7月
虎啸：野生东北虎追踪与探秘	任林举	北京十月文艺出版社	2021年7月
靠山	铁　流	人民文学出版社	2021年8月
野地灵光——我住精神病院的日子	李兰妮	人民文学出版社	2021年8月
我这九十年：文学战线“普通一兵”自述	束沛德	人民文学出版社	2021年8月
景德气象：中国文化的一个面向	胡　平	广西师范大学出版社	2021年8月
不能忘记的少年——欧阳立安的故事	何建明	河北少年儿童出版社	2021年8月
我的声音，唤你回头：与《民法典》关联的女性权益故事	李蕨燕	四川大学出版社	2021年9月
八步沙的故事	冯小军	江西高校出版社	2021年9月
大地如歌	紫　金	人民文学出版社	2021年10月
百年沂蒙	杨文学、杨牧原	山东文艺出版社	2021年10月
重返狼群背后的故事	李微漪、红　娟	海南出版社、天地出版社	2021年11月
中国宁红	徐春林	安徽文艺出版社	2021年11月
颠覆与创造	丁曦林	文汇出版社	2021年
西迁！西迁！	冯　驱	西安出版社	2021年
红烛	向宴漪	光明日报出版社	2021年
大地回音	周鹏程	重庆出版社	2021年

大罗庄：一个村庄与一个政党的百年长征	姜成娟	山东教育出版社	2021年
改革先锋步鑫生	宋乐明、冯海春	浙江工商大学出版社	2021年
犀鸟启示录	张庆国	云南人民出版社	2021年
潜龙在渊：走近“共和国勋章”获得者黄旭华	张明纯、辛瑞玲	南方日报出版社	2021年
潮卷南海：深圳风雨一百年	张雄文	海天出版社	2021年
大风起平江	彭东明	海天出版社	2021年
中国健康档案	徐观潮	中国文史出版社	2021年
英雄之城	朱金平	中共中央党校出版社	2021年
遇见：大山小爱的故事	李书涵	明天出版社	2021年
追望大道	李俏红	浙江工商大学出版社	2021年
向着生命的彼岸	李明媚	漓江出版社	2021年
中国塞罕坝	李春雷	河北美术出版社	2021年
逐梦成钢	莫永甫	辽宁人民出版社	2021年
团泊的春天	王　松、杨伯良	百花文艺出版社	2021年
远去的帆影：瓯江船帮漫话	郑卓雄	浙江工商大学出版社	2021年
一百年那些热血沸腾的青春	长　江	海天出版社	2021年
黎明之前：广州起义纪事	陈典松、陈志遐	广东人民出版社	2021年
大地赤子李德威	陈　聪	广西科学技术出版社	2021年
滚石上山：散点透视陇上脱贫攻坚	马步升	敦煌文艺出版社	2021年
一盏灯的世界	龚静染	四川文艺出版社	2021年
九十年沧桑：我的文学之路	乐黛云	中国大百科全书出版社	2021年
扶贫志	卢一萍	湖南文艺出版社	2020年12月
秀儿：“时代楷模”黄文秀	李春雷	漓江出版社	2020年12月
青春逆行者	曾　散	湖南人民出版社	2020年12月
无法阻挡的春天	田家村	浙江文艺出版社	2020年12月